湖南省哲学社会科学基金"文学会议与中国现当代文学的发生研究"（项目编号 17YBA307）研究成果
湖南师范大学中国语言文学一级学科资助
戏剧影视文学一流专业建设点阶段性成果

文学会议与中国现当代文学的发生

岳凯华　著

知识产权出版社
全国百佳图书出版单位
—北 京—

图书在版编目（CIP）数据

文学会议与中国现当代文学的发生/岳凯华著. —北京：知识产权出版社，2020.12
ISBN 978 - 7 - 5130 - 7338 - 7

Ⅰ.①文… Ⅱ.①岳… Ⅲ.①中国文学—现代文学—文学研究②中国文学—当代文学—文学研究 Ⅳ.①I206.6

中国版本图书馆 CIP 数据核字（2020）第 248765 号

内容提要

《文学会议与中国现当代文学的发生》立足于中国现当代文学发生的特殊境遇——文学会议的各类场域，精挑细选 1915—2017 年几次具有代表性、影响力的文学会议个案，运用传播学、阐释学、发生学方面的理论，聚焦其对于中国现当代文学发生的深度影响，揭示其促发或制约中国现当代文学秩序、体制、方向、观念、思潮、流派、体式形成的缘由，解读其如何引导、建构了中国现当代文学创作主体的认知方式、思想观念、情感变化、行为表现、话语秩序和价值诉求，审察中国现当代文学发生的特点，把握中国现当代文学发生的机制，从而对中国现当代文学相关特质的生成缘由、发生路径等予以挖掘和分析，在方法论层面上为现当代中国文学的深入研究提供可资借鉴的思路和启示。

策划编辑：蔡　虹

责任编辑：高　超　　　　　　　　　　责任校对：谷　洋

封面设计：回归线（北京）文化传媒有限公司　　责任印制：刘译文

文学会议与中国现当代文学的发生
岳凯华　著

出版发行：知识产权出版社 有限责任公司	网　　址：http：//www.ipph.cn
社　　址：北京市海淀区气象路 50 号院	邮　　编：100081
责编电话：010 - 82000860 转 8324	责编邮箱：caihong@cnipr.com
发行电话：010 - 82000860 转 8101/8102	发行传真：010 - 82000893/82005070/82000270
印　　刷：北京建宏印刷有限公司	经　　销：各大网上书店、新华书店及相关专业书店
开　　本：787mm×1092mm　1/16	印　　张：18.75
版　　次：2020 年 12 月第 1 版	印　　次：2020 年 12 月第 1 次印刷
字　　数：320 千字	定　　价：78.00 元

ISBN 978 - 7 - 5130 - 7338 - 7

作者简介

岳凯华（1967—），男，湖南新邵人。先后毕业于邵阳师范专科学校（现邵阳学院）、湖南师范大学、华中师范大学，获得文学硕士、文学博士学位，曾在南京师范大学中国语言文学博士后流动站工作，现为湖南师范大学文学院教授、博士生导师、副院长。中国新文学学会副会长、中国高教学会影视教育专业委员会理事、中国文艺评论家协会会员、湖南省电影审查委员会评审专家、湖南省委宣传部理论阅评员、湖南省"三百工程"文艺家、全国艺术科学规划项目评审专家、湖南省级一流专业戏剧影视文学专业负责人等。在《文学评论》《电影艺术》《光明日报》等刊物发表论文百余篇，出版《百年中国影视文学改编研究书目引论》《现代湖南文学的电影改编》《外籍汉译与中国现代文学的发生》《五四文学的生成与可能》《五四激进主义的缘起与中国新文学的发生》等著作10部，主编教育部"十二五"职业教育国家规划教材《演讲与口才》等3部，获中国文联第二届"啄木鸟杯"中国文艺评论优秀作品奖（著作类）、湖南省高等教育省级教学成果奖一等奖和三等奖等，主持国家社科基金一般项目2项和部省级项目多项。

🌸 目 录

绪 论

　　"会"就是聚会、会合，"议"就是商议、议事，会议就是为了达到某种目的把有关人员召集会合在一起协商和做出某种决定。综观历史，多种因素促发和激活着中国现代文学的发生，会议自然也成为中国现代文学语言运用、体式样态、题材择取、叙述角度、抒情方式、描写手段、作家心态发生嬗变和转型的一种重要驱动力量。学界虽然对于文学会议与中国现代文学发生之间关系的审察才开始起步，但对于中国现代文学发生、文学会议的探讨已投入了相当力量，并取得了一定的学术成果。

一、关于中国现代文学发生的研究

　　受瑞士让·皮亚杰的《发生认识论原理》[❶]、法国皮埃尔－马克·德比亚齐的《文本发生学》[❷]、斯洛伐克玛利安·高利克的《中国现代文学批评发生史（1917—1930）》[❸] 等域外理论的影响，中国现代文学的发生赢得了20世纪90年代以来国内诸多学者的目光，或宏观研究，或个案解读。就论文而言，在中国知网（CNKI）篇名框输入关键词"中国现代文学的发生""中国现代文学发生""现代文学的发生""现代文学发生""文学的发生""文学发生"，截至2020年9月20日，获得的论文数量分别为23、23、35、37、147、111条。在此，仅就已出版的著作来简单勾勒这类研究采取的主要切入角度。

（一）历史时段

　　如栾梅健的《二十世纪中国文学发生论》，张昕的《现代文学的发生

---

　　❶　［瑞士］让·皮亚杰：《发生认识论原理》，王宪钿等译，商务印书馆2009年。
　　❷　［法］皮埃尔－马克·德比亚齐：《文本发生学》，汪秀华译，天津人民出版社2005年。
　　❸　［斯洛伐克］玛利安·高利克：《中国现代文学批评发生史（1917—1930）》，陈圣生等译，社会科学文献出版社1997年。

及其叙述特质》，刘纳的《嬗变：辛亥革命时期至五四时期的中国文学》，杨联芬的《晚清至五四：中国文学现代性的发生》，荣光启的《现代汉诗的发生：晚清至五四》，陈方竞的《多重对话：中国新文学的发生》，岳凯华的《五四文学的生成与可能》，郝雨的《中国现代文化的发生与传播》，张瑜的《1916：新文学发生的年代学研究》，张邦卫的《大众媒介与审美嬗变：传媒语境中新世纪文学的转型研究》，陈定家的《比特之境：网络时代的文学生产研究》❶ 等。

（二）图书期刊

如姜涛的《"新诗集"与中国新诗的发生》，李春雨的《出版文化与中国文学的现代转型》，赵亚宏的《〈甲寅〉月刊与中国新文学的发生》，张天星的《报刊与晚清文学现代化的发生》，李直飞的《中国现代文学转型的政治经济学维度——以〈小说月报〉上的广告为中心》，韩晓芹的《体制化的生成与现代文学的转型：延安〈解放日报〉副刊的文学生产与传播》❷ 等。

（三）文学体式

如许霆的《中国新诗发生论稿》，荣光启的《现代汉诗的发生：晚清至五四》，王珂的《新诗诗体生成史论》，郭冰茹的《中国现代小说文体的发生》，龚奎林的《"故事"的多重讲述与文艺化大众："十七年"长篇战争小说的文本发生学现象》，袁国兴的《中国话剧的孕育与生成》，傅谨和

---

❶ 栾梅健：《二十世纪中国文学发生论》，广西师范大学出版社 2006 年。张昕：《现代文学的发生及其叙述特质》，黑龙江人民出版社 2005 年。刘纳：《嬗变：辛亥革命时期至五四时期的中国文学》，中国社会科学出版社 1998 年。杨联芬：《晚清至五四：中国文学现代性的发生》，北京大学出版社 2003 年。荣光启：《现代汉诗的发生：晚清至五四》，中国社会科学出版社 2015 年。陈方竞：《多重对话：中国新文学的发生》，人民文学出版社 2003 年。岳凯华：《五四文学的生成与可能》，巴蜀书社 2009 年。郝雨：《中国现代文化的发生与传播》，上海大学出版社 2002 年。张瑜：《1916：新文学发生的年代学研究》，人民出版社 2017 年。张邦卫：《大众媒介与审美嬗变：传媒语境中新世纪文学的转型研究》，中央编译出版社 2016 年。陈定家：《比特之境：网络时代的文学生产研究》，中国社会科学出版社 2011 年。

❷ 姜涛：《"新诗集"与中国新诗的发生》，北京大学出版社 2005 年。李春雨：《出版文化与中国文学的现代转型》，北京语言大学出版社 2011 年。赵亚宏：《〈甲寅〉月刊与中国新文学的发生》，人民出版社 2011 年。张天星：《报刊与晚清文学现代化的发生》，凤凰出版社 2011 年。李直飞：《中国现代文学转型的政治经济学维度——以〈小说月报〉上的广告为中心》，中国社会科学出版社 2018 年。韩晓芹：《延安〈解放日报〉副刊的文学生产与传播》，《体制化的生成与现代文学的转型》，中国社会科学出版社 2012 年。

袁国兴的《新潮演剧与新剧的发生》❶ 等。

（四）思潮流派

如郝明工的《从经学启蒙到文学启蒙：现代文学思潮的中国生成》，郭长保的《从传统到现代——文人意识转型与文学思想嬗变》，王桂妹的《五四文化激进主义与中国文学现代转型》，岳凯华的《五四激进主义的缘起与中国新文学的发生》，张先飞的《"人的文学"："五四"现代人道主义与新文学的发生》，黄健的《意义的重构：中国新文学生成的文化阐释》，张莉的《浮出历史地表之前：中国现代女性写作的发生》，陈雪虎的《由过渡而树立：中国现代文论的发生》，陈红旗的《中国左翼文学的发生（1923—1933）》，方维保的《红色意义的生成：20 世纪中国左翼文学研究》，刘颖的《中国文学现代转型的民俗学语境》，张根柱、付道磊的《延安文学体制的生成与个性的嬗变》，郭剑敏的《中国当代红色叙事的生成机制研究：基于 1949—1966 年革命历史小说的文本考察》，戚学英的《作家身份认同与中国当代文学的生成（1949—1966）》，陈灵强的《革命历史叙事的生成与建构（1949—1966）》，杨荣的《文学观念的裂变与重构——20 世纪 90 年代初期的中国文学转型研究》，樊义红的《文学的民族认同特性及其文学性生成：以中国当代少数民族小说为中心》❷ 等。

---

❶ 许霆：《中国新诗发生论稿》，人民出版社 2012 年。荣光启：《现代汉诗的发生：晚清至五四》，中国社会科学出版社 2015 年。王珂：《新诗诗体生成史论》，九州出版社 2007 年。郭冰茹：《中国现代小说文体的发生》，广东高等教育出版社 2019 年。龚奎林：《"故事"的多重讲述与文艺化大众："十七年"长篇战争小说的文本发生学现象》，社会科学文献出版社 2013 年。袁国兴：《中国话剧的孕育与生成》，中国戏剧出版社 2000 年。傅谨、袁国兴：《新潮演剧与新剧的发生》，学苑出版社 2015 年。

❷ 郝明工：《从经学启蒙到文学启蒙：现代文学思潮的中国生成》，中国社会科学出版社 2013 年。郭长保：《从传统到现代——文人意识转型与文学思想嬗变》，中国言实出版社 2014 年。王桂妹：《五四文化激进主义与中国文学现代转型》，北岳文艺出版社 2007 年。岳凯华：《五四激进主义的缘起与中国新文学的发生》，岳麓书社 2006 年。张先飞：《"人的文学"："五四"现代人道主义与新文学的发生》，人民出版社 2016 年。黄健：《意义的重构：中国新文学生成的文化阐释》，中国社会科学出版社 2011 年。张莉：《浮出历史地表之前：中国现代女性写作的发生》，南开大学出版社 2010 年。陈雪虎：《由过渡而树立：中国现代文论的发生》，北京师范大学出版社 2019 年。陈红旗：《中国左翼文学的发生（1923—1933）》，暨南大学出版社 2010 年。方维保：《红色意义的生成：20 世纪中国左翼文学研究》，安徽教育出版社 2004 年。刘颖：《中国文学现代转型的民俗学语境》，安徽人民出版社 2007 年。张根柱、付道磊：《延安文学体制的生成与个性的嬗变》，中国矿业大学出版社 2008 年。郭剑敏：《中国当代红色叙事的生成机制研究：基于 1949—1966 年革命历史小说的文本考察》，中国社会科学出版社 2010 年。戚学英：《作家身份认同与中国当代文学的生成（1949—1966）》，华中师范大学出版社 2013 年。陈灵强：《革命历史叙事的生成与建构（1949—1966）》，人民出版社 2017 年。杨荣：《文学观念的裂变与重构——20 世纪 90 年代初期的中国文学转型研究》，广西师范大学出版社 2013 年。樊义红：《文学的民族认同特性及其文学性生成：以中国当代少数民族小说为中心》，中国社会科学出版社 2016 年。

（五）理论批评

如马睿的《从经学到美学：中国近代文论知识话语的嬗变》，庄桂成的《中国文学批评现代转型发生论》，李宗刚的《父权缺失与五四文学的发生》，傅莹的《中国现代文学理论发生史》，季广茂的《意识形态视域中的现代话语转型与文学观念嬗变》，张健的《中国喜剧观念的现代生成》❶等。

（六）文学语言

如袁进的《新文学的先驱：欧化白话文在近代的发生、演变和影响》，张艳华的《新文学发生期的语言选择与文体流变》，张向东的《语言变革与现代文学的发生》，张卫中的《中国现代文学语言的发生与流变》，谢君兰的《古今流变与中国新诗白话传统的生成》❷等。

（七）知识教育

如姜荣刚的《留学生与晚清文学转型》，李宗刚的《新式教育与五四文学的发生》，王翠艳的《女子高等教育与中国现代女性文学的发生》，火源的《知识转型与新文学发生》，张莉的《浮出历史地表之前：中国现代女性写作的发生》，季剑青的《北平的大学教育与文学生产：1928—1937》❸等。

---

❶ 马睿：《从经学到美学：中国近代文论知识话语的嬗变》，四川民族出版社 2002 年。庄桂成：《中国文学批评现代转型发生论》，中国社会科学出版社 2007 年。李宗刚：《父权缺失与五四文学的发生》，人民出版社 2016 年。傅莹：《中国现代文学理论发生史》，上海文艺出版社 2008 年。季广茂：《意识形态视域中的现代话语转型与文学观念嬗变》，北京大学出版社 2005 年。张健：《中国喜剧观念的现代生成》，北京大学出版社 2005 年。

❷ 袁进：《新文学的先驱：欧化白话文在近代的发生、演变和影响》，复旦大学出版社 2014 年。张艳华：《新文学发生期的语言选择与文体流变》，山东大学出版社 2009 年。张向东：《语言变革与现代文学的发生》，人民文学出版社 2010 年。张卫中：《中国现代文学语言的发生与流变》，中国社会科学出版社 2016 年。谢君兰：《古今流变与中国新诗白话传统的生成》，羊城晚报出版社 2017 年。

❸ 姜荣刚：《留学生与晚清文学转型》，中国社会科学出版社 2015 年。李宗刚：《新式教育与五四文学的发生》，齐鲁书社 2006 年。王翠艳：《女子高等教育与中国现代女性文学的发生》，文化艺术出版社 2007 年。火源：《知识转型与新文学发生》，中国社会科学出版社 2013 年。张莉：《浮出历史地表之前：中国现代女性写作的发生》，南开大学出版社 2010 年。季剑青：《北平的大学教育与文学生产：1928—1937》，北京大学出版社 2011 年。

（八）行旅体验

如李怡的《日本体验与中国现代文学的发生》，李岚的《行旅体验与文化想象：论中国现代文学发生的游记视角》，彭超的《巴蜀作家与中国现代文学的发生》，苏喜庆的《神圣的地域文化承续：当代关中文学场的生成与建构探源》❶ 等。

（九）翻译文学

如岳凯华的《外籍汉译与中国现代文学的发生》，苏静的《俄苏翻译文学与中国现代文学的生成》，汤富华的《翻译诗学的语言向度：论中国新诗的发生》，黄科安的《叩问美文：外国散文译介与中国散文的现代性转型》❷ 等。

二、关于文学会议的研究

截至 2020 年 9 月 20 日，在中国知网（CNKI）篇名框输入关键词"文学会议"，包括会议新闻、综述在内的文章数目为 38 条；输入"会议"，文章数目则高达 817076 条；输入具体文学会议名称，文章数目较多，如"文艺座谈会"为 1449 条，"延安文艺座谈会"为 1291 条，"北京文艺座谈会"为 8 条，"文代会"为 321 条。可见会议开得频繁，学术界研究兴趣浓厚，尤其以洪子诚、温儒敏、程光炜、艾克恩、王本朝、黄发有、吴俊、陈晓明、斯炎伟、王秀涛、张均、胡慧翼、刘忠的研究成果颇为丰硕。该领域研究成果，就著作而言主要有以下几个切入路径。

---

❶ 李怡：《日本体验与中国现代文学的发生》，北京大学出版社 2009 年。李岚：《行旅体验与文化想象：论中国现代文学发生的游记视角》，中国社会科学出版社 2013 年。彭超：《巴蜀作家与中国现代文学的发生》，中国社会科学出版社 2014 年。苏喜庆：《神圣的地域文化承续：当代关中文学场的生成与建构探源》，科学出版社 2016 年。

❷ 岳凯华：《外籍汉译与中国现代文学的发生》，湖南师范大学出版社 2016 年。苏静：《俄苏翻译文学与中国现代文学的生成》，社会科学文献出版社 2013 年。汤富华：《翻译诗学的语言向度：论中国新诗的发生》，南京大学出版社 2013 年。黄科安：《叩问美文：外国散文译介与中国散文的现代性转型》，北京大学出版社 2013 年。

（一）文学会议文献的收集和整理

1. 文代会文献最为齐全

除《中国文学艺术工作者第二次代表大会资料》《中国文学艺术工作者第三次代表大会资料》等内部资料外，还有公开出版的《中华全国文学艺术工作者代表大会纪念文集》《中国文学艺术工作者第四次代表大会文集》❶ 等。

2. 其他会议资料也不少

如《北京市文学艺术工作者代表大会纪念文集》《中国作家协会第二次理事会会议（扩大）报告、发言集》《全国青年文学创作者会议报告、发言集》《文艺界拨乱反正的一次盛会——中国文学艺术界联合会第三届全国委员会第三次扩大会议文件发言集》《知识分子脱帽加冕纪实——记1962年广州会议》❷ 等。

3. 较齐全的会议资料汇编

如浙江大学吴秀明主编的《中国当代文学史料丛书》之一种邓小琴主编的"文代会等重要会议史料卷"将由浙江大学出版社出版。

（二）文学会议情状的访谈和纪实

1. 专记某次文学会议

如艾克恩的《延安文艺回忆录》，杜忠明的《延安文艺座谈会纪实》，

---

❶ 中国文学艺术联合会：《中国文学艺术工作者第二次代表大会资料》，中国文学艺术联合会1953年。中国文学艺术联合会：《中国文学艺术工作者第三次代表大会资料》，中国文学艺术联合会1960年。中华全国文学艺术工作者代表大会宣传处：《中华全国文学艺术工作者代表大会纪念文集》，新华书店1950年、中国文联出版社2016年影印本。中国文学艺术界联合会：《中国文学艺术工作者第四次代表大会文集》，四川人民出版社1980年。

❷ 北京市文学艺术工作者代表大会秘书处：《北京市文学艺术工作者代表大会纪念文集》，大众书店1951年。中国作家协会：《中国作家协会第二次理事会会议（扩大）报告、发言集》，人民文学出版社1956年。中国青年出版社：《全国青年文学创作者会议报告、发言集》，中国青年出版社1956年。中国文学艺术界联合会第三届全国委员会：《文艺界拨乱反正的一次盛会——中国文学艺术界联合会第三届全国委员会第三次扩大会议文件发言集》，人民文学出版社1979年。黄崧华主编：《知识分子脱帽加冕纪实——记1962年广州会议》，广州出版社2001年。

高杰的《延安文艺座谈会纪实》，张军锋的《延安文艺座谈会的台前幕后》，付建成的《延安文艺座谈会》，朱正的《1957年的夏季：从百家争鸣到两家争鸣》，袁蹄的《〈武训传〉批判纪事》，杨俊的《〈武训传〉批判事件研究：从历史语境的角度》，李辉的《胡风集团冤案始末》，李向东与王增如的《丁陈反党集团冤案始末》❶ 等。

2. 涉及一些文学会议

如施燕平的《尘封岁月》，黄秋耘的《风雨年华》，浩然的《我的人生——浩然口述自传》，李庄的《人民日报风雨四十年》，邓九平主编的三卷本《记忆中的反右派运动》，涂光群的《五十年文坛亲历记》，徐光耀的《昨夜西风凋碧树》，袁鹰的《风云侧记——我在人民日报副刊的岁月》，《新文学史料》编辑部编的《我亲历的文坛往事》，陈徒手的《人有病，天知否：一九四九年后中国文坛纪实》，张光年的《文坛回春纪事》，刘锡诚的《在文坛边缘上》，黎之的《文坛风云录》（增订本），徐庆全的《文坛拨乱反正实录》，马达的《马达自述：办报生涯六十年》，顾骧的《晚年周扬》，周而复的《往事回首录》，韦君宜的《思痛录》，邢小群的《丁玲与文学研究所的兴衰》，张僖的《只言片语：中国作协前秘书长的回忆》❷ 等。

❶ 艾克恩：《延安文艺回忆录》，中国社会科学出版社1992年。杜忠明：《延安文艺座谈会纪实》，中央文献出版社2012年。高杰：《延安文艺座谈会纪实》，陕西人民出版社2013年。张军锋：《延安文艺座谈会的台前幕后》，陕西师范大学出版社2013年。付建成：《延安文艺座谈会》，中共中央党校出版社2013年。朱正：《1957年的夏季：从百家争鸣到两家争鸣》，河南人民出版社1998年。袁蹄：《〈武训传〉批判纪事》，长江文艺出版社2000年。杨俊：《〈武训传〉批判事件研究：从历史语境的角度》，当代中国出版社2015年。李辉：《胡风集团冤案始末》，湖北人民出版社2003年。李向东、王增如：《丁陈反党集团冤案始末》，湖北人民出版社2006年。
❷ 施燕平：《尘封岁月》，华东师范大学出版社2014年。黄秋耘：《风雨年华》，人民文学出版社1983年。浩然：《我的人生——浩然口述自传》，华艺出版社2000年。李庄：《人民日报风雨四十年》，人民日报出版社1993年。邓九平：《记忆中的反右派运动》，经济日报出版社1998年。涂光群：《五十年文坛亲历记》，辽宁教育出版社2005年。徐光耀：《昨夜西风凋碧树》，北京十月文艺出版社2016年。袁鹰：《风云侧记——我在人民日报副刊的岁月》，中国档案出版社2006年。《新文学史料》编辑部：《我亲历的文坛往事》，人民文学出版社2004年。陈徒手：《人有病，天知否：一九四九年后中国文坛纪实》，人民文学出版社2000年。张光年：《文坛回春纪事》，海天出版社1998年。刘锡诚：《在文坛边缘上》，河南大学出版社2004年。黎之：《文坛风云录》（增订本），人民文学出版社2015年。徐庆全：《文坛拨乱反正实录》，浙江人民出版社2004年。马达：《马达自述：办报生涯六十年》，文汇出版社2004年。顾骧：《晚年周扬》，文汇出版社2003年。周而复：《往事回首录》，文化艺术出版社2004年。韦君宜：《思痛录》，北京十月文艺出版社1998年。邢小群：《丁玲与文学研究所的兴衰》，山东画报出版社2003年。张僖：《只言片语：中国作协前秘书长的回忆》，北京十月文艺出版社2002年。

（三）重要文学会议的研究和审视

1. 着眼史学梳理时对于文学会议的指涉与略评

如唐弢等的《中国现代文学史》，钱理群等的《中国现代文学三十年（修订本）》，黄修己的《中国现代文学发展史》，孔范今的《二十世纪中国文学史》，严家炎的《二十世纪中国文学史》，郭志刚等的《中国当代文学史初稿》，洪子诚的《中国当代文学史》，陈思和的《中国当代文学史教程》，张炯等的《中华文学通史》5—10卷，吴秀明的《中国当代文学史写真》，董健、丁帆、王彬彬的《中国当代文学史新稿》，孟繁华、程光炜的《中国当代文学发展史》，朱寨的《中国当代文学思潮史》，马良春、张大明的《中国现代文学思潮史》，刘增杰、关爱和的《中国近现代文学思潮史》，刘锋杰、薛雯、尹传兰的《文学政治学的创构》，朱晓进的《非文学的世纪：20世纪中国文学与政治文化关系史论》，刘勇、李怡主编的《中国现代文学编年史》，张健等的《中国当代文学编年史》，於可训、叶立文主编的《中国文学编年史（现代卷)》，陈文新等的《中国文学编年史（当代卷)》❶等。

2. 重点聚焦于延安文艺座谈会和文代会

如艾克恩的《延安文艺史》，刘忠的《〈在延安文艺座谈会上的讲话〉

❶　唐弢等：《中国现代文学史》，人民文学出版社。钱理群等：《中国现代文学三十年（修订本)》，北京大学出版社1998年。黄修己：《中国现代文学发展史》，中国青年出版社2008年。孔范今：《二十世纪中国文学史》，山东文艺出版社1997年。严家炎：《二十世纪中国文学史》，高等教育出版社2010年。郭志刚等：《中国当代文学史初稿》，人民文学出版社1980年。洪子诚：《中国当代文学史》，北京大学出版社2010年。陈思和：《中国当代文学史教程》，复旦大学出版社1999年。张炯等：《中华文学通史》5—10卷，华艺出版社1997年。吴秀明：《中国当代文学史写真》，北京大学出版社2010年。董健、丁帆、王彬彬：《中国当代文学史新稿》，人民文学出版社2005年。孟繁华、程光炜：《中国当代文学发展史》，人民文学出版社2004年。朱寨：《中国当代文学思潮史》，人民文学出版社1987年。马良春、张大明：《中国现代文学思潮史》，北京十月文艺出版社1995年。刘增杰、关爱和：《中国近现代文学思潮史》，上海文艺出版社2008年。刘锋杰、薛雯、尹传兰：《文学政治学的创构》，复旦大学出版社2013年。朱晓进：《非文学的世纪：20世纪中国文学与政治文化关系史论》，南京师范大学出版社2004年。刘勇、李怡：《中国现代文学编年史》，文化艺术出版社2015—2017年。张健等：《中国当代文学编年史》，山东文艺出版社2012年。於可训、叶立文：《中国文学编年史（现代卷)》，湖南人民出版社2006年。陈文新等：《中国文学编年史（当代卷)》，湖南人民出版社2006年。

研究》，朱鸿召的《延安文艺繁华录》，胡玉伟的《传统的建构与延拓——解放区文学研究及其他》，斯炎伟的《全国第一次文代会与新中国文学体制的建构》，潘娜的《新中国的第四次文代会》❶ 等。

3. 个案审察与一些重要文学会议

如费冬梅的《沙龙：一种新都市文化与文学生产》，洪子诚的《材料与注释》，郑纳新的《新时期〈人民文学〉与"人民文学"》❷ 等。

4. 立足文学体制视阈对于文学会议予以宏观探讨

如王本朝的《中国现代文学制度研究》《中国当代文学制度研究》，张均的《中国当代文学制度研究》，王秀涛的《中国当代文学生产与传播制度研究》，黄发有的《中国当代文学传媒研究》，商昌宝的《作家检讨与文学转型》，王维的《中国文学界"检讨"研究（1949—1955）》❸ 等。

三、学术价值和应用价值

不难发现，上述研究成果已彰显和突出了研究中国现代文学发生的必要性、迫切性，甚至艰巨性，但学界还较少从文学会议角度切入中国现代文学发生的探讨；对于文学会议的研究，多集中于延安文艺座谈会、文代会的个案审视，其他一些文学会议较少纳入研究视野，没有专论中国现代文学会议的著作，专题论文还不多见，尚没有集中揭示文学会议对于中国

❶ 艾克恩：《延安文艺史》，河北教育出版社 2009 年。刘忠：《〈在延安文艺座谈会上的讲话〉研究》，人民文学出版社 2009 年。朱鸿召：《延安文艺繁华录》，陕西人民出版社 2017 年。胡玉伟：《传统的建构与延拓——解放区文学研究及其他》，中国社会科学出版社 2017 年。斯炎伟：《全国第一次文代会与新中国文学体制的建构》，人民文学出版社 2008 年。潘娜：《新中国的第四次文代会》，北京人民出版社 2019 年。

❷ 费冬梅：《沙龙：一种新都市文化与文学生产》，北京大学出版社 2016 年。洪子诚：《材料与注释》，北京大学出版社 2016 年。郑纳新：《新时期〈人民文学〉与"人民文学"》，东方出版中心 2011 年。

❸ 王本朝：《中国现代文学制度研究》，西南师范大学出版社 2002 年。《中国当代文学制度研究》，新星出版社 2007 年。张均：《中国当代文学制度研究》，北京大学出版社 2011 年。王秀涛：《中国当代文学生产与传播制度研究》，文化艺术出版社 2013 年。黄发有：《中国当代文学传媒研究》，人民文学出版社 2014 年。商昌宝：《作家检讨与文学转型》，新星出版社 2011 年。王维：《中国文学界"检讨"研究（1949—1955）》，群言出版社 2015 年。

现代文学发生的价值，这与诸多文学会议均以一种强有力的"集体意识"引导和规范中国现代文学的发生的事实不相符合。同时，学界对于一些文学会议产生的观点分歧与学术争议，亦表明这一研究领域具有重要的理论价值。因此，在文学会议还不是国内外学界研究的中心和审视重点之际，本书立足于中国现代文学历史长河之中，全面、系统、深入地研究文学会议在中国现代文学发生史上的意义，具有独到的学术价值和应用价值。

（一）学科上——以文学会议研究为入口重写中国现代文学史，为中国现代文学发生学研究拓展新领域

当今学界，中国现代文学发生的研究已有相当积累，正在成为又一个新的学术增长点，但对其重要的发生源——文学会议的研究还比较薄弱。本书不只是对于对重大文学会议的深入考察，而且要涉入中国现代文学历史长河中，打捞一些为人忽略的文学会议，将个案审查与宏观把握有机结合，重写中国现代文学史、构建中国现代文学发生学。

（二）方法上——以"剧场理论"来观照中国现代文学会议，为中国现代文学发生学研究提供新视角

运用社会—历史批评方法，在政治、社会与文学关联的场域中解读和研究文学会议，但更多参照欧文·戈夫曼的"剧场理论"进入文学会议情境中，解读会议之缘起、时间、地点、人员、程序、议题、发言、传达等仪式对于中国现代文学秩序、体制、方向、观念、思潮、流派、体式的直接影响与间接渗透。

（三）为撰写中国现代文学会议史、体制史提供史学参鉴

对中国现代文学会议现象进行系统梳理，聚焦文学会议对于中国现代文学演进的深度影响，能够具体揭示中国现代文学的变迁轨迹，准确评价中国现代文学的转型得失，科学阐释中国现代文学的嬗变规律。

（四）为建构中国现代文学发生学提供多元的话语资源

多种因素促发了中国现代文学的发生，学界已从多方位开始了中国现代文学发生学的研究，但从文学会议角度的探寻还刚开始，这将进一步廓清中国现代文学的发生真相，丰富中国现代文学发生学的话语资源。

四、试图研究的对象

现代中国文人，几乎都自觉或不自觉地主持、出席或参与过一些与中国现当代文学密切相关的文学会议。

（一）编委会

如《新青年》编委会开启的新文化运动，《大众文艺》编委会与现代文艺大众化的讨论，新华书店出版工作会议与现代文学作品出版方针的转向，文学期刊工作会议与文艺政策的调整，《文艺报》全体人员大会与文艺界的自我批评，三刊编委会联席会议与文学禁区的打破，涿州会议与创作自由化思潮的遏制等。

（二）成立会

如文学研究会成立会与为人生文学思潮的兴起，语丝社成立会与语丝文体的出现，徐志摩聚餐会与"人性"地位的强调，中国左翼作家联盟成立大会与现代文学组织化的走向，中国剧作者协会成立会与集体编导戏剧的风尚，中华全国文艺界抗敌协会成立大会与文艺下乡入伍热潮的掀起，华东作家协会成立大会与党的文艺政策的贯彻执行等。

（三）座谈会

如内山书店文艺漫谈会与现代文人交际空间的形成，曾朴客厅谈话会与中国现代女作家的出现，邵氏沙龙文学朗诵会与唯美主义文学的自觉，朱光潜读诗会与京派文学群体的逐渐形成，"中央研究院"座谈会与对王实味的批判，延安文艺座谈会与文学大众化的推动，《七月》编辑部座谈会与文艺旧形式的利用，文工会文艺座谈会与胡风主观论批评的开端，《新华日报》座谈会与文学政治性与艺术性的论争，文艺大跃进座谈会与新民歌运动的发起，上海部分文艺工作者座谈会与"大写十三年"口号的提出，《人民文学》短篇小说座谈会与文学生存的主动探索，剧本创作座谈会与文艺思想的解放，北京文艺座谈会与文学"两效"的并重等。

（四）纪念会

如泰戈尔来华欢迎会与东方文化复活的论争，延安纪念鲁迅逝世周年大会与中华民族新文化方向的确认，郭沫若 50 寿辰祝寿会与新文化运动主将的生成，茅盾 50 寿辰及创作 25 周年庆祝会与茅盾文艺奖金的流传，果戈里逝世 100 周年纪念会与斯大林文艺奖金的中国影响，京剧现代戏观摩演出大会与文艺界政治资本的夺取等。

（五）颁奖会

如《万国公报》奖励会与近代报刊的稿件来源，良友文学奖颁奖会与长篇小说创作的推进，《大公报》文艺奖金评奖会与现代文学奖励的开创，国民政府教育部学术奖与文学政治风波的引发，茅盾文学奖颁奖会与长篇小说创作的鼓励，鲁迅文学奖颁奖会与文学事业发展的推动，2012 年诺贝尔文学奖颁奖典礼与中国文学的世界走向，新锐文学奖颁奖大会与先锋文学的推动等。

（六）代表会

如国民党全国宣传会议与三民主义文学的提倡，中华全国文艺界抗敌协会第六次年会与对抗战文学的检讨，第一次文代会与文学体制的建设，第二次文代会与中国文学目标的规划，知识分子工作会议与文艺思想的活跃，全国青年文学创作者会议与新生力量的培养，第三次文代会与"大跃进"文学的辩护，"新侨会议""广州会议""大连会议"与文艺政策的调整，第四次文代会与文学思想的拨乱反正，作协第四次代表大会与创作自由的保障，第五、第六次文代会与市场语境的文学转型，第七、第八、第九次文代会与新世纪文学的发展规约等。

（七）讨论会

如剧作者协会《赛金花》研讨会与国防戏剧的不良倾向，"可不可以写小资产阶级"问题争论会与文艺新方向的把握，胡风文艺思想讨论会与文学界混乱现象的出现，杭州会议与寻根文学的催生，长沙会议与电影文学理论的重修，盘峰诗会与文学主体的精神分化，海外华文文学大会与华文文学的全球传承创新，全国少数民族文学创作会议与少数民族文学繁荣发展的推动等。

（八）批判会

如延安整风审干运动会与文学政治价值的坐实，《我们夫妇之间》批评会与文学意识形态规范的凸显，电影《武训传》批判会与知识分子的思想改造，中宣部整风会与作家身份的转变，北京文艺界整风会与文学思想意识形态的改造，全国文联主席团和作协主席团会议与文艺批判的扩大化，丁玲、陈企霞、冯雪峰揭批会与文艺界反右斗争的发动等。

本书力有不逮，未能全面论述所涉及的会议类型与中国现当代文学之间的关系，而只是立足于中国现代文学发生的特殊境遇，紧扣 1915—2017 年召开的编委会、成立会、座谈会、纪念会、颁奖会、代表会、讨论会、批判会等各类文学会议，选择某种类型中的某一次，揭示其促发或制约中国现代文学秩序、体制、方向、观念、思潮、流派、体式形成的缘由，解读文学会议如何引导、建构了中国现代文学创作主体的认知方式、思想观念、情感变化、行为表现、话语秩序和价值诉求，审查中国现代文学发生的特点，把握中国现代文学发生的机制，聚焦所择取的会议对于中国现当代文学发生的深度影响。

五、相关的研究设想

当然，在研究过程中难点颇多。不仅 1949 年以前的文学会议情况难以还原和材料难以收集，而且 1949 年以后的一些文学会议资料又未完全解密，因此相关会议史料的发掘、整理与甄别将有难度，同时文学会议与中国现代文学发生之关系的研究还有别于一般的文学思潮史、文学流派史、文学社团史乃至作家作品研究。此外，要将官方公开的会议资料和私人潜藏的民间记忆融合，尽可能规避文学与非文学、文学与政治、官方与民间、主流与非主流、依附与反抗等二元对立的思维模式。因此，本书只能以"解剖麻雀"的方式，通过对中国现当代史上一些具体文学会议的梳理和归纳，力图管中窥豹，在较大程度上把握和研究文学会议与中国现代文学时代风貌、审美形态、接受模式之间的关系，总结文学会议影响中国现代文学发生的基本特点和一般规律。也就是说，基于对中国现代文学会议特点和规律的认知和探赜，为学界撰拟一部中国现代文学会议史、撰写中国现代文学体制史、建构中国现代文学发生学提供建设性参照资源。

本书的研究目的是深入归纳和总结中国现代文学会议的特点和规律，把握和研究文学会议与中国现代文学发生的关系，为建构中国现代文学发生学、撰写中国现代文学会议史和体制史提供参照资源，因此，在操作层面上将紧扣与现代中国文学相关的文学会议，运用社会—历史批评方法，尤其参照欧文·戈夫曼的"剧场理论"，进入文学会议的具体话语情境中，在对文学会议类型划分的基础上，解读会议之缘起、时间、地点、人员、程序、议题、发言、决议、传达等会议仪式、过程和实践，对于中国现代文学秩序、体制、方向、观念、思潮、流派、体式发生的直接促发或间接制约，从缘由（会议倡导）、目的（会议意向）、价值（会议功能）、本体（会议话语）、传播（会议效果）等方面展开论证和阐述，在本质上揭示文学会议激活、促发或限制中国现代文学发生的规律和特点，探究中国现代文学的发生方式及背后的文化缘由。在具体研究方法上，一是采取"管中窥豹"法：在中国现代文学发生学的视野中考察文学会议与文学发生的关系，必须具备一种宏观把握的整体性视野。因此，有必要将对文学会议的个案考察与对中国现代文学历史进程的宏观把握结合起来，既要以重要文学会议案例为"个案"，以以点带面的方式，呈现和探究特定时空中中国现代文学的发生缘由，因为重要文学会议无疑是文学发生的关键节点；又要不割裂现代文学发展的历史连续性，对20世纪以来中国现代文学会议进行全面把握和深入研究，以揭示中国现代文学发生的基本格局和独特境遇。二是采取"跨界旅行"法：本书所聚焦的文学会议，可当作领导科学文本、管理科学文本、政治文化文本、文化传播文本和戏剧演出文本等来细读和解析，因此在具体的研究过程中着眼中国现代文学的周边，打通文学的内外分界，在政治学、历史学、社会学、领导学、管理学、戏剧学、传播学、叙事学、文化学、语言学等学科领域中"旅行"，借助和运用这些"跨界"学科的理论和知识进行综合分析，考量和审视文学会议对于中国现代文学发生所存有的或显在或潜在的行为规范和政治逻辑。

总而言之，本书既较广泛地涉猎各种类日报、期刊、文集、作品、档案、日记、书信、回忆录、传记和访谈录，强调相关史料的发掘、整理、甄别与爬梳，重在追根寻源，回归历史，钩沉时人和后人对于文学会议的看法、启迪和感悟，复原文学会议现场，用事实说话，探求文学会议对于中国现代文学发生所具有的影响力，又集中于中国现代文学史上重要、关键、具体、繁多的文学会议：既有官方会议的考察，又有民间会议的审视；既有经常性会议的解读，又有临时性会议的研习；既有代表会、座谈会、研讨会的涉猎，又有观摩会、纪念会、批判会的聚焦等。但凡中国现代文学史上对于其发生有促发或限制的会议，在力所能及的范围内均予以涉及和探赜，置身现代中国文学会议世界里与中国现代文学历史发展的脉络中，扣紧"中国现代文学的发生"这一关键词，遴选出针对性强、有代表性的文学会议，解读会议之缘起、时间、地点、人员、程序、议题、发言、传达等会议仪式及其所蕴含的政治权力、商业利益、文化认同、审美旨趣等因素，对于中国现代文学秩序、体制、方向、观念、思潮、流派、体式的直接影响与间接渗透，本书认为中国现当代文学的发生与文学会议有着极为密切的关系，从文学会议这一维度着手将为中国现当代文学发生学的建构提供新材料，为重写中国现当代文学史提供新思路，为撰拟中国现当代文学会议史、体制史提供新观点，推动中国现当代文学学科的发展。

需要说明的是，第一，本书不附"参考文献"，基于"绪论"部分学界相关中国现代文学发生研究、文学会议研究中的学术成果，均以脚注形式予以了标注；第二，本书中的文章已先后发表在一些报刊上或见诸一些著作和会议论文文集之中，不过均有不同程度的修改和增删，其中第一章刊发于 2018 年第 5 期《湘潭大学学报（哲学社会科学版）》；第二章先后见诸周晓明、王又平主编，湖北教育出版社 2004 年出版的《现代中国文学史》、华中师范大学出版社 2011 年出版的《现代中国文学史（修订版）》和笔者与卢付林合著，湖南大学出版社 2011 年出版的《文化激进主义语境中的现代中国文学》；第三章刊发于 2011 年第 2 辑《现代中国文学论丛》；第四章见诸笔者所著，中国档案出版社 2001 年出版的《回眸十七年（1949—1966）——浅论毛泽东文艺思想在当代中国的实践和发展》；第五章为笔者指导的研究生杨景交硕士学位论文的主体部分；第六章刊发于 2018 年第 4 期《华中学术》；第七章第一节为笔者与研究生杨景交合著，刊发于 2019 年第 3 期《城市学刊》；第七章第二节为 2018 年 10 月 11—14 日吉首大学主办的"沈从文国际学术论坛"会议提交的论文，第七章第三节为笔者与研究生周诗怡提交的 2018 年 12 月 7—10 日海南大学主办的"跨学科视野下的中国现当代文学研究"会议论文，第七章第四节为笔者指导的研究生张明所著，刊发于 2019 年第 5 期《重庆第二师范学院学报》；第八章为笔者指导的研究生刘思含硕士学位论文的主体部分；第九章为笔者指导的研究生赵灵芝硕士学位论文的主体部分；第十章部分内容先后在湖南省文联举办的"湖南省文学艺术界联合会习近平关于文艺工作重要论述学术研讨会"、中国文联举办的"习近平总书记关于文艺工作重要论述理论研讨会"上宣读，并刊发于 2019 年第 2 期《湘江文艺评论》。

在此，谨对于上述刊物、出版社的编辑和会议主办方以及各位合作者和指导老师，即南京师范大学的朱晓进教授，华中师范大学的周晓明、王又平、张岩泉教授，湖北省武汉市委组织部的孙志军副部长，海南师范大学的王学振编审，湘潭大学的万莲姣编审，湖南师范大学的卢付林副教授等以及先后就读于湖南师范大学的研究生刘思含、赵灵芝、杨景交、周诗怡、张明等表示衷心的感谢；对已故老师华中师范大学的黄曼君教授，中国文联党组成员、书记处书记、主席团委员罗成琰教授和已故父母岳志新、罗梅英表达深切的缅怀之情。

"路漫漫其修远兮，吾将上下而求索。"两千多年前的浪漫主义文学大师、爱国诗人屈原身上彰显的这种百折不挠的精神和意志，仍将激发当下扎根湖湘大地的我不遗余力地去追求真理、敬畏学术、热爱教育，为新时代中国特色社会主义文艺的繁荣和发展贡献自己的微薄力量。

第一章 《新青年》编委会与
中国新文学方向的生成

　　作为人类社会的管理手段，会议就是为了达到某种目的把有关人员召集在一起协商和做出某种决定。虽有多种因素促发中国现当代文学的发生、发展、变动和演化，但与文学相关的各类编委会、成立会、座谈会（含讨论会）、奖惩会（含纪念会、讨论会、批判会）、代表会等会议，建构了中国现当代文学创作主体的认知方式、思想观念、情感变化、行为呈现、话语表达和价值诉求，规约着中国现当代文学的语言运用、文体样态、题材择取、叙述角度、抒情方式和书写手段，实是中国现当代文学方向、观念、思潮、社团、语言、体式和作家心态之发生、嬗变和演进的一种机缘与动力。诸如《新青年》编委会与新文学运动的开启，中国左翼作家联盟成立大会与中国左翼文学运动的发生，中华全国文艺界抗敌协会成立大会与抗战文学热潮的掀起，延安文艺座谈会与工农兵文学方向的推动，历次文代会与社会主义文学的发展。随着习近平总书记在文艺座谈会上和第十次文代会、第九次作代会上讲话精神的贯彻，文学会议的功能将更加凸显。其实，会议时间虽有长短之别，召集主体亦有公私之分，大会议题更是千差万别，但它往往因具体的文学问题才召开，其中代表的择取、组织的筹建、机构的成立、主张的提出、宣言的发表、思想的规范、方向的确认、活动的展开，均能以强有力的"集体意识"统一作家认识、整合创作资源、积聚文坛力量、制定文学政策和确立发展方向，成为引导和规范中国现当代文学方向、观念、思潮、社团、语言、体式和作家心态的重要力量。学界虽对文学会议与中国现当代文学发生、发展、演进、转型和嬗变之关系的审察才开始起步，但对中国现当代文学会议的探讨已投入了一定的力量，取得了较多的成果❶。这些成果的最大价值，在于一些基本问题和具体问题上的有所突破，在于改变了以往中国现当代文学研究中"文学会议"视角的缺席以及被忽视的状况；但其不足也较为明显，那就是有些成果只是将"文学会议"与"中国现当代文学"简单地贴合在一起，没有能够从文学会议与中国现当代文学之间的互动关系中，对文学会议催生和激发中国现当代文学方向、观念、思潮、社团、语言、体式演进和作家心态变迁等方面予以准确阐释和科学评价，并未真正搞清文学会议与中国现当代文学方向、观念、思潮、社团、语言、体式之间的关系，未能具体探究文学会议对中国现当代文学生成的深度影响，不能客观评价文学会议对中国现当代文学基本走向及特性形成所起的决定性作用。因此，我们应该更深入地探究文学会议与中国现当代文学发生、发展、繁荣、演进、转型和嬗变之间真实而具体的关系，本章拟粗略探讨《新青年》编委会对于中国新文学方向生成的规训、制约和影响。

---

❶ 学界关于文学会议的研究，主要在三个方面展开：一是会议文献资料的收集和整理，如中国作家协会的《中国作家协会第二次理事会会议（扩大）报告、发言集》（人民文学出版社1956年），方舟、李珉、徐赍、金四泉的《中国百年会议大典》（华文出版社1995年），荣孟源的《中国国民党历次代表大会及中央全会资料》（光明日报出版社1985年），中华全国文学艺术工作者代表大会宣传处的《中华全国文学艺术工作者第一次代表大会纪念文集（影印本）》（中国文联出版社2009年）等；二是文学会议情状的纪实和访谈，如艾克恩的《延安文艺回忆录》（中国社会科学出版社1992年），黄崧华的《知识分子脱帽加冕纪实——记1962年广州会议》（广州出版社2001年），徐庆全的《文坛拨乱反正实录》（浙江人民出版社2004年），姜华宣、张尉萍、肖甡的《中国共产党重要会议纪事（1921—2011）》（中央文献出版社2011年），高杰的《延安文艺座谈会纪实》（陕西人民出版社2013年），施燕平的《尘封岁月》（华东师范大学出版社2014年）等；三是重要文学会议的研究和审视，如斯炎伟的《全国第一次文代会与新中国文学体制的建构》（人民文学出版社2008年），艾克恩的《延安文艺史》（河北教育出版社2009年），刘忠的《〈在延安文艺座谈会上的讲话〉研究》（人民文学出版社2009年），胡慧翼的《第一次文代会研究》（北京大学未刊博士论文，2010年），王秀涛的《文学会议与"十七年"文学秩序》（南京大学未刊博士论文，2011年），王本朝的《中国当代文学制度研究》（新星出版社2007年），陈晓明的《中国当代文学主潮》（北京大学出版社2009年），张均的《中国当代文学制度研究》（北京大学出版社2011年），刘锋杰、薛雯、尹传兰的《文学政治学的构创：百年来文学与政治关系论争研究》（复旦大学出版社2013年），王秀涛的《中国当代文学生产与传播制度研究》（文化艺术出版社2013年），黄发有的《文学与媒体》（福建人民出版社2015年），洪子诚的《材料与注释》（北京大学出版社2016年），以及唐弢、郭志刚、洪子诚、张炯、董健、丁帆、程光炜、张志忠等所撰中国现当代文学史，朱寨、王永生、魏绍馨、马良春、刘增杰、刘中树等所编中国现当代文学思潮史，刘勇、李怡、刘福春、於可训、李遇春等所拟中国现当代文学编年史，对于延安文艺座谈会、文代会等文学会议的涉猎、勾勒、评述和论说。

一、《新青年》编委会的前后轮换

新文学是在反对文言文、提倡白话文为重要内容的五四文学革命中产生的，五四时期诞生的这种运用白话文创作的新文学，从根本上改变了数千年中国文学的嬗变方向，使"言文分离"的古典型中国文学从整体上向"言文一致"的现代型中国文学转换，中国文学从此以独特姿态跨入了现代化的发展轨道。从一般情理上讲，五四时期中国新文学方向的形成，诚如各种中国现当代文学史叙述的那样，是顺应社会进步、文化发展、历史要求的结果，但这种史学叙述却有一个重要的疏忽，它忽视了一个重要的社会现象，是什么力量使得一种以书面语言的现代转换为特质的五四新文学赢得了人们的普遍响应和大力支持？对此，我们应该重视和探究《新青年》编委会会议的作用。

20 世纪初叶，中国出版界尚未见有"编委会"这一名称。直到 1918年 1 月，《新青年》才正式成立由陈独秀、钱玄同、高一涵、胡适、李大钊、沈尹默等组成的编委会。此后，编委会逐渐被某一著作、教材、期刊、丛书等出版物作为编辑机构而使用，但也常常指称这种编辑机构所召集的编辑会议。参加编委会的成员，常由主编、副主编和若干编辑组成，多为相关学科领域的专家学者和权威人士，常通过定期或不定期召开会议的方式，来磋商和讨论所编出版物应该遵循的编辑方针、编纂体例、编选范围，解决编辑过程中出现或遇到的重大问题，并对出版物文稿作最后审定。

作为五四时期的重要刊物和传播媒体，《新青年》的重要性不言而喻，正如郭湛波所言，"陈先生自民国四年创办《新青年》，影响甚大，由《新青年》可以看他个人思想的变迁，同时可以看到当时思想界的变迁"❶，但这种声誉的赢得离不开《新青年》的编委会。由于没有编委会，《新青年》刚出版时只由陈独秀一人编辑、一人主撰、一人主办，因而销路甚少，连赠送交换在内每期印 1000 余份，影响并不大。虽然 1916 年 9 月 1 日复刊更名的《新青年》第 2 卷第 1 号之封面才开始有"陈独秀主撰"字样，但从 1915 年 9 月 15 日第 1 卷第 1 号《青年杂志》创刊以来到 1917 年 8 月 1

---

❶ 郭湛波：《近五十年中国思想史》，上海古籍出版社 2005 年，第 82 页。

第一章 《新青年》编委会与中国新文学方向的生成

日《新青年》第 3 卷第 6 号，陈独秀事实上就是一人一直担任着该刊初期总计 18 期的主撰稿。至于《新青年》何时开始酝酿成立和召开编委会，现有史料尚难确定，估计应在 1917 年 6—7 月。因为蔡元培荐举陈独秀为北京大学文科学长，陈独秀于 1917 年 1 月 11 日离沪赴京就任，而《新青年》编辑部亦随之由上海迁至北京北池子箭杆胡同 9 号（今 20 号），但仍因销路不佳、书肆告难，于 1917 年 8 月 1 日第 3 卷第 6 号后休刊四个月。面对如此困境和窘态，主编陈独秀不能不设法改变《新青年》的生存境遇，策略之一就是募集"社友"组建编委会。相关史料表明，此时的《新青年》已开始募集到了其他社友，这从 1917 年 8 月 1 日《新青年》第 3 卷第 6 号所刊陈独秀复钱玄同信中有"待同发行部和其他社友商量同意，即可实行""左行横迤"一语即可见出❶；而从 1917 年 10 月 16 日刘半农所致钱玄同信中所提到的四大"台柱"、邀请"名角"帮忙❷的言辞中，也可以看到《新青年》此时已经有了陈独秀、胡适、刘半农、钱玄同这样的"主笔"骨干，而邀约"名角"的行动还在持续。正是主编陈独秀的审时度势，主动应对，改变了一人主编的编辑状态，《新青年》的出版立场和发行状况才真正得到了改善，从而使《新青年》发生了根本性的变化。其缘由正是 1918 年 1 月 15 日重新出版的第 4 卷第 1 号《新青年》，变陈独秀一人主编为同人组成的编委会，开始了每期一人、周而复始、轮流编辑的办法❸。

这种成立编委会、实行轮流编辑的办法，虽未在 1918 年第 5 卷共 6 号的任一期《新青年》上"广而告之"，但到了 1919 年 1 月 15 日还是在第 6 卷第 1 号的杂志上把轮值编辑名单公之于众了❹，因为第 6 卷（1919 年 1

---

❶ 陈独秀：《三答钱玄同（文字符号与小说）》，《新青年》1917 年 8 月 5 日第 3 卷第 6 号。

❷ 刘半农在致钱玄同的信中指出："先生试取《新青年》前后所登各稿比较参观之，即可得其改变之轨辙。……譬如做戏，你，我，独秀，适之，四人，当自认为'台柱'，另外再多请名角帮忙，方能'押得住座'；'当仁不让'，是毁是誉，也不管他。"（《刘半农致钱玄同》，《中国现代文艺资料丛刊》第 5 辑，上海文艺出版社 1980 年，第 303 页）。

❸ 《新青年》编委会轮流编辑的历史事实，最早见于钱玄同 1918 年 1 月 2 日的日记："午后至独秀处，检得《新青年》存稿。因四卷二期归我编辑，本月五日须齐稿，十五日须寄出也。"（鲁迅博物馆：《钱玄同日记》第 4 卷，福建教育出版社 2002 年，第 1645 页）也可参见鲁迅 1918 年 7 月 5 日致钱玄同的书信："玄同兄：来信收到了。你前回说过七月里要做讲义，所以《新青年》让别人编、明年自己连编两期、何以现在又要编了？"（鲁迅：《致钱玄同》，《鲁迅全集》第 21 卷，人民文学出版社 2005 年，第 363 页）。

❹ 《本志第六卷分期编辑表》，《新青年》1919 年 1 月 15 日第 6 卷第 1 号。该表说明该卷一至六期由陈独秀、钱玄同、高一涵、胡适、李大钊、沈尹默轮流编辑。

月—1919 年 11 月）又成立了一个新的编辑部。对此，《新青年》编委会同人前后均有一些回顾性的叙说。沈尹默在 1979 年是这样回忆的："《新青年》搬到北京后，成立了新的编辑委员会，编委七人：陈独秀、周树人、周作人、钱玄同、胡适、刘半农、沈尹默。并规定由七人编委轮流编辑，每期一人，周而复始。"❶ 而胡适早在 1922 年就提到了《新青年》轮流编辑的情况："民国七年一月，《新青年》重新出版，归北京大学教授陈独秀、钱玄同、沈尹默、李大钊、刘复、胡适六人轮流编辑。"❷ 周作人晚年也回忆了《新青年》第七卷之前的这种编辑情况："在这以前，大约是第五六卷吧，曾议决由几个人轮流担任编辑，记得有独秀、适之、守常、半农、玄同，和陶孟和这六个人，此外有没有沈尹默，那就记不得了，我特别记得是陶孟和主编的这一回。"❸ 由此可见，"陈独秀主撰"的《新青年》自第 4 卷第 1 号以后一变而为"轮流编辑"同人刊物了。我们可以发现，1918 年 1 至 6 月间出版的第 4 卷共 6 号的《新青年》的轮值编辑，依次是陈独秀、钱玄同、刘半农、陶孟和、沈尹默、胡适；而 1918 年 7 月至12 月出版的第 5 卷共 6 号《新青年》的轮值编辑，则依次是陈独秀、钱玄同、刘半农、胡适、沈尹默、陶孟和；到了第 6 卷共 6 号的《新青年》，虽然因陈独秀被北大变相免职，加上五四运动突然爆发，使得各期未能按时出版，出版时间由 1919 年 1 月拉长至 11 月，但依然为轮流编辑，他们依次是陈独秀、钱玄同、高一涵、胡适、李大钊、沈尹默❹。由此可见，沈尹默有关周树人、周作人为《新青年》编委会成员的回忆虽有失误，胡适的叙说仅仅只关注《新青年》第 4 卷而遗漏了高一涵、陶孟和等，周作人的回忆也忽略了沈尹默、高一涵等，但因《新青年》编委会的成立，积聚到了周树人、周作人这样一批名流作者成为杂志的主要撰稿人，不仅使杂志销路剧增，最高时每期"最多一个月可以印一万五六千本了"❺ 亦常销售一空，成为人们风行一时的"抢手货"，而且影响也越来越大，开始成为北京大学和现代中国知识分子的思想阵地，形成了以《新青年》

---

❶ 沈尹默：《我和北大》，《五四运动回忆录》（续），中国社会科学出版社 1979 年，第 166 页。

❷ 胡适：《五十年来中国之文学》，《胡适学术文集·新文学运动》，姜义华主编，中华书局 1993 年，第 152 页。

❸ 周作人：《周作人回忆录》，湖南人民出版社 1982 年，第 338 – 339 页。

❹ 张耀杰：《北大教授与〈新青年〉》，新星出版社 2016 年，第 1 页。

❺ 汪原放：《回忆亚东图书馆》，学林出版社 1983 年，第 32 页。

杂志为核心的五四新文化阵营，开创了以白话文写作为第一目标的新文学发展方向。而这种轮流编辑的办法一旦终止，中国现代文学的发展方向则驶入了另外一种航道。自 1919 年 12 月 1 日第 7 卷第 1 号始，《新青年》杂志再次恢复到由陈独秀一人主编的原初状态。再次由陈独秀一人主编的《新青年》，自 1920 年 9 月 1 日第 8 卷第 1 号又逐步为中国共产党上海发起组所主控；而到了 1923 年 6 月，以季刊形式复刊的《新青年》则成为中共中央的纯理论机关刊物。这种状态一直延续到 1926 年 7 月停刊，《新青年》变为宣传俄国革命和马克思主义的中共中央机关刊物，其在文学领域的重大影响则逐渐减弱，"作为民国史上第一同人刊物的短暂辉煌，也就此终结"❶，这"不仅意味着杂志本身办刊宗旨及内容的重大变化，而且反映新兴的马克思主义者成为刊物的主导者，预示着'五四'后中国新思想的主流有可能朝马克思主义方向发展"❷，这似乎也能反证出现代中国五四新文学方向的生成与《新青年》编委会的密切关联。

二、《新青年》编委会的气场效用

一般而言，期刊召开的编委会大多规模不大，时间可灵活自由，场地亦不拘一格，与会人员多为编辑同人自身，有时也常有相关编辑邀约而来的各路作者与会。现在虽难以找到如今流行的"会议纪要"之类的原始史料来复原 1918 年以来《新青年》杂志编委会召开的具体情况，但在一些当事人留下的只言片语中还是可以依稀看到一人一刊、各负其责的《新青年》编委会不时以聚餐、开会等方式来碰头商量编务的情景。钱玄同在1918 年 1 月 2 日的日记中云："午后至独秀处，检得《新青年》存稿。因四卷二期归我编辑，本月五日须编稿，十五日须寄出也。与独秀谈，移时叔雅来，即在独秀处晚餐。"❸ 其实，陈独秀的家就是《新青年》的编辑部

❶ 张耀杰：《历史背后：政学两界的人和事》，广西师范大学出版社 2006 年，第 7 页。
❷ 欧阳哲生：《〈新青年〉编辑演变之历史考辨——以 1920—1921 年同人书信为中心的探讨》，《历史研究》第 3 期，2009 年 1 月 15 日。
❸ 钱玄同：《钱玄同日记》第 4 卷，福建教育出版社 2002 年，第 1645 页。

地址——北京东安门内北池子箭杆胡同❶。这是钱玄同、陈独秀、刘叔雅3人以家庭聚餐请客的形式聚会，检校、编辑《新青年》的稿件。胡适做轮值编辑时，因《新青年》第6卷第4号严重延期，曾多次以请客聚会的形式约稿，周作人日记记载至少被邀过两次。一次是1919年3月8日因为天气不佳没有参加，但是在当天的日记中有这样的记载："晴，大风。……晚适之因办报事请客，不去。稍冷，四十二度，雨雪积雨许"❷；一次是同年5月23日与大哥鲁迅一同前往："廿三日，晴。……大哥来，七时同至东兴楼，适之请客，十一时返寓。"虽然不是《新青年》杂志的轮值编辑，但作为该刊的重要供稿者、"编辑部之外的二级同人"❸，鲁迅和周作人由于"客师"的地位，没有编辑过《新青年》，但应刊物编辑邀约参加编委会主持的各类会议来出谋划策可谓家常便饭和司空见惯的事情。作家所提意见、所出谋略有可能不被编委会所采纳，但作家的现场观察和事后记录还是具有真实性和可信度的。周作人的一些零碎回忆较多，有时还充满悖论和歧义，非常容易让人产生误解和误读，如他在1958年1月20日写给曹聚仁的私信中评论《鲁迅评传》时曾这样说道，"《新青年》会议好像是参加过的样子"，"会议可能是有的，我们是'客师'的地位向不参加的"❹，以致学界对于鲁迅是否参加了《新青年》的编委会发生了很大争论。其实，担任编辑和参加编委会会议是两码事。事实上，鲁迅与会多半是应与他关系最为密切的《新青年》轮值编辑钱玄同、陈独秀、胡适、刘半农的邀约。鲁迅1917年8月9日所记日记这样写道："晴，大热。下午钱中季来谈，至夜分去。"❺这里的"钱中季"正是钱玄同，"中季"是钱玄同在日本与鲁迅、周作人等一起随章太炎学习时使用的名字。其时，鲁迅与弟弟周作人正寄住于北京绍兴会馆。钱玄同第一次登门拜访，正是为《新青年》约稿之事。此时约稿的具体情况，鲁迅在《〈呐喊〉自序》中

---

❶ "易卜生（H. Ibsen）为欧洲近代第一文豪，其著作久已风行世界，独吾国尚无译本。本社现拟以六月份之《新青年》为'易卜生号'，其中材料专以易卜生（H. Ibsen）为主体。除拟登载易卜生所著名剧《娜拉》（A Doll's House）全本，及《易卜生传》之外，尚拟征集易卜生之著作，以为介绍易卜生入中国之纪念。海内外学者如有此项著述，望于五月十日以前寄至北京东安门内，北池子，箭杆胡同九号，本杂志编辑部为祷。"（《本社特别启示》，《新青年》1918年4月15日第4卷第4号）

❷ 周作人：《周作人日记》（影印本）中册，大象出版社1996年，第10页。

❸ 张耀杰：《北大教授与〈新青年〉》，新星出版社2016年，第12页。

❹ 张菊香、张铁荣：《周作人年谱》下卷，天津人民出版社2000年，第862页。

❺ 鲁迅：《日记》，《鲁迅全集》第14卷，人民文学出版社1981年，第282页。

有一段生动的记录。晚清以来曾一度犹疑孤寂的鲁迅，答应了钱玄同发出的"做文章"的邀约，不仅加入了《新青年》这个创作阵地，而且"一发而不可收，每写些小说模样的文章，以敷衍朋友们的嘱托"❶，开始振臂"呐喊"和奋起呼唤。关于陈独秀的邀约，鲁迅的《〈守常全集〉题记》中留有相关话语："我最初看见守常先生的时候，是在独秀先生邀去商量怎样进行《新青年》的集会上，这样就算认识了。"❷ 胡适邀约鲁迅参加其召集的《新青年》同人集体就餐聚会活动，鲁迅在 1919 年 5 月 23 日的日记中有明确的记录："夜胡适之招饮于东兴楼，同坐十人。"❸ 此时的刘半农，在《新青年》已有钱玄同、陈独秀、胡适之和他自己等四大"台柱"的情况下，继续萌生着"另外再多请名角帮忙，方能'押得住座'"的想法❹，鲁迅显然就是他请来帮忙的"名角"之一。鲁迅虽然忘记了"怎么和他初次会面"的情形，但在悼念刘半农逝世一月有余的文章中，客观评价了这个《新青年》里"活泼，勇敢，很打了几次大仗的战士"，尤为后人留下了《新青年》编委会召开情况的珍稀记录。

"《新青年》每出一期，就开一次编辑会，商定下一期的稿件。其时最惹我注意的是陈独秀和胡适之。假如将韬略比作一间仓库罢，独秀先生的是外面竖一面大旗，大书道：'内皆武器，来者小心！'但那门却开着的，里面有几支枪，几把刀，一目了然，用不着提防。适之先生的是紧紧的关着门，门上粘一条小纸条道："内无武器，请勿疑虑。"这自然可以是真的，但有些人——至少是我这样的人——有时总不免要侧着头想一想。半农却是令人不觉其有"武库"的一个人，所以我佩服陈胡，却亲近半农。"❺

由此可见，鲁迅不仅参加和出席过《新青年》召开的编委会，而且对编委会召开的时间（"每出一期，就开一次编辑会"）、内容（"商定下一期的稿件"）、情况（譬如陈独秀、胡适、刘半农等在编委会上的个性发言）有着生动形象的呈现和完整准确的记录。

---

❶ 鲁迅：《呐喊·〈呐喊〉自序》，《鲁迅全集》第 1 卷，人民文学出版社 1981 年，第 2 页。

❷ 鲁迅：《朝花夕拾·〈守常全集〉题记》，《鲁迅全集》第 4 卷，人民文学出版社 1981 年，第 523 页。

❸ 鲁迅：《日记》，《鲁迅全集》第 14 卷，人民文学出版社 1981 年，第 357 页。

❹ 《中国现代文艺资料丛刊》编辑组：《刘半农致钱玄同》，《中国现代文艺资料丛刊》第 5 辑，上海文艺出版社 1980 年，第 303 页。

❺ 鲁迅：《忆刘半农君》，《鲁迅全集》第 6 卷，人民文学出版社 1981 年，第 71 页。

当然，《新青年》编委会每一次编辑会议的详情实况我们现在依然无从知晓，因为以"编辑部"同人名义刊发的文字记录实在很少。由此而来，1918 年 3 月 15 日第 4 卷第 3 号《新青年》以"本志编辑部"名义刊发的一则"公告"就显得极为珍贵，因为它彰显了《新青年》编委会的气势和力度。公告云：本志自第四卷一号起，投稿章程业已取消，所有撰译，悉由编辑部同人共同担任，不另购稿。其前此寄稿尚未录载者，可否惠赠本志？尚希投稿诸君，赐函声明，恕不一一奉询，此后有以大作见赐者，概不酬资。❶

这则"启事"当然是《新青年》同人之间志同道合的心声流露，就像如今重大报刊发出的社论、社告之类的文字一样。经过一两期的磨合之后，《新青年》之所以能够刊发如此理直气壮的"启事"，缘由有二。

一是因为《新青年》编撰体制由"陈独秀主撰"改为编委会同人办刊，主动撰稿的同人增多，作者队伍壮大，稿源愈来愈多，毋须社外投稿。据统计，《新青年》首卷六期作者主要是陈独秀、高一涵、汪叔潜、潘赞化、陈嘏（陈独秀之侄）、李亦民、彭德尊、易白沙（湖南人，在皖任教）、谢无量（四川人，父辈在皖任职）、刘叔雅（文典）、孟明、高语罕、薛琪瑛、萧汝霖等，均是清一色的与陈独秀一起参加反清革命的少数皖籍或准皖籍文人。停刊半年、易名为《新青年》的第 2—3 卷，由于还是在上海复刊，作者队伍虽有所壮大，第 2 卷新进作者有胡适、李光升、张绍南、程演生等皖人和李大钊、吴稚晖、刘半农、马君武、苏曼殊、杨昌济、陶履恭、陈钱爱琛、康普、陈其鹿、吴虞等非皖籍人士，第 3 卷有蔡元培、钱玄同、章士钊、恽代英、毛泽东（二十八划生）、常乃德、凌霜、刘延陵、方孝岳等，但此后还是又经过了 4 个月的短暂停刊。直到1918 年 1 月第 4 卷复刊，改为编委会轮流编辑后，大批北大新派文人和进步学生成为它的新进作者，如第 4 卷的周作人、鲁迅、沈尹默、沈兼士、陈大齐、林损、张祖萌、王星拱、俞平伯、傅斯年、罗家伦、袁振英、林语堂等，第 5 卷的欧阳予倩、吴弱男、朱希祖、任叔永、陈衡哲、宋春舫、李剑农等，第 6 卷的张寿镛、张崧年（申府）、刘秉麟、王光祈、周建人、陈启修等，第 7 卷的杜国庠、张慰慈、孙伏园、高君宇等，杂志影响才如日中天，而新文学运动也得以迅速发展，新文学创作持续增添着活力。新

---

❶ 《本志编辑部启事》，《新青年》1918 年 3 月 15 日第 4 卷第 3 号。

青年社团成员虽有数十人，但核心成员主要还是陈独秀、胡适、钱玄同、刘半农、李大钊、高一涵、周作人、鲁迅，他们都是《新青年》的主要作者，大多参与杂志的编辑和决策。此外，凡为《新青年》撰稿并赞同其思想主张的人均可算是普通成员，主要有章士钊、吴虞、杨昌济、刘文典、沈尹默、吴敬恒、傅斯年、罗家伦、易白沙、陶孟和、张慰慈、王星拱、李辛白、程演生等。但不管是守旧派，还是激进派；不管是复古主义者，还是自由主义者；不管是无政府主义者，还是马克思主义者，大部分"都是大学教授，都是大学问家"❶，并一一在《新青年》这个刊物上显山露水，或负责编务，或进行原创，或担任编译，或提出建议，或展开辩驳，从而成为《新青年》"获得巨大成功的保证"和"维持思想文化革新路向的前提"❷。正如后人评价的那样，"如果说之前的'名彦''名流''名家'执笔，多少有些虚张声势的话，如今由'货真价实'的北大教授担任撰译，对一般青年读者之号召力，当不难想象"❸。

二是缘于《新青年》同人有着建设新文学这样一致的团体主张。虽然4—6共3卷总计18号杂志由6位同人轮流编辑，彼此各有分工，但彼此之间却在相应的时间里即"每出一期就开一次编辑会"上相互合作，"商定下一期的稿件"，❹从严约稿审稿、商讨编辑方针、编纂体例、栏目设置、编选范围、稿件采用等大政要旨，至少发出的社论、社告之类的文字要求得同人之间的志同道合和目标一致。胡适虽曾在1919年6月29日《每周评论》刊发的《欢迎我们的兄弟——〈星期评论〉》这篇文章中批评《新青年》杂志所采用的一人一号、各负其责的轮值编辑方式为"最不经济的'人自为战'的笨法"，甚至认定常在政治与文学之间游走的《新青年》"从来不曾有过一贯的团体主张"❺，但这份《本志编辑部启事》事实上是彰显了《新青年》同人成立编委会以来还是有一致的团体主张的，同人共同主持使得《新青年》的编辑方针有所调整，从第4卷第1号开始，该杂志便再度重申了不谈政治的宗旨，"在民国六年，大家办《新青

---

❶ 爱真：《五毒》，《新青年》1918年12月15日第5卷第6号。

❷ 陈平原：《学问家与舆论家——老北大的故事之三》，《读书》1997年第11期。

❸ 王奇生：《新文化是如何"运动"起来的——以〈新青年〉为视点》，《近代史研究》2007年第1期。

❹ 鲁迅：《且介亭杂文·忆刘半农君》，《鲁迅全集》第6卷，人民文学出版社1981年，第71页。

❺ 胡适：《欢迎我们的兄弟——〈星期评论〉》，《每周评论》第28号，1919年6月29日。

年》的时候，本有一个理想，就是二十年不谈政治，二十年离开政治，而在教育思想文化等非政治的因子上建设政治基础"❶，而且取消了原有两个具有浓烈政治色彩的"国内大事记"和"国外大事记"，而将更多的目光投向了学术，其中重要的一个方面就是文学，就是胡适多次明确提到的"白话文写作"，"民国七年一月《新青年》复活之后，我们决心做两件事：一是不作古文，专用白话作文；一是翻译西洋近代和现代的文学名著"❷，从而造就"文学的国语，国语的文学"❸。

三、《新青年》编委会的价值诉求

事实上，《新青年》上发表的文章"涉及众多的思想流派与社会问题，根本无法一概而论"❶，但"批评时政"和"文学革命"则是其旗帜鲜明的办刊主旨。至于《新青年》同人谈政治与不谈政治，其实都不是知识分子的歧路，它都可以作为知识分子应对社会变迁的一种路径选择，但它毕竟不受编委会一致认同也是客观的事实。从"不谈政治"到"谈政治"的转变，确实是"《新青年》同人团队走向分裂的一个关键性因素"❺，《新青年》即将分裂之际才有了《每周评论》的创刊。但是，"成了全国的东西，成了一个严重的问题"❻的文学革命主张，却是《新青年》编委会同人在3—7卷的编辑工作中能够抱团作战、营造平台的利器，从而在文学革命理论与问题的讨论，白话诗、小说、戏剧、应用文等体裁创作与革命的探讨，新式文字、文法、书写、注音和标点符号的运用等方面，"运用传播技巧制造舆论，将自己的观点变成社会关注的焦点"❼。譬如延续传统、最具创意的"通信"栏目此后显得更为规范，有的加上标题，有的列出纲要，并登在杂志封面的"要目"上，而它所展开的更为深入集中的讨论和

---

❶ 胡适：《陈独秀与文学革命》，《胡适学术文集·新文学运动》，姜义华主编，中华书局1993年，第188页。

❷ 胡适：《〈中国新文学大系〉第一集导言》，《胡适学术文集·新文学运动》，姜义华主编，中华书局1993年，第256页。

❸ 胡适：《建设的文学革命论》，《新青年》1918年4月15日第4卷第4号。

❹ 陈平原：《触摸历史与进入五四》，北京大学出版社2018年，第63页。

❺ 张耀杰：《北大教授与〈新青年〉》，新星出版社2017年，第73页。

❻ 胡适：《陈独秀与文学革命》，《胡适学术文集·新文学运动》，姜义华主编，中华书局1993年，第192页。

❼ 谢明香：《出版传媒视角下的〈新青年〉》，巴蜀书社2010年，第77页。

论争，如《论小说及白话韵文》❶《新文学与今韵问题》❷《革新文学及改良文字》❸《论句读符号》❹ 等，更从文学革命观念的灌输和传播层面推进中国新文学方向的生成，在沟通读者思想、促动新文学运动中发挥了作用。虽然胡适的"八不主义"发表在编委会尚未成立之前的第 2 卷第 2 号上，但白话文能够形成一场声势浩大的运动还是在编委会成立以后。该栏目就文学如何改良、《金瓶梅》如何评价、横行与标点符号是否当行、世界语的提倡、英文"she"字译法的商榷展开了广泛多元的讨论，尤其是那场应运而生、万人瞩目的"双簧戏"❺ 引发了对"文学革命"的高度关注和多元讨论，新文学观念、语言、文体上的各种问题引发了人们的深度探讨，"许多重要的问题和思想都在这里得到了认真的讨论和发展"❻，吸纳了各地具有新思想的知识分子逐渐聚集于《新青年》周围结成新文学阵营，使得"文学革命"一时间成为《新青年》杂志乃至当时整个传媒领域的关键词，思想理论深入人心，编委会影响力迅速扩大，成为新文学革命的舆论阵地和活动中心。譬如自 1918 年 4 月 15 日第 4 卷第 4 号开设的"随感录"栏目，一直延续到 1922 年 7 月 1 日的第 9 卷第 6 号，围绕国粹、国民性、女子、时政等问题，"对于有害的事务，立刻给以反响和可能抗争，是感应的神经，是攻守的手足"❼，发表了 100 多篇急于贴近现实干预生活的言论，或抨击，或批判，或讥弹，或嘲讽，从文体建设和技巧运用等层面推进现代中国新文学的建设，实现了中国古代散文向现代形态的转变，成为中国现代杂文的摇篮。当时，陈独秀、刘半农、钱玄同、鲁迅、

---

❶ 胡适、钱玄同：《论小说及白话韵文》，《新青年》1918 年 1 月 15 日第 4 卷第 1 号。

❷ 钱玄同、刘半农：《新文学与今韵问题》，《新青年》1918 年 1 月 15 日第 4 卷第 1 号。

❸ 朱我农、胡适、钱玄同：《革新文学及改良文字》，《新青年》1918 年 8 月 15 日第 5 卷第 2 号。

❹ 慕楼、胡适：《论句读符号》，《新青年》1918 年 9 月 15 日第 5 卷第 3 号。

❺ 1918 年 3 月 15 日，《新青年》杂志编委会成员之一的钱玄同假"王敬轩"之名，在《新青年》第 4 卷第 3 号上"通信"专栏发表了一封用文言文写成、不加一个标点的给《新青年》编者的信，对主张新文化的人进行攻击；而刘半农则以《新青年》记者名义，在《新青年》同期的编辑回信中刊发了长达万余言的《复王敬轩书》，对王敬轩所提出的观点逐一加以驳斥。钱刘二人导演的这出双簧戏，引发了新旧两派的激烈论战，震动了五四运动前中国的思想界和文学界。对于"双簧戏"的影响，近来出现了一些质疑的声音，参见宋声泉：《被神话化的〈新青年〉"双簧戏"事件》，《中国现代文学研究丛刊》2015 年第 1 期。

❻ ［美］周策纵：《五四运动：现代中国的思想革命》，周子平等译，江苏人民出版社 1996 年，第 93 页。

❼ 鲁迅：《热风·题记》，《鲁迅全集》第 1 卷，人民文学出版社 1981 年，第 3 页。

周作人等都在此发表短小精悍、绵里藏针、委婉机智、论战色彩浓厚的随感多篇，为提倡新文学反对旧文学、提倡新道德反对旧道德迅速及时地给予评说和应对，尤其是鲁迅以其敏锐的思想洞察、幽默的天才智慧和深厚的艺术积累将这一文体发扬光大，成为现代杂文的开拓者和奠基人，对现代散文自五四时期成为一种独立的形式做出了重要贡献。譬如1918年6月15日第4卷第6号策划的"以为介绍易卜生入中国之纪念"❶的"易卜生"专号引发的"易卜生热"，专号上有胡适、罗家伦翻译的《娜拉》、陶履恭翻译的《国民公敌》，这里有胡适系统评析易卜生的专论《易卜生主义》，这里有袁振英撰写的易卜生传记《易卜生传》，专门介绍挪威戏剧家易卜生的话剧和思想，进而引发了"戏剧改良专号"❷的推出，从域外新思潮的引入和传播层面推进五四新文学方向的现代化，在思想界和话剧界掀起了阵阵波澜，为"海内外有心文学改良、思想改良者所欢迎也"❸。

由此可见，作为出版者、作者、读者沟通中介的《新青年》能够持续两年左右的鼎盛辉煌，由"极平凡的一种学生读物"❹"普通的刊物"❺变为产生全国性影响、直接开启现代中国新文化方向的重要阵地，就缘于编委会立足于"建设的文学革命"立场，紧紧围绕"文学革命"一系列话题展开编务活动，反对文言文、提倡白话文，反对旧文学、提倡新文学，摒弃旧传统、注入新思想，把文学从文言的桎梏中解放出来，营造一种强势的新文学生态，使"文学的生命全靠能用一个时代的活的工具来表现一个时代的情感与思想"❻。对此，鲁迅有中肯的评述："白话的生长，总当以《新青年》主张以后为大关键，因为态度很平正。若夫以前文豪之偶用白话入诗文者，看起来总觉得和运用'僻典'有同等之精神也。"❼ 因此，《新青年》所营造的文学氛围、采用的文本策略、确立的文学体式、传播的文学作品、引导的审美趣味，均着力于推进和普及通俗易懂的白话文，使得处于边缘的白话文一跃成为新文学语言的"正宗"，并最终确立了国

---

❶ 《本志特别启事》，《新青年》1918年4月15日第4卷第4号。

❷ "戏剧改良专号"《新青年》1918年11月15日第5卷第4号。

❸ 《本志特别通告》，《新青年》1918年5月15日第4卷第5号。

❹ 周作人：《知堂乙酉文编》，河北教育出版社2002年，第93页。

❺ 周作人：《知堂回想录》下册，河北教育出版社2002年，第383页。

❻ 胡适：《逼上梁山》，《胡适学术文集·新文学运动》，姜义华主编，中华书局1993年，第200页。

❼ 鲁迅：《致胡适》，《鲁迅全集》第11卷，人民文学出版社1981年，第412页。

语的地位，将传统中国文学这艘"古船"毅然驶入世界进步文明的洪流，实现数千年中国传统文学的创造性转换，使它焕发生机，获得崭新生命，从而改变了中国文学的基本走向，朝着建设新文学的方向迈开稚嫩而坚强的步伐，标志着中国文学新纪元的真正开始。

第二章 "左联"成立大会及其 纲领的激情喷发

20 世纪 30 年代前后的中国，阶级矛盾和民族矛盾愈趋尖锐复杂。

北伐战争以后，中国政治版图发生了重大变化，国民党逐渐取代北洋军阀的统治，各路军阀势力基本被消灭或归属于国民党的旗帜之下。1927年 4 月 12 日，设法取得英、美、日等帝国主义谅解和支持的蒋介石，在上海公开向共产党员和革命人民挥起了屠刀，中国阶级关系和革命形势发生了重大变化，国民党南京政府于 4 月 18 日宣告成立。虽然国民党南京政权的统治扩展到了全国，为维护统治运用党治控制国家资源，在内政、外交上也施展了各种手腕，或厉行"清党"，或编遣军队，或整理财政，或颁布《土地法》和《土地处理条例》，或设立行政、立法、司法、考试、监察五院，或"改订新约"，或对俄绝交，甚至"九一八""一二八"事变后还推行"先安内而后攘外"的政策，如恢复军事委员会，对师长以上的高级军官施行"精神训练"；建立"中统"（国民党中央调查统计局）、"军统"（军事委员会调查统计局）等庞大的特务组织，地方基层推行保甲制度，加强对城乡人民的控制和束缚；颁布土地法令，提出各种关于农村问题和农民土地问题的主张；强取豪夺，垄断国民经济，形成了蒋（介石）、宋（子文）、孔（祥熙）、陈（立夫、果夫）为代表的国民党官僚资本，巩固和强化了国家机器，在全国范围内确立了一党专政的政治体制，也得到了各帝国主义国家的承认。但是在事实上，国民党统治伊始即面临着中国共产党、国民党地方军、日本等方面势力的严重挑战。一是国内各社会政治力量在国、共两党全面对抗的境域中面临着复杂选择，如以国民党左派邓演达为首主张进行"平民革命"、建设国家资本主义的第三党（中国国民党临时行动委员会），以汪精卫、陈公博为首主张"改组国民党"和重新"确立农工小资产阶级的联合阵线"的改组派，以胡适、罗隆基为代表要求废除党治、实行人治、反对暴力革命、呼吁发起"人权运动"的人权派，或聚集力量、独立建党，或声气相投、拉帮结派，或创办

刊物、著书立说；既不满国民党一党专政或蒋介石的独裁，也不赞成共产党的阶级斗争、暴力革命，企图于国、共之外走第三条道路。二是日本帝国主义加快了侵占、吞并中国的步伐，中日民族矛盾不断激化。1929年，资本主义世界爆发全球性经济危机。为转移日本人民的视线和缓和国内的经济压力及阶级矛盾，日本政府企图依靠中国东北丰富的资源寻求摆脱经济危机的出路。从1931年"九一八"事变到1937年"七七"事变期间，日本帝国主义侵占中国东北三省，分离华北地区，最终发动全面侵华战争。而国民党政权把"攘外必先安内"作为基本国策，对日一再妥协屈服，引起全国广大民众乃至国民党部分有识之士的强烈不满。这不仅助长了日本军国主义的气焰，危害了中国的领土完整和民族利益，而且也损害了南京国民政府的政治权威，造成了民众对国民党政权的严重疏离。于是，即使是在政权相对稳定的20世纪30年代，国民党政府实际上也危机四伏、矛盾重重，在总体上陷入了严重困境之中。更为严重的是，国、共两党在政治、军事、思想、文化诸领域展开全面对抗。面对国民党的白色恐怖统治，中国共产党并没有被杀绝、被吓倒、被征服，在政治、军事、文化、经济上调整革命路线和斗争策略，如发动南昌起义、秋收起义，创建中国工农红军，确立在赣、闽、湘、鄂、豫开展土地革命和以农民为主力武装反抗国民党政权的总方针，多次粉碎国民党反革命军事"围剿"，建立和发展农村根据地，并深入展开必要和可能的经济建设，领导和积极参加全国人民的抗日运动和东北人民的抗日游击战争，在毛泽东的带领下开始和完成了二万五千里长征，中国革命转危为安并出现了新的局面，它使全国人民对于中国革命和抗日救国的前途产生了新的希望。工农红军到达陕北后，中国共产党在全面分析国内外政治形势、阶级关系变化的基础上，确定要把国内战争同民族战争结合起来，建立最广泛的抗日民族统一战线。在共产党抗日民族统一战线策略方针的指引下，抗日救亡运动蓬勃高涨，中国进入全面抗日战争时期。但是，为了打击共产党和其他政治异己力量，国民党政权在全国范围内开展了大规模的血腥屠杀和残酷镇压。在这种复杂的阶级矛盾和尖锐的民族矛盾中，中国社会的民主力量、政治精英乃至全体民众为此付出了沉重的代价。据中国红色救济会统计，从1927年到1929年，被杀害的工农群众、革命青年和共产党员约有45万人。又有一项材料说，在1928年1至8月，至少有10万工人、农民遭到杀害，而1928年以后被杀害的革命者就无法统计了。1935年11月，清华

大学等十一校的《救亡通电》报道："莫都以来，青年之遭杀戮者，报纸记载至三十万之多，而失踪监禁者更不可胜计。杀之不快，更施以活埋，复加以毒刑。地狱现形，人间何世！……"❶

与上述社会历史政治走向变动相一致，现代中国文学基本走向和格局发生了新的变化，政治在文学中的分量加重了，文人阵营的阶级色彩更加鲜明了，现代作家的情绪更加偏激急进了。残酷的政治现实和鲜明的阶级意识，使20世纪30年代文学的党派色彩分外突出。现代中国文人在革命激情的燃烧和影响下，作出了一系列激进的文学选择。其总的特点，正如毛泽东的精辟概括："这一时期，是一方面反革命的'围剿'，又一方面革命深入的时期。这时有两种反革命的'围剿'：军事'围剿'和文化'围剿'。也有两种革命的深入：农村革命深入和文化革命深入。"❷ 其中用血铺路、经受血火洗礼、以激进姿态冲破重重围剿的左翼文学运动，就是在国民党的文化围剿之中，抵抗国民党独裁统治和文化专制主义，寻求民主自由的最重要的文化力量，并终成燎原之势，确立了自身在现代中国文学史上的主导地位。

一、"左联"成立大会前的文学情状

革命文学在浩歌狂热中诞生，并获得了两三年的辉煌，但很快它就被一个新的文学时代所跨越，"不用说，在三四年前曾经盛行过一时的，以蒋光慈为代表的那一派革命的罗曼主义是像它突然而来到那样地突然过去了。在一九三二的文坛上，我们差不多根本就找不出革命与恋爱互为经纬的作品"❸。看起来，革命文学似乎是现代中国文学史上的一个匆匆过客；实际上，人们也常常把它视为左翼文学一个稚嫩的开端。其实，出现在五四文学和左翼文学"结合部"的革命文学，既不同于前者，也有别于后者。它一方面无可回避地承袭着五四的时代面影，另一方面又义无反顾地掀开了左翼文学的序幕。它以一个"历史的中间物"的身份，记载了一个新旧杂陈、多声复议的文学世界。

---

❶ 上述数字转引自刘绶松：《中国新文学史初稿》上卷，人民文学出版社1979年，第188页。
❷ 毛泽东：《新民主主义论》，人民出版社1976年，第662页。
❸ 中国文艺年鉴社编：《一九三二年中国文坛鸟瞰》，《中国文艺年鉴（1932）》，现代书局1933年。

持续一年多的革命文学论争引起了国、共两党的关注。1929 年 9 月，国民党召开"全国宣传会议"，提出以"三民主义的文艺政策"来统一文坛，企图以此扼杀"革命文学"和"无产阶级文学"。共产党则指示创造社、太阳社停止与鲁迅的论争，并派代表与鲁迅会谈，希望联合起来成立统一的革命文学组织，对抗国民党的文化围剿。鲁迅对此表示赞同和支持。于是，三方面的代表于 1929 年 10 月举办了左联成立的第一次筹备会议，并着手拟定左联发起人名单，起草左联纲领。经过四个月左右的筹备，中国左翼作家联盟于 1930 年 3 月 2 日在上海正式成立。从此以后，现代中国文学的发展、转型与这一制度化的开会（会议）运作模式结下了不解之缘。

参加"左联"成立大会的有 40 余人，大会选举鲁迅、沈端先、冯乃超、钱杏邨、田汉、郑伯奇、洪灵菲七人为常务委员，并且通过了"左联"的行动纲领和理论纲领❶。行动纲领要求：（1）我们文学运动的目的在求新兴阶级的解放；（2）反对一切对我们的运动的压迫。理论纲领明确提出了文学与时代、阶级的关系，阐述了左翼文艺的根本任务，"我们不能不站在无产阶级的解放斗争的战线上，攻破一切反动的保守的要素，而发展被压迫的进步的要素"，"我们的艺术是反封建阶级的、反资产阶级的又反对失掉社会地位的小资产阶级的。我们不能不援助而且从事无产阶级艺术的产生"。纲领还强调，要抓紧建设无产阶级的文艺理论，把中国的革命文艺纳入"世界无产阶级的解放运动"中去。其中有些提法，如笼统地把资产阶级、小资产阶级当作革命对象，过分强调参与实际的政治活动，忽视左翼文艺作家世界观的改造等，也反映出这一团体对中国社会性质还缺乏深入的理解，对新民主主义革命的性质、任务、动力与对象的认识还有一些不足。不过，鲁迅在"左联"成立大会上作的题为《对于左翼作家联盟的意见》的演讲，在很大程度上弥补了理论纲领的缺陷。鲁迅指出，左翼作家要与"实际的社会斗争接触"以明白革命的实际情况，否则就很容易变成"右翼"。他还特别强调，"对于旧社会和旧势力的斗争，必须坚决、持久不断，而且注重实力"，因此左联的"战线应该扩大"，"应该造出大群新的战士"，建立起"以有共同目的为必要条件的联合战线"❷。

---

❶ 《中国左翼作家联盟的成立》，《拓荒者》1930 年 3 月 10 日第 1 卷第 3 期。

❷ 鲁迅：《对于左翼作家联盟的意见》，《萌芽月刊》1930 年 4 月 1 日第 1 卷第 4 期。

鲁迅的清醒认识和明确论述，体现出辩证唯物主义和历史唯物主义的思想高度，对"左联"的工作具有重要的指导意义。会议通过的决议和发表的讲话所透露的文学精神和文学导向，虽然只是在会场上与上述少数与会者之间进行互动，但与会者却是各文学派别执牛耳类的人物，自然会通过他们与会场外的其他文人发生关联，从而引导着这一时代情景中的作家行为、思想和感情的制度化，会议的制度化和作家的组织化正是文化激进主义具有强大规约力量的重要根源，这在 40 年代的延安文艺座谈会和第一次文代会上均可得到印证。

二、"左联"成立大会后的文学激情

"左联"成立以后，经历了从前期到后期的发展。从"左联"成立到1931 年 6 月瞿秋白参与"左联"领导工作前，为"左联"前期；从 1931年瞿秋白参与"左联"的领导工作到 1936 年"左联"自动解散，是"左联"的后期。这一发展过程，清晰地显示了中国无产阶级革命文学从幼稚走向成熟的历史轨迹，尤其是后期的成就更为瞩目。这一时期正是国民党反革命围剿最为严重的时期。然而，在这样的局势下，"左联"后期却取得了巨大的成就。原因主要是"左联"后期形成了以瞿秋白、鲁迅为核心的正确领导，又有一批坚决支持他们的队伍。1931 年 11 月"左联"执委会的决议《中国无产阶级革命文学的新任务》，可视为"左联"后期工作的纲领性文件。这个决议尽管还残留某些"左"的痕迹，如照搬苏联"拉普"的"唯物辩证法"的创作方法等，但它在主要问题上却是正确的。它正确分析了当时革命形式的特点，指出了"左联"在新形势下的任务，并特别强调"左联"必须在"文学领域内"进行斗争，已不再像前期那样片面强调政治斗争而忽视文学活动，而强调文学创作应占据"十分重要的地位"，并对创作题材、方法、形式、体裁等问题作了阐述。同时，为了保证左翼文学的健康发展，决议又强调文学"理论斗争和批评任务同样地非常重大"，提出要"研究马克思列宁主义"，对左翼作家的作品要及时进行评论，给予不好的倾向以"忠告和建议"。总之，这个决议基本摆脱了"左联"前期"左"的束缚，把文学放到了主要地位，为"左联"后期工作指明了正确方向。会议决议制造的文学规则和文学规范，为左翼作家塑造了一种共同的创作意识，并逐渐扩展乃至覆盖全社会，从而使"左联"

第二章　"左联"成立大会及其纲领的激情喷发

后期取得了一系列辉煌成就。

一是对国民党的反革命文化围剿作了不屈反抗。"左联"成立以后，开展了一系列重要活动，1930 年 4 月和 5 月，分别召开两次全体大会，并派代表参加全国苏维埃代表大会、第二届世界革命作家大会，参加了"五一"和"五卅"纪念活动，加强了同国内各革命团体和国际革命文学组织的联系。积极成立各种左翼文学分会，如马克思主义文艺理论研究会、外国文化研究会、文艺大众化研究会等。之后，又在北平、天津、保定、南京、杭州及日本东京、南洋一带都建立了分盟组织开展活动。相继创办了《萌芽月刊》《拓荒者》《文艺讲座》《五一特刊》《文化斗争》《世界文化》《前哨》《北斗》《文艺新地》《文学月报》《文学》《文学杂志》《文化新闻》《文艺月报》等机关刊物及外围刊物，但是"左联"积极开展的这些活动曾遭到国民党的极端仇视和残酷镇压。1930 年 4 月 29 日，国民党查封了"左联"的"艺术剧社"并逮捕五人，9 月又下令取缔"左联"等革命团体和通缉鲁迅等"左联"成员，10 月左翼戏剧家宗晖被反动派杀害于南京。翌年 1 月 17 日，"左联"作家柔石、胡也频、殷夫、冯铿、李伟森五人被捕，并于 2 月 7 日秘密被害。继"左联"五位作家被害之后，又有 1933 年丁玲、潘梓年的被捕，应修人、洪灵菲的被害和 1934 年潘漠华牺牲于狱中，革命文艺作品屡遭查禁，进步文艺机关也多次被捣毁。然而，"左联"成员面对种种疯狂迫害却毫不畏惧，或公开发表宣言，出版"纪念战死者专号"刊物，对烈士表示深切哀悼，揭发反动派的罪行；或针对反动派对左联刊物的严密查禁，采取或更改刊物名称，或由"左联"成员单独创办刊物，或采取与非"左联"成员合办刊物等灵活的斗争策略争取了活动的阵地。在文学战线上继续同国民党的反革命文化围剿展开英勇斗争，在血与火中磨炼了革命的意志，并取得了伟大的胜利，正如鲁迅所指出的虽处在污蔑与压迫之中，"无产阶级革命文学却仍然滋长，因为这是属于革命的广大劳苦群众的，大众存在一日，壮大一日，无产阶级革命文学也就滋长一日"❶。

二是就一些重大文学理论问题先后展开了积极研究。"左联"成员以刊物为阵地，以组织为依托，先后就一些重大文学理论问题展开了积极研究。

其一是对马克思主义文艺理论的大力宣传。"左联"成员在马克思主

---

❶ 鲁迅：《中国无产阶级革命文学和前驱的血》，《前哨》1931 年 4 月 25 日第 1 卷第 1 期。

义文艺理论的学习和译介方面做了大量的工作：一是译介了马克思、恩格斯、列宁及普列汉诺夫、卢那察尔斯基、拉法格等马克思主义者的著作。其中有冯雪峰译的《艺术形成之社会的前提条件》，这是马克思《政治经济学批判导言》中论及文学的部分；他还翻译了列宁的《党的组织与党的文学》，普列汉诺夫的《艺术与社会生活》等。1932 年，瞿秋白编译的《现实——马克思主义文艺论文集》，收录了马克思和恩格斯的《论巴尔扎克》、列宁的《列夫·托尔斯泰是俄国革命的一面镜子》、普列汉诺夫的《易卜生的成功》等马克思主义论经典作家的重要著作，还有他自己写的《马克思恩格斯和文学上的现实主义》《恩格斯和文学上的机械论》等论文。其他成员如周扬、郭沫若、胡风等，都为译介马克思主义文论作过一定的贡献。二是对苏联文艺理论和创作的翻译。冯雪峰和鲁迅曾分别译过苏联的文艺政策。苏联解散"拉普"，提倡社会主义现实主义的过程中，其理论著作如《社会主义的现实主义论》《社会主义现实主义底风格问题》也及时被译介过来。高尔基的著作也不断被翻译过来，从 1930 年到 1937年，就出现了几个版本的《高尔基论文选集》。另外，许多苏联文学名著也纷纷被译成中文，如高尔基的《母亲》《童年》《在人间》《我的大学》等，法捷耶夫的《毁灭》、绥拉菲摩微支的《铁流》、肖洛霍夫的《被开垦的处女地》《静静的顿河》，马雅可夫斯基的诗等。另外，冯雪峰、周扬、朱镜我还翻译了苏联"拉普"的一些理论著作，鲁迅、林伯修也翻译了日本"纳普"理论家青野季吉、藏原惟人的著作。马克思主义文艺理论的广泛传播，给"左联"成员提供了锐利的思想武器，使他们有可能较为准确地分析总结各种文学现象，从而建立中国的马克思主义文艺批评。瞿秋白为《鲁迅杂感选集》所撰写的序言，鲁迅有关《中国新文学大系·小说二集》、白莽《孩儿塔》等作品而写的序跋，茅盾的《徐志摩论》等作家论，胡风的《林语堂论》等作家作品评论，周扬、冯雪峰关于革命现实主义理论的探讨，钱杏邨关于现代小品文的研究等，都是用马克思主义文艺思想来总结中国新文学创作实践经验的尝试，对这一时期及以后的创作起了很大的指导作用。

其二是就文艺大众化问题的热烈讨论。大众化问题，实质上是文艺与广大人民群众的关系问题。这个问题伴随着五四文学革命而产生，又随着革命文学的发展而得到重视。许多革命文艺家不但进行了理论的探讨，而且还进行了艺术实践的努力。同时，列宁的关于文学应该为"千千万万劳动人民"服务，"艺术属于人民"的思想被介绍到我国，成为推进文艺大众化运动的理论来源，也为20世纪40年代文学的工农兵方向提供了理论资源。"左联"成立后，设立了"大众文艺委员会""文艺大众化研究会"等专门机构，具体开展文艺大众化工作。正是由于"左联"对大众化的高度重视，才引起了1930年—1934年关于大众化问题的三次大讨论。鲁迅、瞿秋白、茅盾、郭沫若、夏衍、周扬、郑伯奇等纷纷撰文就利用旧形式、体裁、语言、题材的大众化等重要问题发表意见。瞿秋白认为，开始必须运用群众习惯的"说书滩簧"，如流行小调、演义、戏剧等旧形式，并在此基础上创造出新的形式。鲁迅的论述更为具体："旧形式是采取，必有所删除，既有删除，必有所增益，这结果是新形式的出现，也就是变革。"❶周扬还认为，要尽量采用国际普罗文学新的大众形式，如报告文学、群众朗诵诗等。这些意见从继承传统和借鉴外来的文艺形式两个方面较好地说明了大众化在体裁方面的方向。在语言问题上，瞿秋白认为"五四"白话文是一种"非驴非马的文字"，劳动民众看不懂，要重造大众语，从工人、市民的日常口语、地方方言中提取语素。❷鲁迅认为，人民大众的口头创作虽然不及文人创作的细腻，但却刚健、清新，于文学很有益处。关于大众化文学创作的题材，瞿秋白认为"题材相当广泛"，历史上的斗争"演义"，现实革命斗争中的重大事件，资产阶级、帝国主义的罪恶，一般劳动民众家庭的生活恋爱，都可以写。周扬则认为"我们的主要任务是应该描写普罗列特利亚的斗争生活"，写出"真正的工人阶级的作品"❸。讨论者们还触及了大众化的一个关键性问题，即作家向人民大众学习、转变思想感情的问题。瞿秋白要求作家深入生活，"去观察、了解、体验那工人和贫民的生活斗争，真正能够同着他们一块儿感觉到另一个天地"，而且要"像无产阶级一样的去感觉"❹。郑伯奇也认为，作家要创作大众化作品，就必须先获得大众意识、大众的生活感情❺。文艺大众化问题的讨论，不但对当时的革命运动的推进有直接作用，对于解决20世纪中国文学中的一些重要问题也是一次有益的尝试。遗憾的是，这场讨论是在

---

❶ 鲁迅：《论"旧形式的采用"》，《鲁迅全集》第6卷，人民文学出版社1981年，第24页。

❷ 宋阳（瞿秋白）：《大众文艺的问题》，《文学周报》1932年6月创刊号。

❸ 周起应（周扬）：《关于文学大众化》，《北斗》1932年7月第2卷第3、4期合刊。

❹ 史铁儿（瞿秋白）：《普洛大众文艺的现实问题》，《文学》1931年4月25日第1卷第1期。

❺ 郑伯奇：《关于文学大众化的问题》，《大众文艺》1930年3月第2卷第3期。

阶级斗争激烈的背景下展开的，阶级斗争的政治需要制约了其更深入的思考和探索。

三是对文学创作方法的着力探讨。对创作方法的探讨，"左联"经过了一个曲折的过程。1932年，左翼文学理论家瞿秋白、茅盾、钱杏邨、郑伯奇四人同时为阳翰笙的长篇小说《地泉》作序，加上作者的自序，五篇序言都表现出极力否定早期无产阶级文学的"革命浪漫蒂克"倾向，转而提倡"唯物辩证法"的创作方法。"唯物辩证法"是苏联"拉普"派提倡的一种文学创作方法，它根据"唯物辩证法"哲学原理作为文学创作方法的指导，用以反对文学浪漫主义倾向，增强文学的社会科学理性色彩。"左联"也想借此取代前期创作中一度存在的虚幻的浪漫激情、"革命+恋爱"模式的团圆主义或个人英雄主义倾向。瞿秋白号召"我们应当走上唯物辩证法的现实主义的路线"，"应当抛弃一切自欺欺人的浪漫蒂克，而正确反映伟大的斗争"[1]。茅盾也提倡作家要能够运用唯物辩证法为工具分析繁复的社会现象，再用"形象的语言艺术的手腕来表现社会现象的各方面"[2]。正当左联提倡"唯物辩证法"的创作方法时，1932年，苏联决定清算"拉普"文艺观的错误，提出"社会主义现实主义"创作方法。"左联"也在苏联文艺政策的影响下，开始了对"唯物辩证法创作方法"的清算和对"社会主义现实主义"创作方法的提倡。周扬最先介绍了这一创作方法。他在《关于"社会主义的现实主义与革命的浪漫主义"——"唯物辩证法的创作方法"之否定》一文中，批判唯物辩证法忽视艺术的特殊性，强调社会主义现实主义的真实性，指出"革命的浪漫主义"是可以包含在"社会主义现实主义"中的"一个要素"。这种新的创作方法对"左联"的创作产生了深远的影响。

四是以文学活动为中心。"左联"前期虽然一度以主要时间和精力组织作家投身于纯粹的政治斗争活动，在很大程度上把"左联"变成了一个政党式的群众团体，"经常举行无准备的游行集会，以至组织罢工、罢市等不适当的工作"，"而文艺工作本身却做得不多，影响不大"[3]，但后期却

---

❶ 易嘉：《革命的浪漫谛克——〈地泉〉序》，见华汉：《地泉》，上海湖风书局1932年，第7页。

❷ 茅盾：《地泉读后感》，见华汉：《地泉》，上海湖风书局1932年，第13页。

❸ 夏衍：《"左联"成立前后》，《左联回忆录》上册，中国社会科学院文学研究所《左联回忆录》编辑组编，中国社会科学出版社1982年，第50–51页。

克服了这些"左"的错误，逐渐以文学活动为中心，提倡和推进左翼文学创作，注意团结和吸引有成就的作家，重视对青年作家的培养，如鲁迅与沙汀、艾芜的通信，极为精辟地阐明了创作与生活的关系，给他们的创作指明了方向，对萧红、萧军、叶紫的作品，给予热情的推荐与评论。茅盾、冯雪峰等"左联"评论家也对叶紫、臧克家、艾青、田间、张天翼、丁玲等人的创作给予了肯定与鼓励，这都有力地促进了左翼青年作家的成长。而左翼作家的成长壮大，为中国无产阶级文学的兴起和发展又作出了不可磨灭的历史贡献。因此，左翼文学创作也取得了引人注目的成就，成功地把无产阶级革命文学运动推进到一个崭新的历史阶段——"左翼文学阶段"。从此，中国新文学史翻开了崭新的一页，中国新文学跨入了一个极其辉煌的历史阶段。

就基本指导思想和文学形态、性质而言，左翼文学是革命文学一个合乎逻辑的发展。但左翼文学并不是革命文学的简单重复和机械延伸。首先，这表现在左翼文学对五四文学采取了更为科学和包容的态度，既有继承，又有转换和超越；其次，这表现在左翼文学有着比革命文学更为广阔的视野和更为深厚的内涵。此外，"左联"是一个多方面成员构成的文学联合组织，其成员虽有共同的目标，却在理论和创作实践上多有不同的侧重点或着力之处，因而整个左翼文学较之于革命文学有着更为丰富的色彩。

一是人的意识的异动与题材领域的扩大。将五四以来对人的思考推向一个崭新的领域，是左翼文学的一项重要成就。早期的革命文学已经让人们正视，人不仅仅是属于他自己，而且更属于社会、属于阶级。左翼文学沿着这个方向继续进行。它着力表现的，依然是一些引领时代政治思想潮流的人们。和革命文学一样，左翼文学也集中笔墨去描绘革命者的精神解放、精神困境、精神拯救的历程，精彩地描写走向集体、走向人民的革命青年所经历的崇高与卑下、抗争与败退、醒悟与困惑的内外部斗争。与革命文学相比，左翼文学为人物的精神异动设置了一个更为厚实、更为宽广的生活背景；而与京派、海派相比，它的人道主义关怀在多数情况下更为深切、现实。正是因为肯定了人的社会属性和阶级属性，左翼文学既摆脱了五四文学以婚姻爱情为主的题材限制，也较成功地突破了革命小说中最司空见惯的"革命＋爱情"的叙述模式，知识者题材、农村题材、革命斗争题材都走进了革命文学，人物的行为以及作为背景的社会生活都有了越来越强的质感。在后来的发展中，左翼文学没有止步于对人的社会性和阶级性的确认上，它更多是去呈现人在阶级社会里的不同遭遇，去关注人的生存状况。与发现人的阶级、社会性息息相关的是，左翼文学还突出了人的民族性。左翼文学始终贯穿着反帝爱国、救亡图存的主题。在茅盾的《子夜》、萧红的《生死场》、萧军的《八月的乡村》、端木蕻良的《遥远的风沙》、舒群的《没有祖国的孩子》等作品中，荡漾着一股悲怆而坚执的爱国主义豪情。

二是批判精神与参与意识的高扬。如果说 20 世纪 30 年代阶级意识的觉醒对五四文学而言是一次突破的话，那么批判精神与参与意识的高扬则是五四精神的延伸。20 世纪 30 年代的左翼文学，之所以能够吸引包括鲁迅、丁玲、萧红、张天翼、艾芜等在内的一批当时中国最具天才的文学家，当然有多方面的原因。然而，左翼所倡导和实践的一种不妥协的抗争精神，却不能不说是吸引他们、召唤他们的重要因素。20 世纪 30 年代的现代中国，处在民族危机与国家危机的双重压迫下。面对危机，左翼文学做出了积极的反应。左翼文学明确地反对当时政府，反对主流政治意识形态。这种以天下为己任的不妥协精神，从表层看，它对抗了国民党领导的"三民主义文艺"和"民族主义文艺运动"的右翼文化专制，为左翼文学乃至为整个进步的直至中间状态的文学争取了创作空间；从深层看，它既联结着中国的精神传统，又着力于现代中国的精神建构。左翼文学批判精神的高扬，落实到创作上有几个体现：以鲁迅为旗帜的左翼作家创作了大量社会批判、政治批判散文，并形成了"鲁迅风"杂文流派，此类批判质地的散文如火如荼，几乎湮没了 30 年代那些只关注一己痛痒的抒情散文的存在；在小说、诗歌、戏剧等文学样式中，也有一种普遍的批判精神；30年代的左翼文学的批判视野比较广泛，它们不仅批判当时的社会政治现实，而且批判了封建宗法农业文明，批判了初期资本主义工业文明。

三是"现实主义"的探索与叙事能力的发展。探索现实主义的创作方法，是左翼文学的一项重要工作。左翼先后倡导和实践的现实主义有多种，如"新写实主义""普罗列塔利亚写实主义""唯物辩证法的创作方法""革命现实主义""社会主义现实主义"。这些"现实主义"的源头都在苏联，但左翼理论家并不是它们简单的引入者和接受者。鲁迅、冯雪峰、胡风等人对现实主义的探讨，各有不同，他们在不同的程度上溢出了原有的理论框架。左翼理论家们使现实主义在中国逐步定型，他们让一种典型的"现实主义"成为中国文学的"主流",同时又让"现实主义"充满一定的弹性和吸纳力。应当特别指出的是,左翼文学深化"现实主义"上的成就在后来没有得到应有的重视,对"现实主义"的一种相当封闭的解释及实践,占据了权威地位并压抑了其他的探索和实践。与理论上的曲折前行相比,左翼文学在创作中对现实主义表现手法的探索要更为深广一些。像《子夜》《倪焕之》《生死场》《八月的乡村》等作品就不是某一类型现实主义的单纯实践,它们极大地丰富了左翼现实主义的色彩。而茅盾、萧红、路翎等作家对现实主义的贡献值得特别提及。茅盾的社会剖析小说,对作家高屋建瓴地把握社会生活是一个示范;萧红的小说充满了印象式的表现和诗意的传达,为现实主义添加了鲜明的个人徽记。诗歌、散文、戏剧方面的探索虽不像小说那样醒目,但也有突出的收获。诗歌领域里出现了由抒情走向叙事、由短诗走向长诗的创作倾向,"这是新诗人们和现实密切拥抱之必然结果"❶。在戏剧方面,夏衍等戏剧作者也写了不少反映重大社会主题的散文体戏剧。总体来说,现实主义是 20 世纪 30 年代的左翼文学最为主要的创作方法,而左翼作家们在多个领域里的出色实践,表明五四以来的现代中国文学的叙事能力在此期间得到了长足的发展。

四是理性主义与泛政治化的禁锢。理性主义和政治意识的普泛化,使左翼文学屡遭诟病。在理论建设及文化组织的层面上,这一弊病比较严重;在具体的创作中,"左联"的前期比后期严重,诗歌比小说严重。理性主义宰制文学理论建设,比较普遍的表现是把抽象的世界观等同于创作方法。像"唯物辩证法的创作方法""革命现实主义""社会主义现实主义"等理论的提出就是例证。泛政治化的倾向主要体现在三个方面:其一是以政治的利益需要和武断态度,废弃了包括独立自由在内的一些现代价值观念;其二是从划分政治界线的角度,拒斥对其他创作方法的接纳;其三是以政治功利性为出发点,否定了文学的其他功能。在具体的创作中,概念取代形象、理性挟裹情感的情形,在中国诗歌的创作中会比较明显。小说中这种弊病要相对少一些,也要相对隐晦一些,但依然值得注意。与杂芜而又充溢着情感的革命小说相比,部分左翼小说被理性挤干了诗意的汁水。在这些小说中,个体只需要为革命去付出,明确的政治理念只需要

---

❶ 茅盾:《叙事诗的前途》,《茅盾全集》第 21 卷,人民文学出版社 1991 年,第 311 页。

实践。主体的外部世界扩大了，内部世界却急剧地缩小了。像《咆哮了的土地》和《水》等作品对革命的叙述就有一种共同的结构性特点，精神主体致力于探究的只是革命的操作性问题。萧红等小说家们的创作，有意无意地拒绝了在理性面前的恭顺姿态，他们以放弃从容的叙事节奏为代价去追求生命的感性与诗意，遗憾的是他们的努力并没有得到应有的重视。

第三章　延安文艺座谈会与工农兵方向规范的文学选择

作为知识分子的一部分，从事文学创作和批评的现代文人，在很大程度上本可不受社会条件的任何限制，疏远任何意识形态的规划，因为这些规划将贬损文人的个性和人格。乔伊斯曾借笔下戴德勒斯（Stephen Deda-lus）之口宣称："我会告诉你我会做什么和不会做什么。我不会服侍我不再相信的东西，不管那是我的家、我的祖国或我的教会——我要尽可能自由地、完整地以某种生命或艺术的模式来表达自我，用我容许自己使用的仅有的武器——沉默、放逐、狡诈——来自我防卫。"❶ 显然，家、祖国乃至教会对于知识分子而言均不足为训，他存在于一种普遍性的空间，既不受限于家的疆界，也不受限于祖国、民族或族裔乃至教会的认同，知识分子活动的目的就是为了增进人类的知识和自由。正是如此，阿尔伯特·韦伯才把知识分子叫作"自由漂泊"的人，因为他们是"没有或几乎没有根的阶层，对这个阶层来说，任何阶级或等级地位都不能明白无误地横加在它身上"。这就是说，它是不属于任何社会阶级的。但是，任何一个民族国家体制内的文人，其实并没有多少自由漂泊的空间。换句话说，现代文人是可以自由而任意地归附到"本不属于他们自己的那些阶级中去"的，也可以持有"任何阶级的观念"或"综合所有阶级的观念"的。正因为现代文人能适应任何阶级的观点，能自愿加入某一阶级的政治斗争，能成为"潜在于环境中的诱惑性的俘虏"，从而必须以相关的言行举止，来克服自己对别人的不信任和克服别人对自己的不信任。所以，激进知识分子的狂热，"正可以从这个道理来理解"❷。从这个层面上看，于灵魂深处不断漂泊的现代中国文人，身处民族文化精神和国家主权尊严遭遇外来威胁的非

---

❶　［美］爱德华·W.萨义德：《知识分子论》，单德兴译，生活·读书·新知三联书店2002年，第21页。

❷　［德］卡尔·曼海姆：《意识形态与乌托邦》，黎鸣、李书崇译，商务印书馆2000年，第162页。

常时期，不再闭门读书、远离尘嚣，而是走出书斋，力图以自己的社会行为包括以自己的文学创作活动，去解救民族苦难和拯救国家危机，也就理所当然和在情理之中了。他们毕竟处于社会体制之内，而社会体制是势必要改变人（包括知识分子）自身思想观念和行为方式的。1937年抗日战争爆发后，民族主义、爱国主义成为苦难中国压倒一切的国家目标。大批作家政治化，投身于抗日战争洪流，积极参与各项政治活动，而毛泽东《在延安文艺座谈会上的讲话》更从根本上改变了文人的独立性质，"文学作为一种职业，必须为党而不是作家本人所决定的特定政治目的服务"❶，延安文人的自由身份和启蒙角色遭遇了挑战，已不可能再用西方知识分子的标准来衡量了。在这样特殊的历史语境中，民族诉求和国家想象值得认真而严肃地对待，苦难的中华民族指望着现代文人挺身代表、陈述和见证自己的苦难。

一、启蒙主体的置换

作为一种社会文化实践，启蒙主义是整个近代工业资本主义文明确立过程中人类进步文化从萌生到确立的过程，如文艺复兴时期对抗蒙昧神学的人文主义，法国大革命时期全面设计以人的基本权利与社会公正为核心的意识形态，19世纪对资本主义现代文明异化后果与灾难悖论的激烈批判，启蒙主义是贯穿其中的最基本的文化精神。而20世纪中国几乎所有的外来先进思想和理论，都构成了中国现代启蒙主义思想与实践的资源。从总体上看，20世纪中国的启蒙主义的精神内核，虽然在实践层面上分裂成理性主义和非理性主义两个互相矛盾的极点，但实质上却是互为贯通并相互交融的。理性和非理性，都不能单独解决中国问题并独自构成中国文化的现代性内涵，这与中国传统文化有着内在的关联。从根本上说，中国文化传统既是理性的，但又太缺少理性；既是非理性的，但又太缺少真正的非理性。因此，20世纪中国的启蒙主义，不但需要理性主义，更需要非理性主义的力量。在文学领域中更是如此。因此，自五四文学起，以鲁迅为代表的激进的启蒙作家高扬的主题就不仅是对封建文化的理性批判，更是对人的主题、人的个性与生命、人的自然人性的肯定和张扬。

---

❶ ［美］李欧梵：《中国现代作家的浪漫一代》，王宏志等译，新星出版社2005年，第259页。

作为社会实践与社会运动，启蒙主义往往又表现为一种过分激进的行为。德国的"狂飚突进"运动、法国大革命、十二月党人起义、中国的五四新文化运动，大都具有激进的色彩与性质。在中国近代空前深重的民族危机下，启蒙文人被迫选择了激进的"革命"神话。启蒙主义表现为激进的文化行为，这是它的实践性功能和本质需要决定的。作为社会变革的意识形态，启蒙经常甚至是必须以运动形式出现的。由于中国对现代性思想和精神的急切期待，启蒙话语本身也就具有了极大的偏执性和非理性的神话色彩。以五四作家为例，他们的文化态度、话语方式十分偏激，郭沫若式的自我扩张，鲁迅式的绝望愤激、陈独秀式的慷慨激昂、郁达夫式的堕落颓唐，显然都经过了特定的启蒙语境的放大。在这种语境里，西方文化及其现代的价值观念以及在此基础上绘制的现代中国蓝图，变成了具有终极理想色彩的神话。而与此对立的一切，则都变成了启蒙、变革与进步的敌人。这种"二元对立"式的思维与判断方式，也随之延伸到一切领域。所以，启蒙主义同"革命文学"的亲缘也就理所当然了。除了一些自由主义作家之外，大多数启蒙作家最终都能接近或者转变为左翼的和革命的作家，鲁迅、郭沫若、茅盾都是典型例证。虽然不能把这看成是文学的福祉，却吻合和隐含着中国现代社会与文化延展的逻辑。因为"启蒙"的目的，不外乎是"救世"，而知识分子自身的弱小和手无寸铁，又使他们自然地依存和借助于革命暴力。事实上，革命就是启蒙的直接实践——尽管它们二者之间有相背反的一面，尽管革命（即暴力的现实）和启蒙（革命的理念）之间常互相否定。这样一来，启蒙—革命—反启蒙—重启蒙便成了现代中国文化和文学发展变迁的基本逻辑，这是它在走向实践过程中必须选择激进方式的必然结果，这当然具有某种悲剧色彩，延安文人启蒙角色的转换当作如是观。

显然，启蒙主义是将文学当作传播新知、启迪民智、改良人生的利器来看待的，将文学推到了社会生活的幕前，妄图以文学作为呼唤和推动社会变革进步的精神武器，以文学来急切表达启蒙者的现代性思想与新型意识形态，从而使文学具有强烈的观念性主题，带上浓厚的意识形态色彩。20世纪以来，知识分子作为一个独立阶层，始终在历史进程中扮演着精神向导，尤其是他们中的领袖与精英，既不高居庙堂，亦不隐居乡野，而是自觉挺立时代潮头，以超拔的智慧与义勇，讨伐传统，批判现实，导新潮，改流风，鞭权贵，启民智，开拓出无边的精神原野，以启蒙者独特的精神风范塑造出一代知识分子的崭新形象。抗日战争爆发后，延安成为现代中国文人向往和憧憬的民主乐土和自由圣地，并因此形成了一股文人纷纷奔赴延安的滚滚热潮。在奔赴延安的左翼作家中，有著名女作家丁玲，她拿着宋庆龄赠送的350元钱，冲破国民党的专制牢笼，于1936年11月率先进入陕北，毛泽东、周恩来设宴款待，毛泽东还挥毫赠词："洞中开宴会，招待出牢人"，"昨天文小姐，今日武将军。"❶ 著名作家萧军来到了延安，诗人艾青、严辰，小说家罗烽等也结伴化装冲破了47道关卡来到了延安。留法的"洋学生"陈学昭也来了，她说："我们像暗夜迷途的小孩，寻找慈母的保护与扶持。"从此，她成为延安唯一的文学博士。文坛名将茅盾携妻带小也来到了延安。诗人田间几次往返延安。"狂飙诗人"柯仲平写道："我们不怕走烂脚底板，也不怕路遇'九妖十八怪'，只怕吃不上延安的小米，不能到前方抗战；只怕取不上延安的经典，不能变成最革命的青年！"❷ 随着丁玲、萧军等一大批国统区的知名左翼作家的到来，革命圣地延安的文艺有了新的发展。丁玲主持《解放日报》文艺副刊、任陕甘宁边区文协副主任，周扬等人主持鲁迅艺术学院。从此，延安及解放区的文艺有组织地发展起来。任弼时曾经指出，自抗战后到1943年12月底，前往延安的知识分子总共4万余人。就文化程度而言，初中以下约30%，初中31%而初中以上则达到70%，其中高中21%，高中以上19%❸。正如艾克恩概括的那样："延安是圣地，是摇篮，是熔炉，确实人才荟萃，名家聚集，十三个春光秋色，进进出出的作家、艺术家成千上万，仅鲁迅艺术文学院培养出来的专业人才就有680多人。"❹ 根据地域来看，延安文人主要来源于大后方、沦陷区和根据地，大体以从国统区奔赴而来的知识分子为主，辅之以解放区本土成长起来的少量文人，毛泽东曾形象而笼统地把他们归纳为"上海亭子间的队伍和山上的队伍"。踏上延安热土的文人们，是一群特殊的知识分子群体，"他们有革命的理想和抱负，比较容易接受新事物，有为革命而奋不顾身的精神，很多人有政治经验和领导能

---

❶ 毛泽东：《临江仙·给丁玲同志》，《毛泽东诗词选》，人民文学出版社1986年，第148页。

❷ 艾克恩：《延安的锣鼓——毛泽东同志〈在延安文艺座谈会上的讲话〉的前前后后》，《解放军报》1992年5月5日。

❸ 胡乔木：《胡乔木回忆毛泽东》，人民出版社1994年，第279页。

❹ 艾克恩：《延安文艺回忆录·编后语》，《延安文艺回忆录》，中国社会科学出版社1992年，第422页。

力"❶，但具有具体的革命斗争经验，或多或少地接受过马列主义熏陶的知识分子毕竟是少数，大多数延安文人都是经过思想自由、个性解放和科学民主的"五四"新思潮洗礼，更多地继承了五四传统，具有英美自由主义的思想背景，科学、民主、自由、个性主义是他们文化观念的核心，无不企图在主体宏伟幻象的驱使下，在中西文化碰撞的语境中，遵守启蒙主义的社会正义、天赋人权、自由个性等现代人类共有的一些价值意识与理论准则，认同西方进步文化，激烈批判中国封建传统文化，确认中国国民的精神痼疾，在反省、批判和否定的过程中，把文化启蒙置于至高无上的地位，以"青春期"特有的激情式表达，选择一种理想主义的写作姿态和叙述方式，沿着启蒙主义路径进行文学创作，重构中华民族文化的现代体系。胡乔木指出："就当时涌进延安的大多数文艺工作者来说，他们尚没有真正完成从小资产阶级到无产阶级的转化。他们的思想感情还需要有一个改造的过程，在文艺为人民大众服务的方向问题上，还需要有一个从口头承认到彻底解决、从'化大众'到'大众化'的发展过程。就是说，在大多数文艺工作者身上还存在着各种各样的弱点。当抗日战争困难时期到来后，随着客观条件的变化，他们之中一些人所具有的思想弱点，就更加突出地表现了出来。"❷ 这批知识分子是怀着对自由民主的渴望来到延安的。1938 年 8 月，满怀憧憬和渴望由川陕公路乘坐汽车向延安进发的何其芳，想起的是萧伯纳离开苏联时说过的一句话："请你们容许我仍然保留批评的自由。"❸ 来到延安之后，他们发现这里也有不平等，也有等级，也有差别，也有创作的限制，政治家和艺术家仍然是主属关系，于是开始发牢骚、写文章，表达自己的不满，进而在 1941 年秋至 1942 年出现了暴露黑暗的文学浪潮。譬如延安街头出现了一份中共中央青年工作委员会的一些初出茅庐但又志同道合的青年知识分子办的墙报《轻骑队》，主要刊载尖锐犀利的批评性短文。王实味连续推出《政治家、艺术家》《野百合花》两篇文章。在《政治家、艺术家》中他指出："愈到东方，则社会愈黑暗，旧中国仍是一个包脓裹血的、充满着肮脏与黑暗的社会，在这个社会里生长的中国人，必然要沾染上它们，连我们自己——创造新中国的革命战士也不能例外。""当前的革命性质，又决定我们除掉与农民及城市小资产阶

❶ 萧克：《朱毛红军侧记》，中共中央党校出版社 1993 年，第 29 页。
❷ 胡乔木：《胡乔木回忆毛泽东》，人民出版社 1994 年，第 254 页。
❸ 何其芳：《一个平常的故事》，《何其芳文集》第 2 卷，人民文学出版社 1982 年，第 215 页。

级作同盟军以外，更必须携带其他更落后的阶级阶层一路走，并在一定程度内向他们让步，这就使我们沾染上更多的肮脏与黑暗。"正是这种历史和现实的双重原因，我们"艺术家改造灵魂的工作，因而也就更重要、更艰苦、更迫切。大胆地但适当地揭破一切肮脏与黑暗，清洗它们，这与歌颂光明同样重要，甚至更重要"。关于暴露和歌颂的关系，王实味认为，"揭破清洗工作不只是消极的，因为黑暗消灭，光明自然增长"❶。王实味的确是在为艺术家的独立自由立场争地位，他认为，政治家是偏重于改造社会制度的，艺术家是偏重于改造人的灵魂的，而后者更难、更重要，应该得到更多的尊重。自由诗人艾青发表了《了解作家，尊重作家》，极力维护创作的自由和人格的独立。他说："作家并不是百灵鸟，也不是专门唱歌娱乐人的歌伎。他的竭尽心血的作品，是通过他的心的搏动而完成的。他不能欺骗他的感情去写一篇东西，他只知道根据自己的世界观去看事物，去描写事物，去批判事物。在他创作的时候，就只求忠实于他的情感，因为不这样，他的作品就成了虚伪的，没有生命的。"作家之所以被看轻，创作自由之所以被否定，主要原因在于人的精神需求没有得到正视，艺术的天职没有得到确认，艺术的神性光辉湮没于尘世之中。关于"文艺有什么用"的问题，艾青对政治家那种纯功利、纯世俗的要求提出了质疑，他认为那是对艺术的鄙薄和无知。他说："文艺的确是没有什么看得见的用处。它不能当板凳坐，当床睡，当灯点，当脸盆洗脸……它也不能当饭吃，当衣服穿，当药治病，当六〇六治梅毒"❷，但它自有任何物质无法替代的作用。勇敢的丁玲，在 1941 年 10 月 19 日召开的鲁迅逝世五周年纪念大会上发表讲话说，"我们现在仍处于和鲁迅同样的时代"，号召大家要写批评的杂文。10 月 23 日，她发表了题为《我们需要杂文》的文章，表示不赞同在延安只应反映民主的生活、伟大的建设、不宜于写杂文的观点。丁玲认为杂文承担着社会批判、文化批判的使命，是伟大的思想武器，现在的时代仍是鲁迅的时代，即使在进步的地方，有了初步的民主，然而更需要督促、监视，中国几千年来根深蒂固的恶习是不容易铲除的。而所谓进步的地方，又非从天而降，它与中国旧社会是相联结着的，所以我们这时代"还需要杂文，我们不要放弃这一武器。举起它，杂文是

---

❶ 黄樾：《延安四怪》，中国青年出版社 1998 年，第 59 页。

❷ 艾青：《艾青论创作》，上海文艺出版社 1985 年，第 562 – 563 页。

不会死的"，要"为真理而敢说，不怕一切"❶。在杂文创作中，丁玲批判了革命队伍中的官本位、待遇差别、等级观念等不良风习和落后愚昧心态；强调生活材料不等于文学创作，创作最需要有自己的生命感知，最需要关注人的心灵和命运。而《三八节有感》更是深刻透彻地分析了生活在延安革命队伍中知识女性的艰难生活、尴尬处境和不幸命运，"'妇女'这两个字，将在什么时代才不被重视，不需要特别的被提出呢？"正是纪念"三八"妇女节的日子，她却敢于发别人之所未发，从"被重视"的热闹的表面看出了实际上正是因为不被重视才被重视的严峻本质。她以艺术家的敏感和知识分子的良知，揭示了在革命队伍里滋生于理想社会肌体上的某种恶瘤❷，显示出一个左翼艺术家强烈的社会责任感和勇敢的批判精神。

虽然上述延安文人勇敢地坚持启蒙主义的创作立场，但在延安语境中执著追求启蒙主义的文化心态却陷入了尴尬和无奈的境地。当上述作家试图把这种独立精神带入延安时，却遭到了当头棒喝。启蒙问题，根本上就是现代性问题，而现代性问题在 20 世纪三四十年代的延安，显然也是一个未完成或正在继续的命题。因此，启蒙的使命从理论上讲在这片圣地上并不意味着就可以终结。但是，解放区中的知识分子却只有在改造、下乡等政治术语中才能找到自身存在的理由与依据。福柯曾经讲过："重要的不是话语讲述的时代，重要的是讲述话语的时代。"显然，延安文人一旦陷入规训和惩戒自由意识的整风运动时，启蒙者的地位自然而然就会失落。延安文人只得依托激进的政治宣传，以文学话语形式参与到国家政治生活中去。这样一来，文学对现实的说话就必然衍化为对政治的说话，文本实践印证着作家的政治实践，文本表达的作家思想注定要成为政治运动的传声筒，不再是作家个体启蒙经验自由流动的产物。这与中国共产党和毛泽东当时制定的知识分子政策不无关系。

延安时期的毛泽东，虽然指挥和调动着一支浩浩荡荡的革命文化大军，尊重知识、尊重人才的事例也举不胜举，但知识分子能否受到党和人民的尊重，能否当作国家和社会的宝贵财富，却受到一个硬性标准的规约，即取决于文人的人生价值趋向是为人民作贡献还是为个人谋名利。在延安陕北公学鲁迅逝世周年纪念大会上，毛泽东之所以推崇和标榜鲁迅为

❶ 丁玲：《我们需要杂文》，《解放日报》1941 年 10 月 3 日。

❷ 朱鸿召：《延安文人》，广东人民出版社 2001 年，第 96 页。

现代中国的第一圣人，是因为毛泽东把鲁迅当作党外的布尔什维克，而中国共产党是以全心全意为人民服务为宗旨的党。正是鲁迅具有如同党一样的政治远见、斗争精神和牺牲精神，毛泽东才有可能把鲁迅树立为中国革命知识分子的一面大旗，成为全中国知识分子学习的榜样。因此，毛泽东断言："革命的或不革命的或反革命的知识分子的最后分界，看其是否愿意并且实行和工农民众相结合。"一个需要摆脱列强蹂躏、扫除民族压迫、消灭封建剥削、建立新民主主义的国家，没有大批知识分子显然是不可能的，但这样的知识分子必须是站在人民一边、为人民作贡献的知识分子。1939年5月4日，毛泽东在延安召开的五四运动纪念会上发表了《青年运动的方向》的讲演。他说："中国反帝反封建的人民队伍中，有由中国知识青年们和学生青年们组成的一支军队。这支军队是相当大的，死了的不算，在目前就有几百万。这支几百万人的军队，是反帝反封建的一个方面军，而且是一个重要的方面军。但是光靠这个方面军是不够的，光靠了它是不能打胜敌人的，因为它还不是主力军。主力军是谁呢？就是工农大众。中国的知识青年们和学生青年们，一定要到工农群众中去，把占全国人口百分之九十的工农大众，动员起来，组织起来。没有工农这个主力军，单靠知识青年和学生青年这支军队，要达到反帝反封建的胜利，是做不到的。"❶ 作为政治家的毛泽东，此时心中最重的任务是打败民族的敌人、解放全中国。为了完成这个伟业，他娴熟地运用阶级斗争理论，团结全国人口最多数的工农大众，用革命的武装来打垮敌人。他虽然也多次谈到知识分子在革命队伍中的重要性，但比起工农兵来，他认为知识分子、作家仍然是渺小的。他虽然肯定了中国数百万知识分子是反帝反封建的一个重要的方面军，但这支军队却难以推翻帝国主义、封建主义的统治。要战胜日本侵略者，建设新中国，必须把全国人民大众动员起来。"全国民众奋起之日，就是抗日战争胜利之时。"❷ 因此，判断知识分子革命与否的唯一标准，就是看他愿不愿意并且实不实行与工农民众相结合。愿意并且实行与工农相结合的，是革命的；否则，就是不革命的或反革命的。只是在口头上表示愿意与工农结合而没有实际行动的，也不是真正的革命派；只有在实际行动上走与工农相结合的道路并且能够坚持一贯的，才是真正

---

❶ 毛泽东：《青年运动的方向》，《毛泽东选集》第2卷，人民出版社1991年，第529—530页。

❷ 毛泽东：《五四运动》，《毛泽东选集》第2卷，人民出版社1991年，第524页。

第三章 延安文艺座谈会与工农兵方向规范的文学选择

的革命派。知识分子要完成宣传、发动、组织工农群众的任务，就"一定要到工农群众中去"。毛泽东指出，"群众是真正的英雄，而我们自己则往往是幼稚可笑的，不了解这一点，就不能得到起码的知识"❶，人民生活是文艺创作的唯一源泉。高高在上，不了解工农、思想深处看不起工农的知识分子，是不可能在革命中发挥应有的作用的。知识分子不能下车伊始就指手画脚，乱发议论，而必须放下架子，脱掉长衫，先做群众的学生，虚心向群众求教，与他们共同生活，互相了解，建立感情，从群众的需要出发，而不是从任何良好的个人愿望出发，"如果没有群众的自觉和自愿，就会流于徒有形式而失败"❷。因此，中国的革命的文学家、艺术家，必须到群众中去，必须长期地无条件地全心全意地到工农兵群众中去，到火热的斗争中去，到唯一的最广大最丰富的源泉中去，观察、体验、研究、分析一切人，一切阶级，一切群众，一切生动的生活形式和斗争形式，一切文学和艺术的原始材料，然后才有可能进入创作过程。为此，《在延安文艺座谈会上的讲话》以一套政治的权威话语对作家主体的启蒙角色进行了原则性规范和彻底性颠覆。作为对话语主体的要求，《在延安文艺座谈会上的讲话》号召文学工作者首先要与工农兵打成一片，具备工农兵的情感操守、思想素质，"了解他们、熟悉他们"，"认真学习他们的语言"，选取适合工农兵欣赏趣味的表现形式来"塑造他们、表现他们"。从思想上看，它不仅要求话语营构服从主体身份，而且要求主体身份服从话语营构。《在延安文艺座谈会上的讲话》特别强调对工农兵话语的尊崇，认为："我们的文艺，第一是为工人的，这是领导革命的阶级；第二是为农民的，他们是革命中最广大最坚决的同盟军；第三是为武装起来的工人农民即八路军、新四军和其他人民武装队伍的，这是革命战争的主力；第四是为城市小资产阶级劳动群众和知识分子，他们也是革命的同盟者，他们是能够长期地和我们合作的。这四种人，就是中华民族的最大部分，就是最广大的人民大众。"在这里，毛泽东将"人民大众"分为四类，并依据他们在革命中的地位与作用排出先后序列。这先后序列的给出，一方面是在梳理文艺的服务对象，另一方面又是一种不容置疑的政治认定。显然，知识分子在这一政治认定中被边缘化了，它定格在人民大众的最外围。尤为严峻的

---

❶ 毛泽东：《〈农村调查〉的序言与跋》，《毛泽东选集》第3卷，人民出版社1991年，第748页。

❷ 毛泽东：《文化工作中的统一战线》，《毛泽东选集》第3卷，人民出版社1991年，第913页。

是，知识分子在这里被看成是"小资产阶级"，是"合作"者，而不是"无产阶级"。"他""我""无""资"虽一字之差，却遥隔天河，有内与外的本质区别。知识分子要想成为革命队伍的一员，必须来一番灵魂的改造，由启蒙者变为被启蒙者，一定要把立足点"移过来，一定要在深入工农兵群众、深入实际斗争的过程中，在学习马克思主义和学习社会的过程中，逐渐地移过来，移到工农兵这方面来，移到无产阶级这方面来"。然而，这种转移，这种改造，对从都市来到延安的作家来说何其艰难，要经历一系列脱胎换骨、荡涤灵魂的生死炼狱。要求作家"真正站在人民的立场上，用保护人民、教育人民的满腔热情来说话"，这种人民话语在歌颂与暴露两种讲述形式中，只能是"一切危害人民群众的黑暗势力必须暴露之，一切人民群众的革命斗争必须歌颂之"。

因此，当上述暴露派们暴露了一阵子之后，毛泽东在《在延安文艺座谈会上的讲话》中对"人性论""人类之爱""文艺无功利""文艺的任务是暴露""还是杂文时代还要鲁迅笔法"等说法进行了条分缕析的反击批驳。理论武器是马克思列宁的阶级斗争理论，你要参加无产阶级革命队伍吗？你就要无条件地服从这个理论。这个理论，毛泽东以舍我其谁、别无选择的口气指出，在现在世界上，一切文化或文学艺术都是属于一定的阶级，属于一定的政治路线的。为艺术的艺术、超阶级的艺术和政治并行或互相独立的艺术，实际上是不存在的。无产阶级的文学艺术是无产阶级整个革命事业的一部分，是整个革命机器中的"齿轮和螺丝钉"。"你是资产阶级文艺家，你就不歌颂无产阶级而歌颂资产阶级；你是无产阶级文艺家，你就不歌颂资产阶级而歌颂无产阶级和劳动人民：二者必居其一。歌颂资产阶级光明者其作品未必伟大，刻画资产阶级黑暗者其作品未必渺小，歌颂无产阶级光明者其作品未必不伟大，刻画无产阶级所谓'黑暗'者其作品必定渺小，这难道不是文艺史上的事实吗？对于人民，这个人类世界历史的创造者，为什么不应该歌颂呢？无产阶级，共产党，新民主主义，社会主义，为什么不应该歌颂呢？也有这样一种人，他们对于人民的革命事业并无热情，对于无产阶级及其先锋队的战斗和胜利，抱着冷眼旁观的态度，他们所感到兴趣而要不疲倦地歌颂的只有他自己，或者加上他所经营的小集团里的几个角色。这种小资产阶级的个人主义者，当然不愿意歌颂革命人民的功德，鼓舞革命人民的斗争勇气和胜利信心。这样的人不过是革命队伍中的蠹虫，革命人民实在不需要这样的'歌者。'❶ 毛泽东在《在延安文艺座谈会上的讲话》的最后部分郑重告诫延安的艺术家们："我们的队伍，虽然其中的大部分是纯洁的，但是为要领导革命运动更好地发展，更快地完成，即必须从思想上组织上认真地整顿一番。而为要从组织上整顿，首先需要在思想上整顿，需要展开一个无产阶级对非无产阶级的思想斗争。延安文艺界现在已经展开了思想斗争，这是很必要的。小资产阶级出身的人们总是经过种种方法，也经过文学艺术的方法，顽强地表现他们自己，宣传他们自己的主张，要求人们按照资产阶级知识分子的面貌来改造党，改造世界。在这种情形下，我们的工作，就是要向他们大喝一声，说：'同志'们，你们那一套是不行的，无产阶级是不能迁就你们的，依了你们，实际上就是依了地主大资产阶级，就有亡党亡国的危险。只能依谁呢？只能依照无产阶级先锋队的面貌改造党，改造世界。"❷ 毛泽东的《在延安文艺座谈会上的讲话》成了延安整风运动的思想指南。从《在延安文艺座谈会上的讲话》的立场要求中，我们可以看出，作家主体和话语营构在政治总体化运动中显现出两种相互制衡的关系："说什么话的是什么人"，即话语原则是对作家原则的检视；"是什么人说什么话"，即作家原则是对话语原则的预设。合起来，就是主体与立场的互证互涉。在这个理论面前，许多参加革命而又出身形形色色非无产阶级家庭的小知识分子都是尴尬的。"站在无产阶级和人民大众的立场"，不仅要求作家在组织上入党，而且要求在思想上入党。显然，作家叙事的合法性依据是工农兵的价值认定。换言之，就是思想"立场"的不容动摇，"你是资产阶级文艺家，你就不歌颂无产阶级而歌颂资产阶级；你是无产阶级文艺家，你就不歌颂资产阶级而歌颂无产阶级和劳动人民，二者必居其一"。"立场"本身是一种政治意义上的"立场"，"身份"本身是一种集体意义上的"身份"；对"立场""身份"的批判，自然就是一种政治批判、集体批判。如此，文学作品是否具有无产阶级的党性、集体性，就由作家主体的思想立场来决定，即"说什么"是由"怎么说"来完成的。

---

❶ 毛泽东：《在延安文艺座谈会上的讲话》，《毛泽东选集》第 3 卷，人民出版社 1991 年，第 829 – 830 页。

❷ 毛泽东：《在延安文艺座谈会上的讲话》，《毛泽东选集》第 3 卷，人民出版社 1991 年，第 829 – 830 页。

作家的总体政治化，谢冕称之为中国文学中的"标准化工程"❶。这个工程的具体实施，就是肯定主体的标准化话语——工农兵大众话语，认为个人可以超越阶级出身的局限，进而在文本中寻找和发现那些不符合标准化话语的思想印记，进而"虚构""抽取"，构造一个"另类"的他者，再对这个他者进行批判、排除、劝告，让这些另类在思想改造过程中变为革命者——工农兵。在毛泽东思想理论的指导之下，经过延安整风运动，彻底拆解了现代作家自"五四"以来高高在上以启蒙者自居的"架子"，而是将他们改变成了工农兵的学生，改变成革命队伍中驯服的工具。延安时期的统一战线，将大量学生和知识分子吸收到党内，就是颠覆文人启蒙角色的成功预演。

托马斯·曼在谈当代社会无所不在的政治性这一问题时认为："在我们的时代里，人的命运是在政治术语中呈现其意义的。"❷ 虽然作家的文学创作"总是以民族寓言的形式来投射一种政治"❸，而民族寓言也征询、召唤着知识分子承担起独立自主、强国富民的历史使命，在"永远是政治知识分子"的历程中实现身份认同。"工农兵"这一概念要求他们一方面要演好代言人这一角色，既写诗歌又参加劳动实践，发挥文学艺术是革命机器中的"齿轮和螺丝钉"的宣传教育作用；另一方面又要充当思想斗士，彻底抹掉个体经验印痕，做一个集工人、农民、战士于一身的"新人"。在解放区文学中，集体声音压倒个体声音、政治超越于文学有其存在的某种合理性，尤其当民族国家命运危在眉睫时，政治的整合力量置文学本体于不顾，征询文人参与社会革命的滚滚洪流，发挥宣传员作用。

但延安文人是否就能轻而易举地完成上述立场转换呢？前面已经说过，怀着满腔热血投奔延安的文人，虽然"大家一心想着救亡，想着革命，想着寻求真理"，但他们的思想背景并非清一色的，因为"从四面八方来，各有各的路数，各有各的观点"，因此"难免发生分歧，产生矛盾"❹。当许多知识分子奔赴抗日根据地，与战争的主要承担者农民广泛接

---

❶ 谢冕：《文学的绿色革命》，贵州人民出版社 1988 年，第 78 页。

❷ 裴小龙：《现代主义的缪斯》，上海文艺出版社 1989 年，第 213 页。

❸ ［美］弗雷德里克·杰姆逊：《处于跨国资本主义时代中的第三世界文学》，张京媛译，《当代电影》1989 年第 6 期。

❹ 萧军：《难忘的延安岁月》，《延安文艺回忆录》，艾克恩编，中国社会科学出版社 1992 年，第 113 页。

触之后，五四以来作家主体的个体经验与民族抗战的集体诉求之间的冲突，便由单纯的议论发展成为现实生活中的立场矛盾。一方面，工农兵在战争中人性得到高扬，显现出崇高的境界，改变了原来知识分子对他们的表面认识，许多知识分子在实践中感同身受，思想感情发生了转变；另一方面，原有的启蒙主义价值观仍在起作用，许多知识分子到了根据地以后，对已形成的战时文化环境感到不适应，从而发生各种各样的冲突。为了调解两种价值观的摩擦，让更多的知识分子抛弃个体主张，加入集体的大熔炉里，不仅《在延安文艺座谈会上的讲话》成为当时及其以后文艺工作的经典性文献，而且还以小组学习和下乡实践两种主要方式对知识分子进行从身份到思想的集体改造。既然革命话语要求作家思想立场转变到工农兵立场之上，那么对作家"立场"或"身份"的辨识就成为批评与检验的重要尺度。按照毛泽东的部署，这个运动先进行"思想整顿"，尔后进行"组织整顿"。研究表明，组织整顿能对其成员形成巨大的心理压力，特别是当某一个体被大多数成员认为有"资产阶级、小资产阶级思想倾向"的时候，这一个体只有通过实际行动证明他诚恳地接受了大家的意见，才能够恢复自己的自尊并为组织所重新接纳。在小组学习和讨论中，每个成员都要接受大家的批评，并进行自我批评，这些小组往往以党支部、同一科室为单位，要求大家就革命、战争、创作等问题进行自我检讨，学习小组不仅检查个人的思想信仰，而且还检查个人的落实情况，并根据运动的需要提出新问题，结果是在思想信仰和日常生活两方面都达到高度的一致，作家的集体意识进一步增强。在一个文化系统内部，政治文化和思想文化之间的正常关系虽然是互动性的，但延安时期的政治文化始终处在一种支配一切的独尊地位，思想文化则处于一种完全被动的顺从地位。延安文艺座谈会确立了文艺为工农兵服务的总方针，并号召作家深入生活，向工农兵学习。一大批作家奔赴农村体验生活，这就是所谓的"下乡"或"扎根农村"。在整风运动中，这威力被发挥到了极致。丁玲、周立波、艾青、萧军等人均有过个体经验与集体主义分离，自愿或不自愿地接受小组的批评和考验的经历。知识分子出身的丁玲、周立波如此，农民作家赵树理、马烽、柳青也不例外。与农民同吃同住同劳动，长期与农民生活在一起。他们中有些是真诚地相信毛泽东的"现身说法"，加入工农集体中去。另有一些是在小组学习和自我批评之后，克服了自由主义、个人主义，主动接受统一思想要求，服从组织、服从上级而走上"下乡"锻

炼之路的。"工农兵"作为一个有着巨大整合功能的集体名词，从延安时代开始就具有某种神话般的伟力。在这种伟力的作用下，知识分子身份如果不能实现转化，他们的地位与归属就得不到解决，与人民的喜好、趣味、欣赏习惯不相符合的追求，就会成为"思想"落伍、与人民大众对立的有力证词。大批志愿参加无产阶级革命队伍的自以为是革命者的小资产阶级作家、艺术家们，在毛泽东阐述的毋庸置疑的革命真理之下，开始了真诚的脱胎换骨的改造。丁玲、艾青们开始认清了自己小资产阶级的错误，开始了对坚持错误的王实味的批判，开始了对为王实味鸣不平的萧军的批判，并且此后彻底放下了知识分子的"臭架子"，拜工农兵为师，为工农兵写作。艾青，这个地主的儿子，学会了自己开荒种地，深入吴家枣园农民劳动模范吴满有家里采访学习，写出了歌颂农民英雄的九章长诗《吴满有》；他努力学习当地百姓的秧歌剧，分析了秧歌剧的特点，写出了长文《秧歌剧的形式》，后经毛泽东审阅，印成了小册子，作"教本"使用。艾青的积极表现，为他赢得了荣誉，他被边区政府授予"甲等模范文化工作者"奖状并获奖金 5 万元。丁玲，这个曾写出过《莎菲女士的日记》，有着强烈个性追求的"五四"新女性，这个勇敢的左联作家，这个在延安整风运动期间得到过毛泽东保护的杨开慧烈士的同学，此刻下决心同工农兵打成一片，"又像上前线一样，打背包，裹绑腿，到柳林同老乡一起纺线，改革纺车，帮盲人韩起祥创作新节目，学习柯仲平、马健翎的'民众剧团'创作的民族化、大众化的经验，还采访了许多先进人物"❶，创作出了歌颂边区合作社模范人物的《田保霖》。这一与工农兵结合的新成果，得到了毛泽东的称赞，毛泽东亲笔写信祝贺她表现出了"新写作作风"；丁玲继续努力深入工农兵，后来又写出了获得苏联斯大林文学奖的《太阳照在桑干河上》。经过延安整风，很多自以为到了延安就算是已经进入无产阶级先进行列的作家，终于认清了自己的阶级属性，而低下了知识分子高傲的头颅，灵魂深处的小资产阶级知识分子的王国彻底瓦解，即使"左翼作家"也要加快改造的步伐。陈荒煤说："经过整风，深挖思想，我也真诚地意识到，我这个'左翼作家'还不能算是无产阶级的，只能称之为革命的小资产阶级作家。"❷ 他们开始否定自己，也否定自己过去的创

---

❶ 周良沛：《丁玲传》，北京十月文艺出版社 1993 年，第 448 页。
❷ 陈荒煤：《冬去春来》，江苏文艺出版社 1994 年，第 408 页。

作，身负重担前行，又不知路在何方，这正是他们真实的心态，当时的青年作家陈学昭后来回忆说："当座谈会之后，我完全否定了自己过去的写作，认为以前写的东西纯粹是发泄个人情感，即使写了一点对旧社会的不满，那也是出于个人观点、个人立场的，对于革命和工农兵简直是没有什么联系的。自己在那个时候是茫然的，不知道以后从何着手来从事写作，或者说怎样重新开始来学习写作，使自己的写作成为真正的一件革命事业。我又感觉写作是不容易的，而文艺工作者的责任是异常重大的。这些思想常常来回地在我脑子里转着，这些思想转得愈多，我对自己写作的前途和信心就愈少，愈加悲观。"❶

由此可见，随着社会革命体制的最新建构以及《在延安文艺座谈会上的讲话》后文艺创作全力向服务工农兵的转移，伴随而来的是知识分子作家政治地位的巨变。烽火连天的战争，使 20 世纪 40 年代知识分子文化人不可能再有一间安静的书斋，流徙的生活使他们逐渐接触了民间并亲身目睹和感受了人民身上所体现出的生命力的坚韧与顽强。当时的解放区，正处在一场伟大的历史性变革的过程中，封建的政治制度、经济秩序正在被摧毁，长期处于被奴役地位的农民在新政权的支持下开始挺起了腰杆，疾风暴雨般的时代唤醒了他们"人的意识"，民族解放战争为他们历史作用的发挥提供了广阔的舞台，农民作为推动历史前进的主要力量正在崛起，以农民为主体组成的抗日军队是能够推动战争走向胜利的最主要的决定性力量。而对这样一个时代和这样一个正在历史舞台上崛起的阶级，长于思辨而怯于行动的知识分子，也就逐渐少了些启蒙者的自信与自负，生出了些痛感自身无用的茫然。他们逐渐开始认识到如果不调整自身的文化定位，依然居高临下地俯视民间，自己所能起的作用在这样的时代将是非常有限的。惭愧自己是一个无用的知识分子，这是投身抗战后不少知识分子的真实心态，正是这种发自知识分子内心的对知识分子自我和民众群体价值的重新评估，构成了不久之后在政权力量推动下知识分子在思想感情和立场上认同"民间"的心理前提。中国知识分子一向具有强烈的救世责任感，来到解放区的左翼文化人更有着极高的爱国热情，但真正意义上的"投笔从戎"显然并不是多数文化人所长，文人可用的还是手中那支笔，怎样用这支笔为战争服务？怎样使这种服务更为有效？不能不成为许多文

---

❶ 陈学昭：《关于写作思想的转变》，《人民日报》1949 年 7 月 6 日。

化人认真思考的问题。时代变化促使知识分子自身思考问题基点的调整，使得他们开始俯下身来正视"民间"，并进而发现了民间所蕴藏的巨大力量和民间文化形态的无穷魅力。同时，被知识分子所信赖的统治集团的号召与推动，又从体制上保证了文化人"走向民间"的具体运作。在延安文艺整风之后，解放区文艺界掀起了作家、艺术家"下乡""入伍"的热潮，文化人在下乡过程中，自觉或不自觉地转变着自己的世界观和文艺观，这种"转变"也就自然地推动了解放区文艺的根本性变化。知识分子开始放弃五四启蒙主义者的立场，坚决服从无产阶级的阶级利益，无条件地融入工农兵之中，由原本的社会精英、文化贵族一变而为普通民众的学徒、工农兵的服务生；激进的革命功利主义打乱了知识分子作家艺术演进的阵脚，新的时代要求迫使他们必须尽快蜕变与换血，以适应新设的历史框架。但是，他们的世界观转变的痛苦和走向工农兵之路的艰难也是显而易见的。一方面，文学已经被严格地纳入政治框架内，作为意识形态的工具，无条件地为民族救亡、党的利益这一至上主题服务，为革命的主力——工农兵服务；另一方面，在延安这个意识形态高度政治化、行为方式军事化、生活作风农民化的特殊环境里，知识分子作为一个阶层已基本消解。全民皆兵，全民皆农，作家也一样持枪荷锄，一切行动听指挥，枪炮声、呐喊声、劳动号子声、批评与自我批评声，声声入耳。在这样的气候与环境里，如果依然书生意气，那便是"个人主义"，毛泽东严重正告："坚持个人主义的小资产阶级立场的作家是不可能真正地为革命的工农兵群众服务的。"一般而言，知识分子作为社会群体中的一个特殊阶层，即作为知识、思想、价值观念、意识形态等的构造者、阐释者和传播者，"其知识、思想与价值观念在社会的各个阶层中处于领先的与引导的地位"，"是社会发展的动力，是社会变革的急先锋"❶。理应作为人类灵魂工程师的延安文人，却只得以艰难而痛苦的思想蜕变，由五四新文化运动时期的先觉者和启蒙者蜕变为被启蒙的人，变成了战斗者和文学理想的实践者。他们不再以民众精神导师、牧师和教师的身份出现，而是回到人民中间，成为人民队伍中的一员，这一蜕变历程和历史教训是值得反思的。

---

❶ 陶东风：《社会转型与当代知识分子》，上海三联书店 1999 年，第 1 页。

二、大众品格的追求

随着五四启蒙传统受到严峻挑战和延安文人启蒙角色的倒置，精英文化逐渐边缘化并向民间文化靠拢和趋同，民间文化形态被激活并开始以多种方式参与到主流文化的构建中。

众所周知，作为中国新文学开端标志的五四新文化运动，其本质是较早接受外来思想学说的先进知识分子，试图以外来文明为参照系改造和建设中国社会与文化体系的思想启蒙运动。在这场文化运动中，尽管有少量学者从汲取民间文化营养角度考虑，提倡过收集民间歌谣，但更多的新文化同人则把民间文化与正在被批判的封建文化传统视为一体，对之持批判和否定的态度。尽管当时和后来的一些时期，新文学阵营也曾提倡过"平民文学""普罗文学"和"大众文学"，"民间"的话题也曾进入过知识分子的视野，但从整体上看，新文学主流始终是一个代表着知识分子精英文化意识的自足的文化空间。新文学与大众，特别是与中国最广大的农民大众之间，始终处于一种隔膜状态，"中国民间文化基本上被排斥在知识分子的精英文化传统以外"[1]。正如艾思奇对五四文学的批评，他认为"在'五四'的初期，还发掘我国民间文艺的宝藏，愈到后来，这些宝藏就被搁置起来，而偏向于向外国的文艺里去学习"，因此"渐渐从中国民众远离开，这就是'五四'以后的文艺上的一个缺点"，他指出五四文学运动"并不是建立在真正广大的民众基础上的，主要的是中国的力量薄弱的市民阶级的文艺运动，它并没有向民间深入。其次，它对于过去的传统一般地是采取极端否定的态度，因此它的一切形式主要是接受了外来的影响，或外来的写实主义的形式，而忽视了旧形式的意义。新的文学，一开始就有了这样的矛盾；一方面有现实主义和平民化的要求；另一方面，生活在广大的民众之外的作者和外来的写实形式，不能达到真正的现实主义和平民化的目的。这一切矛盾，到了抗战期间，就充分地暴露出来：形式的写实手法，不能充分地反映抗战的现实，表面上是现实的，实际上却是对于现实有限制的"[2]。诗人柯仲平有相似看法，他的观点中有两点很值得注

---

[1] 陈思和：《民间的浮沉：从抗战到"文革"文学史的一个解释》，《陈思和自选集》，广西师范大学出版社1997年，第202页。

[2] 艾思奇：《旧形式新问题》，《文艺突击》1939年6月25日第1卷第2期。

意。一是指认五四文学在语言上的最大弊端是"虽然主张白话文，而未能运用大众的生动的口语"，亦即五四文学搞起来的"现代白话"，主要是知识分子语境的白话，不是真正民间语境的白话。二是明确提出继五四文学构成"对于中国旧文化、旧文艺传统的一个否定"之后，今天有必要开展另一个类似的文学运动，来构成"对于'五四'时期的否定之否定"❶。随着 20 世纪 30 年代中后期空前激烈的民族战争背景的出现，新文化与大众之间由于隔膜而导致的文化接受群体过于狭小的状况，引起了理论界和创作界的关注。出于大众化的目的，理论界和创作界试图打破这种隔膜，开始了对民族传统形式的重新关注和新文学大众化问题的讨论，尤其强调了文学的民族精神和民族情感。与五四作家相比，三四十年代的文人显示出更为自觉的建设民族化中国文学的倾向，这不仅与他们对"五四"不约而同地反省有关，更与整个社会历史大环境的骤变相关。但是，民族化意识的明确，并不意味着民族化概念本身已被科学地阐释。三四十年代以大众化为前导的有关旧形式的利用和民族形式问题的讨论，在很大程度上是为了推进新文学的发展，其目的绝不是简单的复古倒退。这一点无论是当时讨论者们的主观意愿，还是客观实践的主导倾向，都显示得十分清楚。理论界试图以"旧瓶装新酒"来解决文学面临的问题，即把新的抗战内容与旧的文艺形式相融合，来唤起一般民众对于抗战文学的兴趣与热情，这种设想和 40 年代初民族形式问题讨论中的一些看法有所区别。但是，在以延安为中心的解放区，改变新文学与大众之间的隔膜状况，把新的时代内容与民间的文化形态融合起来，以唤起农民大众对抗战的热情，却有着比其他地区更为迫切的意义。解放区的主体部分处于中国经济文化落后的西北农村，在中共建立政权之初，五四新文化基本上未撒播到这里，但由于历史传统，这一地区民间文化却很发达，这是一片以农民为创作和接受主体的民间文化自在生长的沃土。抗战爆发之初，随着大批具有强烈理想追求和革命热情的左翼知识分子会聚在这一地区，自然也将五四精英文化带入了这一区域，两种文化形态的碰撞也就不可避免。尽管高涨的抗日热情促使这批知识分子也像他们国统区的同行那样以"旧瓶装新酒"的方式，利用旧有民间艺术形式来宣传抗战，但知识分子启蒙传统带来的自信与自负，使他们并不能俯下身来正视"民间"，知识分子与"民间"的隔阂并

---

❶ 柯仲平：《论文艺上的中国民族形式》，《文艺战线》1939 年 11 月 16 日第 1 卷第 5 号。

没有消除。当时的解放区，实际上存在着两种文化，一种流传在知识分子和有一定文化基础的"公家人"中，这是经过报纸、刊物、壁报、宣传演出所传播的知识分子文化；另一种则是流传在乡间，通过信天游、民间秧歌、口头故事、小唱本等通俗读物传播，没有被新文化所"浸染"的民间文化。前者被知识分子和政权意识形态所看重，后者以其自在的原始形态和浓郁的自由活泼色彩为普通老百姓所喜爱，二者之间很少沟通与交流。以致虽然不满于其中落后因素但又一直倾心于民间文化形态的赵树理，于1942 年 1 月在太行革命根据地抗战以来规模最大的一次讨论华北文化建设问题的会议上，一改不善于抛头露面的姿态，制造了一种"异常紧张"的会场气氛。他板着面孔，手里举着从老百姓家中拿来的《太阳经》《玉匣记》《老母家书》《增删卜易》《秦雪梅吊孝》《洞房归山》《推背图》等通俗读物说："这才是在群众中间占压倒优势的'华北文化'！其所以是压倒的，是因为它深入普遍，无孔不入，俯拾皆是，而且其思想久已深入人心。"❶ 可见，知识分子所代表的主流进步文化在解放区的传播面临着怎样的困难处境。

早在 1939 年，毛泽东就对那些只有理论知识的知识分子发出了警告，提出了以是否与工农兵相结合作为价值衡量的标准。1940 年 1 月，毛泽东在对全盘西化论谴责时，委婉地表示了他对"五四"以来的新文化界对传统文化的冷漠和鄙薄态度的不满，以及只知生吞活剥地谈论外国的讥讽等，都说明毛泽东早在延安整风运动前就已形成了他对文学家的根本观点，那就是小资产阶级出身的或具有小资产阶级情调的文学家要从根本上接受中国革命，就必须彻底打碎他们的盲目自尊和自信，不仅要在政治思想上，还应在文学上形成一个大一统的为工农兵服务的观点。1942 年 5 月，毛泽东发表的《在延安文艺座谈会上的讲话》成为延安文人为工农兵文学运动的纲领性文献，要求自己所控制的文化资源更好地为战争服务，成为民族解放战争中"团结人民、教育人民、打击敌人、消灭敌人"❷ 的有力武器乃理所当然。这就需要对知识分子文化传统进行一次彻底的改造，使知识分子放弃自己的启蒙传统而深入民间，在向民间学习的过程中与政治权力一道改造民间文化，最终与他们过去所鄙弃的民间文化相结

---

❶ 戴光中：《赵树理传》，北京十月文艺出版社 1996 年，第 145 页。

❷ 毛泽东：《在延安文艺座谈会上的讲话》，《毛泽东选集》第 3 卷，人民出版社 1991 年，第 805 页。

合，培植出一种既具有强烈的意识形态特点，同时又带有民间艺术特征，能够为农民接受和欢迎的新型战时文化，来最大限度地达到为战争服务的目的。毛泽东系统地提出了中共的文艺理论、方针和政策，并向知识分子发出了"长期地无条件地全心全意地到工农兵群众中去"的号召❶，以政权的力量推动了解放区"走向民间"的文艺运动。

《在延安文艺座谈会上的讲话》中，毛泽东指出："在现在世界上，一切文化或文学艺术都是属于一定阶级的，属于一定的政治路线的，为艺术的艺术，超阶级的艺术，和政治并行或互相独立的艺术，实际上是不存在的。无产阶级的文学艺术是无产阶级整个革命事业的一部分，如同列宁所说，是整个革命机器中的'齿轮和螺丝钉'。"从当时的国际国内政治形势和从文艺的特殊性出发，文艺的政治性主要表现在"为什么人"这个根本的问题、原则的问题上。他又指出，"五四"新文学的"大众化"问题之所以没有能够从根本上解决，就因为小资产阶级作家"他们的兴趣，主要放在少数小资产阶级知识分子上面"，他们"对于工农兵群众则缺乏接近，缺乏了解，缺乏知心朋友，不善于描写他们；倘若描写，也是衣服是劳动人民，面孔却是小资产阶级分子"。因此，文艺家、知识分子的思想改造问题就成为解决"为工农兵服务和怎样为工农兵服务"这个问题的关键。毛泽东还指出，"人民生活是一切文学艺术取之不尽、用之不竭的唯一的源泉"。而作家的思想情感和世界观的根本改变，才是创造"真正为工农兵的文艺，真正无产阶级文艺"的基本前提。因此，作家必须首先学习马克思主义，改造自己的思想；其次必须"深入工农兵群众，深入实际斗争"，真正"站在无产阶级的立场上"，与群众打成一片，向他们学习，向民间文艺学习，才能创造出优秀的"革命文艺"作品来。

在革命圣地延安，当塑造新人物、表现新生活成为文学界一种普遍的政治化行为时，当频繁的"思想改造"被视为知识分子工农化的必由之路时，作家主体的集体化和话语立场的政治化便成为一种必然。文学大众化、革命化要求作家站在"工农""阶级"的立场，做集体主义的忠实代言人。其实，"工农兵""大众"均是复合概念，他们无法要求作家为他们代言。于是，主流政治话语作为其利益的集中体现者，便代表他们对作家

<hr />

❶ 毛泽东：《在延安文艺座谈会上的讲话》，《毛泽东选集》第 3 卷，人民出版社 1991 年，第 817 页。

提出要求，要求作家在作品中反映新生活、新面貌以及符合时代要求的新道德。作家主体的个体经验在这一要求中被忽略了，主流话语召唤他们做的仅仅是通过"入伍""下乡""改造"等集体方式去反映集体的生活，并努力使自己的创作接近人民大众的审美趣味。为了确保文学在广大工农群众中的接受度，《在延安文艺座谈会上的讲话》要求作家创作大量的普及性作品。"普及的东西简单浅显，因此也比较容易为目前广大人民群众所迅速接受。高级的作品比较细致，因此也比较难于生产，并且往往比较难于在目前广大人民群众中迅速流传。"任何与工农兵集体形象有悖的话语生产都是被禁止的，"轻视和忽视普及工作的态度是错误的"。新文学走向现代化的过程，正是在秉承本民族优秀文化品格的基础上，不断吸纳异域思潮与技巧，追寻世界文学走向，在选择与确立中变换视角与方式，从而以全新的内容与形式同世界文学对话。其中的突破与创新是新文学发展的动力和内核。鲁迅小说之所以能够横空出世，并把艺术标杆提升至跨世纪高度，正在于他始终以世界文化格局为参照，从文学观念、文本方式、艺术视角、写作技巧、语言形态等领域进行全面的革新创造，一举将中国文学由中世纪推入现代。然而，新文学这只展翅飞翔的蝴蝶，在此时的延安，必须俯首帖耳于民间的花草之中，回归于传统通俗文学的旧套之中，以适应工农兵"喜闻乐见"的需求。根据地文学面对的是广大的农民读者群，这一群体正迫切需要接受现代观念的启蒙和教育，而延安文学的侧重点恰恰不是启蒙和教育。延安作家对面向工农兵的理解是这样的，"要写给他们读，读得懂，或是听得懂，读得高兴，或是听得高兴，甚至非读非听不可"，并断定："这是新文艺发展的必然道路，我们要走的必然道路。"❶ 什么样的创作可以达到这样的要求，除了改编过的小型民间文艺形式外，赵树理等本土作家的通俗化创作可以提供代表性的标本。在特定历史条件下，这一回归成就了文学在政治上的跨越，也是给旧时代极其落后的乡村教育以替代性文化扶贫，但就文学自身的发展而言，这种强大的艺术功利态势，必然挤占了艺术审美空间，延缓了艺术创新的步伐。为了适应特定对象的审美基准，为了"雪中送炭"而不是"锦上添花"，创作者必须改头换面，脱去洋装，割弃旗袍，扔掉琵琶、提琴、萨克斯，换上布衣草鞋，从文坛下到地摊，打竹板，扭秧歌，说村言俚语，唱民谣小调。

---

❶ 何其芳：《论文学上的民族形式》，《文艺战线》1939 年 11 月 16 日第 1 卷第 5 号。

一切高蹈、精致、深邃、娴雅、飘逸、珠圆玉润、刻意求工统统撤去，代之以通俗、简单、质朴、粗放、一看就懂，如此才有可能完成"普及"的使命。从延安文学诞生之日起，它需要的就是无产阶级的功利主义，强调文艺是为"工农兵""为最广大的人民大众"服务。它所反映的不是所谓的理想的人生、理想的人性、超阶级的人性，描写的不是抽象的人，而是生动具体地活跃在现实革命斗争生活中的阶级的人。无论是从其文学理论还是文学实践中，都异常生动而鲜明地显示出阶级性和强烈的战斗性。我们知道，延安文学的源头是江西瑞金苏区的红军文艺运动，那一时期的文艺，限于当时的军事和经济条件限制，艺术形式尽管比较单一，但其革命性和战斗性是极其鲜明的，当时的创作者既是战斗员，又是宣传员，他们的艺术目的性也很明确，就是为了表现红军战士的战斗生活，激发红军战士的战斗热情和穷苦大众的反抗情绪。从纯文学的角度来看，当时还没有出现相对完整的真正的红军文学作品，毛泽东的诗词除外，流行和经常上演的是一些现编现演的即兴的山歌、小歌舞等，在瑞金出版的《新中华报》上，还刊登过反映红军战斗生活的小说等。当时作者们的写作目的是很明确的，那就是为了鼓舞人民投身阶级解放斗争。革命诗人萧三曾不止一次地说过："由于革命需要我开始写诗……我认识到文艺并非雕虫小技，是为政治服务的，是革命斗争的武器，我把诗文当作'子弹和刺刀'，当作一项严肃的革命事业，我抱着'文艺上的功利主义'的想法进入诗坛，决定用诗的形式来宣传中国的土地革命、工农红军，宣传鲁迅、茅盾和左翼文学，揭露反动派屠杀革命人民的罪行。"❶ 而艾青明确宣称："诗必须成为大众的精神教育工具，成为革命事业里的宣传与鼓动的武器。"❷ 李伯钊、吴奚如、丁玲、艾青、孙犁、田间、柯仲平、李季、贺敬之、郭小川等延安作家的生活道路和艺术追求及其作品无不显示了延安文学这一新的文学特质。在"七·七事变"之后走上抗日救亡文学之途的孙犁，在冀中平原从事文艺宣传时就自觉地提出把文艺作为民族解放战争的武器，把民族解放和鼓舞人民抗日救亡当作自己的责任，把自己的政治理想、生命价值同人民大众的命运紧紧地结合在一起。正是在为阶级解放、民族解放而战而写的政治理性的规范下，延安文学的创作主体大都有着趋于统一的文

第三章　延安文艺座谈会与工农兵方向规范的文学选择

---

❶ 萧三：《我与诗》，《珍贵的纪念》，天津人民出版社 1983 年，第 149 页。
❷ 艾青：《展开街头诗运动》，《解放日报》1942 年 9 月 27 日。

艺思想和文艺创作实践追求，他们努力于真实反映正在行进的革命斗争现实，在历史的发展中描绘人民群众的革命斗争，极力追随时代前进的步伐，反映人民群众的思想感情和愿望要求，放弃自五四以来一以贯之的对人的个体性的关注。由于人被阶级置换，个体被阶级整合，个性解放让位于无产阶级的翻身图强，文学叙事自然要随着历史阐述的转移而转移。因此，文学侧重表现的不再是个体差异，而是"类"的特征；突出的不再是私人语境，而是阶级典型；张扬的不再是个人情感，而是集体意志、宏大主题。原本复杂的人性，在革命与反革命、剥削与被剥削、左派与右派、进步与落后等二元对立中变得前所未有的简单。新文学一直引以为荣并形成传统的人文关怀，以人为本、四面突进的胸襟视野，特别是对人性的深度挖掘，塑造出阿Q、莎菲、繁漪、觉新等艺术形象的经验积累，都随着这一转型而须再度吐纳取舍，以便契合历史新设的框架，尤其是那些与革命根据地冲突的"灰色情感"——在专制压迫下的个人精神挣扎与灵魂呻吟——要坚决地剔除在文学视域之外。这些知识分子作家固有的立场与视角，这些被文学史在此前此后都一再证明是最优越的阐述方式，在遭到政治力量的断然拒绝后必须进行新的调整、迎合与重构。当然，这将有一个艰难的跋涉过程。所以，丁玲直到1948年才出版《太阳照在桑干河上》，周立波1949年才完成《暴风骤雨》，艾青最终也未能滤清忧郁与伤感，而萧军终因坚守启蒙立场而迭遭摧折，再度从容握笔时已是夕阳黄昏。

由居高临下俯视"大众"到平视乃至仰视"大众"，由不加消化地单纯"利用"旧形式到真切领悟民间文化形态的艺术"魅力"而真心实意地学习，正是在这种文艺价值观念发生重大转变的背景下，延安文艺运动很快地就结出了第一批硕果。《在延安文艺座谈会上的讲话》发表以后，延安文艺界开展了轰轰烈烈的"文艺下乡"热潮，掀起了文艺大众化的运动。文艺工作者纷纷要求下乡、下厂、下部队，同工农兵结合，为工农兵服务，"到农村、工厂、部队去，成为群众的一分子"已成为延安广大文艺工作者的行动口号。1943年冬，鲁迅艺术文学院等5个专业文艺团体，分别到陕甘宁边区5个分区为军民慰劳演出。如诗人萧三、艾青，剧作家塞克到南泥湾，作家刘白羽、丁玲、陈学昭到农村和部队，柳青、高原到陇东体验生活，进行创作。画家也背起画板，到工厂、农村，以工农大众为素描对象。"文艺下乡"运动，使专业文艺工作者与民间文艺工作者结合在了一起。专业文艺工作者不仅是宣传队，而且也是播种机。在他们所到之处，许多村镇都成立了农村俱乐部，组织了业余剧团。文艺工作者用各种形式动员群众、鼓励群众、宣传群众，因地制宜地开展各种文艺创作和文艺宣传活动。快板、新说书、民间谚语、歌谣、自乐班以及年画、剪纸等活动都活跃起来，并涌现了许多民间新型的艺术人才，如庆阳专区的社火头刘志仁，富县的民歌手江有庭，延安的说书艺人韩起祥等。专业文艺工作者下乡后，一方面，从民间艺术中吸收了丰富的养料，充实了自己；另一方面，他们又满腔热情地帮助民间艺人加工整理作品，使民间艺术大放异彩。可以说过去还没有一种文艺如此这样和人民大众的生活息息相关。文艺下乡，不仅普及、活跃了边区的文化生活，而且有力地促进了民族精神的昂扬和人民大众的自身解放。解放区群众自发的文艺创作活动也在政权力量的支持与鼓励下有了很大的发展，翻了身的农民和部队的战士利用他们所能利用的民间形式来表现他们自己的生活，农村群众自编自演的地方小戏和新式秧歌，部队战士的快板诗、枪杆诗都出现了繁荣的局面。到20世纪40年代中期，解放区文坛形成了民歌体新诗、新秧歌剧和新歌剧、新乡土小说三足鼎立共同繁荣的景象，其代表作分别是李季的信天游体叙事诗、鲁艺集体创作的民族新歌剧《白毛女》和赵树理的新评书体乡土小说。

首先是街头诗在延安出现得非常早。街头是中国城市最重要的公共空间，更是延安文人大众化文学行为的重要载体。当其他艺术门类直到1942年春天还沉迷在高级的、专业化的艺术趣味的时候，延安诗歌早在1938年便已经搞起了轰轰烈烈的诗歌大众化运动——街头诗。1938年8月7日，边区文协战歌社和西北战地服务团战地社的诗人们，联署发表了《街头诗歌运动宣言》：

有名氏、无名氏的诗人们呵，不要让乡村的一堵墙，路旁的一片岩石，白白地空着，也不要让群众会上的空气呆板沉寂，写吧——抗战的、民族的、大众的！唱吧——抗战的、民族的、大众的！我们要在争取抗战胜利的这一大时代中，从全国各地展开伟大的抗战诗歌运动——而街头诗歌运动，我们认为就是使诗歌服务抗战，创造新大众诗歌的一条大道！"❶

诗歌率先挑起"大众化"的旗帜，其实也是无奈。从中国诗歌的发展历程着眼，自《诗经》到唐宋一直延续至五四以前，古老诗歌的每一步发

---

❶ 柯仲严、田间等：《街头诗歌运动宣言》，《新中华报》1938年8月10日。

展都愈来愈远离其原生态的民间，诗歌的完善化过程实质就是一个文人化过程，彻底雅致化的中国诗歌便基本上只是文化人的读物。五四激进文人的白话诗运动，似乎欲挽其颓势，还诗于民，但因文人的根子根深蒂固，白话的新诗终于还只是在知识分子中间占据着一定的市场。当一批诗人来到延安，生存于周围几乎全是农民的环境时，不待党来呼唤他们"大众化"，诗人自己早就感到了尴尬和无奈。抗战爆发后，新诗适应时代的需要，开始大规模地走向群众，"朝普及的方向走"，"从象牙塔里走上了十字街头"❶，其时兴起的诗歌朗诵化运动成为"新诗在 40 年代从'贵族化'转向'大众化'的关键"❷。适应这种大众化诗歌潮流，延安文人也挣扎着发起"新诗朗诵运动"，试图以"新诗＋表演"的方式引起人们的兴趣，可是却遭到惨败。1938 年 1 月，延安诗歌团体战歌社试办了第一次新诗朗诵会，"发出三百张入场券，开始时会场坐满三分之二，陆陆续续散去，到末了仅剩下不足一百人。"❸ 负责人柯仲平不得不说："在我们的自我批判下，一致承认是失败的。""新诗歌直到现在还未能唤起普遍的注意，多数人还只把诗歌看作个人的事。"❹ 实际上，并不是人们把诗歌"看成"那样，而是自文人化以来诗歌就成为"个人的事"，这是一个传统，并非延安民众不领情。在士大夫文化结构里，或者说在现代都市的多元文化结构里，诗歌可以如此雅致化、贵族化地独善其身，但在延安却没有这么一种空间。某种意义上，朗诵化是光未然、柯仲平等诗人在延安的"自救"措施，想回到诗歌的史前状态——口谣、民谚、野歌的时代，是为诗歌在延安寻找自己的受众，却几乎没有找到。这就是诗歌率先挑起"大众化"旗帜的原因。当然，延安物质条件过差，纸张奇缺、印刷困难，办刊用纸皆须报请中央批准、拨给，"出诗集的不容易，已成为客观环境的迫切的要求"❺。于是，"街头诗"的诗歌变革运动又在延安悄然现身。虽然街头诗古已有之，而且一直在民间流传，但真正成为群众性诗歌运动，则是在抗战时期的延安。这一形式的变革和实践，开启了延安文学日后整体形式走向民间的先河。1938 年 8 月 7 日，是延安街头诗第一个运动日，号

❶ 朱自清：《抗战与诗》，《新诗杂话》，作家书屋 1949 年，第 57 页。
❷ 龙泉明：《中国新诗流变论》，人民文学出版社 1999 年，第 405 页。
❸ 骆方：《诗歌民歌演唱会记》，《战地》1938 年 4 月 12 日第 3 期。
❹ 柯仲平：《诗歌民歌演唱会自我批判》，《战地》1938 年 4 月 12 日第 3 期。
❺ 林山：《关于街头诗运动》，《新中华报》1938 年 8 月 15 日。

召人们"不要让乡村的一堵墙，路旁的一片岩石，白白地空着"，最早亮出了"民间化"概念。《街头诗歌运动宣言》在引用"高山有好木，平地有好花，人家有好女，无钱莫想她"这一陕北民歌后，称颂道："假使马克思的《资本论》需要中国人作一篇序，那么我们就把上面这四行诗交出来，也不算丢了中国人的脸。"显然，街头诗就是要以这样的民歌为基础，"适当地利用中国民族的、大众的以及一部分外来的形式"，打造"新的形式"，其审美特征是"深刻而明确""浅显而又含蓄""用了大众自己的语言，而又有大众的韵律"，甚至可以"单调"，因为"这正是大众中存在的一种单调，是合于大众口味的"。显然，街头诗运动的目的就是"把诗歌贴到街头上，写到街头上，给大众看，给大众读，引起大众对诗歌的爱好，使大众也来写诗"❶。这种篇幅短小、主题鲜明、句式精辟的诗歌，虽然立即受到了群众的欢迎，也出现了田间那样"最热心的倡导者和实践者"❷，但街头诗运动也曾一度沉寂，直到《在延安文艺座谈会上的讲话》后方又兴旺。1942年9月，艾青主编的《街头诗》创刊。此时，街头诗达到一个新层次：一是有了一定的历史和经验积累，二是有关这一实验的理论认识更加充分。艾青专为《街头诗》创刊而作的《展开街头诗运动》比之于《街头诗歌运动宣言》，在诗歌理论上前进了不止一大步。艾青以格言、警句的形式和开阔的诗歌美学视野，指出在诗歌必须"成为大众的精神教育工具，成为革命事业里宣传与鼓动的武器"的要求下，我们必须"把诗送到街头，使诗成为新的社会的每个构成员的日常需要。假如大众不需要，诗是没有前途的"。此语显露了延安街头诗倡导者们的激进的创作心态。所谓"日常需要"，当然类似天方夜谭，但这句话却真正意识到了诗在当下文学结构中的危机，是一种真正的焦虑，曲折地昭示街头诗运动不仅仅是为政治为时事的，而具有拯救诗歌的深层动机。艾青甚至幻想"让诗站在街头，站在公营银行和食堂中间。让诗和老百姓发生关系——像银行和食堂同老百姓发生关系一样"。鉴于诗的严重的生存危机，他开始全面反思诗的艺术形态。诗好比珠宝，"原是属于捞珠人的"，应该生存于民间大众之中，如今"却被偷窃了"，"被锁在保险箱里，或者挂在因闲空而发胖的女人的颈项上"。这一情形，乃导致诗歌没落的罪魁，而令诗

❶ 林山：《关于街头诗运动》，《新中华报》1938年8月15日。
❷ 魏巍：《晋察冀诗抄·序》，《晋察冀诗抄》，中国青年出版社1984年，第2页。

第三章　延安文艺座谈会与工农兵方向规范的文学选择

歌重新获救的出路，应该"像打开谷仓一样"，让诗"受到阳光，而且被流着工作的汗的粗手拿起来"。为了实现这样的变革，他提出了关于诗的形式的主张："充分肯定大家的日常的口语是文学语言的主要素材"，反对弱不禁风的文体，力倡诗要保持"粗犷和野生的力量"，与其"纤弱"，毋宁"粗糙"，彻底打破了往昔有关诗的清规戒律，使其完全开放，"包括任何新的形式、新标语、明信片诗、用新诗题字、用新诗写门联……使诗同人民的日常生活联结起来"。而诗人自己也不再是过去那种"形象"，新型的诗人将是一种兼顾写作与传播、在文字与行为两方面统一起来的诗歌工作者："我们来抄写，我们来整理稿件，我们来编辑，我们来写标题，我们来张贴。""我们要继续进行朗诵，不仅在室内集会，而且在露天、在街头。任何一个运动的本身就含有一种革命意义。"❶ 继"五四"新诗用白话、自由体之后，艾青这一"日常化"诗歌理论包含了若干革命性观念。它试图破除诗歌的神秘性，让诗歌不仅仅为大众所懂，更想使其如柴米油盐一样成为大众生活之一部分——此不可谓不大胆、不雄心勃勃。这一理论彻底地把诗从文学圣坛上拉下来，投入最实用的生活领域，只要有"粗犷和野生的力量"就好，再也不顾忌粗糙。从中我们明显地看到为了争夺生存空间而放弃生存品质的孤注一掷的决心。这种"以质量换空间"的构想，如果不是有史以来最奇特的诗歌改革方案，就是一次行为主义的放纵与狂欢。从实践来看，结果似乎更像是后者。随着革命文化境况的变化，随着革命文学本身逐渐正规化，街头诗运动还是慢慢地销声匿迹了，"日常化"似乎也不再是追求的目标。但是，任何低估街头诗运动对日后中国诗歌影响的做法都是错误的，作为具体的文学现象它的寿命并不长，然经此一变，中国诗歌的艺术方向却被大大地扭转了。此外，街头诗运动还隐含着一个话题，即延安文化的街头性。街头诗搞起来后，在很多方面给人启发，美术、小说、音乐、评论纷纷跟进，形成一种独具特色的"街头文化"。墙报等街头文化形式如此与延安文化紧密相连，如前所说直接原因当系彼时延安物质条件的简陋。不过，在这种文化形式中浸淫过久，其于未来中国的影响却非但不因物质条件的改善而渐弱，反之却可谓深入骨髓。"街头"这样一种空间，这样一种载体，这样一种文化形式与意识——总之，这样一种性质的文化——起于延安，而贯穿了中国大约40年的精神

---

❶ 艾青：《展开街头诗运动》，《解放日报》1942 年 9 月 27 日。

生活，它所带给历史的，绝不仅仅是几首诗、几篇文章，而于中国之人文精神有极深的影响。

其次是风靡延安和华北解放区的新秧歌剧运动。在延安时期波澜壮阔的革命文艺大潮中，新秧歌运动的兴起与发展具有十分突出的意义。因为它不但是延安文艺座谈会后毛泽东"讲话"精神的最早体现，是以《白毛女》为代表的中国新歌剧产生的直接源头，而且也是文艺同工农兵相结合，努力为最广大的人民群众服务的具体实践和典型代表。1942年后，在延安和陕甘宁边区，新秧歌运动发展速度之快、波及范围之广、演出规模之大、参加人员之多、作品内容之丰、群众反应之强烈和社会影响之深远，都是当时其他文艺样式所无法比拟的。可以说延安时期的新秧歌运动，开创了中国工农兵群众文艺运动的新时代。秧歌，原本是广泛流行于我国北方特别是陕甘宁边区农村的一种充满大众情趣的农民自娱自乐的小歌舞形式和大众化的民间艺术，多在春节闹"社火"时表演，虽然在思想内容上常常夹杂有封建、迷信、色情和庸俗化的成分，但以本真地抒发大众情绪，特别是表现民间男女之间的情爱为特点，其艺术形式自由活泼，与政治意识形态本没有什么关系。这种民间艺术由于其载歌载舞的独特表演形式和质朴火辣的浓郁生活气息，在广大群众中颇有影响，成为人们普遍喜爱的娱乐活动。中国工农红军长征到达陕北后，一些革命的文艺工作者曾对此予以关注并积极地加以改造和利用，如1936年人民抗日剧社就采用民间秧歌小调编排过小型歌舞剧《上前线》和《亡国恨》，1937年，西北战地服务团也把民间流行的秧歌改为《打倒日本升平舞》在广场和舞台上演出；而被誉为"群众新秧歌运动的先驱与模范"的刘志仁和南仓村社火，从1937年起即把秧歌的形式同革命的内容结合起来，闹起了新秧歌，连续几年相继演出了《张九才造反》（1937年）、《新开荒》（1939年）、《新十绣》（1940年）、《反对摩擦》（1941年）、《百团大战》（1942年）等一系列新节目。但是，真正地用革命思想作指导，广泛发动群众开展一场声势浩大的新秧歌文艺运动，还是学习并贯彻了毛泽东《在延安文艺座谈会上的讲话》以后的事。1942年5月，毛泽东主持召开了延安文艺座谈会并发表了著名的《在延安文艺座谈会上的讲话》，为延安和陕甘宁边区的革命文艺运动确立了"工农兵方向"，为坚持和实践这一方向提出了诸如文艺为最广大的人民大众服务，文艺要在普及基础上提高、在提高指导下普及，文艺源于生活、高于生活，批判地继承一切优秀的文学艺术遗产，文艺工作者的思想情感和世界观改造等一系列文艺的基本理论和基本原则。在《在延安文艺座谈会上的讲话》精神的指引下，1942 年 7 月 7 日纪念抗战 5 周年，延安鲁艺的师生们响应毛泽东"走出小鲁艺到大鲁艺去"的号召，走上街头，在举办画展、出刊墙报、演唱歌曲的同时，编排上演了载歌载舞形式的《反扫荡》等活报剧。1942 年年底，延安各界热烈庆祝废除不平等条约，利用旧瓶装新酒，头戴白羊肚手巾，手舞镰刀斧头，率先把大秧歌扭上街头进行文艺宣传活动。1943 年 2 月 4 日春节大联欢，延安军民两万人齐集南门外广场，许多文艺团体都开始组织起秧歌队参加演出。1943 年 2 月 9 日，鲁艺更组成 150 人的庞大秧歌队，连续几天到杨家岭、中央党校、文化沟、联防司令部及附近的农村进行春节巡回表演，除演出了《拥军花鼓》（二人花鼓）、《七枝花》（四人花鼓）、《运盐》（赶毛驴）、《刘立起家》（快板剧）及《跑旱船》《推小车》《挑花篮》等许多新秧歌外，还一举推出了由路由编剧、安波作曲、王大化和李波主演的秧歌剧《兄妹开荒》，一时竟轰动了整个延安城。群众纷纷奔走相告："鲁艺家的秧歌来了。"特别是他们在东乡罗家坪演出的一场，前来观看的群众成千上万。当打花鼓的演员唱道"猪呀、羊呀，送到哪里去"时，周围观看的群众齐声接唱道："送给那英勇的八路军。"其情其境，十分感人。毛泽东、朱德、周恩来、任弼时、陈云等中央领导看后也都对此予以高度评价。毛泽东赞扬道："这还像个为工农兵服务的样子。"朱德也高兴地说："不错，今年的节目和往年不同了。革命的文艺创作，就是要密切结合政治运动和生产斗争啊！"❶鲁迅艺术文学院的艺术家们首先在民间的秧歌表演形式中加入话剧与歌剧要素，将其改造成一种熔戏剧、民间音乐、民间舞蹈为一炉的歌舞短剧，来表现新的时代内容。在鲁艺的带动下，其他艺术团体也纷纷效仿，"从 1943 年农历春节至 1944 年上半年，一年多的时间就创作并演出了三百多个秧歌剧，观众达八百万人次"❷，《兄妹开荒》创作和演出的一举成功，标志着新秧歌剧的正式诞生，并由此带动和促进了延安新秧歌运动的蓬勃发展，陕北解放区掀起了空前未有的秧歌剧"剧运"高潮。新秧歌剧的创作者学习这种自由活泼的大众艺术形式的长处，并不想把它作为一种艺术研究的对象，对它所作的最主要的改造

❶ 陈晨：《延安时期的新秧歌运动》，《文史精华》2003 年第 1 期。
❷ 金紫光：《秧歌剧卷·前言》，苏一平、陈明主编：《延安文艺丛书·第七卷秧歌剧卷》，湖南人民出版社 1985 年，第 2 页。

是不再把它看作一种群众自娱自乐表达大众情趣的艺术，而是当成一种可用来宣传的文艺形式和"群众自我教育的手段"。延安文艺界政治意识形态的代表人物周扬借群众之口称旧秧歌是"溜勾子秧歌"，而新秧歌剧则是"斗争秧歌"❶。在当时的理论和政策导向下，新秧歌无一例外地具有了鲜明的政治主题，一群知识分子根据政治要求创作出新秧歌后，在这种"新秧歌"中民间文化原有的原始自在的形态实际上已经不复存在了，只有大众审美情趣还以"隐形结构"的形式保留在政治意识形态化的"秧歌剧"文本中。民族新歌剧的代表是《白毛女》，从《白毛女》的创作过程中就能发现民间文化形态融入主流文学建构时二者之间复杂微妙的关系。《白毛女》的创作素材来自河北农村的一个民间传说，传说本身留有进一步想象与填充的不少空白，将它发展成一部大型歌剧时，也就蕴含着语义发展的多种可能性。可以说，正是大众文化形态的有机地"融入"，化解和中和了单纯意识形态宣传可能带来的艺术上的僵硬与单调，增强了作品与农民大众之间的亲和感，但同时又须指出，学习和化用大众艺术资源在当时是有条件的。延安文化人所青睐的并不是原始形态的民间文艺本身，大众文化形态"融入"政治化文本的前提是淡化其本真意义上的民间意识，服从于政治话语。这种"淡化"和"服从"有时是以牺牲民间意义上的愿望和理想为代价的。如《白毛女》的结尾，最初的一种设计是喜儿和大春婚后的幸福生活，作为一个由渲染家庭伦理亲情的故事开场，又始终贯穿着民间复仇与男女情爱线索的戏剧，这个结局交代了喜儿的归宿，照应了开头，满足了大众的观剧期待，应该是可取的。但延安文艺界的负责人周扬却批评："这样写，把这个斗争性很强的故事庸俗化了"，❷ 于是"斗争会"成了故事的结局，民间"花好月圆"式的理想则被舍弃了，即使先开"斗争会"后"花好月圆"也不行。从这两个例子可以看出，在当时的时代语境下，大众文化形态进入主流文化后，不可以再保留其自在的自由色彩，一旦融入主流文化建构，被政治意识形态化是不可避免的，当时的所谓"大众化"，实际上是与文艺的"工具化"结伴同行的。

与此同时展开的还有旧戏曲的改造和新编工作，1943 年到 1944 年，掀起了戏改运动的高潮。民众剧团演出的新秦腔《血泪仇》《穷人恨》

❶ 周扬：《表现新的群众的时代》，《中国解放区文学书系·文学运动·理论编》（一），重庆出版社 1992 年。

❷ 王培元：《抗战时期的延安鲁艺》，广西师范大学出版社 1999 年，第 289－301 页。

（马健翎）、《官逼民反》（钟纪明、黄俊耀）、《放下你的包袱》（钟纪明）等，开了地方戏表现现代生活的先河。在众多作者中，马健翎更是卓有成效。他在延安时期一共创作秦腔现代戏和新编秦腔历史剧 15 种、眉户剧 5 种。其中代表作《血泪仇》在解放区广为演出，几乎家喻户晓，可以和歌剧《白毛女》相媲美。另外，在地方戏的基础上创造新历史剧方面，评剧《逼上梁山》（杨绍萱、齐燕铭）、《三打祝家庄》（延安平剧院集体创作），是比较成功的尝试，体现了"古为今用，推陈出新"方针的正确性。毛泽东对此项改革给予了积极及时的肯定。他在给杨绍萱、齐燕铭的信中说："你们的开端将是旧剧革命的划时代的开端，我想到这一点就十分高兴。希望你们多编多演，蔚成风气，推向全国去。"❶ 这些戏剧尤其是大型秦腔剧《血泪仇》和新编历史评剧（京剧）《逼上梁山》和《三打祝家庄》，获得了农民群众和中共高层领导的欢迎和赞赏。

赵树理的创作和 20 世纪 40 年代文化界对他的大力推崇，是当时延安文艺运动"大众化"走向的又一例证。赵树理是一位出身于农家，从思想气质到生活习惯都完全农民化了的农村知识分子，对中国农村和农民的熟悉，对农村大众艺术形式的热爱与通晓，都是同时期其他文化人望尘莫及的。他选择民间文化作为自己安身立命之地，立下志愿要做一个"文摊文学家"❷，觉得自己搞通俗文艺"没想过伟大不伟大"，"只是想用群众的语言、写出群众生活，让老百姓看得懂，喜欢看，受到教育"❸，这是出自长期以来乡村生活方式所形成的一种朴素的价值理念，也是出自对于中国农民深厚的感情，在思想感情与审美趣味上，他与农民是很少隔阂的。因而在 40 年代解放区作家群体中他是非常特别的一个。他曾说过他创作小说是因为"下乡工作时在工作中所碰到的问题，感到那个问题不解决会妨碍我们工作的进展，应该把它提出来"❹，俨然一副服务于体制的"公家人"的姿态，但骨子里他却是试图代农民立言的，即"站在民间的立场上，通过小说创作向上传递对生活现状的看法"❺。当主流政治所推进的社会变革

❶ 毛泽东：《毛泽东书信选集》，人民出版社 1983 年，第 222 页。

❷ 王春：《赵树理是怎样成为作家的》，《长江文艺》1949 年 6 月号。

❸ 戴光中：《赵树理传》，北京十月文艺出版社 1993 年，第 147 页。

❹ 赵树理：《当前创作中的几个问题》，《赵树理文集》第 4 卷，中国工人出版社 2000 年，第 1882 页。

❺ 陈思和：《民间的浮沉：从抗战到"文革"文学史的一个解释》，《陈思和自选集》，广西师范大学出版社 1997 年，第 211 页。

与农民的根本利益相一致时，赵树理运用老百姓喜闻乐见的大众形式创作出的通俗小说，热情地肯定和赞颂这种社会变革，自然会得到主流政治意识形态和农民大众的双重肯定。虽然赵树理和他的同道多少接触过五四文学，赵树理本人也有过新文学方面的尝试经验，但长期置身农民群众的经历，以及长期置身封闭山区的处境，使他们从文化心理到思维方式，一方面十分顾及农民的特点，另一方面自己也潜移默化地接受了影响。在选择"五四"或传统民间形式作为延安文学的外壳时，他们毫无例外地倾向于后者。其结果一方面是果真收到农民读得懂、读得高兴的效果，而另一方面却因对农民精神取向和欣赏品位的过分认同，致使文学出现难以弥补的漏洞：反封建的现代意识的淡化。这一点构成了延安文学代表性创作的致命缺陷。毋庸置疑，赵树理等人的创作出现与现代精神相悖逆的某些传统局限，只是他们无意识的产物。他们的不少作品，如《小二黑结婚》《邪不压正》等，也在一定程度上抨击了封建思想观念和伦理道德对农民的束缚和侵害，但是，对五四文学形式有意识地排斥，必然导致他们对新文学反封建的现代意识的无意识回避。根据地一些作家潜意识中将民间形式与五四文学看作敌对的关系，严重忽视了"五四"现代形式产生的意义以及它与现代民主思想体系相适应的关系。然而，五四文学中曾大肆渲染的现代民主思想意识，却恰恰是医治仍未彻底摆脱封建精神束缚的边区农民愚昧病症的良药。当一些根据地作家将民间形式得心应手地运用于自以为是的新内容的表现，而不对传统固有的成分加以现代目光的审视时，回归旧传统，削弱反封建的思想锋芒的后果就在所难免了。譬如《小二黑结婚》中对三仙姑含有封建伦理、封建礼教因素的道德评价，譬如《王翠莺》中对忍气吞声的女主角身上集中了封建愚孝成分的思想评价，虽然这些作品中反封建的内容并非作家刻意显现的部分，但它们的存在，无疑是对延安文学新民主主义精神的严重伤害。但是，主流意识形态对赵树理的发现，却不是因为赵树理的出现代表着一种大众精神或民间的新鲜审美趣味，而是因为赵树理"老百姓喜欢看，政治上起作用"❶ 的创作理念以及在这种理念制约下出现的政治化的作品文本，正好符合了这个特定时代文艺的主导原则。解放区文艺界领导人周扬把赵树理的创作，当作毛泽东《在延安文艺座谈会上的讲话》发表后文学创作上的重要收获，当作"毛泽东文艺

---

❶　陈荒煤：《向赵树理方向迈进》，《人民日报》1947 年 8 月 10 日。

思想在创作上实践的一个胜利"❶来评价，另一位领导人陈荒煤则号召"向赵树理的方向大踏步前进"❷，晋冀鲁豫边区文联大会一致认为"赵树理的创作精神及其成果，实应为边区文艺工作者实践毛泽东文艺思想的具体方向"❸，都是借赵树理来表达政治集团对文学发展走向的要求与希望，其为新的文艺方针和规范寻找成功范例的功利性目的是很明确的。"方向"的确定，"典型"的树立，对赵树理来说，自然是别人给他戴上的桂冠，但对于解放区文坛来说，"大众化"就成了唯一可走的路径，文学单一化发展的趋势就此而形成，最终走向的是单一的政治化文学。

---

❶ 周扬：《论赵树理的创作》，《解放日报》1946 年 8 月 26 日。
❷ 陈荒煤：《向赵树理方向迈进》，《人民日报》1947 年 8 月 10 日。
❸ 黄修己：《赵树理研究资料》，北岳文艺出版社 1985 年，第 588 页。

第四章 "双百方针"与对教条主义思想的抗辩

通过对毛泽东文艺思想与中国文艺实践关系的辨析和梳理，我们发现当代中国"十七年文学"本身就是一个主导倾向既明确具体又充满着深刻矛盾的本体。中华人民共和国成立以来，文艺界为发扬解放区文学传统，贯彻毛泽东文艺思想，落实文艺为工农兵服务的方向展开了一系列的批判运动，如从对电影《武训传》的批判到对萧也牧创作倾向的批判，从对俞平伯《红楼梦》研究的批判到对胡风文艺思想的批判。今天看来，这些批判在当时的社会条件下是及时而必要的，但也出现了简单化、庸俗化的教条主义倾向。其实，在"十七年文学"空间里，教条主义思想可以说是无孔不入，造成了中华人民共和国成立以来文艺界思想的一度混乱，使得创作领域和批评领域显得刻板沉寂，批评家们更是如履薄冰，与主流话语不相适宜的思想和理论大都销声匿迹，严重束缚了社会主义文艺事业的深入发展和走向繁荣。虽然文艺界对教条主义思想一直保持着警惕和清醒，但向教条主义思想的集中批判和抗辩的时机还没有出现。

一、"双百方针"提出的思想、理论准备

其实，毛泽东早在1951年中国戏曲研究院成立时就作了"百花齐放，推陈出新"的题词，1953年又把"百家争鸣"作为历史研究工作的方针，而1956年才把"百花齐放"和"百家争鸣"合在一起作为党在文化和科学工作中的一条基本方针确定下来是与当时国际国内形势密切相关的。

在国际共产主义运动中，苏联共产党于1956年2月召开了十二大，赫鲁晓夫在会上作了反对斯大林的政治报告，赫鲁晓夫集团掀起的这股反斯大林的浪潮引起了东欧一些社会主义国家的极大动荡和混乱，对国际共产主义运动造成了极大的影响和不安。面对这种变化多端的国际形势，中国共产党于1956年4月召开了政治局扩大会议。根据政治局扩大会议的讨

论，由 1956 年 4 月 5 日的《人民日报》发表了《关于无产阶级专政的历史经验》一文，既肯定了斯大林是一位伟大的马克思主义者，是国际共产主义运动史上的一位杰出的领袖，又指出了斯大林晚年所犯的严重错误，批判了教条主义、思想僵化和个人崇拜，还结合中国在哲学、经济学、历史和文艺批评的研究领域中的实际情况即"还有许多不健康的状态存在着。我们有不少的研究工作者至今仍然带着教条主义的习气，把自己的思想束缚在一条绳子上面，缺乏独立思考的能力和创造的精神，也在某些方面受了斯大林个人崇拜的影响"，因此号召人们"继续开展反对教条主义的斗争"。可以说，国际共产主义运动中的这些教训和混乱现象，向我们提出了破除迷信、解放思想的必要性，对"双百方针"的提出有很大程度的催化作用，而"双百方针"又在很大程度上举起了一把批判教条主义的利斧。

从 1953 年起，新中国的社会面貌焕然一新，党中央的政策进行了重大调整，逐步开始进入有计划的经济建设和实现农业、手工业和资本主义工商业的社会主义改造时期。到 1956 年止，农业、手工业和资本主义工商业的三大改造基本完成，社会主义制度基本建立，无产阶级和资产阶级之间的阶级矛盾基本解决，国内主要矛盾开始发生重大变化，正如 1956 年党的八大会议所指出的那样："国内主要矛盾已经不再是工人阶级和资产阶级的矛盾，而是人民对于经济文化迅速发展的需要同当前经济文化不能满足人民需要的状况之间的矛盾；全国人民的主要任务是集中精力大量发展生产力，实现国家工业化，逐步满足人民日益增长的物质和文化需要。"● 总而言之，社会主义在我国已经取得了"伟大的历史性胜利"，这一胜利的重大意义正像毛泽东所说的那样，标志着我国"革命时期的大规模的急风暴雨式的群众阶级斗争已经基本结束"。在这种阶级斗争已经基本结束和大力发展社会生产力的国内形势下，有必要正确处理人民内部矛盾，"以便团结全国各族人民进行一场新的战争——向自然开战，发展我们的经济，发展我们的文化，使全体人民比较顺利地走过目前的过渡时期，巩固我们的新制度，建设我们的新国家"●。也就是说，由于主要矛盾的转化和工作重点的转移，以前在思想文化领域开展的一系列批判资产阶级思想的

● 《中共中央关于建国以来党的若干历史问题的决议》，人民出版社 1981 年，第 15 页。

● 毛泽东：《关于正确处理人民内部矛盾的问题》，《毛泽东选集》第 5 卷，人民出版社 1977 年，第 375 页。

斗争和对知识分子进行的多次思想教育运动所遗留下来的弊端，尤其是以政治斗争代替文艺斗争、以政治宣判代替文艺争鸣的倾向和文艺领域一度恶性发展的教条主义、宗派主义、官僚主义已经赶上了清算的合理时机，因为党和政府为了适应从群众性的阶级斗争转变到大规模经济文化建设的需要，已经开始转变思想作风和工作作风，提出了反对思想上的主观主义、工作上的官僚主义、组织上的宗派主义的任务。而 1956 年 1 月召开的全国知识分子问题会议为去掉广大知识分子思想上的种种包袱和顾虑以及调动他们的积极性奠定了良好基础，尤其是周恩来代表党中央所作的《关于知识分子问题的报告》更是深入人心。周恩来代表党中央宣布，知识分子"绝大部分已经成为国家工作人员，已经为社会主义服务，已经是工人阶级的一部分"，因此我们"除了必须依靠工人阶级和广大农民的积极劳动以外，还必须依靠知识分子的积极劳动，也就是说，必须依靠体力劳动和脑力劳动的密切合作，依靠工人、农民、知识分子的兄弟联盟"，因为在社会主义建设刚刚起步的阶段我们"比以前任何时代都更加需要充分地提高生产技术，更加需要充分地发展科学和利用科学知识"❶。由上述前提来看，"双百方针"提出的思想准备和理论准备已经奠定，向教条主义开火的条件已经成熟。

　　1956 年国际形势的变化和国内形势的需要，孕育了"百花齐放，百家争鸣"方针的提出。4 月下旬中共中央政治局扩大会议讨论毛泽东"论十大关系"期间，中共中央宣传部部长陆定一 4 月 27 日提及了学术界许多需要发扬民主的事情，他说："文艺在苏共党是干涉最多的一个部门，无数的清规戒律……日丹诺夫有几条，马林科夫有几条，这个有几条，那个有几条，很多很多。社会主义现实主义这是最进步的文艺方向，但是人家写点自然主义作品有什么关系？他政治上赞成社会主义，为什么不可以在写作上写几篇自然主义的作品？……我们是以社会主义现实主义为主，其他主义有一点无关大局……要把政治思想问题同学术性质、艺术性质、技术性质的问题分开来"。毛泽东的秘书、中央政治研究室主任陈伯达在 4 月 28 日的发言中也讲到了文化问题，他说："毛主席给文学艺术界提出的百花齐放这个口号，现在看起来起了很大的作用，成了艺术界的群众运动。

---

　　❶ 周恩来：《关于知识分子问题的报告》，《周恩来选集》下卷，人民出版社 1980 年，第 162 页。

现在我们到国外去，当然还是很可怜的，搞来搞去还是什么《三岔口》呀，《荷花舞》呀，《采茶舞》呀，《闹天宫》，等等，可是就这点本钱还是有百花齐放才搞出来的，要是没有百花齐放的口号，还没有这些东西呢！后来中央组织了历史研究会，主席提了一个百家争鸣，我在历史研究委员会传达了这个口号，这是一个方针。……我觉得在文化科学问题上，恐怕基本上要提出这样两个口号去贯彻，就是'百花齐放'，'百家争鸣'，一个在艺术上，一个在科学上。"毛泽东为上述讨论进行了总结。在总结中，毛泽东明确指出："'百花齐放、百家争鸣'，我看这应该成为我们的方针。艺术问题上百花齐放，学术问题上百家争鸣。……'百家争鸣'，这是两千多年以前的事实，春秋战国时代，百家争鸣。讲学术，这种学术也可以讲，那种学术也可以讲，不要拿一种学术压倒一切，你如果是真理，相信的人势必会多。"

经过充分酝酿和准备，毛泽东于1956年5月2日在最高国务会议第七次会议上发表了《论十大关系》的讲话。毛泽东的这篇讲话，谈论的话题主要是经济问题，但在总结中却对文化问题作出了最开放的决策，那就是毛泽东透露和宣布了刚刚酝酿出来的"双百方针"。毛泽东指出："我们在中共中央召集的省、市委书记会议上，还谈到这一点，就是百花齐放，百家争鸣。在艺术方面的百花齐放的方针，学术方面的百家争鸣的方针，是有必要的。这个问题曾经谈过。百花齐放是文艺界提出来的，后来有人要我写几个字，我就写了'百花齐放，推陈出新'。现在春天来了嘛，一百种花都让它开放，不要只让几种花开放，还有几种花不让它开放，这就叫百花齐放。百家争鸣，是说春秋战国时代，二千年以前那个时候，有许多学派，诸子百家，大家自由讨论。现在我们也需要这个。在大的范围内，让杜威来争鸣好不好？那不好嘛。让胡适来争鸣好不好？也不好。那么说胡适要回来可以不可以呢？只要他愿意回来，是可以回来的。……只有反革命议论不让发表，这是人民民主专政。……在中华人民共和国宪法范围之内，各种学术思想，正确的、错误的，让他们去说，不去干涉他们。……在刊物上、报纸上，可以说各种意见。"❶ 由此可见，毛泽东的上述讲话虽然还有浓厚的政治气息，但却是一种适应文化艺术领域实际需要

---

❶ 陆定一、陈伯达、毛泽东的讲话，引自陈晋：《文人毛泽东》，上海人民出版社1997年，第387–389页。

的明智选择。"双百方针"的正式提出，体现了毛泽东文艺思想是一种宽容的、开放的、实事求是的理论体系，对文化艺术发展规律和特征的尊重就意味着文化艺术的春天已经到来，就意味着真正破除教条主义思想才成为可能。"百花齐放，百家争鸣"的方针，作为促进中国文学艺术发展和科学进步、促进我国社会主义文化繁荣的长期的、基本的方针，它的实质就是要充分解放思想，发扬社会主义民主，调动一切积极因素。

为使"双百方针"得到迅速的贯彻和执行，陆定一于5月26日向科学家、文学家、艺术家作了题为《百花齐放，百家争鸣》的长篇讲话，系统阐述了毛泽东的这一重大文艺思想。陆定一指出："我们所主张的'百花齐放，百家争鸣'是提倡在文学艺术工作和科学研究工作中有独立思考的自由，有辩论的自由，有创作和批评的自由，有发表自己的意见、坚持自己的意见和保留自己的意见的自由"，但是这种自由"是人民内部的自由。我们主张随着人民政权的巩固而扩大这种自由"。也就是说，"在人民内部，不但有宣传唯物主义的自由，也有宣传唯心主义的自由。只要不是反革命分子，不管是宣传唯物主义还是宣传唯心主义，都是自由的。两者之间的辩论，也是自由的"。他认为："在学术批评和讨论中，任何人都不能有什么特权；以'权威'自居，压制批评，或者对资产阶级错误思想熟视无睹，采取自由主义甚至投降主义的态度，都是不对的"，而"批评和讨论应当以研究工作为基础，反对采取简单、粗暴的态度。应当采取自由讨论的方法，而不是压制这种反批评。应当允许持有不同意见的少数人保留自己的意见，而不是实行少数服从多数的原则"，因为真理有时候也可能掌握在少数人手中。由此可见，"双百方针"在一定程度上开始纠正了几年前关于"反动的唯心论"的批判并剥夺反批评权利的行为方式。也就是说，人民内部有人宣传唯心主义也只是人民内部的矛盾，不能上升到敌我矛盾的高度，高度民主要从团结的愿望出发，通过公开辩论和宣传教育，以便最终克服人民内部的唯心主义思想。著名评论家朱光潜的一段言辞，就反映了"双百方针"使得几年来在广大知识分子身上形成的精神包袱和无形束缚解除后，在很大程度上激发了作家、艺术家、批评家的积极性，取得了实质性的社会效果。他说："'百家争鸣'的号召出来了，我就松了一大口气。不但我个人如此，凡是我所认识的有唯心主义烙印的旧知识分子一见面就谈到这个'福音'，没有一个不喜形于色的。老实说，从那时起，我们在心理上向共产党迈进了一大步。我们喜形于色，并不是庆幸唯心主义从此可以抬头，而是庆幸我们的唯心主义的包袱可以用最合理最有效的方式放下，我们还可以趁有用的余年替大家一样心爱的祖国出一把力"，因为"五六年的时间我没有写一篇学术性文章，没有读一部像样的美学书籍，或者是就美学里的某个问题认真地作一番思考。之所以如此，并非由于我不愿，而是由于我不敢"❶。同时，我们也要坚决反对各种阻碍学术批评和讨论的思想。从这个层面着眼，"双百方针"又是倡导独立思考、反对教条主义和宗派主义的方针。陆定一结合当时我国和苏联的实际情况指出，对于学术思想问题和政治观点问题"要不同对待，不能一概而论"，否则"就会发生另一种片面性的看法，就会犯'左'的简单化的错误"，而这种错误的发生往往又是教条主义和宗派主义导致的，因此贯彻"双百方针"就必须反对教条主义和宗派主义，提倡独立思考，因为"我国的历史证明，如果没有对独立思考的鼓励，没有自由讨论，那么，学术的发展就会停滞。反过来说，有了对独立思考的鼓励，有了自由讨论，学术就能迅速发展"❷。

显然，陆定一的上述讲话是对毛泽东"双百方针"这一重大文艺思想最具权威性的阐释，它代表着党中央对文艺政策作出了重大调整。"双百方针"的提出和贯彻，给全国文艺界带来了和谐和宽松的环境，引起了巨大反响，在很大程度上促进了文艺界和文艺工作者的思想解放。中国广大的文艺工作者，面对现实，联系实际，冲破禁区，大胆探索，就在新形势下如何贯彻、执行并丰富发展毛泽东《在延安文艺座谈会上的讲话》所确立的文艺方向和文艺路线，如何坚持现实主义创作方法，按照艺术规律办事，充分发扬艺术民主等人们最为关心的文艺问题，重新探讨和研究了过去那些在历次文艺运动中没有解决好的问题，对文艺界一度流行的教条主义、公式主义、主观主义等不良倾向提出了严厉的批评，从而使得整个文学艺术界一段时间里呈现出了一派生机盎然、"春色满园"的景象。文学创作和文学批评的活跃情况，集中体现在对教条主义思想的批判和清理上。正如茅盾当时所说："文艺创作问题的讨论，最近几个月来相当活跃。活跃的特征，在于出现了不同的意见，在于企图对那些已经被认为作了结论的问题进行新的探索……这种探索的精神是可贵的，这标帜了向前迈进

---

❶ 朱光潜：《从切身的经验谈百家争鸣》，《文艺报》1957 年第 1 期。

❷ 陆定一：《百花齐放，百家争鸣》，《人民日报》1956 年 6 月 13 日。

一步的开始。"●

二、对教条主义思想的抗辩

"双百方针"完全符合文学艺术的发展规律，因此它一提出后就受到了文艺界的欢迎和支持。尽管在"鸣放"期发表的一些文学作品和一批理论文章所表现出来的观点、看法并非完全正确和无可挑剔，但在文学创作和理论批评领域却相继出现了一批思想解放、富有创见的作品和文章，它们从各个不同角度程度不同地向统治文坛的教条主义进行了开火和批判。

文学创作领域在1956年下半年到1957年上半年这一短暂的时间里就造成了中国当代文学史上的第一个创作高峰。正是其时出现的两股文学创作潮流，一是"写真实""干预生活"创作潮流，如王蒙的《组织部来了个年轻人》、刘宾雁的《在桥梁工地上》和《本报内部消息》、李準的《灰色的篷帆》、李国文的《改选》、耿简（柳溪）的《爬在旗杆上的人》、何又化的《沉默》、白危的《被围困的农庄主席》、李易的《办公厅主任》、南丁的《科长》、林斤澜的《家信》、耿龙祥的《入党》等文学作品，二是描写爱情、婚姻、家庭的创作潮流，如邓友梅的《在悬崖上》、宗璞的《红豆》、陆文夫的《小巷深处》、李威伦的《爱情》、丰村的《美丽》、阿章的《寒夜的别离》、杨履方的《布谷鸟又叫了》以及高缨的《达吉和她的父亲》等文学作品，有力地冲击了教条主义的桎梏。"写真实""干预生活"的文学作品敢于正视生活，深刻揭露各种矛盾，暴露社会生活中的"阴暗面"，冲破了设立在文学创作与生活之间的种种清规戒律，推进了现实主义的深入，开拓了文学创作题材的新领域。而描写爱情、婚姻、家庭的文学作品将笔触深入人物的心灵深处，细致入微地描写内心世界的微妙变化，正视爱情，大胆赞美美好和高尚的爱情生活，对于文学创作领域长期以来的在爱情、人性问题上的教条主义束缚有着特殊的意义。

可以说，在"双百方针"提出之前，中华人民共和国成立以后的文学创作也取得了巨大的成绩，但也存在着明显的弊端。多少年来，由于过分强调文学为政治服务，描写重大题材，从而在题材领域设置了各种"禁

● 茅盾：《在已有的基础上继续努力》，《人民文学》1957年5-6月号。

区"，或回避生活中的重大矛盾和尖锐斗争，或漠视生活中的残存的落后面和阴暗面，或接二连三开展对"人性论"的批判，对现实、对爱情都没有一种比较正确的认识。由于以庸俗社会学、庸俗阶级论为核心的教条主义的指导，通过行政领导方式、政治干预手段造就的文学作品，既没有现实生活的真实描写，也没有鲜明人物形象的塑造，在丰富的文学世界中，现实成为方针政策的剪裁，爱情仅是政治倾向的点缀，人物当作了政治宣传的标本，不少作品大同小异、千篇一律，而这些公式化、概念化的作品正是教条主义与主观主义结合的产物。因此，"双百方针"一经毛泽东和党中央提出，广大的文艺工作者真是如沐春风，深受鼓舞，正如作家方纪所说："真的，当时的心情是奇特的——激动的，犹如小草感受到阳光、熏风、和水一样——全身舒畅，跃跃欲试……"由此可见，上述两类文学作品，无论是对官僚主义的批判，还是对人性的探视，从根本上说都是在"双百方针"的理论背景下对庸俗社会学、教条主义和机械思维方法进行猛烈冲击的结果。

文学批评领域在解除政治束缚、放下思想包袱之后，批评家的思想逐步活跃起来，人们拥有了独立思考、学术争鸣的权利。因此，"双百方针"贯彻实施以后，不少对教条主义有着清醒认识的理论工作者从理论上对公式化、概念化产生的根源——教条主义的批判也就势在必行、理所当然了，虽然这种探讨和批评后来也无法深入持久地进行下去。

我们知道，首先是文艺界的领导和阐释毛泽东文艺思想的权威人士率先向教条主义思想进行了开火。茅盾在第一届全国人民代表大会第三次会议上的发言中就批评了文学艺术工作中的主要问题就是"质量问题"，就是观众和读者普遍的两句责备"干巴巴，千篇一律"，而"干巴巴"和"千篇一律"的病源就在于概念化、公式化。那么，概念化、公式化的根源又在哪里呢？茅盾的眼光是犀利的，他直截了当地指出："不具体分析作品的内容，而用简单粗暴的方式，庸俗社会学的观点，来进行文艺批评，曾经有过一时的流行，至今尚未绝迹；这种文艺的批评常常以引经据典的方式来掩盖它的空疏和粗暴，又常常以戴帽子的方法来加强它的不公允、不合理的特点。这种文艺批评所带来的不好影响是多种多样的，而最主要的则是妨害了作家们（特别是青年作家）的自由活泼的创造力，不敢追求新的形式和风格。"因此，茅盾认为"作家在选择他的创作方法这一问题上，应当有完全的自由，即应当根据资源的原则"。同时，茅盾指出：

"必须确认理论批评上的'百家争鸣'不但不会造成思想上的混乱，而恰恰相反，可以纠正'一家争鸣'在理论上的片面性，可以克服主观和武断，从而最后地达到思想、认识的基本一致。"❶而周扬则在1956年9月召开的中国共产党第八次全国代表大会的发言中表达了清理教条主义思想的态度，一针见血地指出了教条主义对文学艺术工作的危害性，他说："经常发生在文艺上的教条主义，宗派主义，以及对待文艺工作的简单化的、粗暴的态度，都严重地束缚了作家、艺术家的创作自由，成了实现'百家争鸣，百花齐放'的主要障碍。"同时，周扬剖析了文学艺术上的教条主义思想的具体表现，他说："我们今天的文学艺术上的教条主义，主要表现在把马克思主义的美学观点庸俗化和简单化，给文艺创作制定了僵硬的'清规戒律'，束缚了作家、艺术家的手足。"❷

可以说，茅盾和周扬等文艺界领导人在这些重要会议上对文艺界教条主义思想的批评是相当深刻的，虽然这些批评的言语在整篇发言中仅仅是只言片语，但他们对中华人民共和国成立以来文学艺术上严重存在的教条主义思想问题的认识是实事求是的，同时也表明党中央和毛泽东在社会主义建设过渡时期结束以后已经决心清理各条战线尤其是文艺战线上存在的教条主义思想了，而且说明上层领导已经意识到有必要吸取中华人民共和国成立以来文化思想领域斗争的经验教训。就整个文化思想领域来看，毛泽东从1951年5月起到"双百方针"提出的这一段时间里，就先后亲自发动了5次批判运动，它们是1951年对电影《武训传》的批判等。应该指出，毛泽东发动这些批判在当时是有一定的必要性的，对于这些批判的认识也应该放在从民主革命向社会主义过渡的时期加以认真讨论和深入研究。但是，上述5次批判斗争存在着教条主义错误，它们对于一些当事人的思想和问题过早地或轻易地、简单化地作出了政治性的结论，将文化思想领域内的学术问题变成了政治思想问题。就文艺界教条主义思想的清理而言，批评家们对教条主义思想其实是一直保持着清醒头脑的，他们早就看出了文学创作公式化、概念化弊端的根源就在于教条主义和与教条主义相联系的宗派主义、主观主义等一系列思想在作祟。比如胡风的观点，他

❶ 茅盾：《文学艺术工作中的关键性问题——在第一届全国人民代表大会第三次会议上的发言》，《人民日报》1956年6月20日。

❷ 周扬：《让文学艺术在建设社会主义伟大事业中发挥巨大的作用——在中国共产党第八次全国代表大会上的发言》，《周扬文集》第2卷，人民文学出版社1985年。

第四章 "双百方针"与对教条主义思想的抗辩

认为正是一种脱离了艺术实际和创作实践的"僵化的教条主义"同"极其顽固的宗派主义"相结合，从而形成了"一种极其庸俗的主观主义"，造成了"各种形态的公式化、概念化❶。又如冯雪峰也认为公式化、概念化有作家主观上的原因，这点与周扬的认识比较相近，因为周扬曾经有过这样的表述，他认为作家"没有十分深刻地全面地认识生活和理解生活，而有些作家，特别是年轻的作家，又还没有充分地掌握表现生活的创作方法和文学技巧，这就形成了产生概念化、公式化的最普遍最主要的原因"❷。但是，冯雪峰与周扬更存在着严重的分歧，因为他更强调作家的主观能动性被束缚的客观事实，冯雪峰说："作家的能动性，向生活的战斗性，独立思考力，好像是被谁剥夺了的样子，不像一个灵魂工程师。"那么，这种客观事实形成的原因何在呢？冯雪峰进一步指出："最主要最根本的原因，是违反毛主席思想的主观主义思想支配了我们创作的领导，这'不是马列主义，而是教条主义。"❸由此看来，如果在"双百方针"提出以前就采纳胡风和冯雪峰的看法，无疑将有助于文艺界对教条主义思想的清理。然而，他们的意见却因为他们本人先后受到批判而被视为异端、受到压制。从此以后，教条主义思想在文艺界也就更加畅通无阻了。虽然1953年举行的第二次文代会和1956年初召开的中国作家协会第二次理事扩大会的主要议题之一是反对文学创作的公式化、概念化，但反对的靶标却不是教条主义思想，依然是以周扬为代表的正统观点，即把"作家接触生活的方面太窄，而对生活的理解又不深"当作"产生公式主义的根本原因"❹。

结合文艺界领导人尤其是周扬等人对教条主义思想的前后态度，可以说"双百方针"的提出和贯彻是他们对教条主义思想态度得以重大改变的催化剂。没有"双百方针"的提出，就没有文艺界比较宽松的批评环境和缓和的政治气候。正是"双百方针"的贯彻，批评家们才有条件开始对文学艺术上的教条主义展开全面的清理，因为批评家们对公式化、概念化的主要根源的认识已经相当一致地着眼于教条主义思想了，正如黄秋耘指出的那样，把公式化、概念化产生的原因归咎于作家不熟悉生活固然有一定

---

❶ 胡风：《胡风对文艺问题的意见》，《文艺报》1955年第1-2期合刊附册。

❷ 周扬：《为创造更多的优秀的文学艺术作品而奋斗》，《文艺报》1953年第19期。

❸ 冯雪峰：《关于目前文学创作问题》，《雪峰文集》第2卷，人民文学出版社1983年，第496-497页。

❹ 周扬：《建设社会主义文学的任务》，《文艺报》1956年第5-6期合刊。

的道理，但"就目前的情况来看，我以为，教条主义理论指导思想对于创作的桎梏，强使作家接受一种认为文学作品只应歌颂光明面、不应揭露阴暗面（或者换一种说法：只谈成绩，不谈困难和弱点）的观点，粉饰现实的作品受到不应有的赞扬，真实地反映生活的作品受到不应有的责难和打击，仍然是问题的症结所在"❶。也就是说，在贯彻"双百方针"的良好气氛中，批评领域对教条主义思想的抗辩和清理很快活跃起来了。理论界相继出现的一批文章，诸如秦兆阳（何直）的《现实主义——广阔的道路》、周勃的《论现实主义及其在社会主义时代的发展》、陈涌（杨思仲）的《关于社会主义的现实主义》、刘绍棠的《我对当前文艺问题的一些意见》《文艺报》评论员（钟惦棐）的《电影的锣鼓》等，就是这个时期的批评家从各个不同角度向教条主义开火的重要文章。

总的看来，这些文章从理论上探讨了文艺的特殊规律，指出教条主义对文艺的束缚是影响社会主义文艺发展的主要倾向。他们基于不同的文化教养和人生体验，从不同的角度、侧面去阐释、发挥文艺的特殊规律，从而达到了批判教条主义思想的目的。稍加考察，我们就可发现这些文章对教条主义思想的抗辩和清理主要集中在以下三个方面。

1. 反对对社会主义现实主义创作方法作教条式的理解和阐释

多年以来，社会主义现实主义就是中国革命文学运动和革命的文学艺术家们的最高理想，第二次全国文代会更将社会主义现实主义作为我国整个文学艺术创作和批评的最高准则，而苏联作家协会章程中那段经过斯大林批准的关于社会主义现实主义的"定义"，即"社会主义现实主义，作为苏联文学和苏联文学批评的基本方法，要求艺术家从现实的革命发展中真实地、历史地和具体地去描写现实。同时艺术描写的真实性和历史具体性必须与用社会主义精神从思想上改造和教育劳动人民的任务结合起来"，被看成是最正确、最具权威性的解释。可是，1954 年年底召开的苏联第二次作家代表大会却对这个定义中的第二句话即"同时艺术描写的真实性和历史具体性必须与用社会主义精神从思想上改造和教育劳动人民的任务结合起来"提出了尖锐的批评，并且把它删除在新的苏联作家协会章程之外。

---

❶ 黄秋耘：《刺在哪里》，《文艺学习》1957 年第 6 期。

这个戏剧性的变化，引起了中国当代文学家们和文学批评家们的强烈关注和热烈讨论。作为社会主义现实主义的权威阐释者和首先将社会主义现实主义完整地介绍到中国来的著名马克思主义理论家，周扬在 1956 年 8 月给中国作家协会文学讲习所讲课的时候就介绍了苏联出现的对于社会主义现实主义怀疑甚至否定的情况，并且对中国接受社会主义现实主义过程中出现的教条主义现象进行了反思。他说，自己 1952 年给苏联《红旗》杂志的那篇文章《社会主义现实主义——中国文学前进的道路》"可能有些错误"，但"现在我们一方面要感谢苏联，他们给了我们很多的作品和理论，使我们得到很大的帮助；可是对有些东西，我们做了机械的搬运，没有看出它是教条主义。为什么有些国家的作家对社会主义现实主义那么不满意，这有它一定的原因。我们不能因为这样就武断地说这些作家都是擦资产阶级的。……在中国，艺术理论上的教条主义方法，完全是搬的苏联那一套……所以要注意。对于社会主义现实主义的学习，决不能陷入教条主义的泥潭。……我们应该把社会主义现实主义了解为一种新的方向，而不能把它当作教条，或者当作创作上的一种方式"❶。由此可见，周扬是在承认社会主义现实主义的基础上来清理中国"艺术理论上的教条主义"的。不过，他对接受社会主义现实主义等外国的东西已经有了比较清醒的态度，1956 年 8 月，他在中国音协第二次理事（扩大）会议上的报告中说："我们要向外国学习，首先是向苏联学习，但有独立性，哪些我们该接受，哪些我们不该接受，根据自己的情况来批判地接受。如果失掉了这种独立的立场，批判的态度，我们就变成了教条主义者。"❷ 其实，"双百方针"提出以后，关于社会主义现实主义的讨论就是紧密联系着对文学创作、文学批评实践过程中盛行的教条主义思想的清理和批判的。

秦兆阳在 1956 年 9 月号的《人民文学》上署名"何直"发表了论文《现实主义——广阔的道路》。在当时的历史条件下，秦兆阳以极大的真诚和勇气，分析了教条主义思想对当时中国文学的消极影响，对社会主义现实主义一系列基本理论问题的不合理性而导致的教条主义思想提出了自己的质疑。他的文章"以现实主义问题为中心"，主张"扩大现实主义的创

---

❶ 周扬：《关于当前文艺创作上的几个问题》，《周扬文集》第 2 卷，人民文学出版社 1985 年，第 408–410 页。

❷ 周扬：《在中国音协第二次理事（扩大）会议上的报告》，《周扬文集》第 2 卷，人民文学出版社 1985 年，第 435 页。

造性的范围，主张更进一步去了解现实主义的特点，主张我们的作家们从千万条教条主义的绳子下解放出来"。在文章中，秦兆阳详细论述了文艺上教条主义产生的原因及其表现形态。他说："文学的现实主义，不是任何人所定的法律，它是在文学艺术实践中所形成、所遵循的一种法则。它以严格地忠实于现实，艺术地真实地反映现实，并反转来影响现实为自己的任务。"秦兆阳认为这种对于客观现实和对于艺术本身的根本的态度和方法，是现实主义的一个基本的大前提。根据这个大前提，他强调认为现实主义"必须首先有一个标准，那就是当它反映客观现实的时候，它所达到的艺术性和真实性，以及在此基础上所表现的思想性的高度。现实主义文学的思想性和倾向性，是生存于它的真实性和艺术性的血肉之中的"。文学艺术之所以能够成为人类生活中不可缺少的精神活动，便在于它能够真实地反映客观生活，促进人们对生活的理解，而现实主义符合文学艺术反映生活的独特规律。这些文学基本常识却被一些人忽视或忘记，甚至在文艺创作中用世界观代替创作方法，用概念代替生活，用政府条文代替艺术规律，这都是不符合文学艺术规律的。文艺创作中的公式化、概念化，就是由此而导致的结果。秦兆阳从对现实主义基本特征和内在规律的阐释出发，分析了教条主义在关于社会主义现实主义的定义、文艺与政治的关系、典型创造及典型形象、文学批评和组织工作等问题上的表现。他认为，当历史和现实生活发生空前变化的时候，现实主义文学的发展和对它的某些具体原则予以重新规定和提出一些新的论点是不可避免的。因此，秦兆阳对"社会主义现实主义"的定义提出了自己的看法和质疑。他认为，社会主义现实主义的定义虽然因国内外某些论者曾经作过错误的片面的解释，但这些解释"也不能不说"与这一定义本身的不够科学相关，这个定义的前半部分是正确的，而后半部分是不合理的。他认为，社会主义文学的基础还是真实地客观地反映生活，而不是以单纯的政治思想取代生活的事实性和复杂性。他反对那种不顾艺术的真实性，把某种抽象的政治概念硬加入作品中去的做法。因此，秦兆阳不同意这个定义对于这一方法和原则所作的某些规定，也不同意有些人对于这个概念的解释，它们实际上离开了现实主义的基本前提，造成了许多清规戒律，由此他认为"我们也许可称当前的现实主义为社会主义时代的现实主义"。秦兆阳之所以要对社会主义现实主义提出质疑，是因为他的理论阐述有着很强的现实针对性。他认为，当时的理论研究和文学批评存在着对毛泽东《在延安文艺座谈会上的讲话》这一经典文献的庸俗化的理解和机械性的解释，从而"对文学事业形成了种种教条主义的束缚"。他说："我其所以要研究社会主义现实主义定义的缺点，是因为由这一定义所产生的一些庸俗的思想，在我们中国还跟另外一些庸俗的思想结合起来了，因而更加对文学事业形成了种种教条主义的束缚。这些庸俗思想，就是对于《在延安文艺座谈会上的讲话》的庸俗化的理解和解释，而且主要表现在对文艺与政治的关系的理解上。"既然这种庸俗思想主要表现"在对于文艺与政治的关系的理解上"，那么文艺与政治的关系在秦兆阳的理论视野里该是怎样的面貌呢？秦兆阳明确肯定文学事业是人民革命事业的一部分，文艺为无产阶级政治服务是社会主义文艺的一条坚定不移的原则。但是，我们也应该看到，这些作品其所以有如此巨大的说服力，还是由于作者忠实客观，真实并充分地表现了客观真实，充分地发挥了文学艺术的特性，而达到了高度的艺术性和真实性。也就是说，文艺与政治的关系是十分复杂的，不能将这种服务简单地理解为配合一时的政治任务，更不能用政策代替艺术规律。他指出，现实主义的道路是广阔的，在不违背生活真实性和社会主义精神的前提下，作家在反映生活的题材、角度、方法、形式上都应该有自己的充分的自由，任何人为的限制，如对题材的限制，只要求宣传政策而不重人物形象塑造，不准写正面人物的缺点，"都是在不同的程度上企图把复杂万状的现实生活和生动的创作规律简单化图解化"，"都是在不同的程度上离开了、缩小了、歪曲了现实主义原则"，"都是在不同的程度上降低了文学的政治性、思想性和艺术性"，都不利于文学艺术的健康发展。秦兆阳认为："除了社会主义现实主义的定义，以及文艺为政治服务等问题上的教条主义表现外，还有另外一些与此相联系的教条主义的表现"，比如文学创作中"千人一面"的现象，把一些理论脱离实际当作教条来理解和运用等。总而言之，秦兆阳的目的非常明确，那就是"主张要扩大现实主义的创造性的范围，主张更深入一步去了解现实主义的特点，主张我们的作家们从千万条教条主义的绳子里解放出来"。因此，秦兆阳呼吁，"必须少用行政命令的方式对文学创作进行干涉"，要求解除教条主义对文学创作和文学批评的束缚。

秦兆阳对教条主义的分析和批评，立刻引起了文艺界的广泛关注，在理论界产生了强烈的反响和震动。《长江文艺》1956 年 12 月号上首先发表了周勃的《论现实主义及其在社会主义时代的发展》一文对当时流行的公式主义和教条主义的文艺思想给予了有力的批判。他表示支持秦兆阳的意见，并对典型化问题作了某些补充。周勃认为，社会主义现实主义不是一个脱离历史传统和共同艺术规律的创作方法，而是"现实主义在社会主义时代的发展"。从这一认识出发，他吸收当时苏联文艺界的一些批判教条主义的意见，批评了苏联作家协会章程中对"社会主义现实主义"的定义。一是这个定义对"艺术描写的真实性和历史具体性必须与用社会主义精神从思想上改造和教育劳动人民的任务结合起来"的强调，似乎在于说明"社会主义精神"只是作家的主观理念，不是有机地存在于生活真实中，不是有机地存在于"艺术描写的真实性和具体性"之中，而必须另外去结合。这样就把世界观和创作方法的关系简单化了，造成了以世界观取代创作方法、以政治性取代真实性的倾向，在创作上使作品不能坚持写真实，而是成为政治概念的传声筒，在批评上单纯从作家的主观意图、作品题材、标语口号来论优劣高低，而不是建立在对作品艺术描写的有血有肉的分析上。二是这个定义没有从文艺的特殊规律着眼，忽略了典型化问题在现实主义理论中的重大意义，而恩格斯对现实主义的定义，却是以真实性和典型化问题为核心的，这就助长了以空洞的政治说教代替艺术典型观点的坏风气。三是有些人把这一创作方法解释成"只是肯定的现实主义"，不承认文学批评和暴露反面事物的任务，在题材、人物塑造等问题上设置种种禁区，把文艺与政治的关系庸俗地理解为配合政治任务，把政治标准第一简单化为政治标准唯一，把对作品的批评变成对作家的政治鉴定。也就是说，在周勃看来，社会主义现实主义定义的不科学，不仅仅只在于社会主义现实主义的定义没有体现、概括出现实主义艺术原则本身的根本特征，而且在于人们对社会主义现实主义的教条主义的理解和使用。

由于文艺界"左倾"思潮的盛行不衰和理论指导思想上教条主义思想的日益严重，众多的文艺理论家、批评家只能沉默不语。因为有了"双百方针"的推出和贯彻，更多的批评家们才敢仗义执言、百家争鸣。陈涌写了《关于社会主义的现实主义》，蔡仪写了《论现实主义问题》《再论现实主义问题》，王若望写了《评社会主义时代的现实主义》，张光年写了《社会现实主义存在着、发展着》，刘绍棠写了《现实主义在社会主义时代的发展》《我对当前文艺问题的一些浅见》，丛维熙写了《对"社会主义现实主义"的质疑》，李长之写了《社会主义现实主义可以怀疑吗?》，陈善文写了《不能取消——关于社会主义现实主义的讨论》，蒋孔阳写了

《关于社会主义现实主义》，黄药眠写了《是社会主义时代的现实主义还是社会主义现实主义?》，巴人写了《拿出货色来》，以群写了《我们的文艺方向和创作方法》，钱学熙写了《作家的世界观与创作方法的关系问题》，这些论文在争鸣双方中都是具有代表性的。总的说来，多数是拥护社会主义现实主义的创作方法，不同意秦兆阳、周勃提出的"社会主义时代的现实主义"的主张，张光年的论文指出，把现实主义的法则性、能动性的作用过分夸大，而不把新旧现实主义的美学原则、创作原则加以区别，不讲阶级性，特别是"偏偏要把定义中说到的用社会主义精神教育人民的任务说成是'抽象概念'或'主观愿望'的'硬加'等等"，这是企图"取消当代进步人类的一个最先进的文艺思潮，取消工人阶级手中的一个重要的思想武器"，因此，"我所不能同意的是他们的结论以及为达到这个结论所提出的论据。他们的结论是取消社会主义现实主义"。其实，对学术问题展开讨论是"百家争鸣"的正常现象，通过各抒己见、深入讨论取得共同的认识。陈涌就更加强调了文学的真实性。他说，"真实是艺术的生命"，"真实地反映现实的问题，便应该成为文学艺术创作的第一个和基本的问题"，"艺术的政治价值和社会价值，都是不能离开艺术的真实而存在的"。上述文章都提到了文艺和政治、世界观和方法论、文艺的特征和精神生产的规律等重大理论问题，当然他们的阐述都存有许多值得商讨的地方，但他们在反对教条主义思想的态度上是一致的，他们的共同观点就是：要继承和发扬现实主义传统，就必须彻底清除教条主义思想的影响。

2. 对教条式地理解毛泽东文艺思想表示不满

在上述文章中，刘绍棠的文章值得一提。他在《我对当前文艺问题的一些浅见》这篇文章中明确指出："不能不承认，全国解放以后，我们的理论指导思想是守旧的，而且与之同时又深刻地接受了外来的教条主义影响，在很大程度上，妨碍和束缚了文学艺术事业的发展和繁荣。"在刘绍棠看来，清理教条主义思想的影响，首先就得端正被歪曲了的理论指导思想。他在《现实主义在社会主义时代的发展》一文中说："对理论指导思想的探讨，是解决文学事业内部矛盾的最重要的工作"，而教条主义的理论却在很长的一段时间内成为"'正统'的理论指导思想"，而在这种理论指导下和约束下所产生的作品却又"是很多很多的"。刘绍棠指出："在过去的理论指导思想上，教条主义是最大的症结，不消除它，文学事业无法进步、无法繁荣"，因为"教条主义理论，只单方面强调作品的政治性，而抹杀作品的艺术功能；漠视复杂多彩的生活真实，闭着眼睛质问作家'难道我们的生活是这样的吗'？机械地规定正面人物、反面人物，以及在正面人物之上更高一层的理想人物；为了教条主义，写英雄人物不应该写缺点等等"，这些"都是离开了现实主义的基本精神，离开了现实主义古典大师的光辉传统"的。刘绍棠分析了当代中国文坛教条主义思想流行的原因，在于它不仅接受了来自苏联的教条主义的影响，而且还与对毛泽东《在延安文艺座谈会上的讲话》的机械性理解一脉相承。20世纪50年代以来，毛泽东《在延安文艺座谈会上的讲话》已完全被确立为中国当代文学的指导思想了，但是人们对贯穿《在延安文艺座谈会上的讲话》中的理论话语却存在着教条主义的理解和运用。刘绍棠的两篇文章对在"双百方针"提出以后"如何认识毛主席的《在延安文艺座谈会上的讲话》的指导意义，如何在今后的文学艺术长足进展上体现毛主席的文艺方针"展开了言说。然而，他论述的中心主题还是在于反对对《在延安文艺座谈会上的讲话》的教条主义运用。刘绍棠指出："长期的战争环境，作品既然是迅速产生的，而又服务于政策条文，所以，只要政治性强烈就是好的，因而也就不大考虑艺术技巧。也正因为如此，形成了一种理论上的错觉，即是把政治标准和艺术标准割裂开来，这种把毛主席的话片面解释的理论，严重地妨碍了作家在艺术技巧上的追求，而只满足于'思想性'和'重大题材'"。我们知道，《在延安文艺座谈会上的讲话》对文学与政治关系的具体规定一直被人们机械式地理解和运用，刘绍棠从创作的角度对当时流行的文艺为政策条文服务的教条主义理论提出了批评，他认为"文艺为政治服务，并不是表现在机械地为某一政策或某一方针的服务上，也并不是表现在根据宪法、党章和法律条文的创作上；它主要表现在作品的阶级性、对人民的鼓舞作用以及对人民道德品质的美育作用上，也就是说，表现在人类共产主义灵魂工程的建设作用上"。从这段话中可以看出刘绍棠的用心良苦，他对教条主义思想的清理也只是在对总体文学规范的服从前提下，通过间接性的补充或潜在性的表率来实现的。刘绍棠并不否定"文艺为政治服务"的总的文学规范，也正如他说的那样："为工农兵服务的方向，坚决不能动摇"，"毛主席的《在延安文艺座谈会上的讲话》给作家和艺术家提出了最正确最光明的方向"，但就是在这充满政治性色彩的言说过程中表达了刘绍棠为了克服教条主义的影响而作出的努力。刘绍棠主张要区分《在延安文艺座谈会上的讲话》的双重意义，也就是说《在延安文艺座谈会上的讲话》既是"纲领性的文艺理论经典著作，同时也是根据当时的历史情况，指导当时文艺运动的具体文件"，或者"一个是指导当时文艺运动的策略性理论；一个是指导长远文学艺术事业的纲领性理论。当然，我们不可能断章摘句地在全书中找出这两个部分，我指的是，在整个理论中所含有的这两种意义"。这就是说，《在延安文艺座谈会上的讲话》中的"纲领性理论"具有真理性是因为它是"对马克思列宁主义文艺理论最深刻、最完整、最联系实际的伟大发展"，而"策略性理论"则具有 20 世纪 40 年代的"当时性"。凭借着一个作家应该具有的良知，刘绍棠一针见血地指出了公式化、概念化之所以充塞文坛的根本原因正是"在于教条主义者机械的、守旧的、片面的、夸大的执行和阐发了毛主席指导当时文艺运动的策略性理论"。

姚雪垠也把公式化、概念化归罪于"教条主义的猖獗"，也要求对毛泽东《在延安文艺座谈会上的讲话》加以灵活地运用，反对当时"很具体，很死板，硬要你拿住这些框框往生活上边套"的教条主义做法，认为"必须从发展看问题，把指导原则看成是活的，不是死的，才不犯教条主义"❶。梅朵也指出一切教条主义的产生"和曲解毛主席的《在延安文艺座谈会上的讲话》的论点分不开的"，教条主义者或者是"经常直接地运用毛主席的话"，或者是"机械地搬用毛主席的论点"❷。其实，最早对教条式地理解毛泽东文艺思想表示不满的人是以《文艺报》评论员身份撰写《电影的锣鼓》一文的作者钟惦棐。钟惦棐撰写该文时尚在中央宣传部工作，稿子完成后其观点没有得到领导的同意。不久后，钟惦棐调到《文艺报》工作，该文便以本报评论员的名义发表了。该文讨论的是电影问题，它从国产影片不景气、题材狭窄、上座率低等现象着手，抓住电影和观众的关系这个十分重要的问题，有力地指责了"以阶级方式领导创作方法"的最大的弊端就是违背了艺术规律，破坏了创作自由和艺术家的人格，埋没了人才，割裂了进步电影事业的优良传统，使作家得不到人民群众的欢迎。如果电影创作领导和生产指挥中的命令主义、教条主义和对具体问题干涉过多的状况不加改变，那么所谓的"工农兵电影"就是叫得再响也等

---

❶ 姚雪垠：《打开窗户说亮话》，《文艺报》1957 年第 7 期；《要广开言路》，《文艺报》1957 年第 8 期。

❷ 梅朵：《反对曲解毛主席对文艺问题的讲话》，《文汇报》1957 年 6 月 3 日。

于取消"工农兵方向"。钟惦棐指出:"绝不可以把文艺为工农兵服务的方针和影片的观众对立起来;绝不可以把影片的社会价值、艺术价值和影片的票房价值对立起来;绝不可以把电影为工农兵服务理解为'工农兵电影'。"《电影的锣鼓》一文对阻碍电影发展的种种现象进行了系统的梳理和深入的剖析,揭示出了电影工作中从方针、态度到方式、方法等方面存在的种种问题,矛头所向不仅仅只限于电影界,而是把矛头指向了教条主义者对毛泽东《在延安文艺座谈会上的讲话》精神的歪曲理解和运用,钟惦棐指出电影界之所以出现了文艺为工农兵服务的方针和影片的观众的对立,影片的社会价值、艺术价值和影片的票房价值的对立,把电影为工农兵服务理解为"工农兵电影",就是因为出现了教条主义,"其所以是教条主义的,便在于它把党提出的'文艺为工农兵服务'的正确指示僵化了,并且作了错误的解释"。钟惦棐对充斥于电影界、文艺界教条主义思想的批判,见解相当切中时弊。作家最后指出:"电影的锣鼓敲起来了,许多电影工作者对我们当前电影工作的弊端提出了中肯的批评和建议,这是党的百家争鸣的政策的最好的收益,也是我国成为电影新的繁荣的征兆。"❶应当说,这正是一个以电影事业和文化事业的健康发展为己任的正直的评论工作者强烈的责任心和正义感的表现。综上所述,批评家们对教条主义思想的清理,在很大程度上又是着力于能对毛泽东文艺思想予以重要发挥的。应该说梅朵那篇文章的题目《反对曲解毛主席对文艺问题的讲话》已经集中而鲜明地表达了批评家的心声。

3. 反对文艺批评领域中的教条主义倾向

教条主义的粗暴批评,可以说一直就是中华人民共和国成立以来中国文学批评领域的痼疾。我们只要随随便便去翻看 20 世纪五六十年代的报刊,随处可见一些剑拔弩张、充满火药味的批判性标题。不管是资深望重的理论工作者,还是初出茅庐的文学研究者,无人不在教条主义的批评泥潭中打个滚。但是,"双百方针"的提出和贯彻,还是给予了批评家们一个反省教条主义的机会。在"鸣放"过程中,不少作家、批评家对教条主义批评的表现形态及其产生的原因进行了多方面的分析和批评。于晴(唐因)将教条主义批评形象地称为"批评的歧路",他认为教条主义批评有

---

❶ 钟惦棐:《电影的锣鼓》,《文艺报》1956 年第 23 期。

"一个阶级一个典型""一种生活一个题材""一个题材一个主题" 3 条公式，有一套"先引用各种文件，或者先有几个'主要矛盾''本质'等的绝对观念，或者自己创造出来的某种违乎常情的原理，从这种观念和原理出发，然后把作品割成许许多多的碎片，甚至割成一词一句，再来两相对照，看后者是否符合于前者，并从而做出结论"的批评方法和程序，由此可见这种批评方法的特点就是"断章取义、寻章摘句，或者莫须有的，就给作者按上了罪名"❶。教条主义批评的这种典型特征和表现形态，评论家侯金镜也有如下的概括：它"抛开作品的整体，抛开作者给作品规定的创造任务，把作品、人物都割成若干片段，然后孤立地、一段一段地去推敲、挑剔和指责"❷。教条主义批评之所以敢于这样批评，就在于它们对经典理论的教条式的理解和运用，它们习惯于机械地、简单地处理文学创作的问题，"惯于用一般的政治原则去代替具体的细致的艺术分析，简单地得出结论；甚至他们不愿意去真正了解'艺术'，以为光凭斗争经历，光凭政治原则就万事大吉了"，教条主义的特点就是"用一般的政治概念来代替具体的艺术分析，有时肆意歪曲经典著作的原意，来宣传他的简单的思维"❸。同时，中华人民共和国成立以来持续开展的文艺批判和历史上形成的宗派主义也滋生和助长了教条主义批评的盛行。许杰告诫人们："我们千万不要忘记，这种扣帽子式的批评的流行，是和文艺界长期以来整风、思想改造，以及批判资产阶级文艺思想、肃清胡风反革命文艺思想等一系列的运动分不开的。"❹ 沈仁康也认为："教条主义的流毒得以肆虐，是大大得力于行政上那些不学无术的官僚主义者的。"❺ 综上所述，批评家们对教条主义批评的批评是相当尖锐的。

显然，"鸣放"期间出现的这些争鸣文章，动摇了一些僵化、过时的理论教条，助长了独立思考意识的觉醒，开始了对许多理论问题的反思和题材禁区的突破，形成了创作领域"百花齐放"的局面和批评领域"百家争鸣"的气氛，它们触及时弊的目的都是想从发展的观点坚持毛泽东《在

---

❶ 于晴：《批评的歧路》，《文艺报》1957 年第 4 期。

❷ 侯金镜：《试谈〈腹地〉的主要缺点以及企霞对它的批评》，《文艺报》1957 年第 4 期。

❸ 沈仁康：《我所感到的……》，《文艺学习》1957 年第 6 期。

❹ 许杰：《明辨是非的批评和反批评》，转引自王道乾：《从许杰几篇文章看他的右派面目》，《文艺报》1957 年第 7 期。

❺ 沈仁康：《我所感到的……》，《文艺学习》1957 年第 6 期。

延安文艺座谈会上的讲话》精神，想在"双百"方针的条件下，直面现实冲破教条主义思想的束缚，这些争鸣文章的实际效应对克服主体的阶级观、形而上学的机械论、提倡重视文学的特征及各种职能都是富有启发性的。

可是，随着"反右派"斗争扩大化的开始，刚活跃了一年的理论界、创作界又重新冷落了下来。从1957年4月和6月的《人民日报》相继发表社论，开始对"鸣放"中出现的对教条主义、宗派主义、官僚主义的批评定性为"修正主义调子""右的自由主义""来自右面的说法"予以反击；把文学、艺术上的不同意见的争鸣，看成是"社会主义路线和反社会主义路线"的斗争，"无产阶级和资产阶级、社会主义道路和资本主义道路的斗争"，甚至是"革命派和反动派的两军对垒"；把争鸣过程中出现的许多优秀作品、文章，打成"反党反社会主义的大毒草""修正主义的文艺纲领"；一批卓越的作家如丁玲、艾青，一批崭露头角的文学新人如王蒙、刘宾雁、刘绍棠，一批学者、文艺批评家如钱谷融、秦兆阳、陈涌、钟惦棐等，都被打成右派分子，分别受到程度不同的批判、斗争和组织处理，列入另册，打进冷宫。这种结局，实际上正是教条主义继续作祟的结果，它从反面告诉人们一个道理，在中国当代文坛要时刻注意对教条主义思想的清理和抗辩。

第五章 第四次文代会与"十七年文学"文艺体制的正名

  洪子诚在《问题与方法——中国当代文学史研究讲稿》中注意到，"一个时期的文学特征，和文学体制、文学生产的方式关系很密切"❶，特别强调了文学外部生产因素与文学创作本身之间的关联性。这一敏锐而别致的学术视野，为中国当代文学的研究开辟了一个新的研究领地。自此，很多研究者们开始从文学期刊、文学会议、文学机构等角度打量中国当代文学机制生成的复杂多变性。如，王本朝的《中国当代文学制度研究》❷、李洁非与杨劼合著的《共和国文学生产方式》❸、李红强的《〈人民文学〉十七年》❹、张柠的《再造文学巴别塔（1949—1966）》❺、刑小群的《丁玲与文学研究所的兴衰》❻、商昌宝的《作家检讨与文学转型》❼ 等学术专著都纷纷倒向了从文学生产的物质载体出发看文学创作的内部规律演变。而1979 年 10 月 30 日召开的全国第四次文代会，特殊的时代节点赋予了这次大会在中国当代文学史上所占据的重要地位和历史意义。第四次文代会是文艺界在"文化大革命"结束后首次召开的文艺盛会，会议筹备期长达一年之久，会期一个多月。本次文代会以全面实现四个现代化为核心任务，重点突出文艺领域的思想大解放，它是对中华人民共和国成立后三十年期间文艺领域的一次"正本清源"。同时，本次会议依托着中共十一届三中全会提供的优良政治基础和自身承担的时代任务，它同前面三次文代会在内容和文艺政策的制定上有了很大的不同，"第四次文代会与前三次相比，

---

  ❶ 洪子诚：《问题与方法——中国当代文学史研究讲稿》，生活·读书·新知三联书店 2002 年，第 190 页。
  ❷ 王本朝：《中国当代文学制度研究》，新星出版社 2007 年。
  ❸ 李洁非、杨劼：《共和国文学生产方式》，社会科学文献出版社 2011 年。
  ❹ 李红强：《〈人民文学〉十七年》，当代中国出版社 2009 年。
  ❺ 张柠：《再造文学巴别塔（1949—1966）》，广东教育出版社 2009 年。
  ❻ 刑小群：《丁玲与文学研究所的兴衰》，山东画报出版社 2003 年。
  ❼ 商昌宝：《作家检讨与文学转型》，新星出版社 2011 年。

在开展的方式和政策措施上已发生了重要变化，它不再要求文学艺术形成五六十年代那样的规范和统一步调，它的控制方式，也更多地增添了'人性化'的内容"❶。这次会议上各领导人的讲话，会议文件等传达的文艺思想和文艺政策，对新时期的文艺走向发挥了导向作用。因此，探究它与中国当代文学体制的转型和重构，自然而然成为文学研究者们研究的热点。

学术界关于全国第四次文代会的研究，除去对文代会史料性研究之外，研究者以学术的眼光打量本次会议与中国当代文学史之间的关联，多集中在它对中国当代文学史所产生的意义和作用这个领域。其中，在具体探究第四次文代会对"十七年文学"的影响和意义这个层面上，学术界虽有涉及，但并没有形成专论，主要是一些零散的研究。如斯炎伟等在《哗变与骚动：历史转折语境下的全国第四次文代会》的第三个小结里提到了第四次文代会总报告起草过程是如何处理"十七年"文学遗产的问题，指出新时期初文艺界对"十七年"文艺路线存在不同的看法。宋文坛与周景雷在《怎样'继往'？如何'开来'——第四次文代会前后的历史处境与文学问题》里对第四次文代会作了批判性的思考。研究者认为第四次文代会如何"继往"，怎样"开来"的问题，"它既涉及如何对待'十七年文学'资源，如何重叙历史，又关涉到如何展开新时期文学规划，再造新时期文学评价尺度的问题。而正是在这两个方面，文艺界暴露出很多分歧和争议。"❷ 在论文的第二节里专门论述了第四次文代会是"回归"十七年还是"超越"十七年的问题。研究者最后指出，在第四次文代会中这一问题并没有得到解决，这次文代会反而是这一问题的延续。第四次文代会"以权力话语实现了表面的统一，却也拉开了主流文艺界进一步纷争的序幕；它是一个匆忙的结束，也是一个蕴涵着复杂走向的开始"。这也间接隐射了第四次文代会与"十七年文学"之间关系的复杂性。还有邓小琴的博士论文《第四次文代会与当代文学结构的转型》❸ 与徐玉松的博士论文《中国当代文学范式的嬗变（1949—1985）——基于第一至第四次文代会的考

---

❶ 孟繁华、程光炜：《中国当代文学发展史》，北京大学出版社 2011 年，第 240 页。

❷ 宋文坛、周景雷：《怎样"继往"？如何"开来"——第四次文代会前后的历史处境与文学问题》，《社会科学辑刊》2018 年第 5 期。

❸ 邓小琴：《第四次文代会与当代文学结构的转型》，浙江大学 2016 年博士学位论文。

察》❶ 等论文也对第四次文代会与"十七年文学"的关系进行了探究。同时，周扬在《继往开来，繁荣社会主义新时期的文艺——在中国文学艺术工作者第四次代表大会上的报告》起草的意见中，在《上海市委宣传部对四次文代会报告修正稿意见书跋》❷《周扬四次文代会主题报告起草过程述实》❸ 等史料性文章中也涉及了第四次文代会与"十七年文学"关系的零散看法。

"十七年文学"是中国当代文学史的开端和重要组成部分，主要是指中华人民共和国成立后到 1966 年期间文学艺术工作者从事文学艺术创作和活动时所产生的一系列文艺作品，它在很大程度上影响了后来中国当代文学创作的内在方向。不过，"文化大革命"期间，林彪、"四人帮"等反革命集团对其文学艺术成绩进行了全盘否定和恶意歪曲，这使得本就与政治运动结合过于紧密且备受争议的"十七年文学"，在新时期初的文艺界陷入褒贬不一的境地。随着全国第四次文代会会上各领导人的发言，对"十七年文学"文学史价值的首肯与重视，这才再次引起了社会和文艺界各界人士对其文学艺术价值的热议和再审视。

一、"十七年文学"文艺体制的正名

文艺体制作为文艺制度的外在表现形态之一，它的形成和制定，对文艺创作的自由性、自主性和规范性起着很大的作用。"文艺体制从宏观上确立文艺发展方针、路线、方向和从制度上保障运行的基本状态和总体风貌的社会基础和条件。"❹ 合乎社会发展规律的文艺体制可以保障文艺的长足发展，不合社会发展规律的文艺体制则会阻碍文艺的发展。中华人民共和国成立之初的社会主义文艺体制，一方面延续了延安文艺座谈会和《在延安文艺座谈会上的讲话》的文艺思想和精神，另一方面继续在毛泽东的领导下，开始了合乎社会主义文艺新形态的探索与建构。

---

❶ 徐玉松：《中国当代文学范式的嬗变（1949—1985）——基于第一至第四次文代会的考察》，苏州大学 2016 年博士学位论文。

❷ 徐庆全：《上海市委宣传部对四次文代会报告修正稿意见书跋》，《南方文坛》2005 年第 6 期。

❸ 徐庆全：《周扬四次文代会主题报告起草过程述实》，《新文学史料》2004 年第 2 期。

❹ 张利群：《文艺制度论》，中国社会科学出版社 2008 年，第 186 页。

（一）还原毛泽东文艺思想的本来面貌

全国第四次文代会从 1978 年 5 月中国文联第三届全国委员会第三次扩大会议召开后就已经开始进入筹备阶段，前后却经过了一年多的时间才瓜熟蒂落。其中，一个关键就是如何看待毛泽东文艺思想对中华人民共和国成立后"十七年"文艺体制形成所产生的影响。"十七年文学"的发生和创作与毛泽东文艺思想有着密切的关系。从 1942 年的《在延安文艺座谈会上的讲话》到中华人民共和国成立后社会主义文学艺术体制的探索，毛泽东文艺思想在"十七年文学"的建构中始终都扮演着重要的角色。

毛泽东文艺思想在"十七年文学"的探索期发挥了主导作用，在毛泽东文艺思想领导下的"十七年文学"出现了两次创作高潮。

一次是 20 世纪 50 年代，这一阶段伴随着毛泽东提出"双百"方针，文艺界出现了喜人的创作景象。首先，在文学艺术探索领域出现了短暂的学术争鸣。钱谷融的《论"文学是人学"》、秦兆阳的《现实主义——广阔的道路》、钟惦棐的《电影的锣鼓》等理论文章，勇于质疑当时文学创作上的政治至上主义，从文学艺术自身发展的规律出发，探讨文学的创作。其次，在文学创作上涌现了一批具有艺术感的文学作品。如小说有孙犁的《风云初记》、赵树理的《三里湾》以及王愿坚、王蒙、刘绍棠、宗璞等作家笔下引人注目的短篇小说。在诗歌领域，则有艾青、臧克家、郭小川、贺敬之、闻捷、公刘、李瑛等诗人对新诗艺术的探索。同时，老舍的《龙须沟》和《茶馆》，胡可的《在战斗里成长》，陈其通的《万水千山》，杨履方的《布谷鸟又叫了》等戏剧成为当代文学史上的经典。戏曲、音乐、舞蹈、美术、电影等领域也出现了许多好作品。

再一次创作高潮出现在 20 世纪 60 年代上半期，这一阶段主要是长篇小说创作的繁荣期，形成了中国当代文学史上第一个长篇小说创作高潮，出现了《林海雪原》《红日》《创业史（第一部）》《青春之歌》《山乡巨变》《苦菜花》等当代文学史里的长篇经典。

不过，不可忽视的是，在中华人民共和国成立后的十七年期间，由毛泽东个人在文艺领域发动的一些政治、文艺批判运动，在一定程度上影响和制约了"十七年文学"的发展空间和发展方向，"从建国初期开始，毛泽东的意见对文艺界的走向（一些涉及民主人士和老先生的作品及观点除

外）便开始起着决定性的支配作用"❶。如 20 世纪 50 年代，毛泽东对电影
《武训传》的批判，他认为"电影《武训传》的出现，特别是对于武训和
电影《武训传》的歌颂竟至如此之多，说明了我国文化界的思想混乱达到
了何等的程度！"❷ 1957 年，再次由他发起的改造知识分子思想的"反右"
运动，这对文艺界一些有才华的青年作家造成了伤害，如王蒙、刘宾雁、
吴祖光、陈翔鹤等都是当年的受害作家。1963—1964 年，毛泽东对文学艺
术接连下发的两个批示，更是一举否定了文学艺术部门在中华人民共和国
成立后十几年文学艺术的建设成绩。这些带有过"左"或过"右"性质的
文艺批判运动，直到 20 世纪 70 年代后期，毛泽东自己也意识到了它们对
文学艺术发展所造成的伤害，"百花齐放都没有了，别人不能提意见，不
好。"❸ "怕写文章，怕写戏。没有小说，没有诗歌。"❹ 对此，毛泽东也作
出了相应的补救行为，如 1975 年对电影《创业》的批示："此片无大错，
建议通过发行。不要求全责备。而且罪名有十条之多，太过分了，不利于
调整党内的文艺政策。"❺ 由此可以看出，毛泽东文艺思想在很大程度上完
成了对"十七年文学"基本形态的架构。

令人遗憾的是，在"文化大革命"期间，毛泽东文艺思想遭到了林
彪、"四人帮"等人割裂式的"利用"。

1966 年 2 月 2 日至 2 月 20 日，江青受林彪的委托，召开就部队文艺工
作的若干问题的座谈会，并出台了核心文件《林彪同志委托江青同志召开
的部队文艺工作座谈会纪要》（以下简称《纪要》）。李洁非在其专著《典
型文案》里提到，《纪要》的出台有着两大功能：一是，"相当于正式和公
开授权江青领导文艺"❻；另一大功能，"是在确定由江青作为主将之后，
宣告在文艺（进而是整个文化意识形态）领域发动革命、摧毁旧秩序"❼。

❶ 陈晋：《文人毛泽东》，上海人民出版社 1997 年，第 314 页。
❷ 毛泽东：《应当重视电影〈武训传〉的讨论》，《中国当代文学史料选（1）》，北京师院中
文系现代文学教研室编，北京师范学院 1983 年，第 11 页。
❸ 毛泽东：《关于批判林彪"四人帮"的重要指示》，《中国当代文学史料选（2）》，北京师
院中文系现代文学教研室编，北京师范学院 1983 年，第 532 – 533 页。
❹ 毛泽东：《关于批判林彪"四人帮"的重要指示》，《中国当代文学史料选（2）》，北京师
院中文系现代文学教研室编，北京师范学院 1983 年，第 533 页。
❺ 毛泽东：《关于电影〈创业〉的指示》，《中国当代文学史料选（2）》，北京师院中文系现
代文学教研室编，北京师范学院 1983 年，第 534 页。
❻ 李洁非：《典型文案》，人民文学出版社 2010 年，第 367 页。
❼ 李洁非：《典型文案》，人民文学出版社 2010 年，第 367 页。

在此次会议上，江青等人密谋的"文艺黑线专政"论就全盘而彻底地否定了"十七年文学"的文学史成绩和价值，认为中华人民共和国成立以来的文艺界"被一条与毛主席思想相对立而反党反社会主义的黑线专了政"❶。林彪、江青等人以《纪要》是经过毛泽东的亲自审定为政治支撑，在发动"文化大革命"的过程中，对毛泽东文艺思想进行了断章取义式的利用，开始创造属于他们理想的文学"新纪元"，以此满足个人的权力欲。

在"文化大革命"时期，"政治文化代替了所有的文化，革命样板戏成为代表性的'崭新'的文艺形态，也是'文革'时期唯一具有合法性的文艺形态"❷。毛泽东基于一定历史和时代背景提出的"文艺为工农兵服务"，"文学从属于政治"等文艺理论，被林彪、"四人帮"等人加以无限地放大，而有促进文艺发展的"双百"方针则被他们完全弃置一旁。他们提出的"工具论""三突出"等创作理念，是对毛泽东在特殊时代背景下提出的"文艺为工农兵服务"文艺观的"极左"使用。由江青一手指导的"八个样板戏"，则是对毛泽东两结合创作方法的误用。

林彪、江青等人正大光明地打着"狐假虎威"的旗号，在毛泽东文艺思想的外衣下对文艺界实行"极左"的领导，以此满足他们的权力欲。因此，正如邓小平对新时期初"拨乱反正"的解释："我们现在讲拨乱反正，就是拨林彪、'四人帮'破坏之乱，批评毛泽东同志晚年的错误，回到毛泽东思想的正确轨道上来。"❸新时期初，彻底否定林彪、江青等人炮制的《纪要》，推翻"文艺黑线专政"论，还原毛泽东文艺思想的真实面貌是文艺界"拨乱反正"的大事。

在第四次文代会召开之前，文艺界在如何继承"十七年"期间毛泽东文艺思想的问题上，引发了政界和文艺领域的分歧和广泛争议。争议具体表现为政治领域"真理派"与"凡是派"的争论，文艺界"惜春派"与"偏左派"的争论。双方争论的焦点并不在于毛泽东文艺思想本身，其分歧点主要在于如何看待由毛泽东个人在"十七年"期间对文艺界发起的一些带有错误性质的政治运动。

❶ 《林彪同志委托江青同志召开的部队文艺工作座谈会纪要》，《中国当代文学史料选(1)》，北京师院中文系现代文学教研室编，北京师范学院 1983 年，第 541 页。

❷ 孟繁华、程光炜：《中国当代文学发展史》，北京大学出版社 2011 年，第 189 页。

❸ 邓小平：《对起草〈关于建国以来党的若干历史问题的决议〉的意见》，《邓小平文选(一九七五——一九八二年)》，人民出版社 1983 年，第 264 页。

其中，在政治领域，以华国锋、张兴化等人为首的"凡是派"，他们坚守"凡是毛主席作出的决策，我们都坚决维护；凡是毛主席的指示，我们都始终不渝地遵循"❶。从这里我们可以看出，"凡是派"的论调明显地带有"左"的感情色彩。而邓小平、胡耀邦等中央领导人则坚持"实践是检验真理的唯一标准"❷。邓小平认为"两个凡是"的观点是不行的，"毛泽东同志自己也没有说过'凡是'"❸。邓小平在新时期初也多次强调，"我们必须世世代代用准确的完整的毛泽东思想来指导我们全党、全军和全国人民……"❹ 政治领域的这场论争，以邓小平为代表的党中央坚决地用"实践不仅是检验真理的标准，而且是唯一的标准"❺ 这一理论取而代之。与此同时，文艺界以周扬与林默涵为代表形成的"解放"派和"保守"派的争论也非常激烈。周扬、陈荒煤、冯牧等人希望对中华人民共和国成立 30 年的文艺问题做一次较为深入的清理，主张用理性的态度对待"十七年"期间的文艺路线，这其中自然也就包括了辩证地继承"十七年"期间毛泽东的文艺思想。林默涵、胡乔木、刘白羽等人则对"十七年"期间毛泽东的文艺路线，持绝对肯定大于理性反思的态度，他们所持的观点大致为：只要否定了"文革"，回归到"十七年"主要路线当中去，继续坚持毛泽东文艺思想，这样就可以基本上实现文艺领域的"拨乱反正"了，文艺的总方向也就基本正确了。这些争论，随着第四次文代会的召开，才得到彻底的解决。反思和总结"十七年"间的毛泽东文艺思想，是全国第四次文代会"正本清源"需要完成的重大任务之一。

第四次文代会反思"十七年"期间毛泽东文艺思想要做的第一件事，就是对林彪、"四人帮"炮制的"文艺黑线专政"论的彻底批判，以此还原毛泽东文艺思想的本来面貌。文艺界否定和推翻林彪、"四人帮"等人炮制的"文艺黑线专政论"的运动，自"文革"结束以后就开始了。不过

---

❶　《人民日报》《红旗》《解放军报》社论：《学好文件抓住纲》，《人民日报》1977 年 2 月 7 日。

❷　《光明日报》特约评论员：《实践是检验真理的唯一标准》，《拨乱反正，中央卷（下）》，中共中央党史研究室科研管理部编，中共党史出版社 1999 年，第 521 页。

❸　邓小平：《"两个凡是"不符合马克思主义》，《邓小平文选（一九七五——一九八二年）》，人民出版社 1983 年，第 36 页。

❹　邓小平：《"两个凡是"不符合马克思主义》，《邓小平文选（一九七五——一九八二年）》，人民出版社 1983 年，第 36 页。

❺　《光明日报》特约评论员：《实践是检验真理的唯一标准》，《拨乱反正，中央卷（下）》，中共中央党史研究室科研管理部编，中共党史出版社 1999 年，第 519 页。

由于这一事件本身的复杂性，其推翻的道路非常曲折而艰难。1977 年 11 月 21 日，《人民日报》编辑部邀请茅盾、刘白羽等文学界人士举行座谈会。虽然，会议公开声讨了"文艺黑线专政论"，然而受制于当时"凡是派"的政治压力，会后的报道只是提出了"（文艺）黑线是有的"。1978 年 10 月 20 日，陈荒煤、张光年、李季等文艺界人士在《人民文学》《诗刊》《文艺报》编委会联席会议上首次公开否定"文艺黑线"的存在。1979 年 1 月 2 日，新任中宣部部长胡耀邦在中国文联举办的迎新茶话会上首次代表中共中央公开否定了"文艺黑线专政论"。1979 年 5 月 3 日，中共中央批转解放军总政治部《关于建议撤销 1966 年 2 月部队文艺工作座谈会纪要的请示报告》，正式撤销"纪要"，至此"文艺黑线专政"论和"文艺黑线"论被彻底否定。虽然这时中央以文件的形式否定了《纪要》，但文艺领域对"文艺黑线专政"论的批判依然是小范围和战战兢兢的。直到在第四次文代会会议上，文艺界和社会人士对《纪要》公开谈论的力度和广度都远远超过了前面历次文学会议对《纪要》的批判和否定。这次大会"不但完成了粉碎'四人帮'以来文艺队伍重组的任务，文艺政策在理论上有了重大的突破，而且将落实政策、平反冤假错案的工作进一步向前推进"❶。

在第四次文代会上，首先是由邓小平代表党中央发言的《邓小平同志代表中共中央和国务院在中国文学艺术工作者第四次代表大会上的祝词》（以下简称《祝词》）对《纪要》进行了否定，"所谓'黑线专政'，完全是林彪、'四人帮'的污蔑"❷。随后，周扬在第四次文代会的《继往开来，繁荣社会主义新时期的文艺——在中国文学艺术工作者第四次代表大会上的报告》里也十分明确地指出："林彪、'四人帮'出于篡党夺权的需要，为所欲为地阉割、篡改和践踏毛泽东同志的文艺思想，抛弃它的精髓即它所揭示的普遍真理和根本原则，抓住只言片语，把只在一定的条件下和一定范围内才适用的个别论点，加以绝对化，当成愚弄人的符咒和打人的棍子。"❸ 同时，在文学艺术界各协会上的发言，文艺界各人士对《纪

❶ 徐庆全：《文坛拨乱反正实录》，浙江人民出版社 2004 年，第 277 页。

❷ 邓小平：《邓小平同志代表中共中央和国务院在中国文学艺术工作者第四次代表大会上的祝词》，《中国文学艺术工作者第四次代表大会文集》，中国文学艺术界联合会编，四川人民出版社 1980 年，第 2 页。

❸ 周扬：《继往开来，繁荣社会主义新时期的文艺——在中国文学艺术工作者第四次代表大会上的报告》，《中国文学艺术工作者第四次代表大会文集》，中国文学艺术界联合会编，四川人民出版社 1980 年，第 48 页。

要》和"黑线专政"论的控诉也非常激烈。李季在作家协会上发言指出："建国以后出现的大批优秀作品，也和它们的作者遭受着同样的命运，被诬陷为'封资修'的'大毒草'。'四人帮'毁灭革命文艺的罪行，真是旷古未有。"❶ 赵寻在戏剧家协会的发言里，批判"《纪要》贯穿着反马克思主义、反科学、反民主的封建文化专制主义和文化虚无主义。它是林彪、'四人帮'推行极'左'路线的反动文艺纲领。'文化大革命'开始后，林彪、'四人帮'在文艺、戏剧界强制推行《纪要》，给我国文艺、戏剧事业带来了空前的灾难"❷。总之，第四次文代会对林彪、"四人帮"统治时代和《纪要》的批判，为我们理性地看待"十七年"期间的毛泽东文艺思想提供了正确的导向，将"十七年"期间由毛泽东对文艺发起的政治运动与"文革"运动的性质区别开来。

第四次文代会对毛泽东"十七年"期间文艺思想理性总结的第二件事，则是对毛泽东文艺思想在新时期的理性继承。正如 1979 年邓小平在党的理论工作务虚会上的讲话《坚持四项基本原则》里提及的，新时期文艺工作的开展绝对不能片段式地看毛泽东文艺思想，"我们坚持的和要当作行动指南的是马列主义、毛泽东思想的基本原理，或者说是由这些基本原理构成的科学体系。至于个别的论断，那末，无论马克思、列宁和毛泽东同志，都不免有这样那样的失误。但是这些都不属于马列主义、毛泽东思想的基本原理构成的科学体系"❸。他在第四次文代会上代表党中央的发言《祝词》里，还进一步明确地肯定了毛泽东文艺思想在新时期文艺发展的指导作用，"我们要继续坚持毛泽东同志提出的文艺为最广大人民群众，首先是为工农兵服务的方向，坚持百花齐放、推陈出新、洋为中用、古为今用的方针"❹。在由周扬负责撰写的第四次文代会《继往开来，繁荣社会主义新时期的文艺——在中国文学艺术工作者第四次代表大会上的报告》

---

❶ 李季：《中国作家协会筹备组关于作协恢复活动以来的工作情况报告》，《中国文学艺术工作者第四次代表大会文集》，中国文学艺术界联合会编，四川人民出版社 1980 年，第 144 页。

❷ 赵寻：《坚持"百花齐放，百家争鸣"的方针，繁荣社会主义戏剧事业》，《中国文学艺术工作者第四次代表大会文集》，中国文学艺术界联合会编，四川人民出版社 1980 年，第 169 页。

❸ 邓小平：《坚持四项基本原则》，《邓小平文选（一九七五——一九八二年）》，人民出版社 1983 年，第 157 - 158 页。

❹ 邓小平：《邓小平同志代表中共中央和国务院在中国文学艺术工作者第四次代表大会上的祝词》，《中国文学艺术工作者第四次代表大会文集》，中国文学艺术界联合会编，四川人民出版社 1980 年，第 4 页。

里，对毛泽东革命现实主义和革命浪漫主义文学艺术创作手法的肯定，"毛泽东同志对文艺创作提出的革命现实主义和革命浪漫主义相结合的主张，对于帮助作家正确地而又富有远见地观察和描写生活，是有指导意义的。但无论是革命现实主义或革命浪漫主义，都必须植根于现实生活的土壤"❶。同时，我们还可以看到对政治与文学关系的认识，也表现出了对毛泽东文艺思想的辩证继承。首先，对"政治"含义的解释有着毛泽东1942年发表的《在延安文艺座谈会上的讲话》里对"政治标准"阐释的影子。1942年5月2日，毛泽东《在延安文艺座谈会上的讲话》将"政治"解释为："我们所说的文艺服从于政治，这政治是指阶级的政治、群众的政治，不是所谓少数政治家的政治。政治，不论革命的和反革命的。都是阶级对阶级的斗争，不是少数个人的行为。"❷ 而第四次文代会的这份报告对"政治"的释义则明显地继承了毛泽东《在延安文艺座谈会上的讲话》里的"政治"定义。周扬认为："我们所说的政治，是指阶级的政治，群众的政治，不是少数政治家的政治，更不是一小撮野心家和阴谋家的政治。"❸ 其次，在政治与文学的关系上，周扬则舍弃了毛泽东关于"文学服务于政治"的提法，对文艺和政治的关系进行了重新思考。周扬指出，"文艺和政治的关系，从根本上说，也就是文艺和人民的关系"❹。如何正确对待毛泽东文艺思想，是新时期文艺思想发展路线中的一个重大原则问题。而从周扬这个融入了多人智慧的《继往开来，繁荣社会主义新时期的文艺——在中国文学艺术工作者第四次代表大会上的报告》对毛泽东文艺思想的继承和再创造，可以看出第四次文代会在如何辩证看待"十七年"期间的毛泽东文艺思想上，经过了很大一番深思熟虑后才作出理性总结。

全国第四次文代会是对"十七年"毛泽东文艺思想的一次理性反思，

---

❶ 周扬：《继往开来，繁荣社会主义新时期的文艺——在中国文学艺术工作者第四次代表大会上的报告》，《中国文学艺术工作者第四次代表大会文集》，中国文学艺术界联合会编，四川人民出版社1980年，第35页。

❷ 毛泽东：《在延安文艺座谈会上的讲话》，《毛泽东选集》第3卷，人民出版社1991年，第866页。

❸ 周扬：《继往开来，繁荣社会主义新时期的文艺——在中国文学艺术工作者第四次代表大会上的报告》，《中国文学艺术工作者第四次代表大会文集》，中国文学艺术界联合会编，四川人民出版社1980年，第36页。

❹ 周扬：《继往开来，繁荣社会主义新时期的文艺——在中国文学艺术工作者第四次代表大会上的报告》，《中国文学艺术工作者第四次代表大会文集》，中国文学艺术界联合会编，四川人民出版社1980年，第35－36页。

会议通过对林彪、四人帮等人炮制的《纪要》的彻底批判和否定，从而恢复了毛泽东文艺思想的正确面貌。同时，会议还通过对毛泽东文艺观在新时期特定时代背景下的再阐释，接续了毛泽东文艺观在新时期文学艺术体制中的发展和延续。

（二）"双百"方针的恢复

毛泽东在 20 世纪 50 年代提出的"双百"方针，是在新中国初期知识分子数量少和苏联"解冻文学"思潮兴起的国内国际两大背景下孕育而生的。作为一项合理、健康的文艺政策，"双百"方针的提出，在很大程度上缓解了"十七年文学"与政治之间紧张的关系，在单一的政治文化话语下，给文艺创作营造了一个短暂的自由空间。

在 1956 年 4 月 28 日的中共中央政治局扩大会议上，毛泽东提出："百花齐放、百家争鸣问题。艺术问题上的百花齐放，学术问题上的百家争鸣，我看应该成为我们的方针。"❶ 随后在 1956 年 5 月 2 日的最高国务会议上，"双百"方针正式向社会宣布，"在艺术方面的百花齐放的方针，学术方面的百家争鸣的方针，是有必要的"❷。从"双百"方针由构想到提出和执行的过程，我们可以看出，这项文艺政策是党中央对社会主义文艺事业大繁荣的一次美好设想，它旨在调动知识分子创作的积极性，促进文学艺术的大繁荣，从而为社会主义建设事业服务。"双百"方针的背后，带有浓厚的文艺为政治服务的功利性。但不可否认的是，"百花齐放、百家争鸣"方针形成了当代文学史上的"百花时代"，它"对知识分子来说，毕竟是一件令人精神振奋的事"❸。

"双百"方针提出后的一年多时间里，思想文化和文艺领域出现了许多新的气象。在文学创作领域，"双百"方针的提出促使"十七年文学"呈现出新的格局。小说领域出现"干预生活"的现实主义作品和反映人性和爱情的小说，这些作品迥异于当时文坛上流行的主流文学，创作者在创作的过程中兼顾了对文学艺术的思考和对社会现实问题的解剖。文学理论探索上也出现了短暂的解冻现象，钱谷融对文学与人关系的思考、何直

---

❶ 毛泽东：《百花齐放、百家争鸣应该成为我们的方针》，《毛泽东文艺论集》，中共中央文献研究室编，中央文献出版社 2002 年，第 143 页。

❷ 占善钦：《"双百方针"是如何出台的?》，《光明日报》2012 年 4 月 2 日。

❸ 洪子诚：《1956：百花时代》，山东教育出版社 1998 年，第 5 页。

（秦兆阳）的现实主义理论、钟惦棐对电影生产体制的考虑等，他们以超前的文学敏锐性，将眼光投向了一直以来被政治斗争忽略了的文学领域。

　　同时，"双百"方针还促进了"十七年"作家群体的改头换面，一方面文坛涌现出了许多有思想、勇于探索文学艺术的青年作家。如王蒙、宗璞、刘宾雁、刘绍棠等。他们的出现，为当时的文坛增添了许多新的生机和活力。另一方面，此时的文坛还出现了作家"回收"现象，"50年代已在'掩埋'一些作家，而这时又出现了'回收'的现象"❶。中华人民共和国成立前夕召开的全国第一次文代会，通过对解放区、国统区、沦陷区作家的重新整合和洗牌，一些作家在这次文代会后，被边缘化，或在文坛中消失。而"双百"方针这个允许自由思想和自由创作的文艺政策，使得那些消失在公众视野里许久的名字再次出现了。如重新出现的诗人就有杜运燮、穆旦、郑敏、徐志摩、戴望舒等，小说家如沈从文、废名等。学者洪子诚认为："被忘却、被'抛弃'的作家的'发现'和'回收'，是对当代狭隘的文学规范的质疑的结果。"❷ 因此，如果没有"双百"方针缓解了紧张的唯政治创作气氛，从而促使了当时文坛上的主流文学刊物纷纷向这些作家发出强势的约稿请求，那么可想而知，这些被主流文坛边缘化了的作家，能够再次以谨慎姿态复出文坛的可能性不大。

　　因此，"双百"方针作为中华人民共和国成立之初重要的文艺方针，对中华人民共和国成立后三十年期间意识形态的引领和文艺导向产生的影响是不言而喻的。在这一方针的庇护下，"十七年文学"的发展一度获得了一个极富开放性和自由性的文学创作环境。但是，这场文学领域短暂的重大变革和乌托邦的文学实验，在1957年"反右"运动以后便开启了如履薄冰式的生存模式，到"文化大革命"时则被彻底弃置一旁。"多年来，思想政治斗争的频繁和扩大化，使这个方针在许多时候没有能够很好地贯彻执行。林彪、'四人帮'则是把这个方针彻头彻尾地毁灭了。"❸ 据新时期文艺工作者在整理"双百"方针在"文化大革命"中的使用情况时，他们发现"双百"方针在"文革"中，多次被"四人帮"公然砍掉。"从

---

　　❶ 洪子诚：《1956：百花时代》，山东教育出版社1998年，第34页。

　　❷ 洪子诚：《1956：百花时代》，山东教育出版社1998年，第35页。

　　❸ 周扬：《继往开来，繁荣社会主义新时期的文艺——在中国文学艺术工作者第四次代表大会上的报告》，《中国文学艺术工作者第四次代表大会文集》，中国文学艺术界联合会编，四川人民出版社1980年，第42页。

1969 年 11 月到 1975 年 6 月，在《红旗》杂志、《人民日报》《文汇报》这三种'四人帮'直接控制的报刊上，在由'四人帮'的写作班子和样板戏剧组写的 18 篇文章中砍掉'百花齐放'的有 19 处之多。"❶

"双百"方针作为中华人民共和国成立之初社会主义文学艺术探索期的成功实践，在新时期初文艺工作的开展过程中，重新恢复它的文学地位是文艺界各人士的普遍诉求，中央领导人对此也投入了很大的关注度。如在 1978 年 3 月 5 日五届人大一次会议上，"双百"方针被写入了新宪法总纲第十四条，为"双百"方针的运行提供了绝对的法律保障。1979 年 10 月底召开的全国第四次文代会，文学与政治关系的重新调整是大会的议题之一，其中对"双百"方针的热议，自然而然成了对文学与政治关系重新反思的重点。在文代会上，对"双百"方针复归文学界的呼声，成为这次会议的亮点，"1979 年年底，对于新时期文艺解放有重要历史意义的第四次文代会成功举行，其夺目亮点，就是大力倡扬'双百'方针"❷。

先是周扬在文代会《继往开来，繁荣社会主义新时期的文艺——在中国文学艺术工作者第四次代表大会上的报告》里对"双百"方针进行了肯定："文艺界要解放思想，就必须坚定不移地贯彻执行'百花齐放，百家争鸣'的方针。这个方针是社会主义文化政策的一个新实验。根据我们正反两方面的经验来看，实行这个方针，文艺就比较活跃和兴旺，违背这个方针，文艺就停滞倒退。"❸ 随后，茅盾在其报告《解放思想，发扬文艺民主》中也提到："百花齐放，百家争鸣，就是文艺民主；有人不反对百花齐放、百家争鸣，却不赞成文艺民主；这只能说他的赞成'双百'方针不是真心真意的，或者，他认为'双百'方针还得有些限制。我认为我们的口号应当是文艺民主下的百花齐放和百家争鸣。没有文艺民主而空谈'双百'，是南辕而北辙。"❶ 茅盾将"双百"方针与"文艺民主"联系在一起，契合了第四次文代会的会议主题，即文艺思想的大解放。黄镇在第四次文代会的发言中，认为文化行政部门在新时期初应该做的事情之一，便

---

❶ 徐庆全：《文坛拨乱反正实录》，浙江人民出版社 2004 年，第 291 页。

❷ 李洁非：《"双百方针"考》，《文艺争鸣》2018 年第 8 期。

❸ 周扬：《继往开来，繁荣社会主义新时期的文艺——在中国文学艺术工作者第四次代表大会上的报告》，《中国文学艺术工作者第四次代表大会文集》，中国文学艺术界联合会编，四川人民出版社 1980 年，第 42 页。

❶ 茅盾：《解放思想，发扬文艺民主》，《中国文学艺术工作者第四次代表大会文集》，中国文学艺术界联合会编，四川人民出版社 1980 年，第 75 - 76 页。

是"要坚定地发扬艺术民主，坚决贯彻'百花齐放，百家争鸣'方针，做'双百'方针的促进派"❶。同时，赵寻在戏剧协会上的发言、袁文殊代表电影协会在会上的发言、吴晓邦代表舞蹈协会在会上的发言中，均提到了继续贯彻"双百"方针，对新时期文学艺术繁荣和实行真正文学艺术民主的重要性。值得注意的是，本次大会上，在文联、作协，以及各协会重新修改的总章程里，都将"双百"方针拟定为章程的条例之一。如中国文学艺术界联合会章程第六条："本会按照百花齐放、百家争鸣的方针，组织并推动广大文艺工作者积极开展各种创作和理论批评活动，开展自由竞赛和自由讨论。对各种优秀创作、表演、研究、教学或其他艺术成就成果，给予奖励和表扬。"❷ 中国作家协会章程第四条："中国作家协会组织和推动文学评论和研究活动，提倡和鼓励不同观点的自由讨论，保障批评和反批评的权利，促进社会主义文学的健康发展。"❸ 中国戏剧家协会章程第五条，中国音乐家协会章程第一章总则等也都有涉及保障文学活动自由的相关内容。

同时，在文学艺术界各协会代表大会上，一些文艺界人士对恢复"双百"方针也提出了自己的看法。作家程登科在《对文艺工作的几点意见》的发言里，认为"双百"方针问题的解决需得到党中央和政府部门的支持。他坚定"双百"方针"是繁荣文学艺术和科学文化事业的唯一方针"❹。但是，这一方针在中华人民共和国成立三十年期间的实施总是在一些条条框框里寸步难行。"我们是否也应该用二十几年来的实践来检验一下凌驾于'二百'方针之上的六条标准呢？这些标准，如果不予澄清和得到完整的全面的正确的解释，'二百'方针还是一句空话。"❺ 万里云在《关于艺术规律的探讨》里，从艺术的多样性规律出发，阐述了"双百"方针对丰富题材的多样性的重要之处。"我们应该坚决贯彻'双百'方针，

❶ 黄镇：《为繁荣社会主义文艺，促进四个现代化建设而努力》，《中国文学艺术工作者第四次代表大会文集》，中国文学艺术界联合会编，四川人民出版社1980年，第86页。
❷ 《中国文学艺术界联合会章程》，《中国文学艺术工作者第四次代表大会文集》，中国文学艺术界联合会编，四川人民出版社1980年，第383页。
❸ 《中国作家协会章程》，《中国文学艺术工作者第四次代表大会文集》，中国文学艺术界联合会编，四川人民出版社1980年，第385页。
❹ 程登科：《对文艺工作的几点意见》，《开辟社会主义文艺繁荣的新时期》，中国文学艺术界联合会编，四川人民出版社1980年，第80页。
❺ 程登科：《对文艺工作的几点意见》，《开辟社会主义文艺繁荣的新时期》，中国文学艺术界联合会编，四川人民出版社1980年，第80-81页。

在题材问题上废除任何禁区，只要有好的思想性和艺术性的作品，无论表现什么题材，都应当得到鼓励。这样，才能从丰富的生活矿藏里，开发出无穷无尽的样式繁多、大小不一的艺术珍品，来满足人民群众多方面的精神需要。"❶ 张庚在《论社会主义新时期的戏曲剧目工作》中也特别强调了"双百"方针对于新时期戏曲工作开展的重要性，"实践证明：'百花齐放，推陈出新'是戏曲工作的总方针和根本方针"❷。同时，徐肖冰在代表中国摄影学会上的发言里认为："贯彻'双百'方针，既要讲'放'，又要讲'争'。"❸"决不能把'百家争鸣'任意归结为敌我斗争。"❹"艺术上完全应该有不同形式、风格、品种、样式之争，应该有高低、深浅、文野之争，这个'争'是相互学习、互相批评，取长补短，彼此促进。"❺ 徐肖冰的发言，切中要害，间接指出了"双百"方针没有得到很好实施的原因是，学术领域的文艺探究不应该粗暴地将其归结为阶级里的敌我之分。这些文学创作者们的发言都是基于个人的创作经验和文学感受，对在文学艺术创作中实施"双百"方针的理解更能感同身受。因此，从他们对"双百"方针重新得以启用的言辞里，我们看到了"双百"方针在促进"十七年文学"生成过程中产生的具体影响。

虽然，新时期初中央和文艺界领导对"双百"方针的重提，其主要目的还是在于团结文艺界，消除大部分文艺工作者内心的紧张，达到这次大会想要的开放、民主、争鸣的会议效果的一种政治策略，从而为全面实现"四化"建设提供文艺方面的建设。但无可厚非的是，正是在这样一种相对功利的相互作用下，"十七年"期间提出的"双百"方针能够在新时期

---

❶ 万里云：《关于艺术规律的探讨》，《开辟社会主义文艺繁荣的新时期》，中国文学艺术界联合会编，四川人民出版社1980年，第172页。

❷ 张庚：《论社会主义新时期的戏曲剧目工作》，《开辟社会主义文艺繁荣的新时期》，中国文学艺术界联合会编，四川人民出版社1980年，第309页。

❸ 徐肖冰：《让摄影艺术在新长征中发挥更大的作用——在中国摄影学会第三次会员代表大会上的讲话》，《中国文学艺术工作者第四次代表大会文集》，中国文学艺术界联合会编，四川人民出版社1980年，第363页。

❹ 徐肖冰：《让摄影艺术在新长征中发挥更大的作用——在中国摄影学会第三次会员代表大会上的讲话》，《中国文学艺术工作者第四次代表大会文集》，中国文学艺术界联合会编，四川人民出版社1980年，第363页。

❺ 徐肖冰：《让摄影艺术在新长征中发挥更大的作用——在中国摄影学会第三次会员代表大会上的讲话》，《中国文学艺术工作者第四次代表大会文集》，中国文学艺术界联合会编，四川人民出版社1980年，第363页。

文艺领域顺利实现恢复，并得到足够的重视。

（三）"二为"口号的修正

新时期初，随着思想解放浪潮的兴起，文艺界和社会民众对新时期文艺工作如何开展寄予了很大的厚望。不过，无论是提倡"向后看"还是"向前看"，或者舍弃"文艺为政治服务"，重新制定出新的口号来解释文学与政治的关系都是社会大众的热切盼望。作为对第四次文代会会议精神的落实，"二为"口号的提出，正好满足了新时期社会大众对文学与政治关系的时代要求。"二为"口号，相对于中华人民共和国成立后三十年期间"文艺是从属于政治的"❶的提法，它赋予了文学艺术创作更多的外延性和可能性。它的具体内涵为："为人民服务：就是为除一小撮敌对分子外的全体人民群众，包括广大的工人、农民，士兵、知识分子，干部和一切拥护社会主义、热爱祖国的人民服务，首先是为工农兵服务。为社会主义服务，就是为社会主义的政治、经济、文化、军事文化等各项事业的根本需要服务，在今天，就是为社会主义现代化建设的伟大事业服务。"❷这一口号摆脱了"一切文化或文学艺术都是属于一定的阶级，属于一定的政治路线"❸提法的层级之分，使文学艺术创作不再带着政治的镣铐跳舞。总之，"二为"方针的修正，既是对中华人民共和国成立后三十年期间"文艺从属于政治"的否定和反驳，又显示了新时期文艺发展提倡遵循文艺创作自由化的时代标识。

"十七年文学"作为20世纪40年代解放区文学的延续和再创造，是政治风雨里生成的文学，它与政治之间有着紧密的捆绑关系。"十七年文学"的发生过程，一直都受制于背后的国家权力机制，而"权力体制对文艺控制的'组织形式'，权力通过这些形式实施对文艺的规范与控制，它不只造成文学艺术可感知的外部环境，同时它以'体制化'的强制方式改造了文艺创作和理论生产的品质，在长久的运作中重塑了精神生产者"❹

　　❶ 毛泽东：《在延安文艺座谈会上的讲话》，《毛泽东选集》第3卷，人民出版社1991年，第866页。

　　❷《文艺为人民服务、为社会主义服务》，《人民日报》1980年7月26日。

　　❸ 毛泽东：《在延安文艺座谈会上的讲话》，《毛泽东选集》第3卷，人民出版社1991年，第865页。

　　❹ 孟繁华：《中国当代文学通论》，辽宁人民出版社2009年，第95页。

党中央和文艺界在探索和建构"十七年文学"体制时，重心不是站在文学艺术发展规律的角度去谋求文艺的发展，而是将文艺的发展悬置在浓厚的政治场域里。因此，与政治结合过于紧密的"十七年文学"，才会成为一次又一次政治运动里的牺牲品，成为"文化大革命"合理发动和存在的替罪羊。

"文革"期间，林彪、江青、"四人帮"等团伙片面地以毛泽东在一定时代背景境遇下提出的"文艺是从属于政治的"为理论依据，将"十七年文学"中只要稍稍表达个人情感或探讨艺术规律的文艺作品，一律斥为"封资修"大毒草，对其进行查禁和大范围的销毁。十年"文革"期间，林彪、"四人帮"等团伙执行的"极左"文艺政策，牢牢抓住和歪曲"文艺是从属于政治的"，否定一切文学艺术发展的规律，使得文学完全沦为了政治的附庸。"'文艺为政治服务'的口号成为他们进行反革命政治活动的'遮阳伞'。大批作家遭厄运，大批作品被封杀，都是以他们所谓的政治标准来'钦定'的。"❶ 中华人民共和国成立后三十年期间，文艺与政治的关系处于一种失衡的状态，政治过于干预文艺的发展，充分考虑文艺的政治作用，忽略文艺自身的规律和特性，尤其是"文革"期间，文艺完全沦为政治的工具、手段。新时期初，重新找到文艺与政治两者的契合点，正确看待两者的关系与矛盾，是文艺发展重新获得生机的关键。

因此，全国第四次文代会作为全国新时期初文艺界的盛会，在会议的筹备过程中，对遵循文学艺术创作规律，提倡文艺创作自由，允许不同学术观点等问题就进行了集中的讨论。重新商讨出新的文艺与政治的关系，也是第四次文代会会上一项重要而亟待解决的会议问题。

在第四次文代会召开之前，文艺界对重新审视政治与文学关系的呼声非常大。不过，对中华人民共和国成立以来文学与政治关系的反思与总结工作，虽已提上日程，但还不可能进行得很深入。1979 年 3 月《文艺报》召开的文学理论批评工作座谈会，以及稍后的文艺界关于"工具论"问题的讨论中，对文学与政治的关系都进行了不少讨论。总的来说，新时期初对文学与政治关系的探讨力度不大。这主要源于，当时"文艺黑线专政"论刚被推倒不久，为"黑八论"的平反工作，为被错误处置的作家作品反正的工作，都还没有得到真正的解决。不过，随着新时期思想解放运动的

---

❶ 徐庆全：《文坛拨乱反正实录》，浙江人民出版社 2004 年，第 324 页。

不断深入，文艺界对这一问题的认识还是得到了逐步发展。如周扬在 1979
年 7 月一次讨论第四次文代会问题的会议上，就文艺与政治的关系问题作
了系统的发言，建议不要继续采用"文艺为政治服务"的口号。胡乔木在
1979 年 10 月 29 日的中共中央政治局会上针对第四次文代会的总报告中
政治与文艺的关系问题，也提出了自己的看法。"关于文艺为政治服务、
文艺从属于政治的提法，这个提法，我过去提过意见，对这个问题我是
经过认真考虑后才提出意见的，我认为这个提法现在还是以不再提出
为好。"❶

　　第四次文代会上对政治的重新定义，对文艺挣脱政治的桎梏起到了非
常大的推动作用，会议"宣布终结'文艺为政治服务''文艺从属于政
治'的口号，无疑作为第四次全国文代会的最大功绩，写在共和国文学史
上"❷。在第四次文代会上邓小平的发言稿《祝词》是新时期文艺开展的总
方向和总任务的纲领性文件，文件阐述了社会主义文艺方向的问题，这为
"二为"口号的提出奠定了理论基础。邓小平认为文艺与政治的关系应该
是，"党对文艺工作的领导，不是发号施令，不是要求文学艺术从属于临
时的、具体的、直接的政治任务，而是根据文学艺术的特征和发展规律，
帮助文艺工作者获得条件来不断繁荣文学艺术事业，提高文学艺术水平，
创作出无愧于我们伟大人民、伟大时代的优秀的文学艺术作品和表演艺术
成果"❸。周扬在《继往开来，繁荣社会主义新时期的文艺——在中国文学
艺术工作者第四次代表大会上的报告》里对文艺与政治的关系也进行了进
一步的解压，他明确指出文艺与政治的关系之一，"从根本上说，也就是
文艺和人民的关系"❹。他认为："政治不能代替艺术。政治不等于艺术。
政策图解式的、说教式的、公式化概念化的、标语口号式的作品，由于缺
乏生活的真实和艺术的力量，是不为人们所欢迎的，也不能很好地发挥文

　　❶　刘锡诚：《在文坛边缘上：编辑手记》，河南大学出版社 2004 年，第 348 页。
　　❷　刘锡诚：《在文坛边缘上：编辑手记》，河南大学出版社 2004 年，第 351 页。
　　❸　邓小平：《邓小平同志代表中共中央和国务院在中国文学艺术工作者第四次代表大会上的
祝词》，《中国文学艺术工作者第四次代表大会文集》，中国文学艺术界联合会编，四川人民出版
社 1980 年，第 7 页。
　　❹　周扬：《继往开来，繁荣社会主义新时期的文艺——在中国文学艺术工作者第四次代表大
会上的报告》，《中国文学艺术工作者第四次代表大会文集》，中国文学艺术界联合会编，四川人
民出版社 1980 年，第 36 页。

艺的政治作用。"❶ 周扬的报告，虽然没有完全脱离政治语境谈文艺创作，不过周扬在这里的发言相对于中华人民共和国成立三十年期间紧张的文艺与政治关系，已经有了很大程度的政治解压。

从《祝词》和第四次文代会的总报告里透露的文艺思想，我们可以看出"二为"思想在第四次文代会上就已经有所显现，不过这一口号的具体提出则是对第四次文代会会议精神的落实。

"二为"方针的具体提出，是在第四次文代会结束后，党中央和文艺界召开的落实文代会会议精神的一系列会议。

1980 年 1 月 16 日，邓小平同志在中央的干部会议上作的重要讲话，再次强调了要正确对待文艺与政治关系。在《目前的形势和任务》里，邓小平针对文艺问题指出："我们坚持'双百'方针和'三不主义'，不继续提文艺从属于政治这样的口号，因为这个口号容易成为对文艺横加干涉的理论根据，长期的实践证明它对文艺的发展利少害多。"❷ 在这里，邓小平辩证地看待了文艺与政治的关系，他"是将文艺视为独立的意识形态形式而非政治的工具或附庸来讨论文艺与政治的关系的，从而协调了文艺与政治的关系，摆正了文艺的位置和地位，有利于促进文艺更为自由健康地发展"❸。

1980 年 2 月 11 日，为响应落实第四次文代会会议精神而召开的剧本创作座谈会上，周扬在讲话《解放思想，真实地表现我们的时代》里首次提出了"双为"口号的雏形。关于文艺与政治的关系，周扬认为："文艺从属于政治、文艺为政治服务的口号决不能穷尽整个文艺的广泛范围和多种作用，容易把文艺简单地纳入经常变化的政治和政策框框，在文艺和政治的关系上表现为狭隘功利主义和实用主义的倾向，导致政治对文艺的粗暴干涉。"❹ "我们提文艺要为人民服务、为社会主义服务，这不比单提为政治服务更适合、更广阔吗？社会主义的含义不只包括政治，还包括经济和文化。第四次文代会提出，我们的文艺要培养社会主义新人，促进社会

---

❶ 周扬：《继往开来，繁荣社会主义新时期的文艺——在中国文学艺术工作者第四次代表大会上的报告》，《中国文学艺术工作者第四次代表大会文集》，中国文学艺术界联合会编，四川人民出版社 1980 年，第 37 页。

❷ 邓小平：《目前的形势和任务》，《邓小平文选（一九七五——一九八二年）》，人民出版社1983 年，第 220 页。

❸ 张利群：《文艺制度论》，中国社会科学出版社 2008 年，第 138 页。

❹ 周扬：《关于政治和文艺的关系》，《人民日报》1981 年 3 月 25 日。

主义社会的进一步完善和发展，提高人民的精神境界，满足人民日益增长的文化需要，这不就是文艺为人民服务、为社会主义服务的主要内容吗？"❶

　　紧随其后，中共中央宣传部部长王任重在 1980 年 5 月召开的全国文艺期刊编辑工作会议上，对邓小平在第四次文代会上《祝词》里关于"二为"口号的内容予以了提炼和概括："我们认为，总的还是邓小平同志在第四次文代会祝词中的讲法。如果说得扼要点，是否提文艺为人民服务，为社会主义服务？"❷ 这里是中央负责同志第一次向文艺界提出"为人民服务，为社会主义服务"的口号。

　　这三次会议对文学与政治关系的重新思考，舍弃了"文艺为工农兵服务""文艺为无产阶级服务"等政治化和阶级化明显的提法，而选择了"二为"口号。1980 年 7 月 26 日，以《人民日报》发表社论《文艺为人民服务，为社会主义服务》为标志，"文艺为人民服务，为社会主义服务"正式取代了"文艺为政治服务"的口号，成为新时期一项重要的文艺政策。

　　"二为"方针，是对马克思主义文艺理论和毛泽东文艺思想的丰富和发展。相对于中华人民共和国成立后三十年期间一直倡导的"文艺为政治服务"的文艺口号，"二为"文艺方针大大地拓宽了文学艺术描写对象的范围，其中"为人民服务"，将文艺为工农兵服务，扩展到为社会主义的人民服务，"为社会主义服务"，则将文学与社会主义经济、政治、军事、文化等各个方面联系起来，而不是唯政治马首是瞻，这就使得文艺创作在题材和主题的选取上更加广阔。

　　"二为"口号的提出，"既是新时期党的文艺政策重要的调整，也是文艺界拨乱反正的极为重要的一步"❸。新时期初党中央和文艺界选择"二为"方针，是对文学艺术发展规律的遵循和尊重。这一口号极大地扩展了文学的创作空间，创作者也可以不用局限在阶级范围之内进行文学创作，赋予了文学艺术发展更大的自足性。

---

❶ 周扬：《关于政治和文艺的关系》，《人民日报》1981 年 3 月 25 日。

❷ 徐庆全：《风雨送春归：新时期文坛思想解放运动记事》，河南大学出版社 2005 年，第 315 页。

❸ 徐庆全：《风雨送春归：新时期文坛思想解放运动记事》，河南大学出版社 2005 年，第 317 页。

二、"十七年"作家队伍的正名

进入新中国的作家群体主要为三大类：自由作家群（如沈从文、朱光潜、老舍、巴金、曹禺、萧乾等）、左翼作家群（如茅盾、郭沫若、胡风、夏衍等）、解放区作家群（如丁玲、艾青、何其芳、贺敬之、赵树理、柳青、周立波等）。在新中国社会主义文艺方向的统领下，这些形态各异的新中国作家群体必然要完成自我身份的彻底转型，由"作家个体""自由知识分子"，向高度体制化、组织化的"无产阶级文艺作家"身份的转变，并形成了一支探索社会主义文艺体制建设的作家队伍。因此，1949 年后的这些作家必须通过积极的政治思想改造、自我知识层面的检讨等方式，剥离掉自己身上长期以来所习得的自由主义知识以及个体精神特质。然而，经过长期积淀而形成的知识结构和艺术思维，并不是那么容易丢弃。在新中国组建的这支作家队伍身上，往往会产生两种身份话语的相互冲突。也即是说，"一旦作家从自由个体走向体制之中，成为体制的一分子，作为'自由知识者'的身份消失了，个体写作必然在某种形式上为集体创作所取代。然而，这并不意味着作家们就彻底放弃了作家的身份及功能。在他们身上，两种身份或显或隐地发生着冲突"❶。

（一）"十七年"作家群体的尴尬身份

中华人民共和国成立后三十年期间的作家群体，他们成长和生活在一个迥异于我国其他历史时段的环境里。以 1949 年 7 月 2 日全国第一次文代会的召开为标志，他们被国家以规范化和秩序化的方式纳入政治体制之内，"作家不再是以写作换取生活资料的自由职业者，而成了'公家人'，即国家干部，直接隶属于一个国家部门"❷。文学创作的体制化，注定了这些作家们在创作时产生矛盾而复杂的悖反心理。他们既享受着国家制度给他们带来的生存保障和个人荣誉，还必须忍受创作自由性和独立精神的消失。

---

❶ 戚学英：《作家身份认同与中国当代文学的生成（1949—1966）》，华中师范大学出版社 2013 年，第 28 页。

❷ 戚学英：《作家身份认同与中国当代文学的生成（1949—1966）》，华中师范大学出版社 2013 年，第 33 页。

中华人民共和国成立初的那些作家都十分清楚地知道自己作为国家体制内的一员，他们的创作始终要保证不能脱离组织的框架之外，"他们的写作首先是'职务行为'，然后才是'艺术行为'"[1]。"十七年"期间，他们从事文学艺术创作和办公的地方东总布胡同 22 号，"那是一个办公室和私人居室合在一起，'公家'生活和私人生活搅作一团，荣誉和恐慌混杂、轻松和压力兼顾的'黄金时代'"。这些作家在创作作品之前，就已经明确了自己在创作的过程中需要遵守的一些原则和规范，如必要的政治学习，时时的思想运动，或者当时的文艺导向和时代形势等。学者涂光群就曾回忆说："像老舍、曹禺这样的大作家，也包括像陈白尘这样有影响的剧作家，无法拒绝接受政治性的任务而去'赶'，据我所知，自 50 年代初期至 60 年代，这类事情时常发生。"[2] 文学艺术创作活动是一项社会活动，创作者们在从事文学创作时，必然无法做到孤立于时代和政治环境之外。中华人民共和国成立后，"新的文学规范要求文学创作是规范化的、政治化的，'人民'、'阶级'、'集体'占据了文学的全部意义，个人感情没有容身之处"[3]。

然而，"新的话语只是形成于作家显意识层面上，用以规约自己的创作。但其精神深处仍存留这长期习得的旧有'语言'"[4]。在"十七年"这群作家的骨子里有着中国传统知识分子的忧患意识和对文学艺术天生的敏感性。他们身上带有中国传统知识分子的精神特质，"知识分子永远是最不安分的，总是不愿被某个固定的模式禁锢，即使他们已被定位在社会体制的某一环节上，仍然没有安身立命之感，总是要不断地寻求着突破与更合理的归宿。在灵魂深处，他们总是漂浮的，自由地漂浮着"[5]。

一方面，中华人民共和国成立后的"十七年"里，这些作家被纳入了国家体制，他们在从事文学创作的过程中，会自觉或不自觉地承担起以"文"建"国"的现实主义创作信条，在他们的潜意识里有着强烈的社会使命感。他们迫切希望用自己的笔来反映新政权在建设过程中遇到的问题

[1] 李洁非、杨劼：《共和国文学生产方式》，社会科学文献出版社 2011 年，第 44 页。
[2] 涂光群：《五十年文坛亲历记》，辽宁教育出版社 2005 年，第 41 页。
[3] 戚学英：《作家身份认同与中国当代文学的生成（1949—1966）》，华中师范大学出版社 2013 年，第 111 页。
[4] 戚学英：《作家身份认同与中国当代文学的生成（1949—1966）》，华中师范大学出版社 2013 年，第 119 页。
[5] 许纪霖：《中国知识分子十论》，复旦大学出版社 2003 年，第 31 页。

和困难，从而促进新中国社会主义事业的稳步建设。如来自解放区的作家赵树理，无论是 20 世纪 40 年代解放区时期的创作，还是中华人民共和国成立后十几年的创作，他都秉承着现实主义的创作精神。当 1958 年大兴浮夸风时，"他没有去写盲目歌颂共产风、浮夸风、瞎指挥的小说，而是写了万言书——上书言事，信直接寄交党中央机关刊物《红旗》杂志的主编陈伯达"❶。当他谈及自己为什么创作问题小说时直言"我的作品，我自己常常叫它'问题小说'。为什么叫这个名字？就是因为我写的小说，都是我下乡工作时在工作中所碰到的问题，感到那个问题不解决会妨碍我们工作的进展，应该把它提出来"❷。他的《三里湾》"这篇小说里对资本主义思想和右倾保守思想进行了批判，是作为人民内部矛盾写的"❸。

另一方面，在"十七年"这些作家的骨子里，有着唯艺术至上的创作执念。他们不愿意自己的作品沦为政治的附属品，更不愿意创作出一些模式化、概念化的作品，在他们的内心深处飘浮着艺术至上的情结。正如周扬于 20 世纪 50 年代在《文艺战线上的一场大辩论》一文里指出，"我们中间的许多人出身于没落的封建地主或其他剥削阶级的家庭，就教养和世界观来说，基本上都是资产阶级知识分子"❹，"个人主义的影响在我们身上长期不能摆脱"❺。不过，在笔者看来，实际上这群作家身上或作品中表现出来的资产阶级或个人主义倾向，只是这一代作家对文学艺术不自觉的个体探索意识。然而，在那个文学服务于政治的时代，作家对文学艺术的追求带上了时代的悲剧色彩，艺术追求为他们招致了一生的苦难。这种情况，我们可以从知识分子胡风的悲剧命运观之。

胡风在当代文学史上是一个特殊的存在。在中国 20 世纪 50 年代，有着坚定的无产阶级信念和左翼作家身份标识的胡风，他"是积极寻求与皈依组织的，但他却没有被组织所接纳。这中间还有一个所谓的'潜规则'，即要通晓单一性政治文化语境中的文学规则，那就是紧跟政治意识形态的

---

❶ 涂光群：《五十年文坛亲历记》，辽宁教育出版社 2005 年，第 45 页。

❷ 舒聪选编：《中外作家谈创作》上册，山西人民出版社 1980 年，第 92 页。

❸ 舒聪选编：《中外作家谈创作》上册，山西人民出版社 1980 年，第 92 页。

❹ 周扬：《文艺战线上的一场大辩论》，《中国当代文学史料选（1）》，北京师院中文系现代文学教研室编，北京师范学院 1983 年，第 251 页。

❺ 周扬：《文艺战线上的一场大辩论》，《中国当代文学史料选（1）》，北京师院中文系现代文学教研室编，北京师范学院 1983 年，第 251 - 252 页。

好尚与走势。"❶ 他一生的悲剧皆源于他对文学和文艺理论如痴如狂的坚持。学者刘再复认为胡风，"既有敏锐的'革命文学'危机，又有切实的建设革命文学的责任感，这是多么可贵呵。但这种危机感和责任感，却使他遭到不幸。"❷ 对胡风来说，"政治，在他那里，是无条件地和一切共产党的信仰、奋斗连在一起的。可是，文艺，却又将他和一些共产党员作家决然分开，有着难以弥合的历史裂痕。"❸ 胡风的一生都在坚持自己的文艺思想观，他自始至终都认为自己提出的现实主义肉搏精神、作家主观介入文学创作等革命文艺观是正确的。"对于胡风，难道还有什么别的东西比他所拥抱的文艺思想更重要？它们就是他的生命。它们日日夜夜萦绕于心。无论顺境还是逆境，无论受人拥戴还是被冷落，都无法让他抛弃自己视为生命的思想。"❹ 然而，这样一位坚持和创造着自己文艺理论的创作者，却因此遭遇了囹圄之灾。

那个时期，如文艺家胡风一样因坚持对艺术魅力的追求而罹难的作家、作品屡见不鲜。如作家周立波在小说《山乡巨变》里因艺术的需要，把主人公写为死了而被批斗了六七年之久。《陶渊明写〈挽歌〉》的作者陈翔鹤，只是想要借小说表达自己对生死问题的哲学思考，可这样富有艺术性的思考"竟成了他在'文化大革命'中离奇、荒诞地受苦、遭罪的苦难'挽歌'"❺。再如，赵树理笔下那些极具艺术魅力的"中间人物"系列，被当成资产阶级或修正主义的东西。杨沫的长篇小说《青春之歌》，迫于政治的压力被修改得完全失去了艺术个性。在那个政治唯上的时代，对于作家而言，"政治进步是确保与提升等级身份的前提，文学写作在政治上的正确性成为时代对作家的特殊要求，而对艺术独创性的追求一旦逾越政治规范的藩篱，不仅无法给自己带来现实利益，还可能像萧也牧、刘宾雁、陈翔鹤等一样因文惹祸。"❻ "十七年"的这一代作家们在创作过程中，那种对"大我"的人生观和探索艺术发展规律的自发探索行为，却成了后

❶ 王建刚：《政治形态文艺学——五十年代中国文艺思想研究》，中国社会科学出版社 2004年，第 83 页。

❷ 刘再复：《历史悲歌歌一曲》，《胡风集团冤案始末》，李辉编，湖北人民出版社 2003 年，第 5 页。

❸ 李辉：《胡风集团冤案始末》，湖北人民出版社 2003 年，第 19 页。

❹ 李辉：《胡风集团冤案始末》，湖北人民出版社 2003 年，第 426 页。

❺ 涂光群：《五十年文坛亲历记》，辽宁教育出版社 2005 年，第 223 页。

❻ 黄发有：《文学史视野中的第一次文代会》，《扬子江评论》2010 年第 4 期。

来激进政治运动中评判他们是否有"资产阶级情结"和"修正主义"倾向的决定性因素，他们的爱国之情和个性化的艺术追求被此起彼伏的政治运动所冲刷。

在中华人民共和国成立三十年期间，针对知识分子群体开展的政治运动多是从文艺界开始。从中华人民共和国成立初的文艺批判运动，到1957年后期的"反右"运动，文艺界都是受伤害最大的"重灾区"，而这些运动最终批判的矛头又都直接指向那些作家和艺术家群体。1966年林彪、江青、"四人帮"等人在《纪要》里提出"文艺黑线"论，是他们制造的一个涉及全国知识分子的冤案。他们"把许多文艺上有成就、做过很大贡献的文艺工作者，包括大批一般的文艺干部、业余作者和文化工作者，都牵涉在里面，受到残酷迫害"❶。"文化大革命"期间，"文学政治化、政治文学化"的阶级运动模式，使作家群体在中华人民共和国成立后三十年期间的大部分时间里被作为重点批判和改造的对象，甚至危及生命。在"文革"期间，非正常死亡的文艺家就有老舍、陈寅恪、熊十力、吴晗、邓拓，等等。而20世纪50年代到20世纪60年代成长起来的大批年轻作家，"1978年底，经过'文化大革命'的摧残，中国作家协会仅余会员900多人"❷。

"文化大革命"期间，林彪、"四人帮"等人实行的文化专制主义和散播知识分子有害论的行为，颠倒和混淆敌我矛盾，对作家队伍进行了肆无忌惮的破坏，使得这支队伍七零八落，伤痕累累，这群作家的身心也遭受了巨大创伤。林彪、"四人帮"等人对一些作家的任意践踏和否定，以及伴随着令人恐慌的政治环境，这也间接导致了社会的普通民众为确保自身生命的安全，他们普遍对这群作家待以鄙夷、唾弃的态度。林彪、"四人帮"对一些作家的欲加之罪和社会民众对他们的抛弃，使得知识分子（作家）的身份跌入了社会的最底层，"知识分子不仅自觉实际上被定性为资产阶级，更在民间被习惯地称为'臭老九'，成为'再教育'的对象"。因此，中国当代的知识分子（主要是指中华人民共和国成立后三十年期间）往往不愿意提起自己的知识分子身份，他们为自己的身份感到自卑，也觉得自己确实是需要被改造的对象。因为，"长期的宣传使知识分子往往自觉或不自觉地染上了一种'原罪'意识，有人甚至被一种道德自卑感

---

❶ 刘锡诚：《在文坛边缘上：编辑手记》，河南大学出版社2004年，第179页。

❷ 张闳：《乌托邦文学狂欢1966－1976》，《共和国文学60年》第2卷，广东教育出版社2009年，第11页。

所笼罩。一些文化人默认了自己的'资产阶级'身份，认为知识分子确实需要'灵魂深处爆发革命'，程度不同地接受了'再教育'的理论"。如作家巴金回忆起自己在"文革"受到的再教育，他认为这是应该的，"请不要笑我愚蠢，有一个时期，一个相当长的时期，我的确相信过，我甚至下过决心要让人割掉尾巴，所以二十年前我给关进'牛棚'以后，还甘心做一辈子的'牛'，认为自己低人一等，而且十分羡慕那些自认为比我高一等的人"❶。由此亦可看出，"十七年"培养起来的作家队伍，在政治飘摇的年代里，受到了极大的破坏。一些青年作家在正值创作的大好年华却失去了创作的机会，如作家刘绍棠、王蒙、宗璞等。有的作家，迫于林彪、"四人帮"等人施行的人格侮辱，而毅然决然结束自己的生命，如老舍、田间、叶以群等。

"十七年"期间的作家群体，有着时代和他们自身赋予的尴尬之处，这是这些作家在"十年动乱"中遭遇苦难的重要原因，不过这也更加显示了他们身上所具有的重大价值。因此，新时期随着国家现代化事业建设的需要，国家再次努力为这群身心俱损的作家们创造了一个可以自由表达心愿、说心里话的现实环境。于是，这群对文学艺术创作有着单纯信念的创作者们，开始为自己在"文化大革命"中被污蔑的身份争取合理的存在地位。以清白之身，参加文艺界时隔十九年后第一次召开的盛会全国第四次文代会，自然而然成了这些作家视之获得合法身份和被社会认可的官方标志。

（二）与会代表的选取："十七年"作家们的辩诬

伴随着十年"文革"动乱的结束，国家进入文学意识形态重建的紧张工作中。对屡屡遭难的作家群体来说，在政治与文艺领域开始解冻的历史节点里，凭自己最大努力洗刷掉在中华人民共和国成立后三十年期间错误政治运动里所蒙受的身份冤屈，这是进行自我"辩诬"与"清洗"的最好时机。而作为与会代表参加具有官方性质的全国第四次文代会，则成为那些蒙受不白之冤的作家们视自己身份是否得到党、文艺界以及社会大众认可的官方凭证。

全国第四次文代会的召开，距离 20 世纪 60 年代的全国第三次文代会过去整整十九年，它被文艺界和社会民众赋予了太多的想象和期许。因

---

❶ 巴金：《随想录选集》，生活·读书·新知三联书店 2003 年，第 49 页。

此，这次文代会，从一开始的筹备到后来的召开都备受党中央和文艺界领导的关注。文代会的筹备小组，为不让伤痕累累的文艺界工作者们寒心，努力争取把这次大会开成一次文艺界真正意义上的文艺人士大聚会，而不是像往年几次文代会那样的文官大会。因此，与会代表名单的最终确定是社会各界人士最为关心的一件事。

不过，在与会代表名单的选取和拟定上，向文代会的总设计师胡耀邦提出了一个更大的难题。因为"这次大会，虽然是中华人民共和国成立以来规模最大的一次会议，但正式代表的名额却很有限，分配到各省市，就成为人们争夺的目标"❶。按照胡耀邦最开始对第四次文代会参会人数的设想是 3000 人左右，而这里面各省市的文化行政官员和文化部门的领导就占据了与会代表名额的一大半，那些有着突出艺术成就的老艺术家则被排挤在代表之外。"因此怎样使各省市的正式代表中尽可能多些真正的艺术家，就成为一个难点；而怎样协调各省市不漏掉一个老人，也是一个难点。"❷一直都很关心这次文代会筹备情况的茅盾，于 1979 年 2 月 16 日就曾给第四次文代会筹备组的林默涵写信，表达了自己对这次文代会代表选举的想法，"我认为代表的产生，可以采取选举的办法，但也应辅之以特邀，使所有的老作家、老艺术家、老艺人不漏掉一个，都能参加。这些同志中间，由于错案、冤案、假案的桎梏，有的已经沉默了二十多年了"❸！第四次文代会的筹备小组听取了茅盾的意见，在与会代表遴选的过程中，专门设置了特邀代表，为那些因各种原因落选的作家、艺术家开辟了特殊通道。因此，第四次文代会的与会代表的产生主要是通过两种方式。一种是大会正式的代表，其产生方式主要是通过常规程序推选，由各省市文联和各协会召开理事扩大会选举产生。还有一种是特邀代表，其产生方式主要是由会议筹备机构发出邀请函直接参会，特邀的对象主要是年龄大、资格老、命运坎坷的作家和艺术家。那些在"十七年"的错误政治运动中被错划身份，到"文革"中身份再次受到污化的作家，虽然已经摘掉被错划了的政治身份，但是他们的名字早已经被文艺界忘记了。他们只有通过特邀的方式，才有机会参加第四次文代会。因此，"在各地代表名单初步确定后，一些榜上无名的老文艺界人士，纷纷致信茅盾、周扬等人，要求参加

❶ 徐庆全：《文坛拨乱反正实录》，浙江人民出版社 2004 年，第 271 页。

❷ 徐庆全：《文坛拨乱反正实录》，浙江人民出版社 2004 年，第 272 页。

❸ 刘锡诚：《在文坛边缘上：编辑手记》，河南大学出版社 2004 年，第 213 页。

这次盛会"。如，1957 年被错划为右派的广西作家林焕平，20 世纪 30 年代左翼作家楼适夷，都是通过特邀方式参加了第四次文代会。"像这样的例子还可以举出一些。想来经周扬批准的参加大会的代表也不少，超过原计划数目很多，以至于 20 多年后，作为筹备小组成员的黎辛对此颇有怨言。"❶

尽管特邀代表的数量过多引发了争议，名额也远远超过了原计划数目，但这一安排有其积极意义。第四次文代会的特邀代表选举方式，使这次大会能够汇集来自各方的力量，凝聚和团结了文艺界的人心。

"得知胡风依然健在，并获悉胡风已从狱中获释，文艺界不少人士尤其是胡风的一些"战友"都为之振奋不已。一时间，有关胡风要参加第四次文代会的猜测和传言此起彼伏。"❷ 文艺界很多人，对因文艺而多灾多难的作家胡风能否参加第四次文代会，视为判定这次大会是否可以称得上团结大会的重要比对标准，"对于与会这些人来说，没有胡风，没有路翎，没有本应前来的所有朋友，这就谈不上是一个真正广泛团结的大会"❸。当年"胡风集团"的成员们把第四次文代会看作为胡风身份平反的最佳时机，他们觉得要是胡风以文代会与会代表的身份参加这个十年浩劫后文艺界的第一次大聚会，这就说明了党和文艺界已经不承认胡风的"反革命分子"的身份了。

对此，胡风的昔时好友聂绀弩和吴奚如两人曾为胡风能够参加第四次文代会而努力过，"对于未邀请胡风出席大会，聂、吴二人极为不满，吴奚如写出《胡风的功过》一文，要求在大会上发言"❹。然而，事情并没有他们想象的那么简单和顺利。先是周扬找到聂、吴二人，希望他们在大会上不要提胡风的事情，并告诉他们："中央正抓紧胡风问题冤案，很快就要平反。"❺ 后来，胡耀邦在第四次文代会召开前夕的党员大会上，也明确表示："尚未平反的冤假错案，不在大会上提出申诉，可向中纪委、组织部提出，由大会转达。"❻

与此同时，已经获得人身自由的胡风个人，对自己能否参加第四次文

❶ 徐庆全：《文坛拨乱反正实录》，浙江人民出版社 2004 年，第 272 页。
❷ 斯炎伟：《第四次文代会时期作家的精神症候》，《中国现代文学研究丛刊》2014 年第 12 期。
❸ 李辉：《胡风集团冤案始末》，湖北人民出版社 2003 年，第 382 页。
❹ 李辉：《胡风集团冤案始末》，湖北人民出版社 2003 年，第 382 页。
❺ 李辉：《胡风集团冤案始末》，湖北人民出版社 2003 年，第 382 页。
❻ 刘锡诚：《在文坛边缘上：编辑手记》，河南大学出版社 2004 年，第 360 页。

代会也寄予了很大的期望。胡风在 1979 年 9 月 28 日给牛汉的信中提到，自己没有听到任何关于第四次文代会和自己的事，"胡风在最后一封写于 9 月 28 日的信中，谈到了即将召开的第四届文代会，告诉牛汉，他没有'直接听到任何关于我的话'。牛汉失望了"❶。没有被邀请参加第四次文代会的胡风，最后病倒了，"已经好转的心……精神病又复发，幻听、幻视、混乱重又纠缠他的刚刚安定两年的精神世界"❷。牛汉认为导致胡风病情恶化的原因是他没有被邀请参加第四次文代会，"未能参加第四次文代会这件事，给他刚刚平复的体魄以极大的打击，不久，精神又陷于深度的病痛之中。此后，他的这种精神上的病痛经过多方医疗，虽然有了些转机，但再没有恢复到 1979 年的健康水平"❸。

虽然，胡风最终也没能大大方方地走进第四次文代会的现场。不过，令人欣慰的是，第四次文代会结束后不久，1980 年 9 月 29 日中共中央便下发 76 号文件《中共中央批转公安部、最高人民检察院、最高人民法院党组〈关于"胡风反革命集团"案件的复查报告〉的通知》，平反了胡风的"反革命分子""反革命集团"，胡风在生命尾巴上重获清白之身。

与胡风一样，"十七年"期间风光无限的作家丁玲，对自己能否以清白身份参加第四次文代会也抱了很大的希望。

1979 年 6 月 20 日，丁玲被传达参加全国第四次文代会。第二天，丁玲便立马给中央写信，希望恢复自己的政治名誉，以党员作家身份参加文代会，"至于我个人出席这次文代会，我认为应该像 1958 年以前的两次文代会一样，明确地是以共产党员作家的身份参与会议"❹。没有得到回复的丁玲，在 1979 年 6 月 24 日又马不停蹄"再次致函中国作协党组并转报中宣部，要求确认自己参加文代会的党员身份"❺。丁玲的这个要求依然没有得到中央的回复，她继续为自己获得一个清白之身而奋斗。1979 年 9 月 20 日，丁玲第三次致信张僖并转作协党组。信中写道："我不能不考虑，即使我有幸得到了参加这届文代会的资格，但过去强加于我，而且连篇累牍公开散布的错误结论没有公开撤销，一些不实之词没有推倒，没有恢复历

---

❶ 李辉：《胡风集团冤案始末》，湖北人民出版社 2003 年，第 383 页。

❷ 李辉：《胡风集团冤案始末》，湖北人民出版社 2003 年，第 383 页。

❸ 李辉：《胡风集团冤案始末》，湖北人民出版社 2003 年，第 385 页。

❹ 李向东、王增如：《丁陈反党集团冤案始末》，湖北人民出版社 2006 年，第 276 页。

❺ 李向东、王增如：《丁陈反党集团冤案始末》，湖北人民出版社 2006 年，第 276 页。

史的真正的面目，没有恢复组织生活，没有恢复政治名誉，我只是由'大右派'进而为'摘帽右派''改正右派'，以这样的身份，以类似得到宽大处理的战俘身份去参与文代会，除了证明落实党的政策受到了阻碍，纠正历史的错误不彻底，不及时，不得力外，对党，对文代会议，对工作能有什么益处，能起什么积极作用呢？"❶

在信里面，丁玲的语词之间充满了愤懑之气，由此可以看出她的对于恢复清白身份的急迫心情和没有得到党中央回复的辛酸和无奈。然而，这次的信依然没有得到中国作协的回复。过了三天，在9月23日，按捺不住的丁玲，第四次写信给中宣部胡耀邦部长和廖井丹副部长请求帮助。"我认为应该明确我参加会议的政治身份。""现在离文代会日期不远了。我又一次向作协党组织提出这一要求（请参阅附信），并且向你们呼吁，恳切希望得到你们的支持。"❷ 丁玲的倔强和不屈不挠终于得到回报了。1979年10月22日，中央同意她以党员的身份参加第四次文代会。"中国作家协会筹备组：丁玲同志的复查结论正在审批。鉴于第四次文代会即将召开，丁玲同志已当选为代表，请先自即日起恢复其党籍，恢复其组织生活，并请转告第四次文代会领导小组。"❸

由被通知参加第四次文代会，到丁玲要求或者说请求以清白的党员身份参加第四次文代会的四次频繁上书中央，由此可以看出在这些老作家眼里，他们把参加第四次文代会看作他们重新面见中央和整个文艺界的一件人生大事。

那些老文艺家们把第四次文代会与会代表身份看得如此重要，努力为自己求得这次大会的通行证有一定的道理，无可指责。因此，不管这些作家和文艺家是出于什么样的目的，最终能够以清白之身参加第四次文代会，这显示了国家和文艺界对这些经受诸多政治磨难的文艺家们荣誉和清白身份的归还。

（三）"十七年"作家队伍的正名

20世纪70年代末的中国，经济上面临巨大窘境，政治体制也混沌不堪，文艺界更是驳杂、混乱，此时的中国百废待兴。以邓小平为中心的新

---

❶ 李向东、王增如：《丁陈反党集团冤案始末》，湖北人民出版社2006年，第278页。
❷ 李向东、王增如：《丁陈反党集团冤案始末》，湖北人民出版社2006年，第278页。
❸ 李向东、王增如：《丁陈反党集团冤案始末》，湖北人民出版社2006年，第278页。

领导班子开始重新整顿政治环境，集中力量开启"四个现代化"建设的新征程。因此，重新组建一支在"文化大革命"中被打乱和打散的文艺队伍加入"四化建设"变得尤为重要。历史的使命和时代的需求，以文艺界大团结为名的全国第四次文代会，对被林彪、"四人帮"诬为"黑线人物"的"十七年"作家身份的正名和清白身份的确认是本次大会的任务之一。

自 1963 年和 1964 年毛泽东对文艺界接连下达的两个批示，否定"十七年"文艺工作者的成绩，到 1966 年林彪、江青等人在炮制的《林彪同志委托江青同志召开的部队文艺工作座谈会纪要》里提出"文艺黑线专政"论，他们认为文艺界在"十七年"里没有遵循毛主席的文艺思想，而是"被一条与毛主席思想相对立的反党反社会主义的黑线专了我们的政，这条黑线就是资产阶级的文艺思想、现代修正主义的文艺思想和所谓三十年代文艺的结合"❶。"文艺黑线专政"论的提出，不仅彻底否定了中华人民共和国成立的这支作家队伍在"十七年"期间的文艺创作，而且也成了这一批中国知识分子人生苦难的开始。"十七年"的作家队伍在林彪、"四人帮"等团伙的非人摧残下，已经七零八落，伤痕累累。"文革"结束，为这些经历了十年政治风雨折磨的文艺工作者身份的正名，是党中央与文艺界急需解决的大事情。

自"文革"结束，文艺界对知识分子在"文革"中被错划为"黑线人物"和封资修分子身份的再确认就已经断断续续在进行中了。

作为第四次文代会的总设计师胡耀邦，他为了把第四次文代会开成一个文艺界团结的大会，开始采取了一系列为在 1979 年年底如期召开第四次文代会的筹备工作，"胡耀邦从总结党领导文艺工作的经验，促进文艺创作的繁荣，以及平反冤假错案等三个方面入手，推动文代会的筹备工作"❷。

1979 年，胡耀邦被任命为中宣部部长的第一件事，他"就任中宣部部长后，把平反冤假错案的工作当作头等大事来抓"❸。胡耀邦以"我不下油锅，谁下油锅"的决心，平反了"文革"期间制造的多起冤假错案。1979 年 1 月，他在文联举行了迎新茶会，邀请了 300 多名文艺界人士参会。会上，胡耀邦否定了林彪、"四人帮"与党和文艺界的关系，"林彪、'四人

---

❶ 江青等：《林彪同志委托江青同志召开的部队文艺工作座谈会纪要》，《中国当代文学史料选（2）》，北京师范学院中文系现代文学教研室编，北京师范学院 1983 年，第 541 页。

❷ 徐庆全：《文坛拨乱反正实录》，浙江人民出版社 2004 年，第 251 页。

❸ 徐庆全：《胡耀邦与文艺界的拨乱反正》，《湘潮》2005 年第 11 期，第 7 页。

帮'把我们党和文艺界的关系彻底破坏了，他们设置了数不清的清规戒律，他们抓辫子，戴帽子，打棍子，把全国的文艺界办成了一个'管教所'，我们要砸烂这个'管教所'，要建立新的，也就是恢复毛主席创立的党和文艺界的关系"❶。胡耀邦重新阐释了党和文艺界的新关系，"党的宣传部门应该是文艺界同志们前进过程中的'服务站'"❷。胡耀邦得知茅盾于 1979 年 3 月给文联筹备组的林默涵写信，希望第四次文代会能开成一个大团结的会，开成一个大家心情舒畅、真正百家争鸣的大会，建议把全国知名的老作家、老艺术家、老艺人都请来参加这个会的事情后，迅速在 1979 年 3 月底组织了"全国文艺界落实知识分子政策座谈会"，会上他强调了平反冤假错案的重要性。同时，会议通过的文件《联合通知》大大推动了文艺界平反冤案、假案、错案的进度，"凡在林彪、'四人帮'推行极'左'路线时，因所谓的'文艺黑线专政''30 年代文艺黑线''四条汉子'《海瑞罢官》'三家村''黑戏''黑会''黑画''黑线回潮'等等而审查、点名批判、被错误处理或被株连的，一律平反昭雪，不留尾巴。"❸

第四次文代会的总设计师胡耀邦对文艺界平反冤假错案充满决心，由此我们可以看出，新时期党的新领导班子在为作家们创作营造一个自由而温暖的现实环境而努力。

与此同时，文艺界希望这次文代会不要像前面三次的文代会一样开成"党代会""文官大会"，而是文艺界知识分子们畅所欲言的"民主大会"。第四次文代会的筹备小组确实也以最大的努力，满足了文艺界广大知识分子的心愿。这一点，我们可以从以周扬为主要撰写人，社会各界人士广泛参与的第四次文代会总报告《继往开来，繁荣社会主义新时期的文艺——在中国文学艺术工作者第四次代表大会上的报告》的修改过程中看出来。

一开始，第四次文代会的负责小组不打算撰写会议总报告，而是由大家在会上自由发言，给与会代表们绝对的自由权，这其实显示了文艺界对这支文艺队伍的重视。不过，后来文代会的总负责人胡耀邦觉得这样做不行，还是需要设计一个会议的总报告。于是，在他的指示下，决定指派周

❶ 荣天玙：《新时期文艺振兴的里程碑——胡耀邦与第四次文代会》，《炎黄春秋》1999 年第 4 期。

❷ 荣天玙：《新时期文艺振兴的里程碑——胡耀邦与第四次文代会》，《炎黄春秋》1999 年第 4 期。

❸ 徐庆全：《文坛拨乱反正实录》，浙江人民出版社 2004 年，第 241 页。

扬接手负责文代会总报告的主要起草工作。

此时的周扬，已经是 71 岁的高龄老人了，不过"对待文代会这样的大报告，周扬同志非常重视"❶。周扬认为："文代会已经 19 年没有开了，文艺界是热切盼望这次大会的。我们这次大会，不但是一个鼓劲的大会，还是一个总结经验教训的大会。如果不对建国 30 年来的历史进行总结，不对新时期以来的文学潮流进行引导，这样的大会会让很多人失望的。"❷ 周扬对待文代会总报告的态度，奠定了这次文代会的民主气氛和文艺界"拨乱反正"的决心。他在撰写总报告期间，不断地将报告给文艺界的相关人士传阅，"那一段时间，他经常找人来聊天，了解情况，进行思考"❸。

如胡乔木、陈荒煤、张光年、邓力群、邓颖超等人都对文代会的总报告提出了相关的意见。陈荒煤指出："谈理论工作的过去的错误，只讲了一下有失误，伤了人。后来又说这是一时难以完全避免的错误。这个问题涉及文艺界很多同志，伤痕也确实严重。现在讲得太轻，不利于团结大多数。"❹ 邓颖超指出："关于为被林彪、'四人帮'迫害逝世和身后遭受诬陷的作家、艺术家们致哀中，在地方戏曲方面是否增加一个人，即南京越剧团的竺水招，此人也有代表性，也是受'四人帮'迫害死的。如何斟酌。"❺ 邓颖超的建议后来得到了周扬的采纳。

第四次文代会的总报告除了让文艺界业内人士给出修改意见之外，还下发给社会其他各界人士和单位，参考了他们的意见并进行了多次的修改。"大约在将报告发下去征求意见的同时，周扬就让陈荒煤继续修改报告，并注意搜集各方面的意见，随时在报告稿上进行修改。"❻

中国曲艺工作者协会的负责人陶钝与曲艺家协会部分干部共同讨论后给出建议："对反右派斗争伤害了人，应加分析，例如因为说错了话，得罪某些人就划为右派，区别于真有右派言行。"❼ "列举被害者的名字，应

---

❶ 徐庆全：《文坛拨乱反正实录》，浙江人民出版社 2004 年，第 255 页。
❷ 徐庆全：《文坛拨乱反正实录》，浙江人民出版社 2004 年，第 254 页。
❸ 徐庆全：《文坛拨乱反正实录》，浙江人民出版社 2004 年，第 254 页。
❹ 徐庆全：《文坛拨乱反正实录》，浙江人民出版社 2004 年，第 264 页。
❺ 徐庆全：《文坛拨乱反正实录》，浙江人民出版社 2004 年，第 269 页。
❻ 徐庆全：《风雨送春归：新时期文坛思想解放运动记事》，河南大学出版社 2005 年，第 230 页。
❼ 徐庆全：《风雨送春归：新时期文坛思想解放运动记事》，河南大学出版社 2005 年，第 241 页。

加'著名说书人王少堂'","郭沫若、茅盾、巴金下边,可否加老舍、赵树理"。刘白羽给出的修改建议有,"迫害逝世的,应加杨朔、韩北屏"❶。孔罗荪对报告给出的意见是,"去世的人中,应加傅雷、沈伊默。"❷ 党校一位署名"老陶"的同志,也给出了详细而犀利的书面意见。他"建议应考虑为'干预生活'而获罪的作家,以及因此而受批判的作品,经实践证明政治上是好的,艺术上也是优秀的,又受到观众欢迎曾在社会生活中起过积极作用的,如王蒙的《组织部来了个年轻人》,刘宾雁的《在桥梁工地上》《本报内部消息》等公开恢复名誉。"❸ "被迫害致死的著名作家、诗人、评论家、表演艺术家、编导演员、画家、作曲家、演奏家平反昭雪……"❹ 这些社会人士的意见,周扬也基本上都予以了考虑,并且在最后的总报告中有所体现。周扬"在报告'修改稿'中开列了两个名单,一个是论述三十年来文学成就时,每个时期都开列优秀作品名单;另一个是被迫害致死的文艺界人员名单"❺。后来,估计考虑到受迫害的文艺工作者人数过多,文代会又专门形成了一个文件,即《为林彪、"四人帮"迫害逝世和身后遭受诬陷的作家、艺术家们致哀》的文件,会议上这份宣读被害作家和艺术家名单,是国家为这些被迫害致死的文艺家们平反和正名的体现。

周扬在完成总报告的"修正稿"后,继续将总报告下发到其他省市的文联进行讨论,并提出相应的修改意见。如辽宁省文联认为:"感到报告如同温汤水不解渴,对外国发表还合适,但作为全国文代会的报告,大家就希望按照党的十一届三中全会精神,按照时间是检验真理的标准,和贯彻'双百'方针,观点、问题要旗帜鲜明,不能回避,该肯定就肯定,该否定就否定,不要强求一致。"❻ 上海市委宣传部文艺处提出,"对林彪、

---

❶ 徐庆全:《风雨送春归:新时期文坛思想解放运动记事》,河南大学出版社 2005 年,第249 页。

❷ 徐庆全:《风雨送春归:新时期文坛思想解放运动记事》,河南大学出版社 2005 年,第252 页。

❸ 徐庆全:《风雨送春归:新时期文坛思想解放运动记事》,河南大学出版社 2005 年,第256 页。

❹ 徐庆全:《风雨送春归:新时期文坛思想解放运动记事》,河南大学出版社 2005 年,第256 页。

❺ 徐庆全:《风雨送春归:新时期文坛思想解放运动记事》,河南大学出版社 2005 年,第262 页。

❻ 徐庆全:《风雨送春归:新时期文坛思想解放运动记事》,河南大学出版社 2005 年,第272 页。

'四人帮'控制文坛十年的沉重教训没有系统总结。为什么提了《纪要》，不彻底批判'文艺黑线专政'论？为什么不明确为'黑八论'平反？"❶"另一个是被迫害致死的作家、艺术家名单，上海丰子恺也未提。"❷"'文化大革命'中，协会统统被打成'裴多菲俱乐部'，工作人员被打成'裴多菲俱乐部的干将'，应从政治上平反，恢复名誉。"❸

　　第四次文代会报告的起草，从 1979 年 5 月底胡耀邦委任周扬起草，到 10 月底第四次文代会的召开，前后经历了 5 个多月，周扬在撰写总报告的过程中注意广泛听取社会大众的意见，后来进行反复地修改才得以成形。《继往开来，繁荣社会主义新时期的文艺——在中国文学艺术工作者第四次代表大会上的报告》的起草小组成员之一郑伯农称："在周扬等同志的领导下，经过讨论、起草、征求意见、改写、再讨论、再征求意见、再改写，如此数易其稿，终于在 1979 年 10 月初步定稿，送党中央负责同志审阅。"1979 年 11 月 13 日，周扬将最后修改完毕的总报告递交给中央有关领导同志审阅，1979 年 11 月 20 日，《人民日报》才全文刊登了这个报告。因此，从总报告的艰难生成过程来看，第四次文代会被中共中央和文艺界赋予了太多美好的设想，文艺界也在努力将第四次文代会开成是新时期文艺拨乱反正的转折之会。

　　1979 年 10 月 30 日下午，文艺界期盼已久的全国第四次文代会终于召开了，约 3200 名代表参加这次会议。这次大会确实没有辜负大家的期望，实现了文艺领域"五代同堂"的盛会。

　　与会代表有"五四"文坛骁将、"左联"和解放区作家、"国统区"作家、与新中国共同成长的作家以及崭露头角的文坛新秀。无缘出席第一次文代会的沈从文、钱钟书、萧军、朱光潜、萧乾、端木蕻良等人都正式当选为第四次文代会代表，"归来派"作家艾青、蔡其矫、公刘、邵燕祥、绿原、刘绍棠、宗璞等，以及自嘲为"出土文物"的萧军也出席了这次大会，第四次文代会让饱受政治运动之苦的知识分子们终于可以抬头挺胸地

---

❶　徐庆全：《风雨送春归：新时期文坛思想解放运动记事》，河南大学出版社 2005 年，第 274 页。

❷　徐庆全：《风雨送春归：新时期文坛思想解放运动记事》，河南大学出版社 2005 年，第 276 页。

❸　徐庆全：《风雨送春归：新时期文坛思想解放运动记事》，河南大学出版社 2005 年，第 277 页。

走进文代会的现场。参加第四次文代会的与会代表王泽群感叹第四次文代会是一次真正的盛会，"'反右派'斗争被打下去的许多老作家、老诗人、老文艺家，丁玲、艾青、萧军、蹇先艾、王蒙们，在恢复了名誉之后，和'十年文革'被抓进监狱的老作家、老诗人、老文艺家周扬、茅盾、夏衍、巴金、赵丹、陈荒煤们，还有刚刚冒尖叫响的陈新华、蒋子龙、刘新武、贾平凹们……齐齐地汇聚一堂，好不热闹！"❶ 已经沉寂多年的老作家能够作为与会代表，参加第四次文代会，这显示文艺界对他们知识分子身份的认可。

同时，在第四次文代会上，那些主要发言稿中对这些作家身份的认可，也给予了很大的支持。由邓小平代表中共中央和国务院所作的《祝词》里指出："所谓'黑线专政'，完全是林彪、'四人帮'的污蔑。在林彪、'四人帮'猖獗作乱的十年里，大批优秀作品操刀禁锢，广大文艺工作者受到诬陷和迫害。"❷ 虽然在周扬的总报告里，没有具体而集中指出那些"文革"中被污为"黑线人物"的作家，但也零散地提到了并肯定了他们的文艺成就。"不少文艺工作者是从工人、农民、士兵中成长起来的，给社会主义文艺事业输入了新的血液。这是一支忠于党、忠于人民、忠于社会主义事业的光荣的队伍。"❸ 有了邓小平的《祝词》和周扬的《继往开来，繁荣社会主义新时期的文艺——在中国文学艺术工作者第四次代表大会上的报告》一开始的保驾护航。同时，在第四次文代会上还有一项特殊的议程。第四次文代会会议期间，还举行了"因受林彪、'四人帮'迫害而逝世或者身后遭到诬陷和凌辱的文艺战士们"的哀悼会。哀悼会由中国文联副主席阳翰笙主持，并宣读被林彪、"四人帮"迫害致死的文学艺术家名单。这个文件较为齐全地写下了那些受冤被污的文艺家们，文件按照作家、文艺评论家、话剧艺术家、地方戏曲艺术家、音乐家、美术家、摄影家这些不同类别写下了那些在"文革"期间被迫害致死的文艺家，如老舍、田汉、柳青、周立波、郭小川、邵荃麟、傅雷、蔡楚生、丰子恺等

❶ 王泽群：《1979，全国第四次文代会》，《柴达木开发研究》2016 年第 1 期。

❷ 邓小平：《邓小平同志代表中共中央和国务院在中国文学艺术工作者第四次代表大会上的祝词》，《中国文学艺术工作者第四次代表大会文集》，中国文学艺术界联合会编，四川人民出版社 1980 年，第 2 页。

❸ 周扬：《继往开来，繁荣社会主义新时期的文艺——在中国文学艺术工作者第四次代表大会上的报告》，《中国文学艺术工作者第四次代表大会文集》，中国文学艺术界联合会编，四川人民出版社 1980 年，第 27 页。

人。第四次文代会设置的默哀流程，是对那些在"文革"中被迫害致死的文艺家们清白身份和生命价值的最有力正名。

在协会会议上，那些因"文革"遭受苦难的文艺工作者们，一吐长久以来积压在心里的苦水。赵寻在中国戏剧家协会报告中谈道："'文化大革命'一开始，剧协和文联各协以及各地分会就被'四人帮'打成'反革命裴多菲俱乐部'，被迫停止了十二年的活动，《戏剧报》《剧本》月刊和全国各地的戏剧刊物也都被迫停刊。'四人帮'对剧协和文联各协强加了种种诬陷不实之词。"在'四人帮'推行文化专制主义的十年间，"广大戏剧工作者惨遭蹂躏。很多著名戏剧家和领导戏剧工作的干部，被诬陷为走资派、叛徒、特务、反动学术权威、黑线人物，造成了大批冤案、错案、假案"❶。音乐协会主席吕骥在《回顾过去，展望未来，团结前进》中谈道："十七年中，抒情歌曲、轻音乐问题已经提出来了，并且获得了不同程度的发展，在林彪、'四人帮'的极'左'路线屠刀下被砍掉了。"❷袁文殊在《回顾和展望》中，首先肯定了中华人民共和国成立后"十七年"我国电影所获得的成绩，同时也控诉了林彪、"四人帮"对中国电影业所犯下的法西斯罪行。"他们制造'文艺黑线专政论'，否定十七年党对电影的领导，否定十七年的电影成就，把十七年我国绝大部分影片打成毒草。他们摧残电影队伍，诬蔑这支队伍'烂掉了'，要'重新组织文艺队伍'。"❸

全国第四次文代会的召开，以重新修改文联和各协会章程，重新选举文联和各协会新的领导机构的方式，完成了新时期文艺队伍的重组任务，进一步推动了冤假错案的平反工作。同时，第四次文代会总结中华人民共和国成立后三十年期间的创作经验教训，调整了政治与文学的关系，不再限制创作题材的选取和创作方法的使用，归还了作家文学艺术创作上的自主权。由此可见，第四次文代会遵循文学艺术发展的规律，尊重作家创作的主体性发挥，实现了新时期文艺发展的历史性转折。

---

❶ 赵寻：《坚持"百花齐放，百家争鸣"的方针，繁荣社会主义戏剧事业》，《中国文学艺术工作者第四次代表大会文集》，中国文学艺术界联合会编，四川人民出版社1980年，第169页。

❷ 吕骥：《回顾过去，展望未来，团结前进》，《中国文学艺术工作者第四次代表大会文集》，中国文学艺术界联合会编，四川人民出版社1980年，第211页。

❸ 袁文殊：《回顾和展望》，《中国文学艺术工作者第四次代表大会文集》，中国文学艺术界联合会编，四川人民出版社1980年，第260页。

三、"十七年文学"作品的"重放"

"十七年文学"中极具艺术性和文学味的文艺作品,在中华人民共和国成立后三十年期间的政治运动中,这些文艺作品中的艺术和文学价值,如对人道主义精神的表现、现实主义艺术手法的运用、浪漫主义艺术的探索等均受到了批判和压制,直到全国第四次文代会为这些文艺作品进行了新的文学史定位,这些文艺作品,才以"重放的鲜花"的面貌参与了新时期文艺体制的再建构。"第四次文代会,标志着整个文艺体制真正打开了通往'八十年代'的大门。"❶

(一)"毒草"的解禁

"十七年文学",诞生于社会主义文学探索初期,不免带上中华人民共和国成立初期文学独有的时代印记。既有为时代、政治任务要求而创作的应时之作,也不乏对文学艺术探索的经典之作。创作者在创作这些作品的过程中,纷纷突破政治对文学的禁锢,以现实主义精神,直面社会改革中遇到的问题,还兼顾了对文学与艺术关系的探索。如1956年"双百"方针的修订,以及20世纪60年代相继召开的广州会议、新侨会议、大连会议,在这些文艺方针和文学会议营造的宽松环境里,涌现出很多富有艺术魅力和现实主义精神的文学作品。随着此起彼伏的政治运动,这些文艺作品基本上被错划为"毒草"。"文化大革命"期间,林彪、"四人帮"给这些作品以各种名目冠上了违背社会主义的罪名,将其列为"禁书"。

新时期初,据《文艺报》拟定的部分应该予以平反的"十七年文学"作品名单,这些作品在"文革"期间,被林彪、"四人帮"以莫须有的罪名将"十七年文学"划为毒草、禁书,共有六大类,如表5-1所示❷:

表5-1　应平反的"十七年文学"作品名单

类别	因何致罪	相关作品
第一类	反党、反毛主席,为刘少奇等反革命修正主义头目树碑立传	《刘志丹》《六十年的变迁》(一、二部)《保卫延安》《青春之歌》《小城春秋》《朝阳花》

❶ 李洁非、杨劼:《共和国文学生产方式》,社会科学文献出版社2011年,第178页。
❷ 刘锡诚:《在文坛边缘上:编辑手记》,河南大学出版社2004年,第156-157页。

续表

类别	因何致罪	相关作品
第二类	歌颂错误路线，攻击毛主席革命路线	《红旗谱》《播火记》《我的一家》《风雨桐江》《晋阳秋》
第三类	歪曲阶级斗争，宣扬阶级调和论、人性论、和平主义	《三家巷》《苦斗》《火种》《大波》（四部）《太阳照在桑干河上》《苦菜花》《文明地狱》《在茫茫的草原上》《山乡风云录》《三月雪》《变天记》《山河志》《普通劳动者》《我们播种爱情》《工作者是美丽的》
第四类	歪曲和攻击社会主义革命和社会主义建设	《上海的早晨》《在和平的日子里》《乘风破浪》《风雷》《在田野上，前进!》《香飘四季》《金沙洲》《归家》《水向东流》《过渡》《南行记续编》《高高的白杨树》《静静的产院》《勇往直前》
第五类	丑化工农兵形象，歌颂叛徒，美化阶级敌人	《红日》《暴风骤雨》《战斗的青春》《破晓记》《桥隆飙》《屹立的群峰》《红路》《源泉》《清江壮歌》《辛俊地》《铁门里》《战斗到明天》《长城烟尘》《新四军的一个连队》
第六类	大写所谓"中间人物"，反对塑造工农兵英雄形象	《下乡集》《三里湾》《灵泉洞》《丰产记》《李双双小传》《山乡巨变》《东方红》《桥》《我的第一个上级》《高干大》

　　由表中所列的"十七年"的这些文学作品可以看出，这些获罪的作品在很大程度上反映了"十七年文学"的概貌。要么是"十七年"名作家的代表性作品，如周立波、丁玲、赵树理等作家的作品，或者多为"十七年"里的"红色经典"系列，如"三红一创"均在这份"禁书"名单之列。林彪、"四人帮"强塞给这些作家和作品的罪名，基本上把"十七年文学"一网打尽了。

　　"文革"结束后，文艺界在经过"两年徘徊"期后，以全国第四次文代会的召开为契机，"十七年"这些文艺作品在官方的庇护下以"重返十七年"的方式在新时期开始复苏，并参与了新时期初文学体制的建构，"某种意义上，'20世纪80年代的文学'是对社会主义文化想象的另一种建构方式，它在利用'十七年文学'的社会主义资源的基础上，与'走向世界'的策略谨慎地并轨，在不损害社会主义根本价值系统的前提下，试图找到激活社会主义文化想象的历史活力和某种可能性，很多'伤痕''反思''改革'小说和诗歌都在做这件事，我们没有必要为这段历史隐讳"❶。

为了能够在 1979 年年底顺利、如期召开全国第四次文代会，文艺领域采取了一系列为"十七年文学"作品正名的举措。

1977 年 11 月 21 日，《人民日报》编辑部邀请茅盾、刘白羽、张光年、贺敬之、谢冰心、吕冀、李季、冯牧等文艺界人士举行座谈会，会议的主题在于批判"四人帮"炮制的"文艺黑线专政论"，为"十七年文学"从政治上、艺术上平反，恢复名誉。1977 年 12 月 28 日，《人民文学》再次发起了向林彪、"四人帮"炮制的"文艺黑线专政"论"开火"的在京文学工作者座谈会。会议期间，关于"十七年"文艺作品的评价，依然是与会人士谈论最多的问题之一。1978 年 1 月上旬，北京图书馆开放了一批"文革"期间的禁书。1978 年 12 月，《文艺报》与《文学评论》编辑部联合召开了为作家作品落实政策的座谈会，会议上为一批受到错误批判的"十七年"文艺作品和作者进行了平反。其中，长篇小说如杜鹏程的《保卫延安》、李建彤的《刘志丹》、赵树理的《三里湾》、周立波的《山乡巨变》等。短篇小说如王蒙的《组织部来了个年轻人》、西戎的《赖大嫂》、陈翔鹤的《陶渊明写〈挽歌〉》等。散文特写如陶铸的《理想·情操·精神生活》、刘宾雁的《在桥梁工地上》等。1979 年 5 月，上海文艺出版社率先出版了"十七年文学"作品选集《重放的鲜花》，这本书是"十七年文学"作品在新时期初"拨乱反正"工作里的重大成果，"在第四次文代会筹备组和文化部合编的《六十年文艺大事记》中，《鲜花》的出版被列入了一九七九年的文艺大事中，这足以看出这本选集的出版获得了官方权威的重视和认可"❷。这本书主要编选了 1956—1957 年被划为"毒草"的"干预生活"系列作品，共 20 部作品，如《组织部来了个年轻人》《在桥梁工地上》《本报内部消息》《红豆》《草木篇》《西苑草》《改选》等小说、诗歌及特写均选入在内。《重放的鲜花》"这本书一刊登'新书预告'，读者就纷纷来信、汇款要求购买，在上海的书店一上架就被'抢购'

---

❶ 程光炜：《新时期文学的"起源性"问题》，《中国人民大学学报》2009 年第 5 期。

❷ 吴舒洁：《〈重放的鲜花〉与"拨乱反正"》，《当代作家评论》2011 年第 3 期，第 156 页。

一空"❶。从这本书出版后的受欢迎程度，可以看出新时期初社会大众对真正有温度和情感的现实类文学作品的渴望。因此，二十多年后，这批被错划为"毒草"的文学作品得以重新出版，显示了国家对"十七年文学"的文学史价值的肯定。

1979年10月30日召开的全国第四次文代会，"标志着林彪、'四人帮'实行封建法西斯专政、毁灭文艺的黑暗年代已经永远结束了，社会主义文学艺术新繁荣的时期已经开始"❷。会议的《祝词》《继往开来，繁荣社会主义新时期的文艺——在中国文学艺术工作者第四次代表大会上的报告》以及文艺界各人士的重要发言，都对屡屡罹难的"十七年文学"投以了官方重视和权威认可。会议上，先有中央领导人邓小平在代表党中央发言的权威文件《祝词》里肯定了"十七年文学"内容与主题的正确性，"'文化大革命'前的十七年，我们的文艺路线基本上是正确的，文艺工作的成绩是显著的。所谓'黑线专政'，完全是林彪、'四人帮'的诬蔑"❸。后又有由周扬为代表发言的会议总报告《继往开来，繁荣社会主义新时期的文艺——在中国文学艺术工作者第四次代表大会上的报告》，对中华人民共和国成立后三十年期间的社会主义文学艺术进行了历史的梳理和理性的总结。这个由社会各界人士广泛参与撰写的会议总报告，着重解决了新时期初文艺界一直争论不休的"十七年文学"遗产的继承问题。与《祝词》一样，它首先肯定了中华人民共和国成立后"十七年"文艺创作的文学和社会价值，"全国解放后十七年文艺创作的成果是相当可观的。它们对于鼓舞人民群众进行社会主义革命和建设，培养青少年一代的社会主义道德情操，满足人民的审美需要，丰富人民的精神生活，起了重大的作用"❹。这就推翻了"文革"期间，林彪、"四人帮"给"十七年文学"冠

---

❶ 苏叔阳、华然、陈思和：《捍卫诚实的权利——读〈重放的鲜花〉》，《读书》1979年第8期，第79页。

❷ 周扬：《继往开来，繁荣社会主义新时期的文艺——在中国文学艺术工作者第四次代表大会上的报告》，《中国文学艺术工作者第四次代表大会文集》，中国文学艺术界联合会编，四川人民出版社1980年，第17页。

❸ 邓小平：《邓小平同志代表中共中央和国务院在中国文学艺术工作者第四次代表大会上的祝词》，《中国文学艺术工作者第四次代表大会文集》，中国文学艺术界联合会编，四川人民出版社1980年，第1-2页。

❹ 周扬：《继往开来，繁荣社会主义新时期的文艺——在中国文学艺术工作者第四次代表大会上的报告》，《中国文学艺术工作者第四次代表大会文集》，中国文学艺术界联合会编，四川人民出版社1980年，第26页。

上的莫须有的罪名，从而恢复了"十七年文学"的应有面貌。其次，它还具体地罗列了很多在"文革"期间被划为"毒草"的作品，长篇小说如《创业史》《红旗谱》《红岩》《上海的早晨》《风雷》《山乡巨变》《三家巷》等，短篇小说如《百合花》《李双双小传》《党费》《黎明的河边》《我的第一个上级》等，诗歌如《甘蔗林——青纱帐》《石油歌》等，戏剧如《龙须沟》《茶馆》《蔡文姬》《关汉卿》《文成公主》等，话剧如《战斗里成长》《万水千山》《霓虹灯下的哨兵》《千万不要忘记》等，歌剧如《洪湖赤卫队》《刘胡兰》《小二黑结婚》等。《继往开来，繁荣社会主义新时期的文艺——在中国文学艺术工作者第四次代表大会上的报告》明确指出了这些文艺作品是无罪的，它们有着自己独特的文学、艺术、社会价值。同时，它还特别单独地指出王蒙的短篇小说《组织部来了个年轻人》与刘宾雁的报告文学《在桥梁工地上》等"干预现实"之作的文学价值，这些细微的叙述，显示了第四次文代会为"十七年文学"正名的良苦用心。因此，相对于第四次文代会召开前文艺界断断续续和蹑手蹑脚的"十七年文学"正名之路，这次文代会则以具体而明确的方式，直接对"十七年文学"的文学史价值进行了重估和面貌的恢复。

正如茅盾在《中国文学艺术工作者第四次代表大会开幕词》里提到："在拨乱反正、解放思想的斗争中，社会主义文艺园地万紫千红，会议还以坚决的态度反拨了林彪、"四人帮"炮制的文艺黑线专政论这一极'左'路线。文艺的春天已经到来了。"❶ 新时期的文学，在全国第四次文代会温润下的"文艺的春天"的氛围里，拥有了一个开放而自由的文学创作环境。它的召开，为"十七年"这批"毒草"在新时期的顺利解禁起了推动和保驾护航的作用，也促使"十七年文学"以"重放的鲜花"的形式在新时期初文学中重新传播开去。

（二）对"十七年"人道主义思潮的接续

在"十七年"单一性政治文化里，人道主义思想在一些文艺作品里偶尔出现。不过，就算是边缘式的生长，在中华人民共和国成立后的三十年期间，人道主义思潮最终不堪政治的重负，被湮没在了此起彼伏的政治运

---

❶ 茅盾：《中国文学艺术工作者第四次代表大会开幕词》，《中国文学艺术工作者第四次代表大会文集》，中国文学艺术界联合会编，四川人民出版社1980年，第13页。

动之中。在新时期乍暖还寒和备受争议的风雨里，"十七年"间受到打压和排斥的人道主义思潮，重新参与了新时期初文学体制的建构，这是新时期"拨乱反正"运动的重大成果。

在中华人民共和国成立后的前17年里，人道主义思潮在荆棘丛生的政治环境下得到了压抑式的生长。在20世纪50年代初，就出现了反映人性、人道主义的文学作品。如朱定发表于1950年的短篇小说《关连长》，小说是20世纪50年代"表扬人民解放军的人道主义"的代表作品。后来，萧也牧的《我们夫妇之间》也是探究知识分子心灵变化的重要代表作品。路翎发表于1954年的《洼地上的"战役"》，避开大的战争场面，专注于平凡人的生活，讲述了朝鲜姑娘金圣姬与战士王应洪之间素朴的爱情，"这是一首'战地浪漫曲'，是一曲将战争的残酷、战士的勇敢和无私，与年轻人敏感的心灵、淳朴的情感、多情的梦想交织在一起的生命和爱的赞歌"❶。1958年茹志鹃发表的短篇小说《百合花》与路翎的这篇小说有着异曲同工之妙，作者同样避免对大的战争场面的描写，而是将笔触转向了对"我"、小通讯员和新婚媳妇之间素朴情谊的倾诉，"在月光下，我看见她眼里晶莹发亮，我也看见那条枣红底色上洒满白色百合花的被子，这象征纯洁与感情的花，盖上了这位平常的、拖毛竹的青年人的脸"❷。1956年是中国当代文学史上的"百花"年，在"双百"方针的推动下，文学界出现了一股写"人性"与"人道主义"的文艺热潮。这些文艺作品对人性与人道主义进行了有益的探索，直接促成了"十七年"人道主义思潮的兴起。其中，就有《在悬崖上》《小巷深处》《红豆》《美丽》等短篇小说对爱情与人性问题的探讨。其中，邓友梅的《在悬崖上》这篇小说，在那个一味强调写大我之情的集体主义书写时代，转而关注于对小我的心理过程的刻画。小说写"我"为了追求所谓的爱情，抛弃与自己携手一起走过艰难岁月的妻子，而选择具有浪漫气质的加丽亚的故事。为我们塑造了加丽亚这样一位年轻、美丽、浪漫的女性形象，将她憧憬爱情又不愿受缚于婚姻、家庭的矛盾心理描写得非常生动，"长得漂亮点又成了罪过了，人们围你、追你，你心肠好点，和他们亲热些，人们说你感情廉价！你不理

❶ 张柠：《再造文学巴别塔（1949—1966）》，广东教育出版社2009年，第215页。

❷ 茹志鹃：《百合花》，《中国当代文学作品精选》，谢冕，洪子诚主编，北京大学出版社1995年，第188页。

他，他闹情绪了，又说你不负责任！难道，这一切都能怨我吗？"❶ 丰村的短篇小说《美丽》写一位女性对自己的领导产生了不该有的爱情，因此人格和灵魂受到折磨的悲剧故事。还有刘绍棠《西苑草》里塑造的知识分子蒲塞风的形象，他对知识有着执着追求，以倔强的态度逃避外界的一切纷扰，包括参加学校组织的党员活动。在当时强调政治生活高于一切的环境里，刘绍棠这篇小说表达的个人主义理想追求的文学主题已经非常难能可贵。同时，在学术领域，也出现了一些探讨人道主义的理论性文章，如《论人情》《论人情与人性》《论"文学是人学"》等。这些理论文章，以"文学是人学"、强调人的情感性为立论的依据，从而阐明了人道主义在文学创作中的重要意义。如钱谷融在《论"文学是人学"》里提到："文学的对象，文学的题材，应该是人，应该是时时在行动中的人，应该是处在各种各样复杂的社会关系中的人，这已经成了常识，毋须再加说明了。"❷

除此之外，在某种意义上代表了"十七年文学"辉煌成就的"红色经典"，也有对人性、人道主义思想的委婉表达。如柳青《创业史》与周立波《山乡巨变》中，对梁三老汉、老孙头这些农民真实心理的细致描写，写出了农民在社会变革中的真实生存面貌。欧阳山的《三家巷》和《苦斗》中对战争年代里不同类型女性形象的塑造，把她们极富悲剧色彩的人生和爱情写得非常真实和有艺术魅力。杨沫的长篇小说《青春之歌》中对余永泽与林道静浪漫爱情宣言的描写场面，字里行间也宣泄着革命女战士林道静和大学生余永泽人性深处对爱情的渴望。对林道静来说，余永泽就是她爱情里的理想化身，"对余永泽除了有着感恩、知己的激情，还加上了志同道合的钦佩。短短的一天时间，她简直把他看作理想中的英雄人物了"❸。"余永泽背不下去了，仿佛他不是在念别人的诗，而是在低低地倾诉着自己的爱情。道静听到这里，又看见余永泽那双燃烧似的热情的眼睛，她不好意思地扭过头去。隐隐的幸福和欢乐，使道静暂时忘掉了一切危难和痛苦，沉醉在一种神妙的想象中。"❹ 作者在这里运用的语言，远远超出了当时文坛上那些主流文学的颂歌式、无感情色彩的生硬基调，而交

❶ 邓友梅：《在悬崖上》，《重放的鲜花》，上海文艺出版社编，上海文艺出版社 1979 年，第144 页。

❷ 钱谷融：《当代文艺问题十讲》，复旦大学出版社 2017 年，第 84 页。

❸ 杨沫：《青春之歌》，中国青年出版社 2004 年，第 44 页。

❹ 杨沫：《青春之歌》，中国青年出版社 2004 年，第 46 页。

第五章 第四次文代会与「十七年文学」文艺体制的正名

141

付于一种细腻的文笔和强烈的感情色彩。

不过，令人遗憾的是，随着我国"反右"运动的日益激烈，直至后来的十年"文革"，人道主义都是被激烈批判和讨伐的重要对象，"文艺界先后于1957年、1960年、1964年针对'人性论'和'资产阶级人道主义'进行了三次大规模的讨伐，凡是表现了甚至蕴含了些微人性内容和人道主义思想的作品都被视为毒草，有些作家惨遭批判与迫害，人们对其噤若寒蝉，及至'文化大革命'，人道主义终于被激烈的阶级斗争彻底淹没"❶。如1960年周扬在第三次文代会总报告《我国社会主义文学艺术的道路》里，对人道主义就作出阶级化的狭隘定义，"我们应当怎样来理解人道主义呢？我们认为在阶级社会中没有什么超时代、超阶级的抽象的人道主义原则。在阶级社会中，作为意识形态的人道主义，总是具有一定的时代的阶级的内容"❷。到了"文化大革命"期间，林彪、"四人帮"等人，利用毛泽东在特殊战争语境下对"人性论"作出的阶级划定，"在阶级社会里就是只有带着阶级性的人性，而没有什么超阶级的人性。我们主张无产阶级的人性，人民大众的人性，而地主阶级资产阶级则主张地主阶级资产阶级的人性……"❸更是片面地将人性、人道主义一律斥为资产阶级的东西，对其进行了严厉的打压，"同历史上一切封建专制统治一样，林彪、'四人帮'在政治上的统治也是以否定人的价值为特征的。他们否定了关于人的一切，取而代之以'阶级'"❹。他们为发起"文化大革命"而炮制的纲领性文件《林彪同志委托江青同志召开的部队文艺工作座谈会纪要》里，以明确的文字全盘否定了"十七年文学"中那些对人性、人道主义作出有益探索的文艺作品。"过去，有些作品，歪曲历史事实，不表现正确路线，专写错误路线；有些作品，写了英雄人物，但都是犯纪律的，或者塑造起一个英雄形象却让他死掉，人为地制造一个悲剧结局；有些作品，不写英雄人物，专写中间人物，却不是暴露敌人剥削、压迫人民的阶级本质，甚至加以美化；还有些作品，则专搞谈情说爱，低级趣味，说什么'爱'和

---

❶ 王达敏：《中国当代人道主义文学思潮史》，上海人民出版社2013年，第74页。

❷ 周扬：《我国社会主义文学艺术的道路》，《中国当代文学史料选（2）》，北京师范学院中文系现代文学教研室编，北京师范学院1983年，第468页。

❸ 毛泽东：《在延安文艺座谈会上的讲话》，《毛泽东选集》第3卷，人民出版社1991年，第870页。

❹ 中国社会科学院文学研究所文艺理论室：《近年来对人性、人道主义问题探讨和讨论》，《中国新文艺大系1976—1982史料集》，张炯主编，中国文联出版公司1990年，第550页。

'死'是永恒主题。这些都是资产阶级的、修正主义的东西，必须坚决反对。"❶ 此后，衍生于"文化大革命"时期的"三突出"创作原则，"高大全"英雄形象的塑造，没有感情、整齐划一的"造神"文学革命样板戏成为文坛的主流。

人道主义是"一种从人性、人道的立场出发，以善和爱为核心，以人为本，重视人的生存、权利、尊严、价值，以人的自由、幸福和发展为最高目标，具有人类性、普世性观念（如自由、平等、博爱、和平、宽容、同情等）的伦理思想或思想体系"❷。人道主义是文学创作的内在规律和必然选择，它在新时期那个思想大解放的时代境遇里，重新复归文学是历史潮流的必然。

在第四次文代会召开之前，新时期初的文坛对人性和人道主义问题就投以了极大的关注，以 1979 年朱光潜发表于《文艺研究》第 3 期上的学术论文《关于人性、人道主义、人情味和共同美问题》一文为开端，自此"立即在文艺界、哲学界乃至整个文化思想界展开了一场持续四五年的关于人性和人道主义的讨论热潮，进而形成了一个广泛的社会文化思潮，与整个社会的思想解放运动——启蒙思潮相呼应"❸。后续文艺界出现的关于人性、人道主义探讨的论文有李以洪的《人的太阳必然升起》❹、俞建章《论当代文学创作中的人道主义潮流——对三年文学创作的回顾与思考》❺、毛星《人性问题》❻、中国社会科学院文学研究所文艺理论室的《近年来对人性、人道主义问题探讨和讨论》❼ 等。

在第四次文代会会议上，也对人道主义回归文学进行了有效回应。第四次文代会以最高权威方式突破了政治对文学的钳制，肯定了"伤痕文学""反思文学""改革文学"的价值意义，"这些作品反映了林彪、'四人帮'给人民生活上和心灵上所造成的巨大创伤，暴露了他们的滔天罪

❶ 北京师范学院中文系现代文学教研室：《中国当代文学史料选》，北京师范学院，第 549 页。
❷ 王达敏：《中国当代人道主义文学思潮史》，上海人民出版社 2013 年，第 10 页。
❸ 王达敏：《中国当代人道主义文学思潮史》，上海人民出版社 2013 年，第 129 页。
❹ 李以洪：《人的太阳必然升起》，《读书》1981 年第 2 期。
❺ 俞建章：《论当代文学创作中的人道主义潮流——对三年文学创作的回顾与思考》，《文学评论》1981 年第 1 期。
❻ 毛星：《人性问题》，《文学评论》1982 年第 2 期。
❼ 中国社会科学院文学研究所文艺理论室：《近年来对人性、人道主义问题探讨和讨论》，《中国新文艺大系 1976—1982 史料集》，张炯主编，中国文联出版公司 1990 年，第 550－563 页。

恶。决不能随便地指责它们是什么'伤痕文学''暴露文学'"❶。这次会议还对"文革"期间"三突出""假大空"文学创作方法进行了颠覆，重新确立了"文学是人的文学"的人道主义文学创作观。邓小平在第四次文代会上的发言《祝词》里指出："英雄人物的业绩和普通人们的劳动、斗争及悲欢离合，现代人的生活和古代人的生活，都应当在文艺中得到反映。"《祝词》的这段话表明了文学不只是某些人的特权，而是用来表达平凡个体生活喜怒哀乐的方式。这打破了"文革"时期，文学只准写"高大全"英雄故事的畸形创作观。同时，《祝词》还明确强调了"作品的思想成就和艺术成就，应当由人民来评定……"❷ 这是对林彪、"四人帮"团伙对文学艺术法西斯专政的打破，从而维护了文学艺术的平民性。关于《祝词》中所提及的，"作家主要是描写各种人的生活和命运，刻画人物的复杂性格，表现人的丰富的内心世界，描绘人们在为现代化斗争中的精神面貌的深刻变化"❸。从某种意义上来说，第四次文代会放宽了文学题材的选取，给予了文学创作者足够的自由空间。这就为恢复"十七年"期间被排斥的"人道主义"思潮提供了宽裕的创作环境。

因此，新时期初学者们对人道主义大争鸣的造势，第四次文代会会议上那些政策、文件、会议精神对人道主义的具体释义和保护，都使得一直受到压抑的人道主义在新时期初的文学作品里有了自己的一席之地，"从1980年开始，特别是在最初的五六年中，人道主义几乎成为文学创作最重要的思想资源，核心性的价值观念，举凡一切优秀之作，尤其是那些产生了轰动效应又引起广泛争鸣之作，不是因为思想尖锐深刻，就是因为表现了丰富敏感的人性和人道主义，更多作品是二者的融合。"❶

首先，"十七年"期间曾因在文学作品里透露了人道主义思想而遭遇批判的作家，如陆文夫、宗璞、邓友梅、茹志鹃等人。在新时期初，他们

---

❶ 周扬：《继往开来，繁荣社会主义新时期的文艺——在中国文学艺术工作者第四次代表大会上的报告》，《中国文学艺术工作者第四次代表大会文集》，中国文学艺术界联合会编，四川人民出版社1980年，第30页。

❷ 邓小平：《邓小平同志代表中共中央和国务院在中国文学艺术工作者第四次代表大会上的祝词》，《中国文学艺术工作者第四次代表大会文集》，中国文学艺术界联合会编，四川人民出版社1980年，第4-6页。

❸ 周扬：《继往开来，繁荣社会主义新时期的文艺——在中国文学艺术工作者第四次代表大会上的报告》，《中国文学艺术工作者第四次代表大会文集》，中国文学艺术界联合会编，四川人民出版社1980年，第43页。

❶ 王达敏：《中国当代人道主义文学思潮史》，上海人民出版社2013年，第129页。

以归来者的姿态，再次用自己的文学观表达了自己对人道主义的理解。他们的创作特色一般是以活生生的"人"为叙述的中心，通过对人物情感心理的细腻描写，对人的情感和对人物个性的塑造，以此表现了这些平凡个体的命运、喜怒哀乐。如陆文夫的《小贩世家》写了"我"——一个知识分子政治风云变幻下对一个小贩真挚情感的心灵变迁。中华人民共和国成立前，"我"是一个没有工作的临时工，"那时候我没有职业，全靠帮几个兼课太多的国文教员批改学生的作文簿，分一点粉笔灰下的余尘，对付着生活"[1]。这时候，"我"与小贩朱源达的关系是平等的，"我觉得他想多卖几碗小馄饨，就等于我想多改几本作文簿，都是为了那艰难的生活。他夜夜为我送来温暖，我能够多买他一碗，简直是涸泽之鱼相濡以沫"[2]。但是，等到中华人民共和国成立后"我"有了工作，"却对那一毛五分钱一碗的小馄饨看不上眼了。"[3] 1958 年后，政治运动的风起云涌，"我"为了保全自身，"我从来不向朱源达买东西，也不许爱人和孩子们去，认为买他的东西便是用行动支持了自发的资本主义。"[4] "我"规劝朱源达不要再做这买卖了。后来，朱源达的馄饨担子在政治运动中被毁了。这时"我多么熟悉这副馄饨担啊，我知道它一生除掉给人温饱外，没有犯过什么罪"[5]。陆文夫选择了"我"和小商贩这样两个不同层次的人物，通过"我"心灵由被异化到回归常人的过程，一方面批判和讽刺了错误的政治运动对人心理的奴役和异化，另一方面也写出了"我"与小商贩之间朴素的友谊。与陆文夫一样关注普通人物心理的喜怒哀乐，还有如邓友梅的《我们的军长》塑造了陈毅这样一位平易近人、治军有方、真性情的军长形象。周立波的《湘江一夜》则延续了《洼地上的"战役"》《百合花》等小说的创作特点，没有从大的战争场面出发描写战争的残酷性，而是将激烈的战争穿插在司令员董谦、士兵张学谦、侦查队长门虎等人原地休息

---

[1] 陆文夫：《小贩世家》，《中国新文艺大系 1976—1982 短篇小说集（上卷）》，唐达成主编，中国文联出版公司 1986 年，第 509 页。

[2] 陆文夫：《小贩世家》，《中国新文艺大系 1976—1982 短篇小说集（上卷）》，唐达成主编，中国文联出版公司 1986 年，第 510 页。

[3] 陆文夫：《小贩世家》，《中国新文艺大系 1976—1982 短篇小说集（上卷）》，唐达成主编，中国文联出版公司 1986 年，第 510 页。

[4] 陆文夫：《小贩世家》，《中国新文艺大系 1976—1982 短篇小说集（上卷）》，唐达成主编，中国文联出版公司 1986 年，第 511 页。

[5] 陆文夫：《小贩世家》，《中国新文艺大系 1976—1982 短篇小说集（上卷）》，唐达成主编，中国文联出版公司 1986 年，第 509－516 页。

时这一段时间里，以此写出了战争的无情和他们之间真挚的情感。

其次，"人的宝贵与尊严，是人道主义的中心价值"❶。新时期文学对人道主义的表达还体现为，作品里塑造了一个个具有强烈自我尊严意识的生命个体。宗璞于 1978 年在《人民文学》上发表的短篇小说《弦上的梦》里，塑造了一位强烈要求自己作为独立个体的生存尊严并为之奋斗的女性梁遐的形象。同时，小说中塑造的艺术学校大提琴教师慕容乐珺为保护梁遐的心理转变，更加显示了个体要求个人尊严意识的猛然觉醒。小说振聋发聩式的结尾，何尝不是对人道主义的呐喊，"人的梦，一定会实现；妖的梦，一定会破灭。这是历史的必然"❷。王蒙 1980 年发表于《人民文学》上的短篇小说《春之声》，作者以知识分子岳之峰二十多年后重回家乡时的心理意识流动为小说主线，借岳之峰之口控诉了当时那个政治错乱年代，普通人受到不被当作一个人来对待的遭遇，"使他惶惑的是，难道人生一世就是为了做检讨？难道他生在中华，就是为了做一辈子检讨的么"❸？此时期，青年作家古华对女性追求个体自尊与独立这一文学主题进行了探究。他创作于 1982 年的短篇小说《爬满青藤的木屋》，作者从女性的视角，展现了现代文明对女性瑶家阿姐盘青青要求自我意识觉醒的催化过程。他的《芙蓉镇》，同样是以女性胡玉音为故事的主角，写出了女性在时代的大变迁里勇敢追求自己幸福的人道主义主题。

新时期初文学里显示出对人性的思考，是人道主义在新时期初文学中的接续。"伤痕"文学和"反思"文学是新时期文学的发端，在这些作品里都有一个共同的文学主题，即表现人性受到政治运动打压而异化的文学现象。创作者们重在通过对历史的反思和现实生活的反映，以此控诉了残酷的政治运动对人性的摧残。刘心武的《班主任》中，通过对被时代和政治运动异化了的人性的青年形象宋宝琦、谢惠敏的塑造，从而表达了"救救被'四人帮'坑害了的孩子"❹！还有卢新华的《伤痕》里所讲述的被

---

❶ ［美］科利斯·拉蒙特：《人道主义哲学》，贾高建、张海涛、董云虎译，华夏出版社 1990 年，第 279 页。

❷ 宗璞：《弦上的梦》，《中国新文艺大系（1976—1982）·短篇小说集（上卷）》，唐达成主编，中国文联出版公司，1986 年，第 204 页。

❸ 王蒙：《春之声》，《中国新文艺大系（1976—1982）·短篇小说集（上卷）》，唐达成主编，中国文联出版公司，1986 年，第 629 - 635 页。

❹ 阎纲：《文学四年——在中国当代文学研究会第二次学术讨论会上的发言》，《中国新文艺大系 1976—1982 史料集》，张炯主编，中国文联出版公司 1990 年，第 12 页。

政治运动异化了的王晓华，她与母亲之间的悲剧从母亲被"四人帮"错划为叛徒之后开始。"她必须按照心内心外的声音，批判自己小资产阶级的思想感情，彻底和她划清阶级界线。"● 张弦的《被爱情遗忘的角落》，妹妹沈荒妹认为存妮与小豹子之间的自由爱情是一件"丑事"，让她全家人蒙羞的事。"吓得发抖的荒妹终于明白了：姐姐做了一件世间最丑最丑的丑事！她忽然痛苦起来。她感到无比地羞耻、屈辱、怨恨和愤懑。最亲爱的姐姐竟然给全家带来了灾难，也给她带来了无法摆脱的不幸。"❷ 还有诸如茹志鹃的《被剪辑错了的故事》，小说运用梦幻结构，构造了老寿这个农民英雄梦的故事，以此表达了农民在政治变革运动中，渴望实现自身价值的内心想法。周克芹的《许茂和他的女儿们》里面，塑造的老农民许茂这一人物形象，与"十七年文学"中的老孙头，梁三老汉等"中间人物"有着异曲同工之妙，一方面写出了他们狭隘、自我、存私心的旧式农民心理，另一方面又竭力表现了他们善良、朴素、有大义的淳朴品质。

新时期初，人道主义思潮在文学创作中的接续，是对"十七年文学"中的人道主义文学资源的再利用和再创造。这个时期文学作品中对个体生存境况的人性、人道主义考量同"十七年文学"一样，都是将其置于阶级和政治环境之中，以此表达创作者对现实社会问题的思考。不过，相对于"十七年文学"中那种拘谨而压抑的人道主义氛围，新时期的人道主义思想在文学中的表现，则显得更加来势汹汹。

（三）"十七年"现实主义思潮的正名

"文革"的结束，我国当代文学艺术创作进入了新时期。从 20 世纪 70 年代末声势浩大的拨乱反正思潮，到 1978 年 12 月十一届三中全会的召开，都显示了政治的解冻送来了文艺的春天。新的时代机缘，推动了"十七年"现实主义思潮的复归，并以新的姿态重新出现在公众的视野里。

在中国现当代文学发展史上，现实主义创作手法是一个古老的话题，又是一个说不明道不尽的话题。自 1921 年文学研究会成立，现实主义创作手法开始在中国现代文学史上兴起，到 20 世纪 30 年代，主要是"左翼"

● 卢新华：《伤痕》，《中国新文艺大系（1976—1982）·短篇小说集（上卷）》，唐达成主编，中国文联出版公司 1986 年，第 141 页。

❷ 张弦：《被爱情遗忘的角落》，《中国新文艺大系（1976—1982）·短篇小说集（上卷）》，唐达成主编，中国文联出版公司 1986 年，第 521 页。

文学创作群体对现实主义文学思潮的坚守，以茅盾的"社会问题分析小说"为主要代表。后来的 20 世纪 40 年代，现实主义文学思潮出现了分野的趋势，形成了以胡风、路翎等为代表的"七月派"的现实主义理论和延安解放区工农兵文学的分流。20 世纪 50 年代至 70 年代，现实主义创作方法一跃成为中国文坛唯一具有合法地位的创作方法。它以独特的地位和影响力，完全排斥其他的文学创作方法和文学思潮，逐渐成为"独尊"。中华人民共和国成立后的十七年里，文艺界在紧张的政治运动中对现实主义这一创作方法作出了许多有益的探索。如 1956 年的"百花"时代，文艺领域对现实主义的探索与争鸣，出现了秦兆阳的《现实主义的广阔道路》、钱谷融的《人的文学》等理论探索，以及《组织部来了个年轻人》《在桥梁工地上》《本报内部消息》等"干预生活"类的文学作品和《红豆》《在悬崖上》等探索人类现实问题的小说系列。1962 年大连会议上，邵荃麟对现实主义深化论问题的探讨，提出的"中间人物"概念，也是"十七年"期间对现实主义创作手法的一次艺术探索。

不过，随着政治运动的不断极端化，直至 1966—1976 年的十年"文化大革命"期间，"十七年"的现实主义思潮开始向伪现实主义阶段过渡，文学不再是讲真话、抒真情、写小我的东西，伪现实主义完全取代了现实主义的内核。林彪、"四人帮"等人把控文坛，实行文艺上的专制主义，使伪现实主义成为文学创作的独宠。他们公然指出"十七年"期间的文艺创作，"被一条与毛泽东思想相对立的反党反社会主义的黑线专了我们的政，这条黑线就是资产阶级的文艺思想、现代修正主义的文艺黑线和所谓三十年代文艺的结合。'写真实'论、'现实主义广阔道路'论、'现实主义深化'论、反'题材决定'论，'中间人物'论、反'火药味'论、'时代精神汇合'论，等等"❶。因此，在林彪、"四人帮"等人把控文坛的十年里，模式化、概念化、纯颂歌式的伪现实主义完全取代了真正的现实主义，导致现实主义的精神内核发生了严重的畸变。

新时期伊始，现实主义精神在文学创作中的重新崛起，是对"文化大革命"十年中的反现实主义、伪浪漫主义思潮的一种历史反拨。在新时期初的各种文学创作中，创作者们渴望挣脱"瞒和骗"的桎梏，以"写真人

---

❶ 《林彪同志委托江青同志召开的部队文艺工作座谈会纪要》，《中国当代文学史料选(2)》，北京师范学院中文系现代文学教研室编，北京师范学院 1983 年，第 541 页。

真事""道真情""说真话"的态度进行文学创作。1979 年 10 月 30 日举行的全国第四次文代会，以文艺界的大团结为名，对"十七年文学"中现实主义创作手法进行了充分的肯定，从而有力地加快了现实主义文学思潮在新时期顺利复归的步伐。

从 20 世纪 70 年代末文艺界声势浩大的拨乱反正运动到 1979 年 10 月 30 日全国第四次文代会的召开，被中断了的现实主义文学思潮在政治解冻的时代境遇里，经过恢复、还原和深化，再次成为新时期初文学思潮中的主流。其中，全国第四次文代会对"十七年文学"中现实主义创作手法的肯定和热烈呼应，使在"文革"中被彻底歪曲的"十七年"现实主义思潮在新时期以正确的艺术面貌回归文学创作之中。

在第四次文代会上，一是邓小平同志在对新时期文学发展起着导向作用的《祝词》里，对文学艺术题材和风格的选取给予自由性，否定了林彪、"四人帮"等人倡导的"高大全"的伪现实主义创作方法。"雄伟和细腻，严肃和诙谐，抒情和哲理，只要能够使人们得到教育和启发，得到娱乐和美的享受，都应当在我们的文艺园地里，占有自己的位置。英雄人物的业绩和普通人们的劳动、斗争及悲欢离合，现代人的生活和古代人的生活，都应当在文艺中得到反映。"❶ 二是会议的《继往开来，繁荣社会主义新时期的文艺——在中国文学艺术工作者第四次代表大会上的报告》里，对现实主义创作手法也进行了重新界定，特别指出了十七年期间的"现实主义"深化论与"中间人物"的现实主义理论都是正常范围内的学术讨论，并不是林彪、"四人帮"等人口中的资产阶级文艺思潮的复辟，这就为"十七年"现实主义的正名提供了理论支持的依据。周扬认为："关于'写真实'、现实主义道路、写英雄人物和中间人物等问题，本来都是学术问题，是完全可以自由讨论的，简单地、笼统地把'写真实'、'写中间人物'等当作资产阶级或修正主义的文艺思想来加以反对，这就不对了。对一九六二年大连会议及其'中间人物'论的批判，是不符合实际的。"❷

---

❶ 邓小平：《邓小平同志代表中共中央和国务院在中国文学艺术工作者第四次代表大会上的祝词》，《中国文学艺术工作者第四次代表大会文集》，中国文学艺术界联合会编，四川人民出版社 1980 年，第 4 页。

❷ 周扬：《继往开来，繁荣社会主义新时期的文艺——在中国文学艺术工作者第四次代表大会上的报告》，《中国文学艺术工作者第四次代表大会文集》，中国文学艺术界联合会编，四川人民出版社 1980 年，第 35 页。

同时，还直接指出新时期初的许多文学作品是对"十七年文学"现实主义创作传统的继承，"这个时期的许多作品，首先是短篇小说和话剧，发扬了社会主义文艺的现实主义传统……"❶ 第四次文代会上其他协会代表的发言，也纷纷呼吁为现实主义这一创作手法正名。如袁文殊在电影协会上的发言："因而直到今天，我们仍然要大声疾呼：艺术要真实！要为现实主义恢复名誉！这问题关系到我们的电影艺术要不要坚持革命现实主义的创作原则，我们应该严肃对待。"❷

同时，在文学艺术界各协会的代表发言上，很多作家和理论家就现实主义这一问题也进行了讨论，大家都要求重新看待现实主义的本来面貌。魏巍在《解放思想团结向前》中指出："从艺术上说，最根本的教训是没有始终不渝地坚持革命现实主义的原则。我们的许多作品不真实或者不够真实，'四人帮'则进一步颠倒主观与客观的关系，成为主观主义和反现实主义。"❸ 于黑丁在《繁荣文艺创作必须解放思想》里控诉了"相当长时期以来，'真实'成了禁忌的字眼，'写真实'成了暴露社会阴暗面的同义语，连现实主义也被批判"❹。王蒙在《我们的责任》里，重申了现实主义创作手法对社会的意义，"作家要弯下腰和人民一起面对现实，和党一道来面对我们的困难、麻烦和问题，要让我们的笔有助于解决这些困难、麻烦和问题而不是相反，我们不能旁观和清谈，不能为尖锐而尖锐，不能追求'刺激'"❺。陈登科在《对文艺工作的几点意见》里直接控诉了现实主义在中华人民共和国成立后的三十年期间所受到的不公平对待。"好像一提现实主义，就是揭露生活阴暗面，就是右派翻天，我弄不懂，难道现

❶ 周扬：《继往开来，繁荣社会主义新时期的文艺——在中国文学艺术工作者第四次代表大会上的报告》，《中国文学艺术工作者第四次代表大会文集》，中国文学艺术界联合会编，四川人民出版社1980年，第31页。

❷ 袁文殊：《回顾与展望》，《中国文学艺术工作者第四次代表大会文集》，中国文学艺术界联合会编，四川人民出版社1980年，第257页。

❸ 魏巍：《解放思想、团结向前》，《开辟社会主义文艺繁荣的新时期》，中国文学艺术界联合会编，四川人民出版社1980年，第18页。

❹ 于黑丁：《繁荣文艺创作必须解放思想》，《开辟社会主义文艺繁荣的新时期》，中国文学艺术界联合会编，四川人民出版社1980年，第40页。

❺ 王蒙：《我们的责任》，《开辟社会主义文艺繁荣的新时期》，中国文学艺术界联合会编，四川人民出版社1980年，第51页。

实主义就是我们不共戴天的'敌人'?!"[1]并指出:"'四人帮'集公式化、概念化之大成,别出心裁地提出'样板',把概念化、公式化推到了登峰造极的地步,现在,也只有现在,我们才有可能真正地摒弃公式化、概念化,真正使现实主义传统得以恢复,近几年出现的优秀作品,一扫'四人帮'的帮气,一扫公式化、概念化,这不能不归功于现实主义传统的强大力量。"[2] 白桦在《没有突破就没有文学》里指出:"我们的文学有了起死回生的转机,而这棵灵芝草就是现实主义。"[3]康濯在第四次文代会上的发言,从革命现实主义在中华人民共和国成立30年来的历史发展出发,全面地论述了这一创作手法的重要性。由此可见,第四次文代会上文艺界各人士对现实主义投以的重视力度,极大地推动了现实主义文学思潮在新时期文学中重现的步伐。

新时期初,从1976年的"四五天安门诗抄"运动开始,到后来的"伤痕文学""反思文学"创作潮流,以及1980年年初"改革文学"的出现,文学创作者和理论家们纷纷发出了重提"十七年文学"中的"写真实""干预生活"等现实主义口号的声音,现实主义思潮成为新时期初文坛的主导潮流。在诗歌领域,以1976年的"四五"运动为代表,那些悼念周总理的诗歌,在略显粗糙的艺术手法下包裹了诗人们直面现实生活和表达个人朴素情感的现实主义精神。还有归来诗人群体的诗歌创作,其现实主义手法在诗歌创作中的运用更为成熟。如艾青的《鱼化石》、曾卓的《悬崖边的树》、雷抒雁的《小草在歌唱》、白桦的《阳光,谁也不能垄断》等诗歌对现实生活的反思和对个体生命意识的感悟。在话剧创作上,也出现了一些运用现实主义创作手法创作的佳作。如苏叔阳的《丹心谱》、宗福先的《于无声处》、赵梓雄的《未来正在召唤》等。新时期初现实主义思潮复归的来势汹汹,不可避免地还要谈到这个时期的小说创作。如刘心武的《班主任》、卢新华的《伤痕》、张洁的《爱,是不能忘记的》、蒋子龙的"开拓者"系列、谌容的《人到中年》、鲁彦周的《天云山传奇》、徐怀中《西线

❶ 陈登科:《对文艺工作的几点意见》,《开辟社会主义文艺繁荣的新时期》,中国文学艺术界联合会编,四川人民出版社1980年,第76页。
❷ 陈登科:《对文艺工作的几点意见》,《开辟社会主义文艺繁荣的新时期》,中国文学艺术界联合会编,四川人民出版社1980年,第76页。
❸ 白桦:《没有突破就没有文学》,《开辟社会主义文艺繁荣的新时期》,中国文学艺术界联合会编,四川人民出版社1980年,第114页。

轶事》、高晓声的《陈奂生上城》《李顺大造屋》、古华的《芙蓉镇》、周克芹的《许茂和他的女儿们》等小说对现实主义精神的张扬。这些作家都不约而同地秉承了现实主义的创作原则，力求恢复现实主义精神的本来面目，对现实生活进行如实描写，而不是把非现实主义的东西也算作现实主义。总体上来说，现实主义创作传统在新时期文学中的复归主要体现在三个方面：爱情主题的书写，"人的文学"的恢复，社会现实问题的直击。

关于爱情主题的书写，在中华人民共和国成立后三十年期间文学创作中是敏感话题和题材禁区。不过，爱情作为文学创作的永恒主题，创作者要做到绝对的避之不谈似乎是不大合乎文学创作的实际规律。因此，即使是与政治结合非常紧密的"十七年文学"，创作者们在探索社会主义文学体制建构的过程中，也出现了许多书写爱情主题的优秀作品。如宗璞的《红豆》、陆文夫的《小巷深处》，茹志鹃的《百合花》等。以及那些具有鲜明政治色彩的"红色经典"，如《创业史》《林海雪原》《青春之歌》《三家巷》等小说，创作者们也都带着镣铐，在政治的夹缝中实现了对爱情主题的曲折表达。不过，"文化大革命"期间，对爱情的书写则彻底成为文学创作的大忌，主流文坛高扬所谓的"无情文学"。"十七年文学"中稍微涉及爱情内容的文学作品，也纷纷被划分为"毒草"和禁书。直到新时期初，伴随着政治的解冻带来文学创作环境的释压，现实主义创作手法得以正名，文学作品中再次出现了大量描写爱情生活的内容，爱情的书写由此前的'禁区'成了文学领域的'闹市'。如鲁彦周的中篇小说《天云山传奇》，讲述的是知识分子宋薇与罗群之间的悲剧爱情。两个人虽然互生情愫，但是由于当时错误的政治运动以及"我"思想上的动摇，最后选择嫁给自己非常讨厌的人。新时期后"拨乱反正"，"我"在因缘巧合下再次得知罗群的知识分子身份未得到确认和反正的消息，于是"我"反抗自己丈夫吴遥的官僚主义，从而解决了罗群的身份问题。不过，此时获得清白之名的罗群已经去世了。其实，"我"不惜一切代价反抗自己的丈夫而为罗群伸张正义的行为，显示了"我"对还没有开始就已经夭折了的爱情的一种守护。张弦的《被爱情遗忘的角落》是"伤痕文学"的代表作品，写了因为爱情的存在而导致母女三人的悲剧人生。小说的价值在于为我们塑造了一个在政治位居第一，依然为了追求自由爱情，而付出自己生命的女性存妮这一形象。小说的作者借母女三人的悲剧人生控诉了无情的政治运动，同时也对她们的爱情投以了人性的关怀。"这里发生的爱情悲剧、婚姻悲剧看起来是物质极度贫困和精神极度贫乏所致，实际上，在整个悲剧事件中，死而未僵的封建意识和视爱情为资产阶级情感的极'左'思想也参与其中，并且起着主导作用。"❶ 张洁创作于 1979 年《爱，是不能忘记的》这篇小说，更是对爱情主题的极致书写，小说直接探讨了爱情对个体生命存在的意义。小说通过"我"对婚姻的思考，"虽然人类社会已经进入了二十世纪七十年代，可在这点上，倒也不妨像几千年来人们所做过的那样，把婚姻当成一种传宗接代的工具，一种交换、买卖，而婚姻和爱情也可以是分离着的"❷。呼吁真正的爱情才是决定个体能否幸福生活的重要尺码，"如果我们都能够互相等待，而不糊里糊涂地结婚，我们会免去多少这样的悲剧哟"❸！徐怀中的军旅题材小说《西线轶事》，也穿插了刘毛妹与陶珂之间似是非是的爱情。当刘毛妹向陶珂表达爱意时，陶珂觉得刘毛妹只是希望从她那里获得自己所需要的人间温暖，这不是真正的爱情。"我可知道你希望的是什么温暖了。毛妹！难道我们互相温暖一下，或者说是让我来温暖温暖你，一切就会好起来了吗？"❹ 作者借陶珂所向往的爱情观，凸显了自己对人类爱情这一问题的思考。中华人民共和国成立初期就已经显露创作才能的青年李国文，于 1980 年发表的短篇小说《月食》讲述了一个凄凉而唯美的爱情故事。小说的主人公新闻记者伊汝再次重返羊角垴，只是为了寻找与山村少女妞妞之间纯粹的爱情，"他就是为了寻找那些失去的爱才回来的"。"那是伊汝一生中真正的爱情，唯一的爱情。"新时期初，受到历史、时代、人生经历的影响，这些创作者们对爱情主题的书写带有浓厚的时代印记。这些作家作品中表达的爱情，并没有将其当作真正的文学母题，而是他们反思历史和现实生活的附属品。因此，我们在阅读这些爱情故事的时候，并没有被里面的爱情悲剧所感动，而是将注意力转移到了造成这些爱情悲剧的历史和现实情境里。但是，无可厚非的是，这些作品中所讲述的爱情悲剧，突破了"文化大革命"时期呆板、高大上的爱情观念，力求对现实生活如实描摹，回归了现实生活里

❶ 王达敏：《中国当代人道主义文学思潮史》，上海人民出版社 2013 年，第 145 页。

❷ 张洁：《爱，是不能忘记的》，《中国新文艺大系（1976—1982）·短篇小说集（上卷）》，唐达成主编，中国文联出版公司 1986 年，第 454 页。

❸ 张洁：《爱，是不能忘记的》，《中国当代文学作品选》，十八所高等院校当代文学教材编写组，河北人民出版社 1981 年，第 465 页。

❹ 徐怀中：《西线轶事》，《中国新文艺大系（1976—1982）·短篇小说集（上卷）》，唐达成主编，中国文联出版公司 1986 年，第 489 页。

的真实爱情。

对"文学是人学"这一现实主义传统的恢复，在 20 世纪 60 年代中后期至"文化大革命"期间，也是新时期初文学对"十七年"期间现实主义精神的接续。"文革"期间，个人被归结为阶级性，创作者否认人的共性，否定人复杂的内心世界，对人物的塑造呈现出概念化、模式化的现状。文艺领导者一味强调文学应该塑造"高、大、全"的英雄形象，甚至一度将这些英雄上升为了"神"的形象。文学作品中任何透露个人情结，描写小人物的故事，都被斥为"小资产阶级情调""封资修"类作品。新时期初，理论界对"人的文学"这一问题进行了重新探讨，对个体意识的张扬随之成为作家深化现实主义精神的新课题。创作者突破以往文学中将平凡的个体作为"神"来写的创作笔端，而纷纷将创作之笔投向了对普通人心理变化的关注，用文学作品中"小我"的姿态，书写了在现实生活中每个平凡人所应该有的真实样貌。新时期初文学作品中对个人意识觉醒的描写，主要是对各类小人物形象的塑造，有农民、知识青年、老干部、工人……作家们有力地突破了中华人民共和国成立后三十年期间对"三突出""高大全"英雄形象的塑造法，将笔触转向了普通人物的平凡生活，细腻地刻画出他们内心的真实现状。作家们善于捕捉这些小人物在新时代变迁下心理的细微变化，发掘出他们处于无意识状态下萌生的个人意识。如铁凝的小说《哦，香雪》，以清新脱俗的语言和轻松的笔调，写了乡村女孩香雪个人意识的觉醒。小说中香雪历经千辛万苦用鸡蛋换来城市女孩铅笔盒的举动，使我们不禁思考，什么原因如此强烈地促使香雪想要得到火车上那个小女孩的铅笔盒？香雪本来的铅笔盒是一个木质的，可同桌的泡沫塑料铅笔盒触动了她自尊的神经。"香雪的心再也不能平静了，她好像忽然明白了同学们对于她的再三盘问，明白了台儿沟是多么贫穷。她第一次意识到这是不光彩的，因为贫穷，同学们才敢一遍又一遍地盘问她。"❶ 因此，当她拿到用鸡蛋换来的新铅笔盒时，她以充满自信和骄傲的姿态向伙伴们展示自己的铅笔盒，"她用手背抹尽眼泪，拿下插在辫子里的那根草棍儿，然后举起铅笔盒，迎着对面的人群跑去"❷。这里作者用了"抹尽""举

❶ 铁凝：《哦，香雪》，《中国当代文学作品精选（1949—1989）》，谢冕，洪子诚主编：北京大学出版社 1995 年，第 485 页。

❷ 铁凝：《哦，香雪》，《中国当代文学作品精选（1949—1989）》，谢冕，洪子诚主编，北京大学出版社 1995 年，第 485 页。

起""跑去"三个动词，有力地写出了香雪获得自尊后的模样。又如作家高晓声笔下的农民形象，也是一个个意识的觉醒者。他的名篇《陈奂生上城》，以陈奂生的一系列心理发展过程为故事的暗线，以此写他无意识状态下对个人尊严获得别人认可心理的萌发。陈奂生上城卖油绳的目的是为了给自己买一顶帽子，"赚了钱打算干什么？打算买一顶簇新的，呱呱叫的帽子"❶。由此可见，陈奂生卖油绳并不是为了贴补家用，而是为了满足个人的需求。陈奂生也有对精神生活的需求，他因不会讲话而自卑，而关注到自己极度匮乏的精神生活。"他不知道世界上有'精神生活'这一个名词，但是生活好转以后，他渴望过精神生活。哪里有听的，他爱去听，哪里有演的，他爱去看，没听没看，他就觉得没趣。"❷ 丰富的精神生活，是陈奂生内心深处一直都渴望拥有的东西，只是他自己没有意识到。最后，陈奂生因错花的五块钱，获得了村里人的认可，使自己的精神得到了满足。"哈，人总有得意的时候，他仅仅花了五块钱就买到了精神的满足。"❸ 高晓声以陈奂生为个例，写出了千千万万个像陈奂生这样处于新的历史节点下渴望精神生活去丰富贫瘠心灵的平凡人。同时，作者还完全打破了以往文学作品中对农民节俭心理的常规描写，间接写出了新时期初的农民只是平凡世界里的个体，他们也有对生活的欲求，并不是无私奉献的完人或"神人"。又如他的另一篇小说《李顺大造屋》，讲述了农民李顺大一生致力于造屋的故事。"李顺大一家，开始了一场艰苦卓绝的战斗，他们以最简单的工具进行拼命的劳动去挣得每一颗粮，用最原始的经营方式去积累每一分钱。他们每天的劳动所得是非常微小的，但他们完全懂得任何庞大都是无数微小的积累，表现出惊人的乐天而持续的勤俭精神。"❶ 为了造屋，儿子小康长到 7 岁还不知道饴糖是糖，是甜的还是咸的。而自己的妹妹李顺珍"她甘愿把一生中最美好的时代——称得上是青春中的青

❶ 高晓声：《陈奂生上城》，《中国当代文学作品精选（1949—1989）》，谢冕、洪子诚主编，北京大学出版社 1995 年，第 437 页。

❷ 高晓声：《陈奂生上城》，《中国当代文学作品精选（1949—1989）》，谢冕、洪子诚主编，北京大学出版社 1995 年，第 438 页。

❸ 高晓声：《陈奂生上城》，《中国当代文学作品精选（1949—1989）》，谢冕、洪子诚主编，北京大学出版社 1995 年，第 446 页。

❶ 高晓声：《李顺大造屋》，《中国当代文学作品选》，十八所高等院校当代文学教材编写组：河北人民出版社 1981 年，第 370 页。

春，留给她哥哥的事业"❶。从 20 世纪 50 年代开始造屋的宏伟蓝图，一直持续到 20 世纪 70 年代末，李顺大才实现自己造屋的愿望。作者借李顺大奋斗者的形象，写出了新时期初处于政治、经济巨变过程中农民关注自身幸福生活的现实问题。

20 世纪 50 年代中后期，随着"左倾"思潮不断地泛滥，那些揭露社会现实黑暗的文艺作品受到严重指责，对现实问题的直击逐渐成了作家文学创作的忌讳点，光明颂歌成为主流文学。新时期初，文艺界总结历史经验，重新肯定了文学直接揭露社会黑暗的必要性，文学作品里再次出现了"十七年文学"期间短暂出现过的"干预现实"类文学作品的影子。这些创作者用文学需要真实、真实是艺术的生命的创作态度，对现实生活进行了全面的反映。他们塑造了多种多样的人物形象，真实地反映了处于时代巨变下普通民众的心理变迁。新时期初文学中凸显现实主义精神的代表，莫过于蒋子龙的"开拓者系列"了。一方面，作家蒋子龙以革命现实主义的创作手法，塑造了一系列的"中间人物"形象，通过对他们复杂心理过程的拿捏反映新时期工业建设领域出现的社会问题。在这些人物身上，既有对新时期工业现代化建设的热情，同时，他们又害怕再次卷入国家体制之内。小说中这些人物性格和心理的变异，多是长久以来错误的政治运动所造成的。如《乔厂长上任记》里的石敢，他从中华人民共和国成立后"诙谐多智的鼓动家"，到新时期成了两耳不闻国家事，一心只做太平人的"闲人"。因此，当乔光朴邀请他一起加入电机厂，石敢的第一反映是："你何苦要拉一个垫背的？我不去。"❷"我只有半个舌……舌头，而且剩下的这半个如果牙齿够得着也想把它咬下去。"❸"我的思想残废了，我已经消耗完了。"❹可一旦真正进入职位以后，石敢依然可以做到尽职尽责。"石敢还是过去的石敢，别看他一开始不答应，一旦答应下来就会全力以赴。"❺直面新时期初中国工业化建设过程中的现实问题，即国家虽然确立了"四化"建设的目标，但是，却面临缺少冲锋陷阵的干将。他的另一篇

❶ 高晓声：《李顺大造屋》，《中国当代文学作品选》，十八所高等院校当代文学教材编写组：河北人民出版社 1981 年，第 371－372 页。

❷ 蒋子龙：《乔厂长上任记》，《蒋子龙文集（8）》，人民文学出版社 2013 年，第 36 页。

❸ 蒋子龙：《乔厂长上任记》，《蒋子龙文集（8）》，人民文学出版社 2013 年，第 36 页。

❹ 蒋子龙：《乔厂长上任记》，《蒋子龙文集（8）》，人民文学出版社 2013 年，第 36 页。

❺ 蒋子龙：《乔厂长上任记》，《蒋子龙文集（8）》，人民文学出版社 2013 年，第 47 页。

小说《机电局长的一天》，讲述了机电厂工作无法开展，人心涣散，局里领导遇事就躲的现状。小说设置了战争年代高度的革命热情与新时期工业建设的举步维艰这两条对比鲜明的时间线，来写新时期工业建设面临的现实问题。小说中值得关注和探究的，莫过于这机电局副局长徐进亭。在他身上，对工业建设缺乏热情，心灰意懒，无所用心。在徐进亭看来，对于工作上的事情，"与其走错步，不如不迈步。何苦呢"❶！徐进亭产生这样的心理，一是由于自己曾经在政治斗争中受到不公正对待的历史因素，二是在于机电厂"上压下挤"❷的现状。因此，在徐进亭的身上，我们更能看出新时期我国工业现代化所面临的现实问题。还有他的小说《一个工厂秘书的日记》，蒋子龙选取了工厂秘书自述的角度，将化工厂里的官僚主义作风展示在公众面前。不过，这个秘书虽然看到了化工厂高层领导间的钩心斗角，对这些领导的腐败行为也嗤之以鼻，但他却没有 20 世纪 50 年代林震的勇气，而是选择了一种事不关己的态度待之，他清楚地知道，"言多必失，万一超出了小秘书的身份，白惹出许多不必要的麻烦"❸。另一方面，蒋子龙塑造的工业改革者形象，摆脱了以前"高大全"的革命英雄者形象，他们既有对现代化建设的高度热情，也有个人的性格缺陷。如《乔厂长上任记》里的乔光朴，他既是一个做事雷厉风行，泼辣大胆，勇于实践和另辟蹊径的厂长。同时，他也行事鲁莽，不听别人劝阻，"这家伙，话说得太满、太绝"❹。他不顾及石敢的心灵创伤，一意孤行把他拉入了电机厂。在对待与童贞的感情时，他完全不顾及童贞的感受和石敢的建议，立马宣布了自己与童贞的婚讯。小说《机电局长的一天》里的干部霍大道局长的形象，虽然他的"身上有一种强烈的进取心，胸中有烧不完的烈火，脚下有攀不完的高峰"的改革家实干精神，但是这样一位改革先锋也有不听人劝、脾气急躁的时候。

新时期青年谌容创作于 1980 年的中篇小说《人到中年》，也是反映社会现实问题的佳作。小说采用现实与梦幻相互交织和倒叙的手法，将笔触还伸向了"珍惜人才，落实知识分子政策，改善科技人员待遇"的现实问题。小说以陆文婷精湛的医术和一穷二白的生活现状为小说的矛盾点，

<hr />

❶ 蒋子龙：《乔厂长上任记》，《蒋子龙文集（8）》，人民文学出版社 2013 年，第 8 页。
❷ 蒋子龙：《乔厂长上任记》，《蒋子龙文集（8）》，人民文学出版社 2013 年，第 14 页。
❸ 蒋子龙：《乔厂长上任记》，《蒋子龙文集（8）》，人民文学出版社 2013 年，第 218 页。
❹ 蒋子龙：《乔厂长上任记》，《蒋子龙文集（8）》，人民文学出版社 2013 年，第 33 页。

"如今，转瞬之间 18 年过去了。陆文婷，姜亚芬这批大夫，已经成为这所医院眼科的骨干。按规定，如果凭考试晋升，她们早就应该是主任级大夫了。可是，实际上她们不仅不是主任级大夫，连主治大夫都不是。她们是十八年一贯的住院大夫。"❶ 以此引出对新时期初不珍惜科技人才，从而导致大量人才流失的社会现状的思考。在 20 世纪 50 年代创作过《百合花》这样清新秀丽的文学作品的作家茹志鹃，于 1978 年创作了带有一定现代主义色彩的小说《剪辑错了的故事》，小说运用一种类似于西方现代派的艺术手法，在看似毫无章法的结构中，完成了对人民生活内部矛盾现象的揭露。小说以 20 世纪 40 年代和 20 世纪 50 年代这两个历史阶段为故事背景，通过塑造老寿这样一位善良、淳朴、忠厚、实事求是，对革命负责的农民形象，以此讽刺了老甘弄虚作假、欺上瞒下的官僚主义作风。

"文学的任务不是去回避黑暗、粉饰现实，而恰恰应该反映现实生活中新与旧、光明与黑暗的斗争，从而帮助读者正确地认识现实，鼓舞读者去同应该否定的事物作斗争，以推动历史的前进。"❷ 新时期之初的现实主义思潮，在乍暖还寒的季节里重新出现在公众的视野里，既是对"十七年文学"中现实主义创作手法的恢复和延续，也是对"文化大革命"十年中的反现实主义、伪浪漫主义思潮的一种历史反拨。

---

❶ 谌容：《人到中年》，《中国当代文学作品选》，十八所高等院校当代文学教材编写组：河北人民出版社 1981 年，第 518 页。

❷ 张炯：《关于新时期文学的评价问题》，《中国新文艺大系 1976—1982 史料集》，张炯主编，中国文联出版公司 1990 年，第 29 页。

第六章　1984 年的文学会议与
当代中国文学形态的新变

现代以降，类型多样的主流化或非主流化会议促发和激活着中国现当代文学语言运用、文体样态、题材择取、叙述角度、抒情方式和书写手段的新变。各类编委会、成立会、代表会、座谈会、讨论会、纪念会、批判会等制约着创作主体的认知方式、思想观念、情感变化、行为呈现、话语表达和价值诉求，是中国现当代文学发生、嬗变和演进的一种重要机缘与强大动力，诸如《新青年》编委会与新文学运动的开启，中国左翼作家联盟成立大会与左翼文学运动的发生，中华全国文艺界抗敌协会成立大会与抗战文学热潮的掀起，延安文艺座谈会与工农兵文学方向的推动，历次文代会、作代会与社会主义文学的发展，文学会议的功能非常鲜明和凸显。尤其是 1949 年中华人民共和国成立以来，与中国文学相关的上述各类型会议则多是"在中国当代国家权力体系内部或受其支配、影响的一种模式化的集体互动形式"[1]，更以一种强有力的"集体意识"，积聚文坛力量，统一作家认识，整合创作资源，制定文学政策，确立发展方向，成为引导和规范当代中国文学方向、观念、思潮、社团、语言、体式和创作心态的重要力量[2]。要在时值隆重纪念中国改革开放 40 周年、学界不断回眸 20 世纪"80 年代文学"之际，全面总结改革开放以来中国当代文学多层次、多走向、多方位的文学成就还是一件困难的任务，那不妨以学界较少关注的 1984 年中国内地召开的诸多会议为个案，管窥和认知与"'改革开放'的国家方案"[3]紧密配合的中国当代文学形态所发生的新变情形和特质，或

---

❶　刘光宁：《开会：制度化仪式及其对当代社会观念和政治文化的影响》，《当代中国研究》2005 年第 3 期。

❷　岳凯华：《〈新青年〉编委会与中国新文学方向的生成》，《湘潭大学学报（哲学社会科学版）》2018 年第 3 期。

❸　程光炜：《前面的话》，《文学讲稿："八十年代"作为方法》，北京大学出版社 2009 年，第 1 页。

许这一叙述策略更能够真正还原中国当代文学发生新变的历史图景。

文学史著和批评家们审视和评说 20 世纪 80 年代中国内地文学新变的时间节点，惯常喜欢选定 1985 年，因而 "85 新潮""方法论年""1985：延伸与选择"❶ 等字眼在当今诸多文献史料中触目皆是。应该说 1985 年是一个不寻常的年头，但也是一个 "令人困惑的神秘莫测的 1985 年"❷。其实，它之前的 1984 年更值得重视。因为这一年，当代中国文学早就春潮涌动，这自然与当年社会环境密切相关。1984 年，新中国 35 周年庆典游行队伍中打出的 "小平您好" 这一横幅，表达了中国人民对中国改革开放和现代化建设总设计师的崇敬与赞许，正是改革开放的方针政策促进了中国社会政治经济文化科学持续、健康、快速的发展，中国更加主动地向全世界敞开了大门，举国上下一片沸腾，人民安居乐业，国家兴旺发达，"1984 年的中国，春潮涌动。亿万中国人民发自内心的欢歌笑语，荡漾在长城内外、大江南北。中国人民感受到了多年来所没有感受到的轻松、欢快、安乐、祥和，一个属于人民的新时代已经到来。"❸ 这样的社会环境，使得几乎所有的艺术门类都呈现出新奇而灿烂的面容，尤其是 1984 年召开的多种会议更是有力地激发了中国当代文学形态的新变。陌生和激进的文学试验开始涌现，传统现实主义的文学成规受到挑战，令人兴奋的文学潮流在不断涌动，在一定程度上完全可以称之为发生了 "雪崩式的巨变"❹。其实，王蒙评价新时期文学十年的话语："活跃的文学生机真可说是令人目瞪口呆。多样性、活跃性与速变性，反映了我们全民族的心智的虎虎生气、勃勃生机！表现了整个一个民族的一种新的开拓精神、创造精神、更新精神的高扬！"❺ 1984 年中国文学新变的情形，正如 1982 年李陀给刘心武的信所述："我们生活在一个伟大的转折时代里，这决定我们的文学必定要有一个很大的发展，要有一个新的文学时期。"❻

---

❶ 这是谢冕主编、山东教育出版社 1998 年出版的 "百年中国文学总系" 丛书中尹昌龙所写的一本著作的书名。

❷ 陈晋：《当代中国的现代主义》，中国文联出版公司 1988 年，第 14 页。

❸ 贺耀敏、张小劲等：《春潮涌动——1984 年的中国》，中国工人出版社 2000 年，第 1 页。

❹ 李陀：《往日风景》，《今日先锋》1996 年第 4 辑。

❺ 王蒙：《序——洋洋大观匆匆十年》，宋耀良：《十年文学主潮》，上海文艺出版社 1988 年，第 6 页。

❻ 李陀：《"现代小说" 不等于 "现代派" ——李陀给刘心武的信》，《上海文学》1982 年第 8 期，第 91－94 页。

事实上，一个新的文学形式探索、新的文学形态变革时期已经在1984年开始形成。

一、通俗文学：由排斥到重视

事实上，作为与"雅文学"相对的文学形态，以武侠、言情、侦探、推理等类型为代表的通俗文学，虽有党报《人民日报》连载了刘峻骧的"兼有武侠小说、惊险小说、间谍小说"❶之优的传奇故事《伍豪之剑》（1979年），创刊即印数接连攀高数十万册的《今古传奇》（1981年）、《故事报》（1982年）、《故事大王》（1983年）等通俗文学专刊杂志的出版，港台金庸、琼瑶等中国作家武侠、言情小说在大陆的风行，一些学者在声嘶力竭地为"通俗文学"鸣不平❷，但它在1984年之前的中国文学场域中，因其审美趣味比"雅文学"低俗等原因而命运多舛，文学界采取的多是漠视、排斥甚至是抵制的态度。

这种态度，在1983年以前的文坛就表现出来了。翻看中国文联内部交流资料《文艺情况》可以看到，该刊1981年第6期、1982年第7期、1982年第8期连续刊载了王霄鹏的《不要把文艺小报作为赚钱的工具》《广东检查一些期刊小报的错误倾向》《刹住滥出外国惊险推理小说风》等文章，把科幻小说、惊险推理小说、武侠小说统统视为是"庸俗形态的'通俗文学'"❸，字里行间流露出来一概贬低和完全抵制的情绪。而在1983年10月前后清除精神污染的运动中，刊登"通俗文学"的报刊《广州卫生》《南华》《百花园》《舞台与银幕》《科普小报》《西江文艺》等成为主要治理整顿的对象，或暂停出刊，或认真检查，或进行清理，因为它们追求"发行量和感官刺激以及离奇怪诞的故事情节"，"把一些简单的科学知识硬加上荒诞无稽的情节"，"影响很坏"❹，尤其是抚顺市群众艺术馆主办、在不到两年时间内发行量即猛增到260万份的《故事报》，

---

❶ 汤学智：《生命的环链——新时期文学流程透视（1978—1999年）》，郑州大学出版社2003年，第113页。

❷ 朱文华：《通俗文学纵横谈》，《文汇报》1983年8月30日，第3版；修远：《莫把"通俗"当"庸俗"》，《文汇报》1983年8月30日，第3版；傅小森：《值得注意的问题》，《文汇报》1983年8月30日，第3版。

❸ 初清华：《新时期文学场域研究》，人民出版社2010年，第187页。

❹ 《广东省和沈阳市清理、整顿各种小报》，《文艺情况》1984年第1期，第6页。

遭到的清理和整顿着实让人震撼，因为它所刊载的 204 篇故事及言论，被认为有明显错误和严重缺点的作品就有 33 篇（占 16%），而格调不高或艺术拙劣的平庸之作则达 120 篇（占 59%）。1983 年 8 月 1 日，上海《文汇报》首先对它点名批评，随后各大报刊相继对此事件予以连篇累牍的报道，如《辽宁日报》10 月 30 日刊发了赵景富的《传播低级庸俗故事，造成严重精神污染，抚顺〈故事报〉被停刊整顿》、11 月 6 日刊发了《水正落，石将出——抚顺市委派工作组抓紧清查〈故事报〉传播精神污染问题》，《工人日报》11 月 9 日刊发了熊兴辉的《不许把通俗文学办成庸俗文学——上海部分群众文化工作者对〈故事报〉提出批评》，《共产党员》1983 年第 12 期刊发了申图的《钱臭熏昏了灵魂——〈故事报〉搞精神污染犯严重错误的调查》，《辽宁文艺界》1984 年第 1 期刊发了张佐库的《记取〈故事报〉的教训》，让人不能不觉察和体会到 1984 年之前的文坛和学界"对通俗文学总是抱着一种轻视甚至蔑视"的态度❶。

但是，通俗文学在 1984 年以后的中国文坛就发生了翻天覆地的变化。1984 年 12 月 10 日的党报《人民日报》首先刊文描述了通俗文学的三种变化：一表现在"通俗文学作品拥有广大的读者群"；二表现在"通俗文学占有了相当多的园地，这类的刊物、出版物也越来越多，有些专门发表艺术文学作品的刊物也开始发表通俗文学作品；三表现在"通俗文学作品大都出自业余作者之手，近年来有些著名作家也开始重视并尝试通俗文学创作"❷。时任中国作家协会书记处常务书记的鲍昌，对通俗文学繁荣的情状尤其是人们对待通俗文学的态度更有一番生动而客观的描述，认为自 1984 年春以来，首先是通俗文学刊物、小报和书籍犹如雨后春笋般出现，令人眼花缭乱，目不暇接；其次各种类型通俗文学书籍大量印行，或是《三侠五义》《小五义》《施公案》《儿女英雄传》《呼家将》等传统中国通俗小说的"翻印"，或是克里斯蒂、奎恩、松木清张、森村诚一等外国近现代通俗小说的翻译，或是《夜幕下的哈尔滨》《香港大亨》《萍踪侠影录》《津门大侠霍元甲》《霍元甲、陈真传》《侠盗"燕子"李三传奇》等中国当代作者新创作的通俗小说的刊发；最后更重要的是

---

❶ 吴野：《不应当被遗忘的角落》，《当代文坛》1985 年第 1 期。

❷ 《重视和提高通俗文学——天津市文联举办通俗文学研讨会》，《人民日报》1984 年 12 月 10 日。

包括农民、工人、学生、士兵、干部、高级知识分子乃至坚持纯文学创作的作者以及通俗文学读者的态度发生了改变，从过去"怀有偏见，对通俗文学作品不屑一顾"，到现在开始"不惜花费较多的时间和财力，渴求阅读各种体裁、各种题材的通俗文学作品"，开始"重视甚至亲身躬与通俗文学的写作了"❶。上述诸种情况说明，1984年读者和作者乃至批评家对于通俗文学的审美心理、创作心理和批评心理都发生了明显的变化。

追溯文学界由排斥到认同通俗文学的心理变化成因，当然有多条路径，如从政治层面上审视，这首先得益于改革开放以来党的"双百方针"以及"二为方向"文艺政策的调整、贯彻和执行；从文化层面上观察，这自然受益于新时期中国对于民间文学的大力提倡和传统古籍的全面整理；从影响层面上观照，当然在于域外通俗文学作品的大量译介和畅销❷，但为人忽略的1984年召开的几次与通俗文学有关的会议更要引起学界的高度重视。

一是1984年7月2日河北省花山文艺出版社召开的大型通俗文学丛刊《神州传奇》和大型说唱文学丛刊《说古唱今》创刊座谈会，它为通俗文学创作提供了又一个重要的发表和传播平台，而且成为冲击纯文学期刊的重要分子。在《神州传奇》创刊号上，刊登了高占祥的《两山排闼送青来》、单田芳等的《百年风云》、曹治淮的《潘杨后传》、郝艳霞等的《月唐演义》、王宁文的《水浒别传》、赵伯华的《翡翠塔传奇》、王占军的《大漠恩仇》等通俗文学作品。

二是山西人民出版社为交流通俗文学创作、出版、发行等方面的信息和经验，探讨通俗文学的理论问题，制定通俗文学工作的实际措施，以促进通俗文学的健康发展，于1984年8月上旬邀集全国各地的通俗文学作家，编辑和理论工作者近50人，在太原举行了通俗文学编创出版工作会议。会上主要围绕四个问题进行讨论：什么是通俗文学；当前通俗文学兴起的原因及其启示；如何正确对待通俗文学重新兴起；如何提高通俗文学创作水平，并在征求与会代表意见的基础上制定了一系列促进通俗文学创

---

❶ 鲍昌：《试论当前的通俗文学》，《天津社会科学》1985年第1期。

❷ 初清华：《新时期文学场域研究》，人民出版社2010年。

作和批评的实际措施❶。此后，广东也召开了通俗文学期刊编辑工作座谈会。会议敏锐地意识到近年崛起和发展的通俗文学已出现一种程式化现象，在内容上搞粗鄙化的武打、侦破、爱情"老三件"实际上把通俗文学引进了一条死胡同，认为通俗文学的出路在于创新，既以通俗性、社会性为特点，又应深入实际、深入社会，努力发掘社会上、群众中在开放搞活形势下出现的新事物，借鉴和发扬古今中外优秀通俗文学作品的创作经验，熔思想性、传奇性、趣味性于一炉，使通俗文学保持自己的艺术特色，继而把办通俗文学期刊提升到"社会主义精神文明建设的一个重要部分"这样的高度，因为通俗文学在满足社会不同层次的文化需要上发挥着重大的作用，因此对通俗文学要给予应有的关注和重视，加强引导工作，使之健康发展❷。

三是天津市文联、理论研究室和中国作协天津分会 1984 年 11 月 24 日至 28 日在津联合召开的"通俗文学研讨会"。这次会议澄清了通俗文学与纯文学的关系，或认为"纯文学和通俗文学不是简单的高低之分，它们是两个品种，属于两个范畴，应有不同的评判标准"，或指出"将通俗文学与纯文学截然分开是不科学的。'雅'与'俗'的概念，可以互相浸润，雅文学与通俗文学并非是风马牛不相及的"❸，同时对通俗文学的复苏、兴起和发展以及如何加强和引导通俗文学创作进行了比较深入、系统的研讨，更重要的是做出了天津市今后每两年将召开一次通俗文学研讨会的决定，还和有关部门协商出版通俗文学研究刊物。这场会议在当时文学界颇有影响，完全可以视为文学界对于通俗文学之态度发生转变的重要标志之

---

❶ 效维：《通俗文学编创出版工作述略》，《文学研究动态》1984 年第 12 期，第 25－27 页。该文较为详尽地介绍了这次会议做出的决定："（一）为了鼓励创作和出版，从 1985 年起，由山西人民出版社出版的《通俗文学选刊》和《通俗文学丛书》将开展评选优秀作品的活动，凡被选中的作者和编辑，都将给以物质奖励。（二）为了扩大通俗文学作品的发表园地，从 1985 年起，《通俗文学选刊》将增加篇幅，由原来的每期 64 页增加到 128 页，并增加新的栏目。（三）为了调动全国通俗文学工作者的积极性，山西人民出版社将正式聘请社外编委和特约编辑，在全国各地设立若干编辑小组，负责为《通俗文学选刊》和《通俗文学丛书》推荐和编辑书稿，其活动经费由山西人民出版社提供。（四）为了促进通俗文学的理论研究和书评工作，山西人民出版社将创刊《通俗文学研究论丛》。"

❷ 《广东召开通俗文学期刊编辑工作座谈会》，《广东新闻出版动态》1985 年第 1 期。

❸ 王绯：《通俗文学讨论会》，中国社会科学院文学研究所《中国文学研究年鉴》编辑委员会编：《中国文学研究年鉴 1985》，中国文联出版公司 1984 年。

一。因为《人民日报》❶《文学评论》❷《文艺情况》❸《当代文学研究资料与信息》❹ 等报刊对这次研讨会情况都作了报道，后来还被《中国文学研究年鉴1985》❺ 予以选编，不似山西通俗文学编创出版工作会议只有《文学研究动态》❻ 一家作了报道。由此可见，通俗文学作为中国当代文学一种文学形态的合法地位已开始得到确认。

四是《小说界》杂志社于12月3日在南京召开通俗文学座谈会。与会者提出"通俗文学热"是当前一种新的文学现象，一般省市文学期刊在面对大量选刊、文摘、通俗文学报刊的挑战和承受沉重压力的情况下，应该在办出特色，提高质量，适当发表优秀通俗文学作品等方面下功夫，因为文学刊物要注意时代变革必然带来的群众多方面多层次的文化需求以及读者欣赏趣味和心理的变化。❼ 由此可见，纯文学杂志已经开始心平气和地面对和迎接通俗文学带来的压力和挑战。

五是香港新派武侠小说作家梁羽生被邀请参加了中国文联和中国作协于1984年12月28日—1985年1月6日在北京举办的中国作协第四次代表大会。时任中共中央总书记胡耀邦出席开幕式表示祝贺，胡启立代表中共中央书记处在祝词中阐述了社会主义文学的任务，向作家们提出了殷切的希望，会上宣读了中国作协主席巴金的题为《我们的文学应该站在世界的前列》的开幕词，作协副主席张光年作了题为《新时期社会主义文学在阔步前进》的报告。这是通俗文学作家首次享受这种高规格殊荣，也可见出新时期中国带有官方性质的部门中国文联、中国作协在天津这种地方文联重视的基础上开始对通俗文学有了进一步的认识。正如梁羽生自己说道："以一个武侠小说作者的身份，能够参加此次大会，当然会有许多感想。"精准体会到这次大会的精神"就在于'创作自由'四个大字"，而以武侠

❶ 《重视和提高通俗文学——天津市文联举办通俗文学研讨会》，《人民日报》1984年12月10日。

❷ 哲明：《关心和提高通俗文学创作——天津市文联举办通俗文学研讨会》，《文学评论》1985年第2期。

❸ 小微：《关于"通俗文学热"——记天津一次研讨会》，《文艺情况》1985年第1期。

❹ 小微：《关于"通俗文学热"——记天津一次研讨会》，《当代文学研究资料与信息》1985年第7期。

❺ 王纬：《通俗文学讨论会》，中国社会科学院文学研究所《中国文学研究年鉴》编辑委员会编：《中国文学研究年鉴1985》，中国文联出版公司1984年。

❻ 效维：《通俗文学编创出版工作会议述略》，《文学研究动态》1984年第12期。

❼ 陈辽：《迎接选刊、文摘、通俗文学的挑战》，《文汇报》1984年12月17日。

小说为代表的通俗文学当属 "有助于劳动者在紧张工作之余的娱乐和休息" 一类的作品，"在文艺园地中必将带来一片姹紫嫣红，花团锦簇的美景！"❶

由此可见，虽然 1983 年、1984 年是通俗文学兴盛之时，但让文学界不得不正视它的存在则是上述会议之后的 1985 年。正是上述会议的推动，1985 年通俗文学最为人关注，它的生态环境发生了翻天覆地的变化。《人民日报》率先于 1985 年 1 月 11 日发表了孙犁的作品《谈谈通俗文学》，之后又于 3 月 11 日发表了腾云的文章《通俗文学需要提高》。而《文艺报》则于 1985 年第 1 期开始，先后 4 期均辟专栏讨论通俗文学的崛起，指出 "社会上和文艺界对大量出现的武侠、言情、侦破小说议论纷纷。应该如何正确看待这个现象，确是我们大家关心的问题"，希望通过讨论 "各抒己见，求得一个比较明确的认识"❷。到了 5 月，《读书》杂志刊登了一篇由刘再复、戴晴、黄伊、冯其庸、李泽厚、陈尧光、蒋和森多位学者和作家参与讨论的座谈会纪要，纷纷表示 "应当欢迎通俗文学的健康成长，也应当正视问题，纠正偏差"❸。据统计，这一年发表了 64 篇评论通俗文学的文章。上述媒体文章大多承认通俗文学在百花园里理应占有自己的一席之地，"对通俗文学的冷漠、轻蔑态度，甚至不分青红皂白，一律加以扼杀、禁锢的办法，正是文艺工作指导思想上 '左' 的表现之一"❹。通俗文学终于能够合法入场，各类通俗文学期刊、小报数不胜数，到 1988 年居然高达 190 余种，其中 1985 年的《今古传奇》订户已超过 200 万、《故事会》发行量达 700 多万；而原创和译介的各类雅俗共赏的通俗文学作品，如新乡土文学、新市井小说、新历史演义、新公安小说、新民间故事、新传奇、新评书等大量出版，其时的通俗文学 "不再是稀稀的浅草，而是连绵的丛林"❺，大潮奔涌、众神狂欢的通俗文学在 1985 年以后向着雅文学领域猛烈冲击使得纯文学节节败退❻。在文学消费主义场域中，通俗文学以自身所内置的商品化、市场化、消费化与世俗化实体，清晰呈现了 20 世

---

❶ 梁羽生：《回归·感想·声明》，《文艺报》1985 年第 2 期。
❷ 《怎样看待文艺、出版界的一个新现象》，《文艺报》1985 年第 1 期。
❸ 时辑：《谈谈俗文学（记一个座谈会）》，《读书》1985 年第 5 期。
❹ 浩成：《通俗文学漫谈》，《文艺报》1985 年第 2 期。
❺ 滕云：《通俗文学正在起新潮》，《光明日报》1984 年 12 月 20 日。
❻ 王先霈、於可训主编：《80 年代中国通俗文学》，湖北教育出版社 1995 年。

纪 80 年代中国文学的"现实存在与经验图景"❶。

二、先锋文学：由批判到认同

在文学研究中，与整个文学系统和社会文化语境有着密切关联的先锋文学，向来是一个很难界定的概念和范畴，在不同的历史时期它所具体指涉的内容都有不同，但置身到一个具体的时间场域中它还是具有自身的确定性。因此，放眼当代中国文学语境中的 1984 年，在这一时间节点上的先锋文学主要指向朦胧诗后的"第三代诗歌"和穿行于传统文化境遇中的"寻根文学"还是非常清晰可见的。而第三代诗歌和寻根文学的兴起，又与他们、海上诗群、莽汉主义等诗群的成立会和在杭州西湖边召开的"部分青年作家和部分青年评论家的对话会议"（俗称"杭州会议"）存在着密切关联。

对于"朦胧诗"这一崛起诗派的命名❷，其实已真实反映了改革开放初期人们对于先锋文学的态度。对于这些"古怪"的诗，当时人们惯于以忧虑的心情、激进的姿态和批判的口吻指斥弥漫于诗坛的"朦胧""晦涩"和"怪癖"的现象，"对于这些'古怪'的诗，有些评论者则沉不住气，便要急着出来加以'引导'。有的则惶惶不安，以为诗歌出了乱子了"❸。即使持取"容忍和宽容"态度客观、科学、公正评价朦胧诗的人与文❹，也受到了不同程度的批判，甚至是从政治上下结论。到了 1984 年 3 月 5 日，写有《崛起的诗群》一文的徐敬亚，因为宣扬了"一系列背离社会主义文艺方向的错误主张"，在中共吉林省委和文艺界同志的严肃批评和耐心帮助下，还得以《时刻牢记社会主义的文艺方向——关于〈崛起的诗群〉的自我批评》为题在《人民日报》发文作深刻的自我批评，为此《人民日报》专门加"编者按"指出"最近徐敬亚同志对他所宣扬的错误观点已有了一定的认识，并写了这篇自我批评文章，为此我们表示欢

---

❶ 李胜清：《文学消费主义与现代性生活范式》，《中国文学研究》2018 年第 1 期。

❷ 章明：《令人气闷的"朦胧"》，《诗刊》1980 年第 8 期。

❸ 谢冕：《在新的崛起面前》，《诗探索》1980 年第 1 期。

❹ 具体指学界习惯称之为"三崛起"，包括谢冕：《在新的崛起面前》，《诗探索》1980 年第 1 期；孙绍振：《新的美学原则在崛起》，《诗刊》1981 年第 3 期；徐敬亚：《崛起的诗群》，《当代文艺思潮》1983 年第 1 期。

迎"❶。其实，在中国当代文学发展史上有太多粗暴干涉的教训，有太多把不同风格、不同流派、不同方法的文学创作视为异端、判为毒草的教训。然而，非常吊诡和有趣的是，就在批判"三崛起"余波未尽之时的 1984 年，一些更具先锋意识的民间青年尤其是在校大学生，"已经不满足于'朦胧诗'中的理性主义色彩，提出了'打倒北岛'的口号，并开始了更有现代意识的诗歌创作"❷。正是 1984 年成立的大学生诗派、莽汉主义、海上诗群、"他们"等诗派，在日后时光和当代诗坛中引发和掀起了先锋性强、冲击力大的诗潮。这些诗歌团队人员众多，散居各地，阵营庞杂，良莠不齐，但在诗群成立会前后大胆自我指认和展示的勇敢举止，则标志着中国新诗进入了全方位自觉的个人主义先锋时代。

首先是"大学生诗派"成立会，办有《大学生诗报》。不偏不倚就在"朦胧诗"形式正被读者接受而且体制化，并以咄咄逼人之势覆盖中国诗坛的时候，这个大学生诗派于 1984 年 3 月在重庆大学举行了简单的成立会。作为一股强劲的势力，该诗派以咄咄逼人的姿态，喊出了"打倒北岛""Pass 舒婷"的口号，"捣碎这一切""捣碎！打破！砸烂！"，却绝不负责收拾破裂后的局面，粗暴、肤浅和胡说八道，反击博学和高深，似乎就是该派的艺术主张和组织原则，但它实际只存在了 8 个月，因为随着于坚、尚仲敏大学毕业，这个诗派便自行解散。虽然存活的时间不长，"只追求那美丽的一瞬——轰响一声"，但时至今日"仍有人在捡拾它的碎片"❸。

其次是"莽汉主义"成立会。该社团由李亚伟、万夏、胡冬、马松等在校大学生于 1984 年 6 月创立于四川南充师范学院（今西华师范大学），作为大学生社团组织，成立仪式自然非常简单，但却是一群"奔突毁圈的嚎猪"❹，深受美国"垮掉的一代"的影响，抛弃风雅，追求生命的原生态，主张对生命意义的还原，反对以诗歌的方式对世界进行主观的美化，语言多幽默、反讽，机智调侃，以更加新锐的势头进入诗坛，在青年学生中有一定影响。

再次是"海上诗群"成立会。1984 年 8 月诞生于上海，主要成员有王

---

❶ 《〈人民日报〉编者按》，《人民日报》1984 年 3 月 5 日。

❷ 李骞：《20 世纪中国新诗流派研究》，中国社会科学出版社 2012 年。

❸ 尚仲敏：《大学生诗派》，《诗歌月刊》2006 年 11 期。

❹ 杨远宏：《莽汉主义：一群奔突毁圈的嚎猪》，《重庆师专学报》1995 年 4 期。

寅、郁郁、默默、刘漫流、孟浪、陈东东、陆忆敏等，自办《海上》《广场》《作品》《MN》《城市的孩子》等诗刊诗集（油印）。他们好似一群在四周没有岸的海上的探索者，崇尚孤独感，诗是他们恢复人的魅力的手段，倾向于发掘"无根"的纷乱城市对人产生的压力和带来的焦灼。

最后是"他们"文学社在1984年的成立会。该社成员分散四面八方，主要有从西安调至南京的韩东，昆明的于坚，上海的小君、陆忆敏、王寅，福州的吕德安，没有共同章程。大约是1984年下半年，南京的韩东希望在原来西安创办的《老家》基础上，"重新办一个新的民刊"，于是就非常积极地撮合这些人"多次聚会"，画家丁方为这本新刊物设计封面，许多朋友为这本刊物取名❶。一年之后，"他们文学社内部交流资料"《他们》于1985年出版，一出版就在诗坛引起巨大反响，成为第三代诗人崛起的重要标志；其领军人物于坚组诗《尚义街六号》对中国当代先锋诗歌的口语写作风气产生了重要影响，《0档案》至今是中国当代诗歌探索的最前沿作品。而韩东于1986年提出的"诗到语言为止"的命题，则是对扮演"历史真理代言人"的"朦胧诗"的有力否定。

综上所述，1984年先后成立的上述4个诗群，正是新时期中国诗歌潮流"已呈现退潮之势"的时候，他们的出现可谓逆流而上，而且是以一种反叛和颠覆的姿态，实施着比朦胧诗更为激烈、断裂的诗歌"暴动"。虽然处于不被承认甚至被漠视的境遇之中，但这三四处"星星之火"，却以"团伙"集结的方式在20世纪80年代中后期的中国诗坛上燃起了"燎原"景观，引得各种令人眼花缭乱的诗歌社团、流派、实验粉墨登场，呼啸而来，制造了大规模"喧哗与骚动"的声势，并一直延续到"'个人化'写作的90年代"❷。而由上述4家诗社后来引发的"哗变"景观，也是借助于一场特殊的诗歌展览形式来呈现其中端倪的。1986年10月21日至10月24日，当时在中国思想文化界最有影响力的两大报纸——《深圳青年报》和安徽《诗歌报》联合举办了中国诗坛1986现代诗群体大展。当年的统计数字，据徐敬亚说大约至1986年7月"全国已出的非正式油印诗集达905种，不定期的打印诗刊70种，非正式发行的铅印诗刊和诗报22种"，仅仅"寄给我个人的非正式诗刊、诗报、诗集就足以几个等身"❸。

❶　小海：《〈他们〉简史》，张清华主编：《中国当代民间诗歌地理》上卷，东方出版社2015年。

❷　洪子诚、刘登翰：《中国当代新诗史（修订版）》，北京大学出版社2005年。

❸　徐敬亚：《86'诗展20周年回顾》，《南方都市报》2006年8月15日。

这是中国新诗自 1916 年诞生以来举办的第一场现代诗歌群体大展，因为参与的社团诗人多、发表的作品质量高、波及的影响范围大，赢得的社会反响好，而在中国新诗史上占有绝对至高无上的史学地位，既是中国新诗史上最著名的一次诗歌活动，又是中国新诗史上最重要的一次诗歌事件。

当然，由于上述诗社多为大学生或民间青年自发组织和集结，没有组织依托，没有经费来源，没有固定场所，因此要了解这些诗社成立会上的具体情形，现在已很难找到当时的相关文献来佐证，这些当事人一直到现在也很少有这方面的回忆或自述文字。不过，这些诗社的成立会，不会是隆重的大会典礼，也没有具体的办会策略，不会自一开始就"依循高度结构化和标准化的程序"❶，不会由主办方以固定的书面形式通知参会者具体的会议时间和地点，更多是以口耳相传的方式呼朋引伴，甚至没有既定的主题和议程，也不会拟定严格的与会人员名单，参会者甚至可以来去自由，更不会有席位座次安排、发言顺序确定、会议决议撰拟这些严格的会议组织秩序，也就是说没有形成一套固定的标准，多数是聚会、聚餐、闲聊形式的"神仙会"，随喊随到，随心所欲，散漫自由。事实上，正是这些非规范、非标准的会议仪式，使得这些社团诗歌一两年后参加现代诗群体大展时还得需要补写宣言、主张等材料，以致主办方对此也不得不网开一面："没有宣言可以写宣言，没有主张可以写主张。无体系的，可以筑之！"❷ 这种可以自我命名和认定的特性，足以见出第三代先锋诗歌在社会和读者心目中已经得到了高度的认可。

与第三代诗社的成立会不同的是，同样是引领先锋潮流的寻根文学，它引发关注和得到认同的一种重要方式，则是通过国家相关机构主办的"部分青年作家和部分青年评论家的对话会议"（通称"杭州会议"）的推动和促发。虽然这次会议的不少当事人后来在回忆中也称之为"神仙会"，但毕竟还是经过了官方或半官方机构的精心组织和周密谋划。这就像戏剧演出一样，会议主办方对这次会议的召开，进行了认真的预演和细致的安排，对会议仪式中所要涉及"脚本"内容如"时间、'舞台'（会场）、'主配角演员'（参会人员）、'剧情'（程序）、主题、'对白'（发言）

---

❶ ［美］大卫·科泽：《仪式、政治与权力》，王海洲译，江苏人民出版社 2015 年。

❷ 徐敬亚：《86'诗展 20 周年回顾》，《南方都市报》2006 年 8 月 15 日。

等"❶ 予以了严密的预设，从而为与会者创造互动的情境，萌生一种能够参与"演出"的优越感，自觉保证会议情境圆满呈现会议目标和完成会议任务，尽量避免与情境相冲突的言行发生。当然，这次与寻根文学有关的杭州会议，又与国家权力机关举办的文代会、作代会等具有浓厚政治性的会议有鲜明区别。参加文代会、作代会这些会议，需要与会代表形成一种"我们"的集体意识，对会议主办方所代表的象征形象和权威地位要予以高度认同，需要竭力塑造服从他者特别是"主角"意志的自我形象。而对于外界来说，由于与会者是与权威"近距离"接触的亲历者，因此他们在会后的言行也就具有了权威性，他们的言行一般也会得到广泛的社会认可。此外，具有"喉舌"性质的各类媒体，也会围绕这些会议的精神给予铺天盖地的报道和不遗余力的宣传。也就是说，这类带有政治性质的会议仪式，"将自身的仪式原则和仪式经验通过操演过程，转换为日常生活中的政治记忆，发挥出政治范式和政治常识的作用"❷，刻写与会人员的日常记忆，用日常记忆来影响人们的行动思维，从而达到对会议决议、宣言的"高度认同"。譬如将1984年召开的这次杭州会议与五六年前召开的全国第四次文代会比较，就可以直接感受到二者的同与异。

第四次文代会于1979年在北京正式召开，但会前就已对会议时间、地点、与会人员名单、主席团名单及讨论安排、发言安排及各协会会议安排等议程进行了严密布置，整个会议过程则按早已设置好的议程有条不紊地逐一"演绎"：开幕式由茅盾致开幕词，邓小平代表党中央祝贺词，周扬做题为《继往开来，繁荣社会主义新时期的文艺——在中国文学艺术工作者第四次代表大会上的报告》的大会报告；紧接着进入各个阶段的讨论，推进各协会会员代表大会的议程；闭幕式通过大会决议，由夏衍致闭幕词；最后由中宣部、文化部为与会代表举行茶话会，华国锋、胡耀邦分别发表讲话，整个会议议程完成。为进一步落实大会精神，厘清文艺与政治的关系，《人民日报》于1980年1月26日发表了题为《文艺为人民服务，为社会主义服务》的社论，明确肯定"文艺为人民服务，为社会主义服务"这个口号"概括了文艺工作的总任务和根本目的，它包括了为政治服务，但比孤立地提为政治服务更全面、更科学。它不仅能完整地反映社会

---

❶ 刘光宁：《开会：制度化仪式及其对当代社会观念和政治文化的影响》，《当代中国研究》2005年第3期。

❷ 王海洲：《政治仪式》，江苏人民出版社2016年。

主义时代对文艺的历史要求，而且更符合文艺的规律"❶。直到 1982 年 6 月，胡乔木还在中国文联第四届二次全委会上阐释这个口号的意义，指出它的范围比为政治服务要广阔得多，内容要深刻得多。政治本身不是目的，而是达到目的的手段。虽说是非常重要的手段，但它只能是手段，目的只能是为人民的利益，政治从属于人民、从属于社会主义才是正确的。不从属于人民和社会主义的政治是错误的，我们不但不能服从它，而且要加以反对或纠正。政治要为人民生活中的各种需要服务，它不得不为经济、文化教育，包括文艺等一切人民所需要的东西服务。党中央提出的这个方向是"找到了社会主义时期文艺的终极目标"❷，进一步"给文艺与政治的关系松绑"❸。这种政治性会议精神的确认、传布、贯彻和落实的时间延续之长是可以想象的，而与会代表置身在这样庄重的情境之中自然而然将具有参与其中及接近话语权威的优越感，对于互动过程中"脚本"所预设好的任务和目的——即会议所要传达的精神及形成的决议便会自觉认同、贯彻并遵循，使自己俨然成为这个场景中最为合格的"演员"，在会后也会尽力延续这种自觉的心态和言行，成为大众学习、理解会议精神的典范和榜样。会后各种媒体发布的社论、权威评论员文章等也将持续宣传和传播这类会议既定的权威精神，进一步维护和固化会议的规定情境，继而在全社会刻写出对于这种会议的固定记忆，形成一套无懈可击的叙事"框架"❶。

然而，1984 年 12 月在杭州陆军疗养院联合举办的"青年作家与评论家对话会议"（俗称"杭州会议"），虽然在代表的选择上也煞费苦心，在议题上也明确定位于"新时期文学：回顾与展望"❺，但会议仪式明显有别于这样的会议，它不具备上述刻写"高度认同"记忆的条件。因为这样一种自上而下的权威性会议"杭州会议"，其动议缘于具有"探索"精神的

---

❶ 《人民日报》社论：《文艺为人民服务，为社会主义服务》，《人民日报》1980 年 1 月 26 日。

❷ 胡乔木：《关于文艺与政治关系的几点意见》，《胡乔木文集》第 2 卷，人民出版社 1993 年。

❸ 刘锡城：《1982：给文艺与政治的关系松绑——记中国文联四届二次全委会》，《中华读书报》2012 年 8 月 8 日。

❹ 刘思含：《杭州会议与寻根文学的发生》，湖南师范大学 2018 年硕士学位论文，第 33 页。该文作者为笔者指导的 2018 届硕士毕业研究生。

❺ 《青年作家与评论家对话共同探讨文学新课题》，《上海文学》1985 年第 2 期。

《上海文学》❶、浙江文艺出版社和《西湖》杂志的李子云、蔡翔、周介人、李庆西、李杭育、高松年等几个文人，希冀为此前发表的阿城《棋王》、李杭育"葛川江"系列小说、张承志《北方的河》以及贾平凹《商州初录》等小说在文坛发酵而引发的一股新鲜文学气息张目，从而有选择性地召集当时较为大胆、富有探索精神的作家和批评家，如来自北京的李陀、陈建功、郑万隆、阿城、黄子平、季红真，湖南的韩少功，杭州的李庆西、李杭育，河南的鲁枢元，上海的陈村、曹冠龙、徐俊西、吴亮、程德培、陈思和、许子东、宋耀良，福建的南帆等十几个青年到杭州参加会议。其实，这次会议从萌发想法到召开只用了很短的时间，除了时间、地点、议题有细致的考虑外，并没有什么周密安排。与会人员没有级别地位之分，会议议程无从知晓，就更不用说开幕式、闭幕式、领导致辞、会议决议了。由于没有权威的讲话，没有官方的指示，没有邀请任何媒体的采访，这给了与会者围绕主要话题充分思考、发表见解的充足条件和宽松氛围，使得参会人员摆脱了既定"脚本"的束缚，"我们不必老是对前辈们说，你们代表历史，你们代表传统"，无须服从什么权威和规矩，只管畅所欲言各抒己见，"我也是历史，我也是传统，因为我们希望自己尽职地发展历史，闪光地延续传统"❷。因此，杭州会议会上话题驳杂，有关传统文化、文学转型、当代性等各种话题一一呈现，可谓是名副其实的"神仙会"。即使到了最后，这次会议也没有达成什么共识，没能形成什么决议，但是1984年召开的这次会议却"直接或者间接地影响了八十年代文学的进展"❸，成为"推动'寻根文学'和'先锋文学'"的一个"内在环节"，"管理性文学体制下的'被压抑者'，以更为激进的姿态'重返'了"❹，这就是文学史上人们津津乐道的话题"杭州会议和寻根文学"。

有人说杭州会议上的这一批"敏感的文学编辑、作家和批评家意识到这些作品内涵的新意，要加以理论地概括和提升，才有了'寻根'一说"❺，这种观点是很有道理的。因为与会代表在会上的发言，多聚焦于"文化"话题，希望从民族的总体文化背景中找到"解决问题的钥匙"，确

---

❶ 鲁枢元：《梦里潮音——我的八十年代文学记忆》，海天出版社2013年。
❷ 周介人：《文学探讨的当代意识背景》，《文学自由谈》1986年第1期。
❸ 蔡翔：《有关"杭州会议"的前后》，《当代作家评论》2000年第6期。
❹ 李阳：《〈上海文学〉与当代文学体制的五种形态》，人民文学出版社2016年。
❺ 陈思和：《杭州会议和寻根文学》，《文艺争鸣》2014年第11期。

立"新的小说规范",融会"现代意识与民族文化",对小说人物"进行文化综合分析",认识与把握"人类的自身",呼吁每一个作家、批评家"都应犁自己的地,不要犁别人耕过的地",创造"自己独立的艺术世界",主张"换一个说法,换一个想法,换一个写法",因为真正创造性的小说"都在打破旧的限制,建立新的限制",因此要张开双臂迎接"小说多元状态的到来",而文学思潮的共存竞争与迅速更替则"是社会主义文学富有生命力的表现"❶。由此可见,会上的观点已在一定程度上凸显了"文化寻根"的预期视野和创作期待。虽然会上似乎没有为寻根命名,也没有提出类似寻根宣言的倡议,但与会代表韩少功、郑万隆、李杭育、阿城、郑义等人,于会后不久的两年时间内,相继不约而同地在媒体上迅疾发表了《文学的"根"》❷《寻找东方文化的思维和审美优势》❸《我的"根"》❹《现代小说中的历史意识》❺《中国文学要走向世界——从植根于"文化岩层"谈起》❻《理一理我们的"根"》❼《在文化背景上找语言》❽《文化的"尴尬"》❾《文化制约着人类》❿《跨越文化断裂带》⓫ 等重要理论文章,就是试图通过各自多元"寻根"主张的阐发,强化和张扬杭州会议的精神,明确提出了"向民族的深层精神和文化特质方面去寻找自我的'寻根'口号",理所当然是载入史册的"寻根派宣言"。这些文章,"以理论推动现实,开创了此后文学操作的一个基本模式"⓬。

总而言之,1984 年召开的杭州会议,虽然会上的"'寻根'之议并不构成主流",但这批充满"激情和真诚"的与会人员,"在各路好汉揭竿闹文学的时代","对几年来的'伤痕文学'和'改革文学'有反省和不

---

❶ 周介人:《文学探讨的当代意识背景》,《文学自由谈》1986 年第 1 期。

❷ 韩少功:《文学的"根"》,《作家》1985 年第 4 期。

❸ 韩少功:《寻找东方文化的思维和审美优势》,《夜行者梦语:韩少功随笔》,东方出版中心 1994 年,第 23 页。

❹ 郑万隆:《我的"根"》,《上海文学》1985 年第 5 期。

❺ 郑万隆:《现代小说中的历史意识》,《小说潮》1985 年第 7 期。

❻ 郑万隆:《中国文学要走向世界——从植根于"文化岩层"谈起》,《作家》1986 年第 1 期。

❼ 李杭育:《理一理我们的"根"》,《作家》1985 年第 9 期。

❽ 李杭育:《在文化背景上找语言》,《文艺报》1985 年 8 月 31 日。

❾ 李杭育:《文化的"尴尬"》,《文学评论》1986 年第 2 期。

❿ 阿城:《文化制约着人类》,《文艺报》1985 年 7 月 6 日。

⓫ 郑义:《跨越文化断裂带》,《文艺报》1985 年 7 月 13 日。

⓬ 李洁非:《寻根文学:更新的开始 1984—1985》,《当代作家评论》1995 年第 4 期。

满"，有咄咄逼人的谋反冲动，有急不可耐的求知期待，因此"基本上构成了一个共识"，"算是与'寻根'沾得上边"❶。因此，我们说杭州会议虽然不是"寻根文学的起点"❷，但具有先锋特质的"寻根文学"还是通过杭州会议的促发和认同而扩大为一股强劲的文学潮流，这合乎中国当代文学发生史的事实。正因为"受到了这次会上很多人发言的启发"，韩少功在会后的 1985 年连续在《上海文学》发表了《归去来》《蓝盖子》《女女女》等作品，呈现出"湘楚文化"的瑰丽与神奇；而郑万隆的"异乡异闻"系列、李杭育的"葛川江"系列、阿城的"遍地风流"系列、莫言的"红高粱"系列、张辛欣和桑烨的"北京人"系列，愈发致力于"寻根"意识的追寻；张承志、马原、扎西达娃、乌尔热图的小说更自觉呈现瑰丽而奇异的少数民族文化，贾平凹也越来越有信心继续经营他的"商州"故事，一批又一批作家"迅速扣上'寻根'的桂冠，应征入伍式地趋赴于新的旗号之下"❸，杭州会议俨然成为这场影响深远的文学运动的"开幕式"。

今天，"当我们回望刚刚逝去的那个变动不居的年代，穿越一堆堆尚且散发着余温的文学本文，穿越一阵阵闹热的言谈，穿越一次次灿烂的展览，或许我们不该忘记有这样一次会议"❶。不，绝对不止这样一次会议。正是在多次主流化或非主流化会议的推动下，"通俗"与"先锋"两种文学形态在 1984 年的中国，发生了新的变化，产生了新的动力，二者共生的时代终于到来。

❶ 韩少功：《杭州会议前后》，《上海文学》2001 年第 2 期。

❷ 谢尚发：《"杭州会议"开会记——"寻根文学起点说"疑议》，《中国现代文学研究丛刊》2017 年第 2 期。

❸ 南帆：《冲突的文学》，上海社会科学院出版社 1992 年，第 108 页。

❹ 尹昌龙：《1985：延伸与转折》，山东教育出版社 1998 年，第 27 页。

第七章　文学会议与中国现当代湖南作家

现当代湖南作家与文学会议的关联非常紧密，影响也非常深远。不说伟大领袖毛泽东在延安文艺座谈会上所发表的讲话的重大意义，仅仅聚焦于普通的文学作家与文学会议的关系，那也是一道道独特而有意味的风景。

一、《周立波文艺讲稿》："文学"与"生活"的契合

2017 年是周立波诞辰 110 周年，湖南人民出版社整理出版了一部周立波在各种会议、讲座上的发言、讲演、报告的书稿——《周立波文艺讲稿》。我们知道，周立波在中国现当代文学史上身兼着革命战士与文艺创作者的双重身份，这主要源于他始终把马克思主义和毛泽东文艺思想作为自己文学创作的指南针，将党和人民的生活视为他创作的唯一源泉。周立波的文艺思想和文学作品所张扬的人民群众观和革命精神，是抗战时期人民群众的精神支柱，同时还引导了一大批文艺创作者走向了正确的创作道路。但当前文艺界对周立波的文艺思想和作品的认识与研究，在社会文化多元化大潮的冲击下遭遇了被忽视和被"边缘化"的危机。"当前，文艺界也有一些同志对周立波的文学成就、文学道路及其在文学史上的地位，并没有充分的认识并给予正确的评价，甚至有'边缘化'周立波的倾向。"[1] 周立波的文艺思想和文学作品，在中国现当代文学史的版图上面临着领地丢失的窘境。因此，对周立波文学道路和文艺思想内涵的深入研究，发掘其文艺思想及作品中所蕴含的深层次的时代精神，成为当下文艺界一项重要的工作。

作为一部整理和收录了"周立波先生在新中国成立后至去世前，在各

---

[1]　周立波：《周立波文艺讲稿》，湖南人民出版社 2017 年，第 189 页。

种会议、讲座上的发言、讲演、报告"❶ 的书稿，《周立波文艺讲稿》对于文艺界重新正确认识周立波的文艺思想将具有重要的学术参考价值，正如胡光凡在讲稿的校编手记里写道："这部书稿可算一部相对完整的周立波关于文艺问题的讲话全集（不包括论文）。它是研究周立波文学创作和文艺美学思想的一份重要资料，也开拓了一个新的窗口。"❷ 翻看全书，该讲稿基本上囊括了周立波为人、做事、文艺创作等各个方面的内容，是他一生文艺思想和文学创作理论的集中体现，"从这些文稿中可以真实地了解周立波先生的为文、为人、为学"❸。在周立波朴实的语言中，我们感受到了一位无产阶级文艺创作者对党的事业的拳拳赤子心，对人民群众生活的热切关心，对文艺创作的真知灼见。周立波在他一生的文学创作生涯中，一直都在思考文学艺术的创作如何全方位地为国家、为党、为人民服务。从这些文稿中，我们可以发现周立波通过在文学创作中实现"文学"与"生活"两者之间的圆融，从而创作出了代表人民、代表党的一系列文学作品，如《暴风骤雨》《山乡巨变》《铁水奔流》等经典作品。这些作品涵容的无产阶级文艺思想观，在当代主流意识的建构中依然迸发出巨大的生命力。

（一）生活是文学创作的唯一源泉

生活是文学创作的唯一源泉，这是毛泽东《在延安文艺座谈会上的讲话》里提出的一条重要的文艺理论，它成为周立波一生文学创作的转折点。在学习了《在延安文艺座谈会上的讲话》之后，周立波将人民群众的生活作为自己文学创作的唯一源泉，他鼓励其他文学艺术创作者应该建立属于自己的生活基地。周立波认为人民群众的生活里蕴含着无限丰富的文学宝藏，值得文学创作者不断熟悉和挖掘。他鼓励文学创作者没事就应该多去人民群众的生活里走走，和人民群众打成一片，从而使自己的创作一直都保持丰厚而鲜活的文学创作素材。

《周立波文艺讲稿》整理和收录的周立波关于生活所提出的相关理论，构成了周立波文艺思想极为重要的一部分。在各类会议报告、谈话录、讲演等文章中，周立波时刻都在强调和突出生活对文学艺术创作的重要性。

---

❶ 周立波：《周立波文艺讲稿》，湖南人民出版社 2017 年，第 1 页。
❷ 周立波：《周立波文艺讲稿》，湖南人民出版社 2017 年，第 186 页。
❸ 周立波：《周立波文艺讲稿》，湖南人民出版社 2017 年，第 1 页。

周立波提到自己创作《暴风骤雨》用了三年，创作《山乡巨变》用了五年。他用这些时间，进行创作前的准备工作。他创作前的准备工作"不是坐在房子里看书，看材料，而是下乡去生活"❶。周立波认为文学艺术创作者在创作前，都需要与生活接触很长一段时间。创作者只有对生活有了胸有成竹的熟悉度之后，才可以从事后面的文学创作。只有建立在对生活熟悉的基础上，文学创作者才能在创作过程中实现对生活的如实反映，才可以创作出被人民大众所喜闻乐见的文学作品，其创作出的东西才能成为文学经典。在《〈暴风骤雨〉是怎样写的》中，周立波提到"我早想写一点东西，可是因为对工农兵的生活和语言不熟不懂，想写也写不出来"❷。周立波将生活作为文学艺术的源泉，在他看来阁楼里的创作不是文学创作者应有的姿态。文学创作者应该多到下面去走走，人民群众的生活才是文学创作的丰富宝藏。如周立波在创作《山乡巨变》等作品时，都曾有过很长一段与农民群众完全打成一片的下乡生活。这使得我们在阅读周立波的小说时，能够欣赏到小说中那些妙趣横生而又实实在在的农民生活片段和一段段富有乡土味道的农民对话。又如周立波对小说《铁水奔流》修改的过程，也是他不断深入工人生活的过程。在《谈创作》中，周立波提及"从事创作的人最重要的条件是要有丰富的生活经历，和对于人的广泛和深刻的观察，然后就是动笔多练笔"❸。同时在《作家深入生活的方式与写作题材的多样化》中，周立波对于文艺创作者如何深入生活的问题，具体概括出了中西方文学大家与生活接触的方法。但他指出"作家采取哪种生活方式，领导不要管得太死，应给他们一些回旋的余地"❹。

《纪念〈在延安文艺座谈会上的讲话〉发表二十周年》这篇报告是周立波关于生活是文学创作源泉理论的代表性文章。在文中，周立波重点分析和肯定了毛泽东《在延安文艺座谈会上的讲话》中所提出的人类社会生活是文学创作的唯一源泉的理论。"从理论上总结这个经验，明确地指出人类社会生活是文艺唯一的源泉，此外没有第二个源泉的，却是毛泽东同志的这个《在延安文艺座谈会上的讲话》。"❺ 在这篇纪念毛泽东《在延安

❶ 周立波：《周立波文艺讲稿》，湖南人民出版社 2017 年，第 61 页。

❷ 周立波：《周立波文艺讲稿》，湖南人民出版社 2017 年，第 1 页。

❸ 周立波：《周立波文艺讲稿》，湖南人民出版社 2017 年，第 61 页。

❹ 周立波：《周立波文艺讲稿》，湖南人民出版社 2017 年，第 74 页。

❺ 周立波：《周立波文艺讲稿》，湖南人民出版社 2017 年，第 77 页。

文艺座谈会上的讲话》的文章中，周立波检讨了自己在鲁艺教学的那段脱离人民群众生活的日子，提出文学创作者在进行文学创作时应该摒弃"关门提高"的错误做法。周立波认为那些年事稍高作家的搁笔行为，并不是他们"江郎才尽"了，而是他们"原先有才的，现在依然有才情，只是生活的水流干涸了，没有去寻觅源泉"❶。

周立波关于生活是文学的源泉问题，还涉及了对观察生活的论述。周立波认为，那些有了生活经历却写不出东西的作家，主要是由于"他们到了工厂和农村，既不观察，也不研究，既不体验，也不分析"❷。周立波鼓励文学创作者多多接触人民群众的生活，但不是走马观花式的，而要建立长时间的细致观察，文学创作者"到了农村和工厂，要动脑筋，要用眼睛、耳朵、鼻子和一切感官去体验一切形式的生活"❸。只有对生活有了细致的观察，文学创作者才能够在文学创作中融会贯通地使用社会这本丰富的大书，从而使其创作的文学作品"具有灿烂夺目的生活的光彩"❹。在《素材积累及其他——在读书会上漫谈创作的一段》中，周立波以木刻家古元新颖的观察生活方法为例，指出木刻家古元之所以创作了自然而结实的文学作品，是建立在他对生活独特观察的基础上。周立波认为："小说是创作，是要虚构的，但虚构的情节要自自然然，揆情入理，并且跟历史环境大致合拍，这样才能富有感染力。"❺ 文艺创作要实现将生活自然地融入文学中，光有生活这一实际存在体是不够的，还要寻找属于有个人特色的生活观察法。

"从事创作，每个人都要培养自己的土壤，把自己栽在土壤里。"❻ 周立波把生活看作文学创作的土壤，认为每个文学创作者应该与文学土壤建立一种亲密的关系。周立波对生活是文学创作的唯一源泉理论精辟而独到的阐述，对中国当下文坛工作的网络写作者严重脱离实际生活，以及一些文学作品多华而不实内容的文学创作现状予以了深刻的鞭策。"文学就不然，文学的园地是在人民生活里。作家必须长期扎根在人民生活的肥土

❶　周立波：《周立波文艺讲稿》，湖南人民出版社 2017 年，第 78－79 页。

❷　周立波：《周立波文艺讲稿》，湖南人民出版社 2017 年，第 81 页。

❸　周立波：《周立波文艺讲稿》，湖南人民出版社 2017 年，第 81 页。

❹　周立波：《周立波文艺讲稿》，湖南人民出版社 2017 年，第 85 页。

❺　周立波：《周立波文艺讲稿》，湖南人民出版社 2017 年，第 101 页。

❻　周立波：《周立波文艺讲稿》，湖南人民出版社 2017 年，第 95 页。

里，才会有出息。"❶ 只有深入人民的生活，才可以创作出具有深刻思想内涵的文学作品，才能使文学成为时代忠实的反映者。

（二） 政治是构筑文学的第一标准

文学服务于政治，主要突出强调了文学的现实性。文学的政教功能是对中国古代"诗以言志""文以载道""不平则鸣"等古代文论的继承与发扬。正如旷新年在《20世纪文艺与政治的关系》一文中指出"把文学作为政教的工具在中国传统的文学观念中长期居于主流的地位"❷。"中国文学不仅自古以来就与政治有着密切的关系，而且甚至把文学视为现实政治状况的体现和反映，这是中国文学明显地区别于其他民族的地方。"❸ 周立波继承中国文学突出强调政治标准的传统，并且用自己的文学创作实现了对时代作出最为现实性的反映。他的文艺思想和文学创作原则，也基本上遵循了政治标准要优先于艺术标准的准则。如周立波在报告文学《晋察冀边区印象记》序言里写道："现在是同胞们磨剑使枪的时候，我不愿拿我的无力的文字来靡费读者的时间。但这时代太充满了印象和事实，哀伤与欢喜，我竟不能自禁地写了下面这些话，希望不全是无谓的空谈。"❹ 周立波认为文学如果"从意识中消散了'社会的东西'，因而在作品中只是努力处理着个人的生物学的激动的要素——性和死，是没落艺术中的最显著的特质。"❺ 周立波所赞同的文学艺术应该包含现实性和时代性的特质，只有把政治标准摆在文学创作的第一位，才可以反映出一个时代的真实面貌。"艺术是不能离开政治而独立的，脱离了实际生活的艺术也是不存在的，实际生活是什么样，你反映到文学上就是什么样的生活，当然也要加工。"❻

《周立波文艺讲稿》收录的周立波1966年在湖南省青年业余文学创作积极分子大会上的总结报告《湖南省青年业余文学创作积极分子大会的总结》中，周立波具体谈到了政治与艺术的关系问题。对于政治与艺术两者

---

❶ 周立波：《周立波文艺讲稿》，湖南人民出版社2017年，第99页。
❷ 旷新年：《20世纪文艺与政治的关系》，《文艺理论与批评》，2013年第3期，第49页。
❸ 旷新年：《20世纪文艺与政治的关系》，《文艺理论与批评》，2013年第3期，第50页。
❹ 周立波：《周立波文集（第四卷）》，上海文艺出版社1984年，第5页。
❺ 周立波：《周立波选集（第六卷）》，湖南人民出版社1984年，第45页。
❻ 周立波：《周立波文艺讲稿》，湖南人民出版社2017年，第148页。

的摆法和关系问题，周立波非常明确地指出："政治是第一位的，艺术是第二位的，不摆清楚就很容易出问题，很多人都在这里出了问题。"❶ 同时，周立波在《文艺的特性》中对文学与政治的关系，也涉及了自己对文学与政治的看法。周立波明确指出："一切文学史上有名的作品，不论是浪漫的或写实的，甚而至于'古典主义'的。都有浸透着政治及一切意识形态的特质。"❷ 周立波认为文艺应该为政治服务，也必须为政治服务。周立波这种带有强烈个人主观色彩的政治观的形成，可以追溯到他生活的那个时代。

周立波生活的时代，中华民族饱受着外敌入侵，整个民族陷入一片黑暗之中。在周立波行军的日子里，他目睹了整个中国遭受的民族分裂与日寇的肆意践踏，以及民众生活的水深火热。"日寇在华北到处放火、抢劫、奸淫、掳掠，把农民的小米烧成了伤心的焦炭。"❸ "这古老的山西，也饱尝了敌人的血劫。"❹ "强暴残忍的日寇不被赶走的时候，我中华民族全体人民都没有生路。"❺ 于是，对中华民族苦难的书写，成为周立波文艺思想和文学创作的重要组成部分。在周立波的意识形态里，民族的复兴与强盛是进行文学创作的前提条件。"要先有独立的祖国，然后才有欢快的个人生活。"❻ 外敌的入侵和国家面临的生死存亡，使得周立波主动承担起了为国家与民族的复兴时刻献出自己的准备。他在《晋西旅程记》中写到"我打算正式参加部队去。烽火连天的华北，正待我们去创造新世界。我将抛弃了纸笔，去做一名游击队员。我无所顾虑，也无所畏惧。"❼ 这种对战争的热爱和发自内心深处的宣言，是周立波对正在经受敌军蹂躏祖国炽烈情感的自然流露。在那个凸显政治第一，强调文学为抗战服务、为国家和民族复兴的特殊时代背景下，衍生了周立波将政治看成是构筑文学的第一标准的文艺观。因此，从时代的角度出发去理解周立波将政治作为构筑文学的第一标准的文学理论，有其存在的合理性和必然性。

在《〈暴风骤雨〉的写作经过》中，周立波写道："我以一个普普通

❶ 周立波：《周立波文艺讲稿》，湖南人民出版社2017年，第147页。
❷ 周立波：《周立波选集（第六卷）》，湖南人民出版社1984年，第11页。
❸ 周立波：《周立波文集（第四卷）》，上海文艺出版社1984年，第60页。
❹ 周立波：《周立波文集（第四卷）》，上海文艺出版社1984年，第149页。
❺ 周立波：《周立波文集（第四卷）》，上海文艺出版社1984年，第87页。
❻ 周立波：《周立波文集（第四卷）》，上海文艺出版社1984年，第148页。
❼ 周立波：《周立波文集（第四卷）》，上海文艺出版社1984年，第214-215页。

通的文艺战士，在马克思列宁主义和毛泽东思想的熏陶之下，反映了这无比丰富的现实斗争生活的一个小角落……今后，在党的领导之下，我要更加奋发和努力，希望能够用文艺的武器为中国人民的幸福，和世界人民的解放，更好地服务。"❶ 周立波用自己的文学创作服务于整个民族和国家，彰显了一位人民文艺创作者对祖国深沉的爱。

（三）艺术技巧是生活文学化的桥梁

从某种程度上来说，生活是一种客观存在，文学是人的主观意识形态的一种表现方式。因此，要将生活中包罗万象的客观事物，运用主观化的手法实现生活的文学化，又要避免照相式地把生活的方方面面都放进文学作品里，则需要运用一定的艺术技巧将生活艺术化。周立波虽然是一个将政治标准放在文学创作首位的文艺思想家，但我们不能因此就简单地认为周立波在文学创作中不重视对艺术技巧的运用。周立波认为："一个作品光有政治，没有艺术，是不能抓住人的。"❷ "文艺带着'花瓶'性质，一定要写得美，让人看到政治思想的意义外，还能得到美的享受。"❸ 因此，周立波将生活文学化的过程，也是周立波文学艺术手法运用不断成熟的过程。

"艺术是生活的反映，是现实的再现，但绝不是照抄，更不是单纯的照相。"❹ 这就要求文学创作者在进行文学创作时，注意对生活的提炼，注意塑造生活中的典型。文学典型是衡量一部文学作品是否成功的重要评判标准之一。从这些文学典型的身上，我们可以观察到那一个时代人民生活的全貌，以及当时社会的一个发展现状。周立波在《谈阿Q》中指出"鲁迅感受了他的时代特征，而且把它画成了一个生动的阿Q的肖像，和辛亥革命的一幅真实的图画"❺。周立波正是看到了文学典型在反映时代上的重要性，才特别注重对文学典型的塑造。"一般地说，典型化的程度越高，艺术的价值就越大。"❻ 周立波用自己的创作，为我们塑造了一个又一个的

---

❶ 周立波：《周立波文艺讲稿》，湖南人民出版社2017年，第14页。
❷ 周立波：《周立波文艺讲稿》，湖南人民出版社2017年，第127页。
❸ 周立波：《周立波文艺讲稿》，湖南人民出版社2017年，第93页。
❹ 周立波：《周立波文艺讲稿》，湖南人民出版社2017年，第168页。
❺ 周立波：《周立波选集（第六卷）》，湖南人民出版社1984年，第207页。
❻ 周立波：《周立波文艺讲稿》，湖南人民出版社2017年，第7页。

难以忘记的文学典型。如《暴风骤雨》中的老孙头、赵玉林形象，《山乡巨变》中的邓秀梅形象，《铁水奔流》中的李大贵形象，以及周立波在其报告文学中所塑造的一系列的抗日英雄形象。如田守尧、王震、张振海等革命烈士。

《周立波文艺讲稿》中具体牵涉到周立波关于文学典型理论的文章，主要有《怎样做个通讯员》《关于人物塑造和短篇创作等问题》《谈谈剧本创作》。从这些文稿中，我们看到了周立波对于文学创作中典型人物的理论性阐述，以及他在具体文学创作过程中对典型人物的塑造。关于塑造文学典型，周立波指出："作家要刻画一个人物，必须要把很多同一类型的人物的特性，加以仔细观察和研究，然后集中写成一个典型，像曹雪芹的写林黛玉，施耐庵的写鲁智深，鲁迅的写阿Q一样。"❶ 如对《铁水奔流》中李大贵形象的塑造，周立波就糅合了钳工和肃反英雄这两类工人身上散发的特性。在《怎样做个通讯员》中，周立波认为文学典型的塑造，离不开对生活的观察。周立波指出一些通讯员在创作的过程中苦于在生活中找不到典型，这主要源于他们不懂得做一个生活的有心人。周立波通过列举一些生活中普通的事例，告诉通讯员现实生活中随处都有典型的存在。"工人和工人之间，有共同的地方，也有不同的地方。工人中间，有血统工人，也有刚刚做工的，仔细观察一个类型的工人，就可以看出那个类型的工人的典型。"❷ 周立波特别注重对生活的观察，他认为观察是一个文艺创作者重要的文学素养。我们要观察生活中的一切人、事、物。只有对生活有了深入而细致的观察，才能在进行文学创作时轻松很多。

周立波将生活文学化，还突出表现在他对方言土语的理解上。《周立波文艺讲稿》收录了大量周立波关于文学创作与语言运用问题的篇章。如《〈暴风骤雨〉是怎样写的》中关于农民语言问题的阐述，从中周立波以具体的农民语言的实例，指出了农民语言的形象化和简练、对称、有节奏、有韵脚等特点。在《关于写作》中，周立波提出了"学会运用劳动人民的语言必能改革我们的文体"❸。"社会是一本丰富的大书，部分地加以精读，就能使你的作品具有灿烂夺目的生活的光彩。"❹ 在《关于〈山乡巨变〉

---

❶ 周立波：《周立波文艺讲稿》，湖南人民出版社 2017 年，第 13 页。

❷ 周立波：《周立波文艺讲稿》，湖南人民出版社 2017 年，第 19 页。

❸ 周立波：《周立波文艺讲稿》，湖南人民出版社 2017 年，第 10 页。

❹ 周立波：《周立波文艺讲稿》，湖南人民出版社 2017 年，第 85 页。

答读者问》的谈话录中，周立波就读者提出的对文学作品应如何运用语言的问题上，发表了自己关于文学语言的见解。周立波提出，要使文学创作中的方言土语的运用能够被普遍的大众所熟知，他以自己的创作体验总结出三个避免这一类情况发生的办法："一是节约使用过于冷僻的字眼；二是必须使用估计读者不懂的字眼时，就加注解；三是反复运用。"❶ 方言土语与人民群众的生活有着深刻的联系，通过这些本土化的语言，有利于我们更好地了解中国不同地区人民的生活习俗和他们的性格特征。周立波指出："方言土语是广泛流传于群众口头的活的语言，如果完全摒弃它不用，会使表现生活的文学作品受到蛮大的损失。"❷ 由于方言土语的难以理解和普通话的普及，各地区的方言土语逐渐被有着现代化思维的社会大众所抛弃。因此，周立波运用方言土语的三种方法，在延续方言土语的生命力上发挥了很大的作用。这三种方法很好地解决了农民生活与文学之间的衔接，使普通的读者也能够更为深入地了解不同地区人民的生活和习俗。在《回答青年写作者——在〈中国青年报〉青年写作者学习会上谈话的一部分》中，周立波以风趣幽默而轻松的方式，论述了学生腔和农民口语之间的差别问题。周立波指出："文学是语言的艺术。我们应该细心地研究祖国的语言，特别是劳动人民的口语。要尽可能少用缺乏活力的'学生腔'。"❸

周立波文学与生活契合问题的思考，是他个人文艺思想体系不断完善和成熟的过程。同时，周立波关于这一问题提出的相关理论，对当下中国文坛在建构主流意识形态的文学观方面有着重要的现实意义。《周立波文艺讲稿》中收录和整理的周立波的谈话、报告、讲演等文章，基本上都是根据周立波本人的手写稿整理而成。那些文章，尤其是未公开刊发过的文稿，为文艺界重新认识和深掘周立波文艺思想打开了新的突破口和切入点，恰如夏义生在《周立波文艺讲稿》序言中所写到的"周立波先生过去是、现在是、将来也仍然是湖南文艺的一面旗帜"❶。因此，《周立波文艺讲稿》的整理与出版，为文艺界以一种正确的文学观审视周立波文艺思想在中国当代文学史上的地位，开拓了一个全新的窗口。

---

❶ 周立波：《周立波文艺讲稿》，湖南人民出版社 2017 年，第 38 页。

❷ 周立波：《周立波文艺讲稿》，湖南人民出版社 2017 年，第 38 页。

❸ 周立波：《周立波文艺讲稿》，湖南人民出版社 2017 年，第 43 页。

❹ 周立波：《周立波文艺讲稿》，湖南人民出版社 2017 年，第 2 页。

二、沈从文与文代会：缺席与参会的缘由

文代会作为政党国家与文学艺术之间的重要联系渠道，是当代中国文学艺术运行机制和国家文艺政策同时作用产生的逻辑结果。自 1949 年 7 月 2—19 日中华人民共和国成立前夕在北平召开的中华全国文学艺术工作者代表大会以来，文代会在当代中国走向了制度化的历程，截至 2016 年已经召开了十次全国代表大会，成为一道举世瞩目、具有中国特色的文化风景线。而与沈从文产生交集的文代会，本应有第一、第二、第三、第四、第五次，但 1984 年开始筹备的第五次文代会，虽然"已经选出一千三百多名代表"，"可是后来因故被推迟"，直到 4 年之后的 1988 年 11 月 8 日"作为改革的一个步骤"❶ 才正式召开，而沈从文却早于同年 5 月 10 日逝世了。因此，本章主要着眼和考察的只是沈从文与第一至第四次文代会的关联，他缘何缺席第一次文代会，又为何连续出席了第二、第三、第四次文代会？

（一）缘何缺席：自由·癫狂

（1949 年）7 月 2 日—19 日，第一次全国文代会在北平召开，沈从文未被邀请参加。

——《沈从文年谱：1902—1988》，吴世勇编，天津人民出版社 2006 年，第 316 页。

1949 年 3 月开始筹备的第一次文代会，适逢三大战役结束、渡江战役即将打响，中国社会正处于剧烈的变化之中，中国人民在中国共产党领导下"即将开始一个广泛的从事政治建设，经济建设，文化建设和国防建设的新的历史时期"❷，而解放区文艺工作的全部经验也证明了毛泽东《在延安文艺座谈会上的讲话》所确立的"文艺新方向的完全正确"❸。因此，为了实现对全国文艺事业的绝对领导，"一些涉及文学过去、现在和未来的

---

❶ 《文艺报》1988 年 1 月 15 日，转引自邓小琴：《文代会制度的生成及演变初探》，《中共福建省委党校学报》2011 年第 11 期，第 110 页。

❷ 郭沫若：《为建设新中国的人民文艺而奋斗——在中华全国文学艺术工作者代表大会上的总报告》，《人民日报》1949 年 7 月 4 日。

❸ 《周扬同志在文代大会报告解放区文艺工作的全部经验证明毛主席新方向完全正确》，《人民日报》1949 年 7 月 6 日。

重要的观点、结论和路线方针，都必须通过会议的形式以'官方'的定论率先确定下来"❶。在这除旧布新的历史转折点上，中国共产党对文艺权力场域秩序的规划举措自然非常审慎，这从与会代表的选举上可以略见一二。

中华全国文学艺术工作者代表大会（一般简称"第一次文代会"）从1949 年 2 月动议召开到 7 月正式开幕，在这一长达 5 个月的时间内的具体筹备事务主要由 3 月份成立的筹备委员会负责❷。根据《中华全国文学艺术工作者代表大会纪念文集》所载的《大会筹备经过》，筹备委员会进行的 8 项工作中的第二项就是"拟定代表产生办法，并通过代表名单，共计824 人"❸，在这 824 个代表名单中就没有沈从文的名字。而在 6 月 30 日下午召开的筹备委员会全体党员大会上，周扬所作的工作报告专门提到了沈从文和张恨水，他说："有的人反对无产阶级文学，但总比在'勘乱'宣言上签字要强得多。过去不论做多少坏事，只在解放前一个月做好事就不应该算旧账。如在解放后才表现好，那不算。但'勘乱'宣言中也有胁从分子，可以不问，但不能当代表。如非做代表不可，也得叫他弄清。但不一定勉强叫他写坦白书。北平要自杀的有张恨水、沈从文。"❹ 第一次文代会前，周扬与沈从文这两个湖南老乡在现代中国文学史上无疑都有着重要的影响，前者是左翼文化运动中有影响的领导人，后者则是一个创作成就卓著的自由主义作家，两人交集颇多。因此，从时为第一次文代会筹备委员会副主任周扬的这段话里，就可以捕捉到沈从文缘何缺席的诸多信息，至少有如下三点值得注意。

1. 自由主义的殿军

20 世纪初期以来，现代中国文艺思想非常活跃。马克思主义文学思想成为无产阶级文学运动的指导思想，但沈从文领导和实践的自由主义文艺思潮在理论和实践上也给了时人和后人以极大启发。自由主义"在文学史发展的大的背景下对主流派文学起到了某种补充作用"❺，但那种超政治、

---

❶ 邓小琴：《文代会制度的生成及演变初探》，《中共福建省委党校学报》2011 年第 11 期。

❷ 王秀涛：《第一次全国文代会的筹备委员会》，《现代中文学学刊》2018 年第 3 期。

❸ 中华全国文学艺术工作者代表大会宣传处：《大会筹备经过》，《中华全国文学艺术工作者代表大会纪念文集》，新华书店 1950 年，第 125 页。

❹ 王林：《第一次文代会期间日记（1949 年 6 月 25 日—7 月 29 日）》，《新文学史料》2011 年第 4 期。

❺ 钱理群、吴福辉、温儒敏：《中国现代文学三十年》，北京大学出版社 1998 年，第 155 页。

超功利色彩的理论主张和专注于人性探索、审美创造的文学创作，在中华人民共和国成立前后的文化语境中已经不合时宜。可是这位"中国现代自由主义文学的领导和实践者"❶ 对此并没有敏锐的认识。1949 年 2 月 15 日，北平《新民报》刊登的一篇文章《莫辜负了思想自由——访问沈从文先生》中沈从文说道："这一切本都该从头好好想想才对，谁也不要辜负了思想自由才是。"❷ 但到了 1949 年 5 月 3 日文代会代表产生办法正式公布之时，沈从文在正式公布的文字中还是没有对过去文学创作做一个表态的只言片语。

1948 年 1 月以来，沈从文已经面临"黑云压阵"之势，因为郭沫若、邵荃麟等人早在第一次文代会召开前就已经对沈从文等自由主义作家发出了批评的声音，如郭沫若的《一年来中国文艺运动及其趋向》《斥反动文艺》、邵荃麟的《二丑与小丑之间——看沈从文的"新希望"》、冯乃超的《略评沈从文的〈熊公馆〉》等文，言辞激烈，不仅称沈从文是"存心要做一个摩登文素臣"的"桃红色"作家，而且将沈从文批评闻一多的"第三党"运动说成是支持法西斯主义，正如夏衍所说："沈从文的问题主要是《战国策》，这就不是一个简单的问题了，那个时候刊物宣传法西斯，就不得了。再加上他自杀，这就复杂了。这个问题，不仅是郭沫若骂他的问题。"❸

2. 癫狂自杀的病症

1949 年 1 月以来，沈从文就开始处于高度紧张的精神状态之中。北平解放前夕，北大校园出现了转抄郭沫若的文章《斥反动文艺》的大字报，教学楼上挂出了大幅的"打倒新月派、现代评论派、第三条路线的沈从文"的标语，这使沈从文感到极大震惊，从而陷入极度的精神紊乱之中。因此，在 1 月 31 日北平和平解放之际，一方面沈从文盛赞"解放军进城威严而和气"，另一方面却又"更加惶惶不可终日，经常处于不为新政权见

---

❶ 刘曦文：《沈从文：自由主义的领操者》，《青年文学家》2013 年第 4 期。

❷ 刘洪涛、杨瑞仁编：《沈从文研究资料（上）》，天津人民出版社 2006 年，第 298 - 299 页。

❸ 李辉：《摇荡的秋千——是是非非说周扬》，海天出版社 1998 年，第 41 页。

容的幻觉之中"❶；2 月中旬，沈从文被好友接到清华园静养；3 月 28 日，沈从文用剃刀把自己颈划破，腕脉管割伤，喝煤油自杀，被及时抢救。事实上，1949 年 1 月至 7 月的中共党报《人民日报》也不时记载着他与文艺界、与中共的交往以及他对时局的看法，尤其是 4 月 11 日《人民日报》上的《北平文化界三百二十九人顷联名发表宣言，声讨南京国民党反动卖国政府盗运文物的罪行》❷ 一文中沈从文的名字与郭沫若等人的名字在一起出现。中共报刊关于沈从文的文字报道，说明 1949 年文代会召开前沈从文并没有我们惯常想象的"受到政治与文学的迫害"，"作为文化界名人的沈从文此时仍旧是中共在政治上和文化上的'统战对象'"❸。因此，自杀和癫狂是沈从文不能参加第一次文代会的直接原因，因为这么严肃的会议怎能邀请一个精神上患有重疾的代表参加？

1949 年 7 月 2 日，第一次文代会"在响亮的'东方红'的歌声中开始"。毛泽东与朱德致辞，周恩来作《在中华全国文学艺术工作者代表大会上的政治报告》，郭沫若作《为建设新中国的人民文艺而奋斗》的总报告，茅盾代表国统区作《在反动派压迫下斗争和发展的革命文艺》的报告，周扬代表解放区作《新的人民的文艺》的报告、傅钟作《关于部队的文艺工作》的报告，大会最后通过《中华全国文学艺术界联合会章程》。这些讲话或报告，强调五四运动以后的新文艺"已经不是过时的旧民主主义的文艺，而是无产阶级领导的人民大众反帝反封建的新民主主义的文艺"，自由资产阶级的所谓为艺术而艺术的路线与无产阶级和其他革命人民的为人民而艺术的路线"两条路线斗争"的"必然结果"是以解放区为主的"新的人民文艺"的胜利，国统区"小资产阶级文艺"的失落，但是，"在今天并不是让我们来粉饰太平的时候，我们的军事胜利诚然是伟大无比的，但我们的敌人还未彻底消灭"❹。

（二）为何参会：改行·积极·认真

（1953 年）9 月 23 日—10 月 6 日，第二次全国文代会在北京召开，沈

---

❶ 沈从文：《一个人的自白》，《沈从文全集》第 27 卷，集外文存，北岳文艺出版社 2009 年，第 3 - 4 页。

❷ 新华社：《北平文化界发表宣言声讨南京反动政府盗运文物》，《人民日报》1949 年 4 月 11 日。

❸ 袁洪权：《沈从文缺席 1949 年文代会考》，《现代中国文化与文学》2013 年第 2 期。

❹ 郭沫若：《郭沫若先生开幕辞》，《人民日报》1949 年 7 月 3 日。

从文以工艺美术界代表的身份参加了这次会议。

（1960年）7月22日—8月13日，第三次全国文代会在北京召开，沈从文以作家身份参加了此次会议。

（1979年）10月30日—11月6日，第四次全国文学艺术工作者代表大会在北京召开，沈从文以作家身份与会。

——《沈从文年谱：1902—1988》，吴世勇编，天津人民出版社2006年，第358、419、576页

中华人民共和国成立后，毛泽东认为他在第一次文代会贺电中所期望的文化建设高潮并未到来，电影《武训传》的公映就可看出当时"文化界的思想混乱到了何等的程度"，于是文艺界拉开了新中国第一次整风运动的序幕。同时，与美苏两个大国之间复杂的国际关系也有待理清。直到1953年7月随着"抗美援朝"战争的结束，国内形势才有所缓解，于是中央制定了社会主义过渡时期的总路线，准备将重心转向有计划的社会主义建设，这就有了9月召开的第二次文代会。会议的主要议程，由周恩来的政治报告、周扬和茅盾的主题报告，胡乔木的闭幕式报告等组成，文学性被抬高到与政治性、党性相比肩的地位，折射出这次文代会"全然成为政治道具，为新一轮的战斗吹响了冲锋号"❶。但沈从文却以工艺美术界的代表身份参加了这次会议。

从第二次文代会至20世纪50年代中期，一些较为务实的国家领导人面对思想整风和"大跃进"对知识界造成的严重后果，力主"退却"式调整国家政治、经济和社会生活秩序，延迟多年的第三次文代会于1960年提上了议事日程，但依然带着先天的不足与局限。1960年7月22日，第三次文代会召开，陆定一代表中共中央致祝词，周恩来作形势报告，周扬作了《我国社会主义文学艺术的道路》的报告。而1966年爆发的长达10年的"文化大革命"，使得文艺界陷入一片肃杀的境地，中国文联、作协等机构和《人民文学》等刊物一开始即被砸烂和关闭，许多作家艺术家被监禁、刑讯、关押、殴打和强制劳动改造，甚至一部分被迫害致死，文学全程充当着政治批判的"武器"，摧毁着社会各领域原有的体制秩序，在此背景下自然难觅"文代会"的踪影。

1976年10月，"文革"结束；1978年后，中国现实语境发生了重大

---

❶ 邓小琴：《文代会制度的生成及演变初探》，《中共福建省委党校学报》2011年第11期。

变化，而"建立党与文艺界的新关系"则是"新时期"工程中的重点和难点，十一届三中全会以后更加快了文艺界冤假错案的平反进度，宽松的文化生态环境正在得以营造，文艺队伍正在得以重新动员和组织，文学服务于"四个现代化"的观念开始深入人心，但新旧思想观念的杂陈碰撞尤其是关于"歌德"与"缺德"文学的论争，充分凸显了文艺界的复杂状貌，第四次文代会就这样呼之欲出。经过长达一年的筹备，第四次文代会于1979年10月正式召开，参会代表多达3000余人，成为十一届三中全会以后的一次盛会，胡耀邦亲任会议总设计师且全程坐镇，主报告经历着一番不寻常的"生前身后事"，会议被待以极高的政治规格。邓小平亲致祝词，会议现场及会后反响强烈，使第四次文代会水到渠成地成为开启新时期文学里程的重要碑纪，而沈从文更以作家身份高票当选为这次文代会的与会代表。

自第一次文代会后，改行了的沈从文为何能够在政治风云变幻莫测的年代屡屡亮相于文代会上，值得人们深思。

1. 果断封笔改行

1947年10月，眼见形势对己不利的沈从文，写完了最后一篇小说《传奇不奇》就迅疾封笔，这显现出了湖南人，尤其是来自湘西的"乡下人"素来就有的机敏。中华人民共和国成立以后，背负"地主阶级的弄臣""清客文丐""反动文人"和"带着桃红色"标签的沈从文，尽管著作等身，但第一次文代会上没有他的名字对他的当头棒喝，使他立刻从徘徊迷惘中惊醒。而自杀不成的沈从文还得活着，就不能一直这样惶惶不可终日，而是在郑振铎等人的帮助下，明智而果断地辞别文坛，大隐于市，远离政治而改为研究历史，从事也算是自己一技之长的文物工作，到历史博物馆去默默潜心于古代服饰研究，并且在这个工作岗位上哪怕是当导游也在努力作为，这也难怪沈从文能以工艺美术界的代表身份参加了第二次文代会，并在后来取得了瞩目的成就。1963年，受周恩来总理委托的沈从文负责编写《中国古代服饰研究》，不到两年的时间就完成了这部书的初稿，以致周恩来看了说"出版后就可以作为国礼送给外宾了"，只是因为"文革"的爆发，该著作出版计划一直搁置到1981年，才由香港商务印书馆出版。

2. 积极要求进步

沈从文内心非常清楚，没有跟随国民党南下台湾的自己，在新中国得跟着时代进步，慢慢学习，因为自己的妻子张兆和也去了华北大学学习马克思主义，甚至连自己的儿子也在跟他讲政治道理。于是，这位从五四时期走过来的名作家虽然进步的步履显得蹒跚，但却从第一次文代会后开始用实际行动来证明自己，如沈从文去西苑革大"政治学院"学习，如他带着丁玲"凡对党有益的就做，不利的莫做"的"嘱托"离京赴四川参加土改工作，如他也在私下里表示"希望从这个历史大变革中学习靠拢人民，从工作上，得到一种新的勇气，来谨谨慎慎老老实实为国家做几年事情，再学习，再用笔"，甚至他还想加入中国共产党："要入党，才对党有益。我就那么打量过，体力能恢复，写得出几本对国家有益的作品，到时会成为一个党员的。"尽管这个愿望可能只是一时的想法和瞬间的念头，但这个举动却显得很神圣、很虔诚，也证明沈从文的思想的确发生了转变。

3. 人品正直善良

在风云变幻的政治环境中，沈从文对那些曾经帮过他但后来却伤害过自己的落难文人丁玲、周扬等，虽然内心可能也有不满和怨言，甚至在"文革"初期周扬被打倒，因之也受到了牵连的沈从文后来曾一再撇清自己与周扬文艺路线的关系，但从未落井下石，而是给予客观评价和关注，如被打倒的周扬尚未正式复出之际，沈从文就在与家人的书信中数次提及周扬，如 1977 年 9 月在致沈虎雏、张之佩等的信中说："有些传说，却不可靠……文化人中周扬、夏衍已恢复组织生活，工作似尚未确定"；1977年 11 月 18 日在致张宇和的信中再次说："又林默涵则传任文化副部长……林比周扬、夏衍年轻力壮，能力也较强，各方面印象都还好，或比较得力。周或称将入中宣部作副手……"❶

4. 潜心文学创作

改行了的沈从文，常常受到再写作的鼓励，如西苑革大"政治学院"

---

❶ 沈从文：《沈从文全集》第 25 卷，书信（1977 年—1979 年），北岳文艺出版社 2009 年，第 138、172－173 页。

小组长约他谈话告诉他上级还是希望他回到作家队伍中搞创作，有好几位当时在马列学院学习的作家也鼓励他再学习、再写作，甚至在 1953 年 9 月第二次大会上毛泽东在与 12 位老作家见面时还对他说："年纪还不老再写几年小说吧……"重新写作，显然是对沈从文的一种极大鼓励，也是他默默的一种举动，如他写了《炊事员》，甚至还想以土改工作、自己亲人的经历创作中或长篇小说。他写信告诉汪曾祺："一个人如果能够用文字写作，又乐意终生从事于这个工作，对于写作，还是始终要有一种顽强信心。这种信心是肯定生命的一种正常态度，扩大延续生命的一种正常目的。要从内而发，不决定于外在因子。如仅从外在'行市'而工作，永远是不可能持久众生的。"他还告诉汪曾祺：他"无意和'语言艺术大师'老舍争地位（那是无可望的天才工作）"，他只是想"呆头呆脑来用契诃夫作个假对象，竞赛下去，也许还会写个十来个本本的……"他一直有创作的愿望和情结，在第四次文代会上接受记者访问时，沈从文更是怀着"归队"的心情对记者说："我还要写小说，写第二部自传性小说。"因此，随着第四次全国文学艺术工作者大会的召开，在投票选出的 80 名北京市代表中，沈从文以总票数第四而高票当选为代表参与此次文代会，终于以名副其实的"作家身份"出席会议，又开始慢慢地进入大众的视野。

三、电影批评视阈中的周扬及其会议讲话史迹的勾勒

周扬（1907—1989），湖南益阳人，曾任中共中央宣传部副部长、全国文联副主席、中国作协副主席、党组书记，他的电影批评主要体现在中华人民共和国成立以来历年一系列的会议"讲话"和活动"报告"的话语中，体现了中国电影批评的行政化趋势。

1951 年 3 月 24 日，周扬参加周恩来在中南海西花厅主持召开的电影工作会议，沈雁冰（茅盾）、陆定一、胡乔木、阳翰笙、丁燮林、夏衍、江青、袁牧之、陈波儿、蔡楚生、史东山等出席，研究加强对电影工作的领导等问题，并负责起草中央关于电影工作的决定❶，认为目前电影工作的中心问题是思想政治领导问题，要求以《荣誉属于谁》《武训传》为典

---

❶ 文化部存档资料《电影工作的领导等问题》，吴迪编：《中国电影研究资料》上卷，文化艺术出版社 2006 年，第 84 页。

型教育电影、文艺工作干部和观众，加强电影编剧力量，提出电影批评的标准。之后，周扬在3月间举行的第一届全国文化行政会议上对电影《武训传》作了批评❶。4月21日，根据西花厅会议精神，周扬在电影指导委员会成立会上当选为理事，讨论了影片审查标准、责任的各项规定和剧本创作的问题，随后中共中央作出了《关于电影工作的指示》，对中国电影评论等工作产生了深远的影响。5月12日，周扬在中央文学研究所发表《坚决贯彻毛泽东文艺路线》的讲话时，主要为电影《武训传》作自我批评❷。5月15日，周扬在第一次全国宣传工作会议上作报告时再次就《武训传》等进行自我批评，认为"进城以后，特别在这一个时期，我在文联，在党的宣传部，都是管文艺工作，但是都管得非常少，非常不好。……就是没有从思想上来管"，"我自己很难过，有些事情要等到主席指示以后，我们才注意，而且到现在还没有发表很重要的批评文章，这种落后的思想，那就是乔木同志刚才讲的，那实在是到了一个不能忍受的程度"❸。后来，周扬还多次说起《武训传》对自己来说是"深刻的教训"。8月8日，周扬在《人民日报》发表《反人民、反历史的思想和反现实主义的艺术——电影〈武训传〉批判》，敦促夏衍就《武训传》写检讨❹，全国掀起了批判《武训传》的热潮。12月底，因为受到中央领导认为的"政治上不开展""在政治思想斗争中下不了手"的影响，对意识形态上的阶级斗争动向不敏感、感觉迟钝主要是领导批判电影《武训传》不力的周扬，被下放到湖南参加土改。

1952年6月23日，周扬主持第一部华语对白的朝鲜影片《少年游击队》预演招待会。7月15日，在全国电影制片厂厂长联席会上，就1951年开始的文艺整风所造成的正面和负面影响发表讲话，认为其负面影响是一年多没有本子，电影片的生产几乎停顿了一年，认为今年最重要的是完成任务，并要求保证作品的质量，要求各厂将政治与艺术领导提到领导工作的第一位❺。12月17日，周扬参加欢送苏联艺术工作团、苏联电影艺术

❶ 周扬：《反人民、反历史的思想和反现实主义的艺术》，《人民日报》1951年8月8日。

❷ 周扬：《坚决贯彻毛泽东文艺路线》，《人民日报》1951年6月27日。

❸ 周扬：《在中国共产党第一次全国宣传工作会议上的报告》，《周扬文集》第2卷，人民文学出版社1985年，第69、76、80页。

❹ 夏衍：《武训事件始末》，《夏衍七十年文选》，上海文艺出版社1996年，第254－255页。

❺ 周巍峙：《新中国文化艺术事业的一位创始人——忆周扬与文化工作》，王蒙、袁鹰主编：《忆周扬》，内蒙古人民出版社1998年，第116页。

第七章　文学会议与中国现当代湖南作家

工作者代表团成员宴会。

1953 年 3 月 6 日，全国第一届电影剧作会议与第一届全国电影艺术工作会议同时召开，参加会议的导演、演员、作曲、摄影、录音、美术等电影艺术工作者 200 多人，集中学习社会主义现实主义创作方法。4 月 7 日，周扬到会作报告，要求作家和艺术家按照社会主义现实主义方法进行创作，认为与会同志对领导的批评完全符合反官僚主义的要求，但也要求"我们的文艺作品中一定要表现政策"❶，这是我国人民电影事业中具有历史意义的两次会议。5 月 22 日，周扬在第一届电影局艺术干部会议闭幕会上作总结报告，指出官僚主义在电影工作中最突出的表现是对电影艺术缺少政治的、思想的、艺术的指导。

1954 年 10 月 25 日—12 月 11 日，中国作家协会和文化部电影局联合举办"电影剧作讲习会"，与会青年作家 68 人，周扬与茅盾、老舍、丁玲、冯雪峰、洪深、张天翼、陈亚丁、陈荒煤、蔡楚生等先后作了专题报告，介绍电影艺术知识，了解电影剧本特性，提高电影创作能力。

1955 年 2 月 1 日—21 日，文化部电影局在北京召开故事片编剧、导演、演员创作会议，周扬于 20 日在会上作报告，主要以批评与自我批评的精神，分析 1954 年影片创作中的问题在于概念化和公式主义、作品题材狭窄、缺乏真实生动而鲜明的形象等。

1956 年 10 月 26 日—11 月 24 日，文化部电影局在北京西单舍饭寺召开电影制片厂厂长会议，周扬与夏衍、林默涵等都参加了会议并讲了话，会议通过了《关于改进电影制片工作若干问题的报告》，要求改变电影制片组织形式和领导方式，创作丰富多彩的社会主义的民族的新电影。期间，还与王阑西先后到上海倾听上影厂创作人员对于"百花齐放，百家争鸣"的意见。

1957 年 4 月 1 日，中国电影工作者代表大会在北京举行，决定成立中国电影工作者联谊会。12 日，周扬与夏衍、蔡楚生在中国电影工作者联谊会上讲话，要求加强业务学习，为创造社会主义民族新电影而努力。

1958 年 2 月 23 日，周扬在上海电影制片公司暨所属各厂召开的创作会议的总结会上作报告，提出电影选材可以再广泛一些，要求增加影片生

---

❶ 周扬：《在全国第一届电影剧作会议上关于学习社会主义现实主义的报告》，《周扬文集》第 2 卷，人民文学出版社 1985 年，第 227 页。周扬：《当前电影艺术领导中的官僚主义必须改变》节录，吴迪编：《中国电影研究资料》上卷，文化艺术出版社 2006 年，第 344－348 页。

产数量，量中求质。11 月 1—7 日，文化部电影局召集上海电影局及北京、长春、珠江、八一、西安等电影制片厂举行会议，周扬 7 日在为迎接国庆十周年即 1959 年电影艺术片主题计划会上讲话，对献礼片提出了内容好（共产主义思想）、风格好（民族形式）、声光好（各项技术的提高）等"三好"要求，指出各厂一定要注意抓质量……我们也不要怕提技巧问题，如果思想提高了，没有技巧是表现不出来的❶。

1959 年 11 月 2 日，周扬与周恩来、习仲勋、萧华、萧克等出席了文化部、中国电影工作者联谊会在北京饭店举行的招待北京和各地来京参加国庆十周年国产新片展览月活动的电影工作者的招待会。

1960 年 7 月 22 日—8 月 13 日，第三次全国文学艺术界代表大会在北京召开，周扬作了《我国社会主义文学艺术的道路》的报告，并于 8 月 9 日在中国电影工作者理事会上讲话，指出要"努力提高影片质量"❷。

1961 年 2 月 17 日，周扬参加中共上海电影局委员会召开的 400 余人出席的创作座谈会，认为应总结三年"大跃进"的经验，更好地安排创作力量，提高作品质量❸。3 月，先后在上海、杭州，周扬多次召开座谈会，与影片《鲁迅传》的创作与文学剧本作者和摄制者交换意见，发表了关于电影《鲁迅传》的两次讲话❹。6 月 1—28 日，中宣部在北京新侨饭店举行全国文艺工作者座谈会和文化部全国电影故事片创作会议，周恩来总理作了长篇讲话，对文艺界的"反右"扩大化和"大跃进"进行了反思。周扬在 28 日作总结报告时指出："不注意文学特点，庸俗社会学就出来了，认为胡风有两句话是我不能忘记的。一句：'二十年的机械论统治'，胡风还有一句：'反胡风以后中国文坛就要进入中世纪'。我们当然不是中世纪。但是，如果我们搞成大大小小的'红衣主教'、'修女'、'修士'，思想僵化，言必称马列主义，言必称毛泽东思想，也是够叫人恼火的就是了。我一直记着胡风这两句话。"❺ 8 月 1 日，《文艺十条》印发各地征求意见，这是受到周恩来关怀、周扬和林默涵等人反复讨论、修订的文件。

---

❶ 周扬：《对 1959 年艺术主题计划会议的指示》，吴迪编：《中国电影研究资料》中卷，文化艺术出版社 2006 年，第 230 页。

❷ 周扬：《提高影片的质量》，《周扬文集》第 3 卷，人民文学出版社，1992 年。

❸ 周扬：《在上海电影界春节茶话会上的讲话》，《周扬文集》第 3 卷，人民文学出版社，1992 年。

❹ 周扬：《关于电影〈鲁迅传〉的谈话》，《周扬文集》第 3 卷，人民文学出版社，1992 年。

❺ 姚文元：《反革命两面派周扬》，《人民日报》1967 年 1 月 3 日。

到 1962 年 4 月，它正式定稿为《文艺八条》下发到全国各地文化艺术单位贯彻执行。在"新侨会议"推动下，《文艺八条》和《电影工作三十二条》先后颁布，保证了艺术民主和按照电影规律办事，中国电影继中华人民共和国成立 10 周年之后再次掀起了创作高潮。对演员和电影工作者的尊重和重视，造就了一部部万人空巷的经典之作，优秀作品更推出了一批为全中国观众熟悉和喜爱的电影演员。6 月 6 日—7 月 2 日，全国故事片创作会议在北京召开，因为上述两个会议均在新侨饭店举行，故名"新侨会议"，周扬 23 日发表了讲话，认为"最重要的是'双百'方针在不少的地方、部门没有很好贯彻，或根本没有贯彻"●，批评了"大跃进"中某些影片的"概念化"问题，指出"人性论"没什么可怕，要求一方面反对资产阶级人性论，另一方面反对我们的阶级标签主义，觉得"《关汉卿》革命化，《达吉和她的父亲》不敢讲父女之情，这都是我在文代会上的报告产生了副作用，反对人性论的后果之一。……现在我们相当多的角色演得像青年团员。……我们反对胡风的'精神奴役的创伤'，是反对他欣赏这种创伤，夸大这种创伤。我们强调人物健康的方面，不应该强调被伤害的一面，但不等于说他没有被伤害，不要去表现。旧社会给人遗留的落后、迷信、偏见、猜忌和私有制的许多残余，不是一下可以去掉的。我们文学作品是要帮助人克服这些东西，但不是掩盖、抹煞这些东西。我们是强调人民身上健康的因素，可以克服和医治这些创伤，这是我们与胡风的差别"，文章首次提及了"异化"问题●。7 月 4 日，在解决长春电影制片厂领导问题座谈会上周扬作了讲话●。

1962 年 5 月 23 日，周扬出席 5 月 21 日在北京召开的第一届（1960—1961）《大众电影》"百花奖"授奖大会。7 月 17 日、21 日，在长春与电影、戏剧、话剧、作家、工程艺术人员等各界人士交谈。●

1963 年 5 月 15—31 日，文化部在北京召开故事片厂厂长、党委书记

● 郭小川：《郭小川全集》第 11 卷，外编，广西师范大学出版社 2000 年，第 465 页。

● 周扬：《在全国故事片创作会议上的发言》，吴迪编：《中国电影研究资料》中卷，文化艺术出版社 2006 年，第 360 页。

● 周扬：《在解决长春电影制片厂领导问题座谈会上的讲话》，《周扬文集》第 4 卷，人民文学出版社，1991 年。

● 周扬：《在长春电影制片厂的讲话》（1962 年 7 月 17 日）、《在长春市作者座谈会上的讲话》（1962 年 7 月 21 日）、《在长春电影、话剧演员座谈会上的讲话》（1962 年 7 月 21 日），《周扬文集》第 4 卷，人民文学出版社，1991 年。

会议。29 日，周扬在会上讲话，要求贯彻中宣部文艺工作会议精神❶。晚上，周扬出席了第二届《大众电影》第二届"百花奖"授奖大会。8 月 27日上午，与陈荒煤等参加周恩来在中南海西花厅接见越南电影代表团的活动。12 月 25 日，周扬在首都音乐、舞蹈工作者座谈会上指出："社会主义文化这些年有不少创造，有很大成绩，特别是在文学、戏剧、音乐、美术、舞蹈、电影方面宣传社会主义的相当不少，在这一方面，文学艺术工作者的贡献很大。"❷

1966 年 7 月 1 日至 12 月 27 日，《红旗》杂志和《人民日报》都点名对周扬等人进行了批判。12 月 1 日夜，周扬从天津被送到北京卫成区一个师部驻地关押、批斗。

1979 年 1 月 30 日，复出后的周扬出现在中国影协在北京举行的春节茶话会上，并在会上发表了讲话❸。

1980 年 12 月 28 日，长春电影制片厂向文化部电影局送审导演彭宁执导的根据白桦电影文学剧本《苦恋》改编的影片《太阳和人》。此片中所反映的政治思想问题，是当时电影界的一件大事，周扬此后一年涉事其中。

1981 年 2 月 2 日，周扬主持讨论《苦恋》的处理办法，万里、王任重对《新观察》发表白桦的文章有很尖锐的意见。3 月 2 日召开核心组会，黄钢就《苦恋》事件要求调查出笼经过，追查支持者。周扬征求意见，林默涵支持黄钢，贺敬之赞成调查，陈荒煤和张光年表示反对，夏衍、赵寻、陆石等不赞成作为违纪事件处理。❹ 而周扬则神情、语气都很凝重，指出"白桦是一个有才气的作家，也写过好的作品，不能因为《苦恋》有问题，有错误，就将其一棍子打死。应当开展文艺批评，促其提高认识，改正错误；再者，文艺作品出现了问题，由文艺界通过文艺批评与自我批评来解决就行了。这些意见报告了中纪委"❺。4 月 20 日，《解放军报》发表特约评论员文章《四项基本原则不容违反——评电影文学剧本〈苦恋〉》批评《苦恋》。4 月 21 日，《人民日报》发表周扬文章《文学要给人民以

❶　周扬：《在故事片厂厂长、党委书记会议上的讲话》，《周扬文集》第 4 卷，人民文学出版社，1991 年。

❷　周扬：《关于当前文艺工作中一些问题的意见》，《周扬文集》第 4 卷，人民文学出版社1991 年，第 323 页。

❸　周扬：《在电影界春节茶话会上的讲话》，《周扬文集》第 5 卷，人民文学出版社 1994 年。

❹　张光年：《文坛回春纪事》（上），海天出版社 1998 年，第 219、221、225 页。

❺　荣天玙：《周扬与他的师友》，中国文联出版社 2012 年，第 117－118 页。

力量》，并特别编写"提要"，指出"对于作家、艺术家，我们要特别加以爱护。……一个作家在艺术上的探索和表现方法上走错了路，不要轻易说他是反党、反社会主义。如果他们犯了错误，即使是政治上的错误，也要耐心帮助他们改正。对待人民内部矛盾，特别是思想分歧，要坚持采取实事求是、与人为善、治病救人的方针"。周扬这篇在 1980 年全国优秀短篇小说评选发奖大会上的讲话，原本安排在《人民日报》第 5 版，为了突出表达不同于《解放军报》批判《苦恋》的观点，特临时调整。3 月 30 日—4 月 11 日，文化部电影局召开 1981 年第二次故事片厂厂长会议，周扬于 4 月 10 日发表了讲话❶。6 月 1 日，和陈荒煤在北京儿童电影制片厂成立大会上发表讲话。7 月 17 日，邓小平与王任重、朱穆之、周扬等谈话，指出思想战线软弱涣散，《文艺报》要发表高质量文章批评《苦恋》，并由《人民日报》转载。8 月 19 日，中宣部副部长朱穆之说：《苦恋》是个典型，代表了一种错误倾向。9 月 9 日，周扬在"加强对文艺的领导，改变涣散软弱状态"的首都文艺工作者座谈会上讲话，"对《苦恋》没有及时进行正确批评表示我们也是有责任的"❷。10 月 7 日，《人民日报》从《文艺报》转载了唐因、唐达成的文章《论〈苦恋〉的错误倾向》。贺敬之指出："邓小平就《苦恋》引发的思想战线的错误倾向问题在内部发表谈话之后，找理论界、新闻界、文化界的主要负责人座谈，有人说，周扬同志在会上的发言，使小平同志不满……我因为《苦恋》，加上《人妖之间》的事情，机关会议上批评我右倾，周扬同志向王任重同志为我作辩护，有人就说周扬同志和我一样，都是对邓小平同志的批示有抵触，不愿意批判毒草。接着，就是机关内外都有人反映，对周扬同志在全国思想战线座谈会上的发言不满，说是支持自由化，甚至传言周扬同志'反对四项基本原则'。"❸ 10 月 12 日，周扬在文联主席团扩大会议上宣布，已向中央辞去中宣部副部长职务。对此，刘锡诚指出不知道周扬的真实思想，但文艺领导核心里的意见分歧有增无减，来自"左"的方面的不断攻击，《苦恋》事件的打击，等等，使他感到失望和厌倦，身体状况又每况愈下，大概都是他要辞职的原因；周扬的辞职，引起了震动和忧虑，人们普遍担心，三中全会以来文艺战线开创的思想解放的大好局面，是否能保得住，

---

❶ 周扬：《周扬同志在全国故事片厂厂长会议上的讲话》（摘要），《电影》1981 年第 6 期。

❷ 《加强对文艺的领导，改变涣散软弱状态》，《人民日报》1981 年 9 月 10 日。

❸ 贺敬之、李向东：《风雨同答录》，《贺敬之文集》第 6 卷，作家出版社 2005 年，第 393 页。

能否继续下去❶。张光年认为，听说周扬辞职，贺敬之、冯牧都表示忧虑，夏衍从医院来电话表示"无限忧虑"❷。12 月 27 日，周扬在中南海怀仁堂参加了会见全国故事片电影创作会议代表的活动，胡耀邦、习仲勋、胡乔木发表了讲话，胡耀邦殷切希望把电影搞上去，更上一层楼，习仲勋希望电影工作者要为改编党风、改编社会风气、建设社会主义精神文明大做文章，胡乔木希望电影工作者要习惯于在批评与自我批评中前进，要求电影着重描写和表现人民的新生活❸。

1983 年 4 月 20 日，周扬与邓力群、夏衍、阳翰笙、华楠等出席文化部在北京举行的 1982 年优秀影片授奖大会，7 个片种的 29 部获奖影片的代表、电影界人士和首都观众 2700 余人参加了大会。7 月 7 日，为新影厂举行的八路军总政治部电影团（延安电影团）成立 45 周年和中央新闻纪录片电影制片厂建厂 30 周年纪念大会题词祝贺。9 月 1—17 日，中国电影资料馆在北京、上海举办"20—40 年代中国电影回顾展"，周扬在首映式上发表《回顾是为了前瞻》的重要讲话。12 月，作《〈电影美学：1982〉序》❹。

四、杭州会议与韩少功的寻根文学创作

寻根文学作为中国当代文学史上重要的文学思潮之一，一直以来都是学界关注和研究的焦点。它不仅实现了文学从政治一体化向文学化的初步转型，也使中国文学开始参与到世界文化的对话中。虽然寻根文学不可避免地存在着偏激仓促的问题，但是正如黑格尔所说"没有人能够真正超出他的时代，正如没有人能够超出他的皮肤"❺一样，作家也不可能超越他所生活的时代。事实上，新时期寻根文学的生成与 1984 年在杭州召开的小说创作研讨会有着直接关系，杭州会议既让寻根文学结束无名状态，进入

❶ 刘锡诚：《在文坛边缘上——编辑手记》，河南大学出版社 2004 年，第 610 页，第 602 - 603 页。

❷ 张光年：《文坛回春纪事》（上），海天出版社 1998 年，第 286 页。

❸ 陈播主编：《中国电影编年纪事（总纲卷·下）》，中央文献出版社 2005 年，第 702 页。

❹ 周扬：《〈电影美学：1982〉序》，钟惦棐《电影美学：1982》，中国文艺联合出版公司 1983 年 12 月版。另题《对电影美学研究的一点希望》，《人民日报》1984 年 1 月 16 日，《周扬文集》第 5 卷，人民文学出版社 1994 年。

❺ ［德］黑格尔：《哲学史讲演录（第 1 卷）》，贺麟、王太庆等译，商务印书馆 2009 年，第 87 页。

具有理论指导的共名范畴，也有力地推动了文学寻根实践的发展。韩少功作为这个时期寻根文学的积极倡导者和实践者，他的文学创作也可以杭州会议为界，分成前后不同的两个阶段。

（一）杭州会议召开的背景及概况

杭州会议是在新时期"重新估定一切价值"思潮下文学不断更迭又不断出现新问题的情况下召开的。这一时期，政治上的解冻使文学的发展产生了历史性的转折，"五四"启蒙话语再次续接，现实主义伴随着人的文学逐渐复归。虽然"以启蒙主义为特征的五四文化传统是一种一元化价值取向的知识分子的运动"❶，但也因其对现代化的过度渴望而表现出对传统的背离。同时，"文革"结束也使得文学的格局逐渐走向开放，出现了各种西方文学思潮迫不及待地涌入，产生了多元文化语境。一大批作家正是在这样的氛围里不断地进行着思考与探索，有着独特经历的一代知青作家开始扮演重要角色，"伤痕""反思""改革"文学在发展过程中的局限性也愈发凸显，而与世界文学接轨甚至超越世界文学的意识使得这些作家既有对自我不足的焦虑，也有对新时期文学转型的欣然。因此，新时期文学迫切需要对以往问题做一次系统的总结，杭州会议正是在这样的背景下召开的。

谁也不曾料到，1984 年 12 月 14 日在杭州召开的为期约一周的务虚性质的小说研讨会，将引发当代文学史上具有重要意义的寻根文学创作热潮。当时，杭州会议被视为一次寻常的文学聚会，"杭州会议"的名称也是后来追认的。事实上，正是这个会议，与而后兴起的寻根文学有着或隐或显的密切联系。不过，35 年后的今天，杭州会议的诸多细节已无从查考，因为"这次会议没有邀请任何记者，事后亦没有消息见报，最遗憾的是没有留下完整的会议记录"❷，只能通过当时与会者的回忆了解会议的大致情况。根据一些与会者的回忆，杭州会议的召开既是对当时已经出现的寻根文学的回应，也是西方文化思潮大量涌入所引发的对中国本土文化恐慌的积极应对。现在看来，正是杭州会议的召开，为作家们带来了思想解放与艺术创作的新视野和新格局。

---

❶　陈思和：《中国当代文学史教程》，复旦大学出版社 1999 年，第 2 页。
❷　蔡翔：《有关"杭州会议"的前后》，《当代作家评论》2000 年第 6 期。

事实上，在杭州会议召开之前，后来被命名为寻根文学的创作流派已初见端倪，寻根文学的代表作家和重要作品也已开始出现，并且使得中国文学版图呈现出地域化的趋势。1983年，贾平凹创作的《商州初录》展现了改革开放背景下秦岭一脉淳朴自然的风物人情与文化遗风，李杭育的《沙灶遗风》《最后一个渔佬儿》描述了葛江川边经过现代文明蚕食之后的静谧田园；1984年，阿城的《棋王》因描绘知青王一生对下棋的痴狂而名噪一时，郑万隆的《异乡异闻》系列将笔触投向远离现代文明的独特地理风貌与乡风民俗，韩少功也以《飞过蓝天》等作品表达了自己对传统文化的批判。另外，这些早期寻根作品也收获了主流文学界权威话语的认可。张承志的《北方的河》、阿城的《棋王》、冯骥才的《神鞭》、李杭育的《沙灶遗风》等都获得了全国性文学大奖，这无疑是对此时尚未形成气候的知青一代作家的肯定。

从现在了解的情形看，杭州会议的研讨形式是自由的，没有拘泥于一般会议"依循高度结构化和标准化的程序"❶。杭州会议没有明确统一的议题，其研讨基本围绕西方文学影响下的中国文化与文学的关系来进行。参会者周介人回忆，这次会议的主题可以凝练为"新时期文学：回顾与预测"❷，在这一宏大的主题之下，与会作家探讨的话题非常驳杂，涉及新时期文学发展中的诸多新情况、新问题，并且似乎并未达成什么共识。但参会者所共同表现出的对西方现代文学的质疑与对本土民族文化传统的审视，则在很大程度上体现了新时期文学转型的要求。

（二）杭州会议之后的理论与实践

杭州会议之后，与会的知青一代作家、评论家分赴各地，以现代化为追求、以民族资源为依托大胆地进行文学实践、推动文学转型。一系列文学宣言的发表使得传统文化获得了社会和读者的关注，作家的寻根意识被激发，在文学观念的表达上呈现出了前所未有的多样性。

从文学创作的实际情况看，寻根文学是先有创作实践再有理论宣言，并在理论的指导下进一步发展的文学潮流，杭州会议的召开具有承前启后的重要意义。由于与文学相关的各种会议通常是"中国现当代文学方向、

---

❶ ［美］大卫·科泽：《仪式、政治与权力》，王海洲译，江苏人民出版社2014年，第12页。
❷ 周介人：《文学探讨的当代意识背景》，《文学自由谈》1986年第1期。

第七章 文学会议与中国现当代湖南作家

观念、思潮、社团、语言、体式和作家心态之发生、嬗变和演进的一种机缘与动力"❶，杭州会议之于寻根文学所起的作用正是如此。杭州会议召开之后，寻根文学便由部分作家个人的自发创作转变为在理论指导下的自觉创作。寻根文学自此脱离了未名状态，创作群体日益壮大，以寻根为主题的文学作品不断涌现，对相关作家作品的批评与阐释也不断深入，作家与评论家共同推动了寻根文学的进一步繁荣发展。

作为寻根文学的先行者，韩少功早已不满足于以往文学思维和创作惯例，认为要用文学的功效祛除社会深处的顽疾与人性黑暗。1985 年 4 月，韩少功以在《作家》杂志发表的《文学的"根"》为理论宣言，拉开了文学"寻根"潮流的序幕。他在文章中指出，文学应当有根，这个根还要"深植于民族传说文化的土壤里"，否则"根不深，则叶难茂"。他主张在现代性的考量下对民间传统文化进行一场重新发掘，不能再走"五四"全盘反传统的老路，要扭转作家对传统的偏见，"尤其是在文学艺术方面，在民族的深层精神和文化特质方面，我们有民族的自我。我们的责任是释放现代观念的热能，来重铸和镀亮这种自我"❷。可以说，韩少功对寻根文学的理解与今后的发展有着更为清醒的判断。紧接其后，阿城撰写《文化制约着人类》提出"人类创造了文化，文化反过来又制约着人类"❸ 的观点。李杭育、郑义、郑万隆等也纷纷发表文章参与讨论，表达和阐释自己对寻根的理解。这些理论文章标志着寻根文学逐渐学理化和肌理化，作家们也通过发表文学作品对此进行了有力的呼应。韩少功创作的《归去来》《爸爸爸》《女女女》等开始引领寻根文学潮流，阿城的《树王》《孩子王》等"遍地风流"系列对道家文化的传承别具一格，王安忆以《小鲍庄》等作品中鲜明的儒家元素加入了寻根文学队伍，郑万隆不断充实他的"异乡异闻"，贾平凹围绕他的"商州"展现秦岭的风土人情，李杭育则继续着他的"葛川江系列"，等等。这正反映出杭州会议之后寻根文学的累累硕果，从这个意义上说，寻根文学确实缘起于杭州会议的召开。

---

❶ 岳凯华：《〈新青年〉编委会与中国新文学方向的生成》，《湘潭大学学报（哲学社会科学版）》2018 年第 3 期。

❷ 廖述务：《韩少功研究资料》，天津人民出版社 2008 年，第 42 页。

❸ 路文彬：《中国当代文学史料文论选：1949—2000》，中国文联出版社 2006 年，第 415 页。

（三） 杭州会议后韩少功的寻根文学创作

韩少功是中国当代文坛具有重要影响力的作家。从 1977 年的短篇小说《七月洪峰》以个人知青生活记忆为创作起点，到 20 世纪 80 年代中期《爸爸爸》《归去来》自觉展开的对传统文化的反思与批判，再到 20 世纪 90 年代《马桥词典》中新文体与技巧的多重尝试，以及 21 世纪以来的长篇笔记体小说《暗示》、散文集《山南水北》和近作《修改过程》，韩少功可以说一直在文学创作中进行着文学的自我探索、渐变与成长。其中，作为文学史上具有重要意义的 1985 年寻根文学思潮中的活跃者，如果说杭州会议之前韩少功关于知青生活的文学书写带有一定程度的不自觉的文化回归，那么会议之后他的一系列寻根作品，则是自觉地从传统文化的角度重构文学的本质属性。

1. 创作主题由"为民请命"向对传统文化糟粕批判转变

新时期初，韩少功与大多数作家一样在现实主义的文学框架里进行创作。无论是表现对农民生存苦难的同情与关怀的《七月洪峰》，还是《月兰》对知青生活的思考与书写，韩少功所着力反映的是文学与现实的关系问题。1977 年发表于《人民文学》的短篇小说《七月洪峰》，标志着韩少功的文学创作脱离了其在《红炉上山》《稻草问题》《对台戏》中的意识形态化的书写。之后，他又陆续发表了《吴四老倌》《月兰》《西望茅草地》等颇具影响力的短篇小说，这些作品与文学史上的"伤痕""反思"思潮相契合，展现的主要是"文革"时期自己所经历的知青生活，侧重于对当时历史语境下"极左"路线的批判和人们苦难遭遇的揭露，多为"为民请命"之作。遭受"文革"洗礼的独特经历，使得韩少功能以清醒的眼光打量农民的生存环境与个人命运的走向，其中的怀疑与审慎也使其作品呈现出一种深刻的理性认知。虽然这些作品存在思想大于形象的模式化问题，但与此同时，随着韩少功对中国现实的认识越来越深刻，他的小说创作开始由反思革命的一面自觉转向对日常生活的关注，不再一味介入宏大的政治主题，《风吹唢呐声》《飞过蓝天》《谷雨茶》等作品就是如此。这表明韩少功已经逐步将作品向文化维度回归，及至《戈壁听沙》则已明显地流露出对远古的传统文化精神的向往。

杭州会议召开之后，韩少功发表了《文学的"根"》，标志着他的文学创作从载道启蒙的现实层面进入了更深层次的对传统文化的探寻，并期望以此改进民族文化因子中愚昧落后的一面，从而实现新时代民族精神的重塑。韩少功这一时期文学创作的主题，便是对传统文化影响下积淀起来的人们情感模式的批判与反思。中篇小说《爸爸爸》是韩少功转向寻根文学的第一部作品。小说虚构了一个落后封闭的鸡头寨寓言，生活在这里的村民世代陷入原始愚昧的信仰中，对太极图顶礼膜拜、欲杀丙崽祭拜谷神和信奉巫师等。鸡头和鸡尾两寨疯狂进行暴力厮杀，并导致村里出现遵循祖规服毒自杀之事……不仅愚昧至此，更荒唐的是村民因斩杀丙崽前晴空响起了惊雷，而把这个相貌异常丑陋、永远无法长高的怪胎奉为神明，其口中的"爸爸爸"和"X妈妈"两句话也成为卜卦的谶语，人们伏拜在他面前，并尊呼其为"丙仙""丙相公"。其中，丙崽的大难不死象征着中国传统文化的劣根性部分依然延续苟活。这是对所谓的正统文化的否定与嘲讽，也是对文化规范下人类生命的一种深刻的自省与反思。续篇《女女女》更是对这种民族落后的文学心理进行了赤裸的无情批判。幺姑失去孩子后无法忍受世俗舆论的指指点点，不得不离开家乡，尽管她在外勤勤恳恳、任劳任怨、为人友善，但依然遭受外界不公平的刻薄待遇。中风之后，幺姑变得贪婪自私、粗暴冷漠，与之前形成巨大的反差，这正是她深受传统压抑后的本质爆发。这是传统文化负面性所造就的妖魔化的悲剧，恰如鲁迅笔下的祥林嫂在当代的命运轮回。《归去来》与前述作品相比更有着形而上的哲学意味。"我"与村民关系的彼此错位，"我"与现实历史的相互怀疑，使得"我"不知道自己是谁，就像一个穷尽一生无法寻得结果的谜，这种迷失的人背后所带有的特定文化场域才是深层的价值体现。

2. 知青生活经验的书写与湘西楚文化的地域性建构

在中西文化碰撞激烈的 20 世纪 80 年代，受到西方现代主义的大量涌入和拉美魔幻现实主义作品获得诺贝尔文学奖的刺激，中国作家意识到，如何应对西方文学对中国本土文化的冲击已成当务之急，他们于是将眼光投向本土文化资源的探索发掘上。20 世纪 80 年代中期形成的声势浩大的寻根文学思潮，正是在对民族传统文化、地域文化认同的"文化热"背景上所触发的。

如果说韩少功在创作初期还拘泥于自己知青生活经验的书写，那么杭州会议之后，他开始将笔触执著地伸向自己熟悉的故土湘西，为我们呈现出楚巫文化浸润下民间生活的自然淳朴和神秘绮丽。韩少功正是通过对湘西地域文化的建构，自然而然地实现了把文学拉回到文学范畴的目的。他在《爸爸爸》中描写了很多地方性风俗：山寨里云雾缥缈且多蛇虫瘴疟的绮丽异样的自然环境，寨中人因笃信鬼神而经常举行的祭祀活动，丙崽妈自以为丙崽的出生与自己打死蜘蛛精有关，在出寨路上可能碰上放蛊之事等。楚地具有历史悠久的巫文化，这种独具一格的文化形态在《爸爸爸》中是通过德龙这个人物表现出来的，"鸡头寨的人不相信史官，更相信德龙"❶，德龙就是一种巫的形象。韩少功让我们看到，生活在这里的村民世世代代按照祖先的法则繁衍生息，展现出一幅情感压抑、思想麻木愚昧的真实民间图景以及这片土地独有的地方习性与风情。除《爸爸爸》之外，其他作品如《女女女》《归去来》《蓝盖子》等都有对于地域文化特点的展示与描绘。

此外，语言作为文学观念有效表达的必要载体，包含着深厚的文化内涵与精神意蕴。它不仅是思想承载的直接显示，也是人物复杂内心活动的外化表现。作家在叙事过程中必须让小说人物和小说语言零距离，使之符合说话人各自的身份而不是作家的立场。方言既作为独特身份的标识扮演着见证文化变迁的重要角色，又可以与现代规范语言进行相互参照，这也成为寻根文学叙事语言的主要特点。韩少功的《爸爸爸》《女女女》《归去来》等作品中，就随处可见其对湘楚方言的使用。如《爸爸爸》中"吾"便是我的意思，"视"便是看的意思，"宝崽"便是"呆子"的意思，还有"赶肉""乖致"等方言词语❷。

总之，我们可以看到，韩少功在不断地对民间地域风土人情的书写中建构起了属于自己的一方文学领土。这种地域性文化既是作家取之不尽的创作资源，也在某种程度上体现了文学本质的审美价值，参与到中国当代文学的转型与重塑中。

3. 文学形式的继承与融合

新时期以来，虽然在文学创作手法上实现了对"五四"现实主义文学的复归，但是在 20 世纪 80 年代新的历史语境下，作家们并不囿于单一的

---

❶ 韩少功：《爸爸爸》，作家出版社 1996 年，第 122 页。
❷ 韩少功：《爸爸爸》，作家出版社 1996 年，第 116 页。

现实主义传统，而是试图通过中西融合突破旧有的形式规范。正是在对文学形式的探索上，韩少功显示了自己与众不同的追求和广泛的兴趣，既表现出对传统文学形式的选择性继承与创新，又有对西方现代手法的借鉴与运用。

在对传统文学形式的继承上，韩少功既有注重讲故事的《月兰》《吴四老倌》，又有偏重抒情氛围营造的《西望茅草地》《回声》，还有笔记体的《月光两题》《史遗三录》。这些作品在具体表现手法上尝试融合幽默、白描、象征等技巧，实现了人物刻画、情节推进与自我内在感情的严谨结合。在对外来文学的吸纳借鉴上，虽然在杭州会议上作家们一致表达出对西方文化推崇态度的极端不满，但大家又能客观地认识到本土文化与西方文化各自的优劣，并在自己的文学创作中对这些外来的文学技巧有所取舍。韩少功在创作中便逐渐地将荒诞、寓言、象征、心理流动等形式融合到作品中去。《爸爸爸》中塑造的失语、丑陋、死不了等颇具荒诞色彩的丙崽形象显然是对中华民族传统文化畸形病态一面的隐喻，《女女女》中幺姑鱼形形象的异化、《蓝盖子》中一个丢失的酒瓶盖子导致陈梦桃的发疯、《雷祸》中一场雷祸之后人心善恶的显露等，均鲜明地体现了象征的意味。韩少功对这类现代技巧的使用，并非单纯的形式更新，而是文本内容与形式的现实需要。此外，情感的冷静、语言的节制、景物的刻画也更加粗线条，外在的客观写实性都得到了强化。无论是对传统的继承还是对外来的借用，都与杭州会议以及寻根观念紧密相连，并以此构成了寻根文学的重要组成部分。正如杭州会议的亲历者李陀在多年之后所指出的："当时我们有一个武器，就是'形式即内容'，反复强调形式变了内容就变了，以这种方式避开政治的直接干预。"❶

综上所述，杭州会议之后，韩少功便开始使自己有意识地站在文化审视的角度，关注国民千百年来延续下来的生存样态以及情感认知方式，一反之前过度强调的政治批判倾向，而以追求真正的文化源流作为目标，把文学更为深入地向历史与传统开掘，从而为我们创作了一系列富有文化探寻意味的作品。韩少功的第一部长篇小说《马桥词典》出版于1996年，尽管此时的寻根文学早已退潮，但他始终没有放弃自己的寻根立场。在《马桥词典》中，韩少功对湘楚文化的叙述依然延续着他对于传统以及乡

---

❶ 李陀、李静：《漫说"纯文学"——李陀访谈录》，《上海文学》2001年第3期。

村的思考。《修改过程》是韩少功最新出版的长篇小说，与他以往的乡村叙事不同，这部新作的故事发生在都市，展现了高考史上富有戏剧性的一代人。从文本层面而言，韩少功的这一次创作具有实验性，采用戏中戏的结构编织文本，让自己笔下的一个人物在书中写着另一本小说，两条线索彼此影响和互相改变。可以说，韩少功成于寻根，却没有止于寻根，而是一直在笔耕不辍地追寻、审视、解剖自己所经历的时代。

第八章　杭州会议与中国当代
寻根文学的发生

在中国文学史上，20 世纪 80 年代可谓是观念不断更新，思潮不断迭涌，从"伤痕""反思"到文学的"寻根"、再到"先锋小说"实验、"新写实"与"现实主义冲击波"……各领风骚两三年的小说思潮使文学领域呈现出昂扬的革命精神。其中，"寻根文学"最先以一种先锋姿态，用强烈的挑战性和现代性冲动动摇着 20 世纪文学的既成模式，为中国的小说创作探寻着新的可能性。其时，中国正处于改革开放的新时期，久被压抑的西方现代主义文学重新回归文学界的视野，一批青年文人积极接受着西方现代主义的影响，反省着"伤痕"和"反思"两大思潮在审美和思维上的政治化倾向，同时又试图对抗"西方中心论"，拒绝对欧美发达国家亦步亦趋的模仿，寻找带有中国特色的文学之路。拉丁美洲文学的爆发性发展，特别是《百年孤独》摘得诺贝尔文学奖桂冠让这些学者发现，重拾本民族传统文化里的宝贵资源，寻找更加贴近本地生活风俗的表现手法，同时用现代主义美学颠覆传统的现实主义美学原则，是让民族文化屹立于世界舞台的有效途径。虽然"寻根文学"思潮很快过去，但它的痕迹却没有随之消失，此后的先锋小说、新历史小说等不能说没有受到它的影响。时至今日，"寻根文学"曾呈现的特质依然具有不可忽视的现实意义。

首先，"寻根文学"中强烈的文化意识是新时代走出"泛娱乐"流弊的关键所在。"'泛娱乐'的说法比较好理解，其基本取向就是向物质主义跪拜、向消费社会妥协，以游戏玩乐的心态对待诸多文化生产包括文艺创作"❶。在文化日益产业化的当下，网络小说异军突起，产量惊人。但因没有出版的限制，其质量良莠不齐，低俗、暴力、物欲横流的网络小说时常可见，口水化的所谓诗歌也时有被媒体炒作。它们在民间飞速流传，快速形成一股娱乐至上的风气。除了文学创作，在很多其他的文化领域也充斥

---

❶ 徐清泉：《走出"泛娱乐"的文化自觉与担当》，《文汇报》2017 年 7 月 7 日。

着"泛娱乐"的氛围：IP电影亦步亦趋，综艺节目千篇一律，娱乐八卦新闻铺天盖地……这种风气使大众被浮躁之气包裹，潜心创作被激情生产取代，文化内涵被娱乐卖点覆盖，传统精髓、民族精神逐渐被淡忘，伟大的作品难以产生，中国文化传统遭遇强大的冲击，文化建设实在任重道远。娱乐文化本是文化回归大众的价值所在，但一味将娱乐扩大化而忽略了文化的本质内涵，就会对文化甚至社会的健康发展产生负面的影响。对现实的焦虑使人们开始想要回望过去，钱穆、陈寅恪、于丹、易中天大红大紫，"中国汉字听写大会""中国诗词大会""中国成语大会"等节目将浮躁的现代人带回灿烂的中华文明之中，触摸中国人的精神脊梁，唤醒一代人的民族记忆……人们如饥似渴地填补着被享乐主义掏空的精神世界，以极大的热情欢迎了国学的回归。"这是不是更广义的'寻根'在二十年来悄悄地扩展和变化？"[1] 事实证明，民族文化自信的重新建立是让整个社会充满精神与斗志的内在需求。但除了主流媒体的引导，还必须在全社会形成一种普遍的文化自觉才能变被动接受为主动探寻，从整体上改变"泛娱乐"的文化倾向。这种文化自觉需要自上而下的、全方位、多领域、长时间潜移默化的培养。"寻根文学"的策略恰好包含了当下社会最需要的文化意识，恰好包含了人们主动探寻文化根基的冲动，它在立足本民族宝贵资源的基础上寻求发展，将文学视野从日常生活（通常与政治挂钩）转向传统文化，扩大了文学的审美领域，引领了整个社会的文化自觉。

其次，"寻根文学"中积极的先锋意识是中华民族在"全球化"国际背景之下走向世界的有力支撑。"十年浩劫"之后的中国文坛曾经历了痛苦的迷茫，长期作为政治附庸的文学创作想要以独特的民族姿态走出去，就必须改变面貌，其时的"寻根文学"充当了先锋。面对西方文学思潮的冲击以及第三世界文学的崛起，"寻根"先锋打破陈规，抛弃了以往的阶级思想，积极吸收着外国文学的一切有利因素，在文学主题、文学形式上寻求创新，摸索着一条走向世界的文学之路。不仅如此，"寻根文学"还排斥"唯西方主义"的观点，拒绝对外国文学一成不变的模仿，拒绝简单的横向嫁接，相信民族的才是世界的，努力扎根中国传统文化，以既包容又独立的民族心态面向世界。再看当下，"全球化"的国际环境越来越要求各国不断加强合作，在政治、经济上互相依存。中国既要积极顺应潮

---

[1] 韩少功、李建立：《文学史中的"寻根"》，《南方文坛》2007年第4期。

流，不断地完善自我、增强实力、提升国际话语权，以便更好地参与国际合作，争得国际舞台的一席之地；同时还要保证不受发达国家控制，有尊严地屹立在国际舞台之上。此时，"寻根文学"的先锋策略便显示出它的现实价值。我们要大胆借鉴这一策略，积极学习和借鉴国外先进技术、文化，积极主动地融入潮流，勇敢面对一切机遇和挑战；同时培养独立的民族品格，敏锐地甄别一切企图同化、融合、改造中华民族的行为，拒绝亦步亦趋，保持自身的独特性。

当笔者站立在以上现实意义之上再次回望 20 世纪 80 年代，不禁思考：为何当时的"伤痕""反思""改革"思潮都逐步走向僵化，而"寻根文学"却能够引领不同以往的开放局面？在推动"寻根文学"发展的因素中，除了一些已被普遍关注到的原因之外，是否还有更为深层的逻辑？事实上，与文学相关的各类会议通常是"中国现当代文学方向、观念、思潮、社团、语言、体式和作家心态之发生、嬗变和演进的一种机缘与动力"❶。整理"寻根文学"的发生发展脉络会发现，其中有一个不能忽视的环节——"杭州会议"的召开。学界在中国现当代会议研究方面虽然已经有了不少的探索，取得了较多的成果，但对文学会议与某一思潮的发生、发展、繁荣、演进之间具体的关系还缺乏深入的讨论。在"寻根文学"的研究中，关于"杭州会议"的笔墨也较为少见。因此，本章试图以"杭州会议"为中心，从整体上探求其开放性观念及多样性实践生成的内在逻辑。

一、当代寻根文学观念的生成

在新时期文学发展到一定阶段而亟须一次反思与总结之时，"杭州会议"的召开及时地完成了这一任务。这一次青年文人之间的讨论几乎囊括了新时期以来文学发展遇到的所有新的状况。对于民族传统文化的关注、对西方现代派文学的肯定以及对新时期文学转型的要求等都是会议的重要话题。这次会议的召开对于"寻根文学"的发生有着承上启下的重要作用。承上表现为会议激活了"寻根"观念，这种观念既具有强烈的文化意识，且在文化自觉背后也歧义暗流，包含着多样的"寻根"意向。有了观

---

❶ 岳凯华：《新青年编委会与中国新文学方向的生成》，《中国新文学学会第三十三届年会暨"中国现当代文学的境遇与走向"学术研讨会论文集》，中国新文学学会 2017 年。

念的引领，一批"杭州会议"之前已经萌芽，但在文坛却没有被准确定位的创作探索被纳入了"寻根文学"的框架之内。

（一）新时期文学回顾与预测之下寻根观念的激活

1984 年 12 月，美丽的杭州西湖见证了一群怀着满腔热情的文学青年的"聚会"，这次"聚会"就是后来被学界熟知的"杭州会议"。之所以将它称之为"聚会"，是因为这次会议没有主题报告，不同于一般意义上有专题发言、专家评议、总结陈词等固定性流程的正式会议，它更像是一个"神仙会"。由于当时"反自由化"和"精神清污"刚刚平息，"这次会议没有邀请任何记者，事后亦没有消息见报，最遗憾的是没有留下完整的会议记录"❶，关于这次会议的细节至今已经无从知晓，留下的只有一些回忆性文章或相关人员接受采访时的零星记录。与会人员众多、信息来源七零八落，只有对这些只言片语进行挖掘汇总才是实现对"杭州会议"基本情况最大程度了解的唯一途径。

"杭州会议"是由"《上海文学》编辑部、杭州市文联《西湖》编辑部、浙江文艺出版社"❷联合举办的，虽然由这三个部门牵头，但它最初的动议却是来自几个青年文人的个人热情。李杭育在《我的 1984 年（之三）》中详细回忆了这一过程：由程德培和吴亮最初向"我"提出希望有个聚会，再由"我"向周介人、蔡翔谈了这个想法，几经讨论便确定下来了❸。根据周介人、蔡翔、韩少功、李庆西、黄育海等多人以及《钱江晚报》在"寻根"三十周年之际所做专题的回忆❹，这次在杭州陆军疗养院里召开的会议有 30 多位来自天南地北的学者参与，其中包括：来自北京的李陀、陈建功、郑万隆、阿城、黄子平、季红真；来自上海的徐俊西、张德林、陈村、曹冠龙、吴亮、程德培、陈思和、许子东、王晓明、宋耀良；来自湖南的韩少功；来自河南的鲁枢元；来自福建的南帆等。上海作协和《上海文学》方面有茹志鹃、李子云、周介人、蔡翔、肖元敏、陈杏

❶ 蔡翔：《有关"杭州会议"的前后》，《当代作家评论》2000 年第 6 期。
❷ 周介人：《文学探讨的当代意识背景》，《文学自由谈》1986 年第 1 期。
❸ 李杭育：《我的 1984 年（之三）》，《上海文学》2013 年第 12 期。
❹ 周介人的《文学探讨的当代意识背景》、蔡翔的《有关"杭州会议"前后》、韩少功的《杭州会议前后》、李庆西的《开会记》、黄育海、李庆西的《"新人文论"再版序言》中都对与会人员进行过回忆；钱江晚报 2014 年 12 月 14 日的"寻根"三十周年专题报道刊载了"杭州会议"的珍贵合照。

芬等。杭州市文联和《西湖》杂志社有董校昌、薛家柱、钟高渊、沈治平、徐孝鱼、李杭育、高松年等；浙江文艺出版社有李庆西和黄育海；张承志因事未来，贾平凹因身体原因未能到会❶。

虽然这次会议没有纲领性的思想，但要求诸位学者"就自己关心的文学问题作一交流，并对文学现状和未来的写作发表意见"❷，即围绕一个较为宽泛的主题——"新时期文学：回顾与预测"❸。会议"没有限制发言时间，某个人的发言引起听者的兴趣，就不断被插话和提问打断。讲话内容也是五花八门，自由发挥"❹。会后，周介人、陈思和、李杭育、鲁枢元分别将自己的发言整理成《文学探讨的当代意识背景》《中国文学发展中的现代主义——兼论现代意识与民族文化的融汇》《小说自白》《新时期文学的"向内转"》发表。除了这几篇完整的"发言稿"，有记录的就只有部分与会者对个别发言人主要观点的提炼。从这少量的资料管窥当时的会议，大家集中讨论的话题大致可归纳为四点：第一，对现代主义的关注。蔡翔表示"现代主义乃至西方的现代思想和现代学术仍是主要话题之一"，且陈思和有关现代主义的专题发言"引起与会者的极大重视，并引发出相关讨论"❺。李陀在会上"对盲目模仿西方的现象做出有力批评"❻。第二，对民族传统文化的重视。"这次会议不约而同的话题之一，即是'文化'。……北京作家谈得最兴起的是京城文化乃至北方文化，韩少功则谈楚文化……李杭育则谈吴越文化。而由地域文化则引申出文化和文学的关系。""把'文化'引进文学的关心范畴，并拒绝对西方的简单模仿，正是这次会议的主题之一"❼。阿城表示"新的小说规范，既体现了当代观念，又是从民族的整体文化背景中孕育出来"❽，陈思和主张"现代意识与民族文化应该融

---

❶　在参考多家个人回忆的基础上，这里最后采用了李庆西在《开会记》中列举的最全面的名单，其中来自上海的王晓明是根据韩少功在《杭州会议前后》中的回忆进行的补充。张承志和贾平凹未到会的情况李杭育和蔡翔分别在《我的 1984 年（之三）》和《有关"杭州会议"的前后》中提及。

❷　蔡翔：《有关"杭州会议"的前后》，《当代作家评论》2000 年第 6 期。

❸　周介人：《文学探讨的当代意识背景》，《文学自由谈》1986 年第 1 期。

❹　陈思和：《杭州会议和寻根文学》，《文艺争鸣》2014 年第 11 期。

❺　蔡翔：《有关"杭州会议"的前后》，《当代作家评论》2000 年第 6 期。

❻　蔡翔：《有关"杭州会议"的前后》，《当代作家评论》2000 年第 6 期。

❼　蔡翔：《有关"杭州会议"的前后》，《当代作家评论》2000 年第 6 期。

❽　周介人：《文学探讨的当代意识背景》，《文学自由谈》1986 年第 1 期。

会"❶。第三，对于新时期文学如何转型的意见。"如何突破原有的小说艺术规范，也是与会者谈论较多的话题。"❷李杭育强调了创作策略要有创新有个性❸，鲁枢元提出新时期文学的"向内转"❹，韩少功认为要"打破旧的限制，建立新的限制"❺，陈建功主张"换一个说法，换一个想法，换一个写法"❻，郑万隆要求作家、批评家"创造自己独立的艺术世界"❼……而这一系列有关文学转型的观点思路都落脚在"文学当代性"上，周介人在会上的总结发言《文学探讨的当代意识背景》以及会后《上海文学》杂志发表的一篇类似会议综述的文章《青年作家与青年评论家对话——共同探讨文学新课题》都提到了会上对于"当代性"问题的思考与探讨。"通过讨论，大家一致同意，文学的当代性问题是一个对文学创作的综合性要求：既包括题材问题，也包括观念问题，既包括内容问题，也包括形式问题。"❽由此可以看出，"当代性"是与会者对于构建新时期文学最终的落脚点，是对新时期文学转型的期望。第四，会上还不乏对于优秀作品的鉴赏和天马行空的漫谈。"李陀一如既往地热心介绍新人佳作"❾，会上"还曾传看了一篇小说，这就是马原的《冈底斯的诱惑》"❿，这部作品得以发表与此会也有一定的关系；阿城"在会上说了好几个故事，每个故事都极具寓言性，把大家听得一愣一愣的"⓫，后来这些故事集结为《遍地风流》发表；"还有人在会上说梦"⓬……

这一次青年文人之间的讨论几乎囊括了新时期文学发展以来遇到的所有新的状况，虽然话题驳杂，最后也似乎没有达成什么共识，但对于民族传统文化的关注、对西方现代派文学的肯定以及对新时期文学转型的要求

❶　周介人：《文学探讨的当代意识背景》，《文学自由谈》1986年第1期。
❷　李庆西：《寻根：回到事物本身》，《文学评论》1988年第4期。
❸　李杭育：《小说自白》，《上海文学》1985年第5期。
❹　鲁枢元：《论新时期文学的"向内转"》，《文艺报》1986年10月18日。
❺　周介人：《文学探讨的当代意识背景》，《文学自由谈》1986年第1期。
❻　周介人：《文学探讨的当代意识背景》，《文学自由谈》1986年第1期。
❼　周介人：《文学探讨的当代意识背景》，《文学自由谈》1986年第1期。
❽　上海文学编辑部：《青年作家与青年评论家对话共同探讨文学新课题》，《上海文学》1985年第2期。
❾　李杭育：《我的1984年（之三）》，《上海文学》2013年第12期。
❿　蔡翔：《有关"杭州会议"的前后》，《当代作家评论》2000年第6期。
⓫　蔡翔：《有关"杭州会议"的前后》，《当代作家评论》2000年第6期。
⓬　陈思和：《杭州会议和寻根文学》，《文艺争鸣》2014年第11期。

都是一致的。会议过后，曾经躁动不安的青年一代文人心照不宣，开始了大胆的文学实践，共同向民族性、现代化、文学转型的追求展开行动。一系列宣言的发表宣告文学与文化的结盟，传统文化成为文坛关注的新焦点，"寻根"观念被激活，这种观念既在强烈文化意识上趋同，又在"寻根"意向的表达上多样。

（二）宣言发表及媒体传播合力下的文化意识自觉

中华人民共和国成立以来，包括新时期的"伤痕""反思""改革"潮流基本上都属于政治化的文学，文化意识淡薄。"杭州会议"之后，韩少功等与会者发表的一系列"寻根"宣言，自觉摆脱了狭隘的政治视野而将文化正式引入了文学关心的范畴。"文化"的被重视除了与韩少功等领头人发表的"寻根"宣言密不可分之外，主流媒体的推波助澜也是"文化"观念逐渐深入人心并发展成为一种自觉的关键所在。

由于"杭州会议"并没有什么明确的指示精神，所以学界部分人不认为这次会议与"寻根文学"的发生有必然的联系。但是，不少参会人员在会后的言论都不约而同指向"寻根"，韩少功、阿城、李杭育、郑万隆自觉发表宣言，表明自己的"寻根"立场。这些宣言发表的时间十分密集，在短短半年的时间里，他们相继举旗呐喊，并都一致地将文化引入了文学关心的范畴，这让人们不得不联想到他们在"杭州会议"上是否早有密谋。郑义虽未与会，但《跨越文化断裂带》一文也以强烈鲜明的文化关注被公认为是宣言之一。"杭州会议"的召开虽然没有为"寻根"命名，也没有提出过类似的倡议，相反，"在讨论中有关传统文化研究的话题只占小小份额"❶，但这小小的份额却成为会议的浓墨重彩，它敏锐的触媒使得"文化"意识作为"寻根"宣言的理论核心出场了。

在《文学的"根"》中韩少功说他从丹纳的《艺术哲学》中领悟到了文化的层次，政治、人道主义、改革都只不过是时代激情的产物，这种激情的价值必将随着时代的更替而消失，只有深层凝结的民族文化才有其不朽的根基。所以，"文学之'根'应深植于民族传统文化的土壤里，根不深，则叶难茂"❷。《理一理我们的"根"》里李杭育认为"一个好的作家，

---

❶ 韩少功：《杭州会议前后》，《上海文学》2001年第2期。
❷ 韩少功：《文学的"根"》，《作家》1985年第4期。

仅仅能够把握时代潮流而'同步前进'是很不够的"❶，"两千多年来我们的文学观念……是政治的、伦理的"❷，传统儒学重政治和伦理的实用主义塑造成的"载道"的文学与艺术相去甚远，社会价值远远高于其美学价值。所以，中国文学应该在中原规范之外去寻找"老庄的深邃、吴越的幽默，去糅合绚丽的楚文化、将歌舞剧形式的《离骚》《九歌》发扬光大"❸。《文化制约着人类》中阿城则对洋人拿中国的小说只为作社会学研究而忧心，认为"我们的文学常常只包含社会学的内容是明显的……但社会学不能涵盖文学，相反文化却能涵盖社会学以及其它"❹，所以中国的文学必须好好对待"文化"这个"绝大的命题"。郑义在《跨越文化断裂带》中表示缺乏文化意识的作品能够热闹一时不过是依恃一些非文学的因素，这些非文学的因素我们大可大胆地推断是韩少功、阿城、李杭育所说的社会学内容，是政治、是载道。他"对时下许多文学缺乏文化因素深感不满"，认为"作品是否文学，主要视作品能否进入民族文化"❺。郑万隆亦在《我的"根"》里表明自己的"寻根"立场，将小说的内涵结构由浅到深分为三层，并呼吁作家关注最深层次的文化结构，"开凿自己脚下的'文化岩层'"❻。这些发表时间密集的"寻根"宣言，在"文学之根深藏于民族传统文化"上形成了共谋，不约而同地对文学所具有的过分的社会属性表示不满。回看新时期初的"伤痕""反思""改革"思潮，无论是由揭露"四人帮"的《伤痕》而得名的"伤痕文学"、随着意识形态方面对"反右"运动的平反而出现的"反思文学"、还是在现代化进程中随着改革浪潮而形成的"改革文学"，身上都烙印了太多的社会属性，文学对于政治的兴趣有着压倒性的体现。"寻根"宣言的发表，明确了文学脱离政治范畴而向文化靠拢的立场，这些宣言后来被普遍认为是"寻根文学"的理论依据。

这些旗帜鲜明的宣言让"寻根文学"成为新时期以来第一个在具体理论指导之下自我命名并不断发展的文学思潮。但有一点不能忽视的是，虽

---

❶ 李杭育：《理一理我们的"根"》，《作家》1985 年第 9 期。
❷ 李杭育：《理一理我们的"根"》，《作家》1985 年第 9 期。
❸ 李杭育：《理一理我们的"根"》，《作家》1985 年第 9 期。
❹ 阿城：《文化制约着人类》，《文艺报》1985 年 7 月 6 日。
❺ 郑义：《跨越文化断裂带》，《文艺报》1985 年 7 月 13 日。
❻ 郑万隆：《我的"根"》，《上海文学》1985 年第 5 期。

然直到这一系列"寻根"理论的出场，"寻根文学"的概念才正式形成，可在此之前文学中隐约的文化意识已经有迹可循，"寻根"宣言站在文化的角度对这些萌芽时期的作品给予了肯定和吸纳。韩少功欣喜于贾平凹"商州"系列的秦汉文化风情、李杭育"葛江川"系列的吴越文化气质、乌热尔图鄂温克族文化的源流，说"他们都在寻'根'，都开始找到了'根'"❶。阿城赞赏贾平凹的《商州初录》，认为它虽然还没有得到重视，但"以肯定的角度表现中国文化心理……很是成功"❷。郑义更是以自己的亲身创作经历表示，在创作《远村》《老井》时"多少有点文化的意向"❸，但深刻程度令人汗颜还需要继续努力……在之后围绕"寻根"的批评探讨以及各类文学史的归纳中，汪曾祺、邓友梅、张承志、乌热尔图、张炜等作家的个别创作都被追认到"寻根"文学的名下。这些在"杭州会议"之前就已经萌芽，但却在文坛没有被准确定位的创作探索，凭借"寻根"宣言以文化角度从理论上给予的艺术思维格局的肯定，被纳入了"寻根文学"的框架之内。这些理论宣言的出现，使作家本然性写作有了具体观念的指导，作为"寻根"理论核心的"文化"意识也就慢慢形成自觉。虽然我们现在已经不能再对"如果没有'杭州会议'的召开会不会有'寻根文学'的发生"作什么不必要的设想，但"杭州会议"后"寻根"理论的出场推进了这一进程是毋庸置疑的。

开会仪式由于规模的限制本来只会影响到与会人员或是受其支配的群体的行动（韩少功、阿城、李杭育、郑万隆等人自觉发表宣言应属此类），而要让与会者受会议影响所达成的意志被社会大众广泛了解，必然还需要借助媒体的大力宣传。"杭州会议"召开之时，由于政治的敏感并未邀请记者和媒体，因此自觉参与到"寻根文学"传播的文学期刊在推动文化意识自觉方面显得尤为重要。

"杭州会议"推进了"寻根"的步伐，而《上海文学》推进了"杭州会议"的召开。就像提到新文化运动必然联想到《新青年》一样，《上海文学》可以说是孕育"寻根文学"的摇篮。虽然在"文革"期间被迫停刊，但新时期复刊后的《上海文学》还是一直大胆保持着一种先锋的姿态参与文学的恢复与探索。1979 年第 4 期刊载的评论员文章《为文艺正名》

---

❶　韩少功：《文学的"根"》，《作家》1985 年第 4 期。
❷　阿城：《文化制约着人类》，《文艺报》1985 年 7 月 6 日。
❸　郑义：《跨越文化断裂带》，《文艺报》1985 年 7 月 13 日。

引发了关于文学与政治关系的广泛讨论；在西方现代派文学传入中国时，《上海文学》也首先加入了这一潮流，从 1982 年开始陆续发表有关现代派的评论性文章，尤其是在北京没能发表的《关于现代派的"通信"》，在当时的副主编李子云的一再坚持下由《上海文学》发表，之后也带动了现代派的论争。虽然因为如此新锐的立场，使其在"清除精神污染"运动中遭遇批判，但《上海文学》也并没有就此沉寂。1984 年其刊登的《棋王》让阿城一炮走红，评论界就此不断发声，而这篇小说曾被《北京文学》拒之门外，只因为其中描写"知青"生活的某些情节"不适合发表"。正因为相对大胆的办刊风格，《上海文学》周围聚集了许多敏锐而富有活力的青年文人，在李杭育等人提出由《上海文学》牵头组织一次交流会并立马得到周介人等人赞同之后，"负责出面邀请作家和评论家"❶ 的《上海文学》便将南北青年作家及评论家聚集在了一起，促成了这次名垂文学史的"杭州会议"。会议过后，《上海文学》以编辑部的名义发表了类似会议综述的《青年作家与青年评论家对话——共同探讨文学新课题》一文，对"杭州会议"的情况作了简要的介绍，这也是当时唯一见报的有关"杭州会议"的介绍。随后阿城的《遍地风流》、郑万隆的"异乡异闻"个别篇目、韩少功的《归去来》《蓝盖子》、陈村的《初殿（三篇）》等与会者的小说先后被刊载，《上海文学》不遗余力地支持这群青年文人的文学探索，在传播"寻根文学"作品的同时还发表了不少创作以及批评文章，建立了一个互动发展的阵地。

"杭州会议"结束之后，在几大文学刊物的大力支持下，一场关于文学"寻根"的论争随之而起。1985 年，发表过"寻根"理论宣言《文化制约着人类》以及《跨越文化断裂带》的《文艺报》开辟了讨论专栏，是这场论争的主要阵地。李泽厚的《两点祝愿》、周政保的《小说创作的新趋势——民族文化意识的强化》、刘梦溪的《文化意识的觉醒》、王东明的《文化意识的强化与当代意识的弱化》、仲呈祥的《寻根：与世界文化发展同步》、张韧的《超越前的裂变与调整》、王友琴的《我只赞成阿城的半个观点》等文章围绕"寻根"展开了自由讨论，热烈程度令文坛瞩目，蔡翔将《文艺报》的这一次讨论看作继《文学的"根"》明确提出"寻

❶ 蔡翔：《有关"杭州会议"的前后》，《当代作家评论》2000 年第 6 期。

根"一词之后，"'寻根'文学真正开始兴起"❶。《文艺争鸣》《文学自由谈》《作家》在 1986 年也都对这场论争表现出了高度的热情，《文艺争鸣》这一年的刊物几乎每一期都有关于"寻根"的讨论文章发表；《文学自由谈》在 1985 年创刊号上发表了吴若增的《民族心理与现代意识》之后，而且 1986 年的第一期仅一期就发表了 9 篇讨论文章；《作家》也十分积极，《文学的"根"》的发表最先引起轰动，随后 1985 年 7 月刘心武在《作家》上发表《从"单质文学"到"合金文学"》，指出《作家》"编辑部的意思，是希望同行们能参加自由讨论，以活跃文坛气氛"❷，可见该刊积极性之高。这之后，不仅有李杭育的《理一理我们的根》在此面世，1986 年连续几期刊物都出现有关"寻根"文学的"《作家》论坛"栏目，除了第 1、第 2 期郑万隆和古华的单独文章，第 4 期的"《作家》论坛"还开展了吴亮、许子东、蔡翔、李劼、毛时安 的"文学寻根"五人谈。这些刊物在 20 世纪 80 年代中期都拥有广泛的读者基础，正是他们对于"寻根文学"的关注和热情的合力推送，使得"寻根"观念迅速升温深入人心。

由掷地有声的理论宣言展开去，这一次围绕"寻根"的论争中，既有热烈欢迎，也有人提出质疑。欢迎的人欣喜于文化意识的觉醒，或是积极分析"寻根"主张产生的合理逻辑，或是踊跃表达传统文化特质对文学以独特的民族姿态走向世界的重要性，还有人对"寻根"过程中处理传统文化与西方文化关系问题的重要性作进一步阐释。而质疑者基于各自的理解在论争中表达出不同于理论宣言的意见，这种不同体现在很多方面：有人认为"根"一直都在，传统文化的熏陶是无法避免的，无须刻意去"寻"，有人不认同"五四文化断裂"的提法，有人认为理论宣言对于"文化"的理解过于粗糙，不同意去荒蛮之地寻找文化之根，还有人担心这种"寻根"的倾向会使作家沉迷于古老文化，当务之急还是要对传统文化进行批判和清理……由此可见，不管出于哪一种立场，"文化"都是绕不开的核心话题，"寻根"究竟寻什么、如何寻似乎最终也无法具体归纳，但却留下了一地"文化"的纸屑。且在这场实质上是围绕"文化"的文学大讨论之外，20 世纪 80 年代中期的知识界同样出现了"文化热"。各种观点、言

---

❶ 蔡翔：《有关"杭州会议"的前后》，《当代作家评论》2000 年第 6 期。
❷ 朱家信等编：《中国当代文学研究资料（刘心武研究专集）》，贵州人民出版社 1988 年，第 225 页。

论在相互呼应之中各自排兵布阵，使"文化"意识充斥了人们的大脑。

（三）杭州会议松散组织形式下寻根意向的多样性

这一系列围绕"寻根"的讨论虽然在对"文化"问题的关注上形成了共谋，但它并不意味着"寻根文学"是一次有着强烈向心力的统一运动，对于"寻根"与"寻根文学"的阐释，不同的主观评价中渗透着不同的界定，它只是一种有着足够包容性的共同的创作观念。"杭州会议"的组织形式较之以往一般的文学会议有很大的特殊性，它没有严密的组织安排，没有纲领性文件，没有权威性决议，它曾被称之为一次名副其实的"神仙会"。"寻根"意向的开放性特征与这种"松散"的会议形式不无关系。在对"文化"这个大命题的普遍关注之外，关于"寻根"的意向可以说是仁者见仁智者见智。

"杭州会议"所激活的"寻根"观念并不是一种高度的共识，我们由这场"寻根"论争便可见得，韩少功、阿城、李杭育、郑万隆、郑义等理论宣言的倡导者在"文学之根深藏于民族传统文化"上形成的共谋并不是这场论争的结论，而只不过是一个逻辑的起点。在对"文化"这个大命题的普遍关注之外，关于"寻根"的意向可以说是言人人殊，没有一个统一的权威的标准。这种现象的产生，我认为与此次会议模式的特殊性分不开。

典型的会议仪式自一开始就"依循高度结构化和标准化的程序"❶。会议时间、地点、主题、议程、与会人员名单等都会由主办方以固定的形式通知到参会者，会议过程中的席位安排、发言顺序、会议材料等也都有着严格的组织秩序，会议结尾时的总结发言会对整场会议的讨论做一个凝练的权威的界定，形成一套固定的标准。浙江财经学院法学院教授刘光宁曾借助著名社会学家戈夫曼的"拟剧理论"对会议仪式中"高度认同"的形成进行过分析❷，他认为一次会议就是对预设"脚本"的一次"演出"，戏剧严格遵循"脚本"规定的内容进行演出，这个"脚本"内容对应到会议里即是"时间、'舞台'（会场）、'主配角演员'（参会人员）、'剧情'

---

❶ ［美］大卫·科泽：《仪式、政治与权力》，王海洲译，江苏人民出版社 2014 年，第 12 页。

❷ 刘光宁：《开会：制度化仪式及其对当代社会观念和政治文化的影响》，《当代中国研究》2005 年第 3 期。

（程序）、主题、'对白'（发言）等"❶，开会仪式在这样严密的预设中为与会者创造了互动的情境，"演员"——即与会者会萌生一种能够参与"演出"的优越感，同时出于对"脚本"编写方权威地位的认同，便会自觉担负起保证情境圆满呈现的任务，尽量避免与情境相冲突的行为发生。这样，会议内部人员之间就会形成一种"我们"的集体意识，在这个集体中，他们竭力塑造自我的形象，同时服从他者特别是"主角"——即高级别与会者的意志，这样就形成了一种团结感进而达到一种彼此间的高度认同。而对于外界来说，由于与会者是"近距离"的亲历者，他们在会后的言行也就具有了权威性，会得到广泛的社会认可。除此之外，具有"喉舌"性质的中国媒体围绕着会议精神不遗余力地饱和宣传，这种"高度认同"就在更大范围中变得坚固。这与王海洲在研究政治仪式时所提到的政治记忆类似，王海洲表示，"政治仪式将自身的仪式原则和仪式经验通过操演过程，转换为日常生活中的政治记忆，发挥出政治范式和政治常识的作用"❷，这种具有典范性的记忆就是一种"高度认同"的表现，政治仪式通过操演过程刻写记忆，又用记忆来影响人们的思维，从而达到自身的目的。在上一章第一节的论述中我们也曾提到刘光宁教授有关会议构建的叙事"框架"的论述，这种"框架"就是"高度认同"的记忆刻写的结果。以新时期的第四次文代会为例，我们可以直观地感受这种记忆的刻写。会前对于会议的时间、地点、与会人员名单、主席团名单及讨论安排、发言安排及各协会会议安排等议程已经有了严密的布置，会议全程就是按议程布置有条不紊地进行"演绎"：开幕式由茅盾致开幕词、邓小平同志代表党中央致祝贺词；紧接着进入各个阶段的讨论和各协会会员代表大会的议程；闭幕式通过大会决议，并由夏衍同志致闭幕词；最后中宣部、文化部为与会代表举行茶话会，华国锋及胡耀邦同志分别发表讲话，整个会议议程完成。在这样严密庄重的情境之中，与会代表自然具有参与其中及接近话语权威的优越感，对于互动过程中"脚本"所预设好的任务和目的——即会议所要传达的精神及形成的决议便会自觉地认同并遵循，使自己成为这个场景中合格的"演员"，在会后也会尽力延续这种自觉，成为大众理解会议的典范和榜样。会后各种社论、权威评论员评论等各种媒体宣传形

---

❶　刘光宁：《开会：制度化仪式及其对当代社会观念和政治文化的影响》，《当代中国研究》2005 年第 3 期。

❷　王海洲：《政治仪式》，江苏人民出版社 2016 年，第 252 页。

式参与到对会议权威精神的传播之中，维护着会议的规定情境，在全社会刻写出一种对于会议的固定记忆，形成一套叙事"框架"。

"杭州会议"明显有别于这样的会议组织形式，它不具备上述刻写"高度认同"记忆的条件。首先，"杭州会议"缺少可供演出的"脚本"。这次会议并非一种自上而下的权威性会议，它的动议来自几个青年文人的热情，从萌发想法到会议召开只用了很短的时间，除了基本的时间地点外，并没有什么周密的安排。与会人员没有级别地位之分，会议议程也无从知晓。摆脱了"脚本"的束缚，参会人员就无须服从什么权威和规矩，只用畅所欲言各抒己见，这样有关传统文化、文学转型、当代性等各种话题一一呈现，"杭州会议"可谓是名副其实的"神仙会"。其次，既然没有会议"脚本"，就更不用说开幕式、闭幕式、领导致辞、会议决议了。"杭州会议"话题驳杂，没有权威话语的讲话和总结，到最后也没有达成什么共识，也就没有任何官方的指示精神。这给了与会者围绕主要话题充分思考、发表见解的条件。最后，由于当时"反自由化"和"精神清污"刚刚平息，会议期间没有邀请任何媒体，会后也没能形成会议报告，关于这场会议的细节外人知之甚少。虽然会议之后韩少功等人发表"宣言"，但除了都表达了对"文化"一词的兴趣与关注之外，也只是试图为各自的"寻根"主张制定各自的标准；而自觉加入"寻根"文学传播阵营中的媒体，也并非出于维护某种规定情境的目的，只是为围绕"寻根"发表更多自由见解提供平台。这些宣言及媒体加入完成了一部分记忆刻写的任务，但却是独立于仪式固定操演程序之外的行动，具有更大的自由性和灵活性。因此，"寻根"观念显现出开放性的多样意向。

对于"寻根"与"寻根文学"的阐释，不同的主观评价中渗透着不同的界定。韩少功、李杭育趋同但又有别于郑义、郑万隆，"二郑"之间也是歧义暗流，到了阿城则又是一番新的景象。就这些被普遍认为是纲领性理论的"寻根"宣言内部而言，各位的立足点也是不尽一致。韩少功和李杭育都在规范和不规范的划分之中寻找着民族文化的"优根"。韩少功注重对民族文化的重新认识，在审视传统的过程中认识到民族深层精神和文化物质方面的民族自我，并"释放现代观念的热能，来重铸和镀亮这种自我"❶。李杭育注重"寻找"，在实用主义的规范之外寻找传统文化的迷人

---

❶ 韩少功：《文学的"根"》，《作家》1985 年第 4 期。

之"根"，并"将西方现代文明的茁壮新芽，嫁接在我们古老、健康、深植于沃土的活根上"❶，以此来构建真正的中国文学。他们的"寻根"初衷是在世界性的文学潮流之中对于民族文化自信心的重建，是置身中西碰撞的浪潮之中对中国文学命运的深切关注。相比起来，"二郑"各自的"寻根"主张显然没有如此宏大的视角。郑义的落脚点在于通过"寻根"弥补一代人知识结构之中所缺失的文化修养，是对被无情切断的文化血脉的追寻，这种追寻是一种具有绝对包容性的对于文化断裂的续接，没有规范与不规范、主流与非主流之分，诸子百家儒道释都在需要续接之列。在他的认识中，只有弥补了缺失的文化修养，一代知识分子才有可能创作出能够"进入民族文化"的文学作品。郑万隆的视野更要小得多，他的根在于他生长的黑龙江赫赫山林，他所寻找的就是个人对于故土的记忆，利用这种个人化记忆创造出自己的文学风格。故乡独特的地理环境、风土人情以及神话传说都是极为宝贵的文学资源，他认为只有亲身的体验才会在内心形成对于这种资源独特的审美感觉，所以"每一个作家都应该开凿自己脚下的'文化岩层'"❷。至于阿城，他在《文化制约着人类》中虽没有明确提出"寻根"二字，但他的"文学必须要认真对待'文化'这个绝大命题"的主张与其他"寻根"引领者趋势合谋，自然而然被认为是"寻根"的倡议。阿城认为文化之于文学是一种积极的限制，只有处于这样一种限制之中才能使文学具有独特的民族总体文化背景。从作品《棋王》中，我们能够感受出他所追寻的是一种浸润在这种总体民族文化背景之中的精神气质、一种民族心理。

正是这些被认为是"寻根"理论倡议的宣言内部所存在的种种裂隙，让文坛有了论争的基础。对于"寻根"的理解在宣言内部尚且意见不一，论争中就更是言人人殊。有人说"'寻根'首先意味着对民族生存境遇的认知活动"❸，有人认为"文化和'根'只存在于人的自由精神里"❹，有人表示"文学应同时在中国传统文化和人类文明的莽林中寻找自己的生命之根"❺，还有人认为"'根'是民族、国土本身，而不能降低为是依附于

---

❶ 李杭育：《理一理我们的"根"》，《作家》1985 年第 9 期。

❷ 郑万隆：《我的"根"》，《上海文学》1985 年第 5 期。

❸ 季红真：《文化"寻根"与当代文学》，《文艺研究》1989 年第 2 期。

❹ 吴亮：《文学中的文化和文化中的文学》，《作家》1986 年第 4 期。

❺ 毛时安：《文化的价值和文学的寻根》，《作家》1986 年第 4 期。

民族、国土上面的一些派生出来的东西"❶……大家不断给出自己对于"寻根"的定义，同时对"民族传统文化""五四文化断裂""规范/不规范"这类反复被提出的概念的理解也成为意见分歧产生的关键点，每一种不同的界定都构建了各自关于"寻根"的不同语义场。在这些纷杂的语义场之下，民族传统文化似乎是一种群体行为方式，或是一种思想精神凝聚，还可以是一种包含了历史留存的一切物质或非物质财富的综合体；对于文化"断裂"与否，"断裂带"究竟是要追溯到"五四"还是聚焦在"文化大革命"即可，也没有一个统一的理解；至于将传统文化作主流与边缘、正统与不规范之分是否合理，向封闭落后、偏远隔绝之处所寻之根是否就能代表民族之"优"，更是各持己见。就如南帆所说："'寻根文学'这个称谓的界说即是含混不清的、各执一词的；同时，诸如'根'、'文化'、'传统'、'断裂'这些人们所常用的概念、术语也未必有一个相对统一的涵义。"❷ 如此种种，都充分表现出这场"寻根"文学运动并不是一次有着强烈向心力的统一追求，它只是一种带有足够包容性的共同的创作观念。但无论"寻根"的意向如何丰富，最终的目的都不是简单的复古。先不论之后的创作实践是否完成了他们观念上的构想，但在"杭州会议"影响下发出的"寻根"宣言本身的初衷一定是建立在直面文学发展的困境、认真审视世界影响的基础之上的。"杭州会议"在新时期遭遇到类似传统文化问题、西方现代派问题以及文学转型问题的基础之上得以召开，这样深刻背景下被激活的"寻根"观念，不可能从历史前进的激流中逃逸，它是肩负着推动文学向前发展的重任而进行的文学观念的重新选择。并没有任何一个"寻根"者的倡议意图故步自封，拒绝西方的影响，拒绝谦虚的汲取，他们始终是以一种面向未来的姿态来回望传统。

二、当代"寻根文学"实践的推进

从"寻根文学"的发展历程来看，它是先有创作雏形再有理论宣言而后在理论支撑下进一步深入发展的文学思潮。在这一历程中"杭州会议"的召开有着承上启下的重要作用。关于承上作用在上一章已有详细论述，

---

❶ 唐挚：《一思而行——关于"寻根"》，《新华文摘》1986 年第 7 期。
❷ 南帆：《札记：关于"寻根文学"》，《小说评论》1991 年第 3 期。

而启下则表现为会议之后"寻根文学"从此由自发的零星创作进入在具体理论指导之下的自觉发展的阶段。不仅文学创作实践规模大大增加,"杭州会议"还促使评论与创作的和谐局面的形成,"寻根文学"在评论界的热情激励之下,发展之势一片欣欣向荣。

（一）观念指导下"寻根文学"的创作实践

摆脱了"未名"状态之后,"寻根文学"进入了一个全新的发展阶段。在"寻根"观念的指导之下,以往作家的本然性写作转变为有意为之的文学创作,越来越多的作家和作品浮现,与"寻根"理论宣言相呼应,充实着"寻根文学"的阵营,和"杭州会议"之前零落的创作局面形成对比。这些创作文本支撑着作家们创作观念的转变,是他们将理念落实到实践的印证。作品呈现了"寻根"从理论进入实践的多种向度,有对不同地域文化的挖掘,有对民族传统优劣的褒贬,还有对于文学表现形式的探索。

"杭州会议"之前,带有隐约"寻根"倾向的文学作品已有出现,但还只是单枪匹马的创作局面,并未布成阵势。"寻根"宣言发表之后,学界围绕部分直接参与"寻根"发声而被视为是自动归属的作家代表,对"寻根文学"的辐射范围进行了圈定,让"寻根文学"摆脱了"杭州会议"之前的"未名"状态,形成一个群体。这个群体中除了少量是杭州会议前就已经存在的作品,更多的则是在"寻根"理论指导下进行的有意识的新的实践,其中既有"中心"作家的不断创作,也有"外围"作家的努力补充。一批又一批"寻根"作家、作品的浮现,让"寻根派"阵营逐步壮大。

被固定在各类文学史中的"寻根文学",在进行群体范围描述时所涉及和涵盖的作家作品都有些许出入。但其中对于韩少功、阿城、李杭育、郑义、郑万隆的一致指认却毋庸置疑,这主要在于他们是直接参与到"寻根"发声之中进行自动归属的作家群,是他们的宣言最先引起了这一股"寻根"的浪潮,所以对于"寻根派"群体的确认几乎都是围绕这几个"中心"作家展开的。由于对他们"寻根"作家身份坚定的认识,他们在"杭州会议"之前所创作的带有文化意味的作品:阿城的《棋王》、李杭育的《葛川江上人家》《最后一个渔佬儿》《沙灶遗风》等、郑义的《远村》、郑万隆的《老棒子酒馆》《异乡异闻》系列小说自然被收入"寻根文学"麾下。而且在他们的宣言中也已经有了一种对"寻根文学"起源的追溯行为，如上一章提到过的在宣言中韩少功赞赏贾平凹、李杭育、乌热尔图的文化探索，阿城也提到《商州初录》在以肯定的角度表现中国文化心理方面的成功……这种追溯无形地扩大着同盟的阵营，贾平凹、乌热尔图由倡导者带入了"寻根派"群体，贾平凹早在1982年发表的《卧虎说》、乌热尔图《一个猎人的恳求》《七岔犄角的公鹿》对山林狩猎民族的生活的描绘都逐渐被挖掘出来成为他们"寻根"的序曲。与这些宣言几乎同步，"寻根文学"新的创作实践成果不断涌现，作家们开始了在"寻根"观念指引之下的有意识的创作。王安忆的《小鲍庄》一经发表便因为其中鲜明的儒家思想浸润，被评论界列入"寻根文学"的范畴，虽然在当时她没有加入"寻根文学"的讨论，但她的母亲茹志鹃却是"杭州会议"的亲历者，这样她便多少有了与"寻根"思潮扯不开的关系。阿城之后将在"杭州会议"上讲的故事整理为《遍地风流》发表，并接连有《树王》《孩子王》等作品问世。韩少功的《爸爸爸》在"杭州会议"后不久发表并奠定了他在文坛上的地位，风格相比之前的"知青"文学有了显著的转变，被视为"寻根文学"最有力的代表作之一，除此之外还有《归去来》《女女女》《蓝盖子》等诸多作品。郑义也有《老井》等典型的"寻根"小说产出。李杭育则继续着他的"葛川江系列"创作，贾平凹围绕他的"商州"笔耕不辍，郑万隆也不断充实他的"异乡异闻"……

除了这些相对"中心"的作家的创作实践之外，由于"寻根"观念的开放性和包容性，评论界也根据各自对于"寻根"旨趣的不同理解，让覆盖的范围逐步向圈外扩张。评论家张韧将"寻根"的触角向前延伸到了汪曾祺的《受戒》《大淖记事》，以及后来邓友梅、冯骥才、吴若增的一些作品对其的延续，将他们看作新时期民族传统文化发掘的发轫[1]。纵向伸展的同时，李书磊在横向地域上囊括了张承志、冯苓植、佳俊等表现边疆民族原始生命强力的作家，认为他们的作品也体现了"寻根"的内涵[2]；李庆西则圈出了"山东寻根作家群"，邓刚（《迷人的海》）、王润滋（《鲁班的子孙》《三个渔人》）、张炜（《一潭清水》《古船》）、矫健（《天凉》《河魂》）在列[3]。吴秉杰将高晓声的"陈焕生系列小说"看作"寻根"的

❶ 张韧：《寻根前的裂变与调整》，《中国人民大学复印报刊资料（文艺理论）》1985年第11期。

❷ 李书磊：《文学对文化的逆向选择》，《评论选刊》1986年第5期。

❸ 李庆西：《"寻根"，回到事物本身》，《文学评论》1988年第4期。

一种方式，并由此指出陆文夫的《井》、刘心武的《钟鼓楼》、蒋子龙的《阴差阳错》等都具有对民族文化积淀的开掘。在他这里"寻根"成为"反思"的深化，"寻根派"群体进一步膨胀❶……在这种不断向外辐射的行为之中，对于"寻根派"群体的定义策略由尽量向"中心"作家靠拢往只要是颠覆了以往模式并具有了文化意味的作品都被认为是"寻根文学"实践的方向转变，是否与"寻根"这一历史事件的发生息息相关、是否与"中心"作家有所牵攀显得不那么重要了。评论家将触角延伸到了"杭州会议"之前，在不断的追认中建立了一种对于"寻根文学"的泛化理解，再用这种泛化的理解去审视 20 世纪 80 年代中后期新的文学创作，从而将更多"中心"之外的创作实践归入"寻根文学"的阵营。季红真在《历史的命题与时代抉择中的艺术嬗变（上、下）》中，对"寻根派"群体做了一次较为全面的归纳。除了几乎没有争议的"中心"作家及其不断的创作之外，她对于"外围"的认定也基本是赞同了评论界已经做出过的以上圈定，并在此基础之上对新的创作实践进行了网罗，扎西达娃（《西藏，隐秘的岁月》）、莫言（"高密东北乡"系列）、李锐（《厚土》《吕梁山风情》）、洪峰（《瀚海》）、铁凝（《麦秸垛》）、冯骥才（《三寸金莲》），甚至是先锋派作家马原（《冈底斯的诱惑》）都被列入"寻根文学"的范畴。她的这一次总结尤为重要的原因在于，之后有关"寻根文学"的研究和各类文学史对于"寻根文学"阵营的归纳，基本上都逃不出这一叙述范围。从这样的定义中我们可以看到，80 年代中后期的"寻根文学"实践除"中心"作家之外，"外围"的创作实践也是越来越丰富，一步一步显示出它的壮大之势。相比"杭州会议"之前散落的星星点点不成面貌，此时的"寻根文学"创作在"中心"与"外围"的共同努力下已然发展成为燎原之势。

　　"寻根文学"是新时期以来第一个在具体理论指导之下发展的文学思潮，但这些理论并不是一个严密完整的逻辑体系。"宣言"的只言片语并不足以构成这股文学潮流的全部面貌，在"杭州会议"的激励下作家们还在热烈的文学创作实践中实现、调整和充实着自己的"寻根"理念。这些实践带来了文学表现领域的拓展和文学表现形式的创新：不管是"十七

---

❶　吴秉杰：《文化"寻根"与"寻根文学"——评一股文学潮流》，《小说评论》1986 年第 5 期。

年"、"文革"还是新时期"寻根"潮流兴起之前，文学的表现领域通常是围绕政治生活展开，"杭州会议"上大家对于这种局限表示了共同的不满。在"寻根文学"文学实践中，他们开始寻求新的话语表达方式。对各族群的日常生活、民间生存、山河风貌的描绘，使文学话语空间向不同的地域文化延伸；同时，作品中所包含的对民族传统的或褒或贬或是在批判中的扬弃，都跳出了政治化叙事而拓展了文学的表现领域。此外，单纯的现实主义形式也在"寻根文学"这里得到了先锋性的突破，在西方现代主义和传统文化的双重作用下，反映论及典型论的规范被打破，诸多溢出现实主义成规的转型探索出现。

1. 地域文化的多重想象

"杭州会议"之前，李杭育、贾平凹、郑万隆等人就已经开始积极审视自己脚下的沃土，对自己熟悉的地域风情表现出极大的热情。"杭州会议"召开时，郑万隆就在会上提出，每个作家都要有属于自己独特的创作领域，不要在大家的"公共"土地上徘徊不前，"要创造自己独立的艺术世界"❶。会上"北京作家谈得最兴起的是京城文化乃至北方文化，韩少功则谈楚文化，……李杭育则谈吴越文化"❷。这就更加坚定了大家原有的创作路线，在此后的实践过程中作家们大都以自己所熟悉的地域为据点，各自盘踞了一方领土，在这片土地上勤劳地耕耘。他们的"寻根"触角首先伸向了各个地域独特的民间生活及族群风俗，此时的"根"便是祖国大地孕育的难以消融的地域文化面貌，是一种自然、淳朴的原始美感。

李杭育为我们呈现了社会变革潮流之下象征吴越文化的葛川江风貌，细数着沿岸普通江民的日常生活。虽然他站在了现代与传统的交会点上去观照葛川江，但并没有企图用现代的眼光去约束这块土地。这里新旧交替、美丑杂陈，既有《葛川江的一个早晨》中永恒的既暴烈又温存的江水、《沙灶遗风》和《珊瑚沙的弄潮儿》中画屋、甩火把、抢潮头的古老民俗，也有《最后一个渔佬儿》中江滨大街上恍如火龙的街灯、《葛川江上人家》里古安镇的楼房、电影、抽水马桶；既表现世世代代傍水而居的江民骨子里的善良朴实，也有《人间一隅》里人们对螃蟹疯狂上岸的自然

❶ 周介人：《文学探讨的当代意识背景》，《文学自由谈》1986 年第 1 期。
❷ 蔡翔：《有关"杭州会议"的前后》，《当代作家评论》2000 年第 6 期。

行为充满着愚昧迷信的恐惧。相比围绕改革的大背景来呈现时代之变，他在小说中更注重通过对江上人家生活变化的描写，来透视葛川江所培育出的不变的江上人家性格。在他笔下现代化并非侵蚀人性的魔鬼，江民们也不是倔强守旧的老古板，传统与现代虽然处处充满着碰撞，但在人们平和的情感中二者又和谐地交织。秋子向往着城里日新月异的生活，但内心却不愿意离开生养她的土地，"她身上有秦寨老祖宗种下的根"，这种根与生俱来且与她共生，让人一看便知道她是秦寨的儿女（《葛川江上人家》）；环境为现代化付出的惨重代价让葛川江里几乎无鱼可捕，福奎在改革浪潮中成为江上最后一个以捕鱼为生的渔佬儿。虽然最终福奎在内心与时代达成了和解，但却还是坚守着他贫穷却自由的生活（《最后一个渔佬儿》）；"画屋师爹"耀鑫终于有钱为自己造屋画屋的时候，建造小洋楼的潮流却开始兴起，年轻的儿子儿媳也赶了这现代的潮流，将耀鑫老爹心心念念的"屋"造成了洋楼。耀鑫虽接受了这时代的变化，让自己的徒弟趁早改行，但自己却还是执著为自己画一间屋的梦想（《沙灶遗风》）。如果说这些都是"杭州会议"之前的创作实践，那"杭州会议"之后他依然钟情于葛川江，并保留了这样的价值取向。《草坡上的那只风筝》里，一个大学生的到来让九里坡呈现出旧与新的强烈对比。在大学生初来乍到的热情和逐渐对九里坡生活的烦腻中展现着城乡生活的巨大差异。村民们既崇拜有知识有技能的大学生，又对他自由新潮的做派表示担忧。在新旧冲突之下，主人公雁儿虽然憧憬大学生口中的城市生活，虽然对大学生带来的一切新鲜事物兴趣浓郁，但她只是幻想有一天大学生要带她离开，就会生出对家乡、牛犊和大草坡的不舍。时代改变了葛川江人们的生活方式，但不变的性格却紧紧地系在"根"上。正是对故土这种潜移默化的力量的呈现让人们穿越了时代将葛川江古老、质朴的独特文化风貌印刻在了脑海里。

贾平凹执著地穿梭于四面三山的"商州"地界，将这个在外界工业不断跃进、市面逐渐繁华的映衬之下愈显古老的地域呈现在读者面前。在这里社会政治的变迁被推远，具有浓郁秦汉文化特色的山光水色、人情风俗却尤其突出。《黑龙口》《桃冲》《周武寨》《金洞》《摸鱼捉鳖的人》《刘家兄弟》《木碗世家》……他的《商州三录》就是由一串串商州地名和一个个乡野山民构成，正如"录"字所言，贾平凹就是记录了这里的乡野轶事与浪漫传奇。在时代面前，山河永恒风情时变，但这里的民间伦常从不曾改变。深山名医不堪为老狼治病的心里愧疚，跳下悬崖结束了自己的生命（《莽岭一条沟》），样貌丑陋的捕鱼人也对美好爱情充满了美好又沉重的向往（《摸鱼捉鳖的人》），两家人经过几代的恩怨纷争之后，基于内心深处的善意而重归于好（《周武寨》）……山民们按照最基本的生存法则在这里世代繁衍，呈现出一个最真实的民间。

郑义的太行山牧歌、李锐的吕梁山风情都是如此，尽情描绘着大山河流、岁月悠悠，以及压抑却又温情的地域民间生活。

郑万隆、扎西达娃等人的笔触伸向的则是远离中原的边缘地域，有效地补充着"寻根"的地理版图，实践着"寻根"宣言中所提出的在中原规范之外寻找民族之根的构想。

郑万隆在《我的"根"》一文中说过："黑龙江是我生命的根，也是我小说的根……那里有母亲感叹的青春和石冢，父亲在那条踩白了的山路上写了他冷峻的人生。我怀念着那里的苍茫、荒凉与阴暗，也无法忘记在桦林里面漂流出来的鲜血、狂放的笑声和铁一样的脸孔，以及那对大自然原始崇拜的歌吟。"❶ 所以他扎根在黑龙江的赫赫山林，讲述着鄂伦春族的传奇故事。他的"异乡异闻"系列小说，尽情地描绘着荒蛮凛冽又险峻的山林世界和拥有着原始生命力的初民。《老棒子酒馆》中亦正亦邪，一身匪气令人生畏但又有着侠义、刚正的传统品格的彪形大汉陈三脚；《峡谷》中为了保护猎熊的孩子而牺牲自己的硬汉申肯；《空山》里对受伤的外来人毫不犹豫施以援手的爷孙俩……郑万隆就这样书写着这片生养他的土地上的生活方式与价值观念。

扎西达娃永远牵挂着那个神秘的西藏。西藏特有的地貌风俗、古老的生存方式和诡谲的宗教信仰让他的小说充满着神秘的魅力。《系在皮绳扣上的魂》中塔贝和婛寻找理想王国香巴拉的神圣之路上日渐喧嚣，机器、音乐、电影、迪斯科装点了古老的文明，而最后塔贝以为自己听到的神启之声也只不过是扩音器里奥运会开幕的宣告。但正是在这种新与旧的对照中，一路上磕着等身长头前去朝圣的背影显得如此震撼，震撼不仅缘于虔诚，还缘于这是西藏最为普遍的众生相，扎西达娃在这种古老信仰和现代文明的对比中表达了他对本民族文化深沉的情感。除此之外，还有张承志笔尖下充斥着现代文明与草原伦理冲撞的蒙古大草原，乌热尔图心中氤氲着独特狩猎文化氛围的鄂温克民族山林……他们把目光聚焦于祖国广袤大

❶ 郑万隆：《我的"根"》，《上海文学》1985 年第 5 期。

第八章　杭州会议与中国当代寻根文学的发生

地的边缘，为我们展现了民族地域文化的多元。他们并不是以一个他者的眼光在猎奇别人的生活，而是融合了自身生命体验的一次文化追思，在寻找到文学写作资源的同时，也回到了自己的生命之根。

2. 民族传统的褒贬扬弃

拉美文学爆炸，让中国文人开始认真思考"越是民族的越是世界的"这一命题，对传统文化的重新关注在"杭州会议"上成为一个重要的共识。在会后所形成的"文化自觉"的带领下，作家们带着一种面向未来的使命感开始寻找民族传统之根。"寻根文学"实践对于民族传统显然没有走入简单复古的执拗，他们态度公允，既重视与民族传统文化无法割舍的血脉联系，同时也承认传统文化中某些内容对于现代社会的制约。他们的"寻根"是一种对于民族传统的重新审视，在创作中有批判、有皈依，也有一部分在对传统文化的扬弃中表露出更为复杂的情感。

对于传统文化糟粕的批判，韩少功的创作应是典型。以"杭州会议"为分界点，他的创作风格前后发生了显著的转变。新时期初的韩少功在"伤痕文学"的框架之内开始了他的创作生涯，无论是《月兰》《风吹唢呐声》中对于农民苦难境遇的关切和同情，还是《西望茅草地》《飞过蓝天》里对"知青"命运的关注与思考，那段伤痕累累的历史都是小说的典型环境，政治环境对普通人生活的影响是他观照的全部内容。《文学的"根"》发表之后，他的创作从"为民请命"的方式转而进入了对传统文化与民族命运的思考，带着一种重塑民族文化传统的使命对传统因子里的落后和愚昧进行了反思和批判。《爸爸爸》就是他向"寻根文学"转型的第一部作品，小说中的鸡头寨封闭、落后，这里的村民依照着最原始的愚昧信仰世代生存，发疯病了灌大粪治病、窑匠进村要挂太极图顶礼膜拜、种庄稼不讲方法，收成不好只懂祭拜谷神、杀丙崽祭谷神不成又听了巫师的话怪罪于鸡尾村，从而引起两个村庄的厮杀，厮杀溃败之后，村里的老弱病残按照祖先的规矩服毒自尽，留下口粮让青壮男女繁衍子孙……种种愚昧可笑的行为构成了荒谬的鸡头村，更为荒谬的是，村里行为怪异、无论多大年纪都只有背篓篙、只会把"爸爸爸"和"X妈妈"挂在嘴边的丙崽在服毒之后竟然活了下来。韩少功将丙崽的存活作为传统文化劣根不死的隐喻，以期唤起一种深沉的传统反思和民族自省。在《女女女》里这种隐忧则集中体现于对隐蔽、落后的民族文化心理的批判。幺姑因为没有后人而在世俗的鄙夷下离家远走。外界对她的刻薄没有改变她的勤劳节俭、宽厚仁慈，她处处为人着想，无私到别人借钱不还她也绝不开口去要。但这种克己的奉献中也暗含着某种狭隘和愚昧，闷热的六月她不愿出去乘凉，仿佛这样守着家里破旧的家具和几坛酸菜就安全了，花便宜价买回来臭掉的鸡蛋还沾沾自喜，非要吃掉不可。最终这个深受传统压抑的幺姑在一次中风之后彻底变成了一个尖刻无理、贪婪自私的人，处处刁难、粗俗偏执，与之前形成了巨大的反差。这仿佛是久遭束缚后人格本质的爆发，是对封闭禁锢的环境下造就的扭曲心理面貌的讽刺与批判。

与韩少功不同，阿城的小说中常常浸润着一种对于传统精神内涵的体验，挖掘传统民族精神对于现代生活的意义。无论是"杭州会议"之前发表的《棋王》，还是"杭州会议"之后陆续问世的《树王》《孩子王》都体现出他对民族文化的亲近与皈依。《棋王》赋予"棋呆子"王一生下乡"知青"的身份，却又对这特殊的历史轻描淡写不以为然。在这样的环境中，王一生不计利害得失不问是非功过，只不过是执著于吃、沉迷于棋，始终表现着一种超然物外的精神品质。他虽沉迷于棋，却也坚守"为棋不为生"的祖训；他虽执著于吃，但也只求温饱不做更高的要求。这种平和、旷达又执著的传统处世哲学或许正是他走过那段荒凉岁月的精神支撑。《树王》中的那棵参天大树几乎是与肖疙瘩连成一体的，"知青"下乡砍树这种征服自然改造自然的举动和肖疙瘩誓死捍卫"树王"的行为形成了对比。人与自然的和谐律动是肖疙瘩的精神支撑，"树王"被砍倒后肖疙瘩奄奄一息的结局似乎暗示着某种天人合一的古老自然准则。《孩子王》所诠释的则是一种时代推崇的淡泊自守的人生境界。"我"在生产队什么事都做不到比别人好，但也内心坦然，因为到底是自食其力；分场调"我"去学校教书，面对这种天大的好事"我"也并不欣喜若狂，只是泰然处之。除此之外，"我"还坚守着一种"贫贱不能移、威武不能屈"的精神，本着实用主义的教育理想打破了"文革"的规范教育，即使知其不可为却也坚定不移。阿城笔下塑造出的这些理想人格，都与某些传统精神内涵有着巧妙的契合，他在对传统哲学的不断开凿和肯定之中构建和实践着自己的"寻根"理想。

王安忆的创作也是以"杭州会议"为分界点发生显著转型的典型，虽然她并没有亲临杭州会议的现场，但她的母亲茹志鹃却是亲历者。她的《小鲍庄》一经发表便让我们不得不联想到她母亲对于她潜移默化的影响。

《小鲍庄》一改她往日对于社会现实的关注与反思转而进入了民族历史文化的探索。小说为我们呈现了一个以"仁义"为处事原则的小鲍庄。捞渣几乎是仁义的化身：为了能让二哥上学自己主动放弃了上学的机会；和同伴去割草，谁割得少了捞渣一定会把自己的匀给他；宁愿自己少喝一口水少吃一口饭也要省给孤老鲍五爷，天冷给鲍五爷捂被子，下雨给鲍五爷送煎饼，发洪水为了救鲍五爷牺牲了性命……与人相处始终是克己奉献。除他之外，小鲍庄里还有为了坚守仁义守着疯老婆绝不再娶的鲍秉德、毅然收养逃荒女孩的鲍彦山、愿意一起为鲍五爷养老的全体村民，等等。这样的一个"仁义庄"充分体现着传统儒家文化的精神内涵。但在王安忆的理想主义构建之外，我们也不难看到她对于这种"仁义"传统的复杂情感。鲍秉德虽然守着疯妻但一天一天变得沉默寡言，直到疯妻在洪水中遇难，他才终于开始了新的生活。鲍彦山收养小翠预备给大儿子当童养媳，为着这家人收养她的仁义之情，小翠即使爱上了二儿子也不能直接地表露，只能用逃跑来躲避与建设子的圆房，并期盼着建设子早日成婚才好让她能和文化子结合。这么看来，"仁义"似乎是一种约束着人心的精神枷锁，让他们不得不压抑着自己的生活。捞渣为救鲍五爷死后，各级政府为了树典型的任务不断对他的事情进行挖掘、宣传和炒作，小鲍庄的人也因此不断获得好处，"仁义"成为他们获取利益的工具。王安忆在《小鲍庄》中既表达了对传统道德浸润下人与人之间的善意、温存与和谐的认同，但也对儒家文化对人的压抑表示了讽刺。其实在大多数深入文化岩层"寻根"的作家那里都是如此，在表现传统文化"优根"的同时，也有对千百年来淤积的文化沉渣的审判。

3. 表现形式的探索转型

"寻根文学"兴起之前，传统的现实主义表现形式在文坛占据着绝对的主流地位。现实主义形式在中国的发展经历了几个重要的时期：首先是20世纪初现实主义进入中国，满足了当时启蒙和救亡的时代主题，完成了一次文化上的革新；但随着中国革命的推进，这种附着重大社会意义的文学形式逐步走向狭隘，建立了一套典型论和反映论的规范；到了新时期，为了突破这种陈规，文学开始了向"五四"现实主义的复归。这种复归与五四时期一样，都是因为现实主义有益于时下社会和政治问题的合理阐释，对于自身美学意义的考虑并不深入。从这个发展历程来看，现实主义一开始就暗含了与社会政治的某种耦合，并一步步联系紧密，对主题、题材的关注远远超过形式本身，这使文学创作难以从"伤痕""反思""改革"的框架中更进一步。"杭州会议"上大家对于新时期文学如何突破陈规寻求新的变革的话题有过热烈的探讨，文学转型的愿望十分强烈。之后的实践中，作家们带着促进文学转型的使命，在内容的革新之余，也进行着形式规范的突破。虽然历史对于文学形式革命的关注大多集中在具有典型性和代表性的先锋小说身上，但"寻根文学"创作中所表现出来的溢出现实主义的探索对于先锋小说的突破具有重要的先导作用。

这种文学形式的探索一方面表现出对传统文学形式的继承。"寻根文学"作品中一批类似于明清笔记小说的文体形式非常显眼。早在"杭州会议"之前，汪曾祺的《受戒》《大淖记事》就显示出了古典笔记体小说的魅力，他在1985年底《桥边小说》的后记中说道："这种小说打破了小说和散文的界限，简直近似随笔。结构尤其随便，想写什么写什么，想怎么写就怎么写。"❶ 这种向古典形式的回归呈现出对当下既定规范的不屑。"杭州会议"之后，由于"寻根派"群体的圈定行为对汪曾祺的追溯（本节第一小点已有论述），越来越多的"寻根文学"实践与其相呼应，开始了文学形式上的"寻根"。贾平凹的"商州系列"短章、郑万隆的"异乡异闻"、阿城的《遍地风流》、李锐的《厚土》等，都表现出相似的特点：内容、主题、题材的选择都不是小说的重点；情节的完整、丰富，结构的缜密也没有严格的把握；创作中大多借题发挥，对人生世态信手拈来，看似随意地记录着世事人情……这些特征都可追溯到以《世说新语》为代表的传统笔记小说文学形式中。这种古老、质朴的文学既能在平易恬淡的记叙中体现最真实的民族面貌、文化心理，同时自由、随意的特性大大加深了思维的开放性，为"寻根文学"想要突破陈规的旨意提供了可能。同时，文学形式的变化通常和语言的选择紧密联系。在这一类笔记体小说中语言多古雅、简省，显出一种"诗化"的意蕴，与以往叙述语言的平铺直叙形成对比。阿城用简洁的短句构成了《遍地风流》整体意境的疏朗之风，"塞外风起，疾行千里，正飞沙走石得痛快，突逢左云右玉有山百里对峙，狭路愈急，发怒吼，东触太行，扶摇直上，凌空压顶，河北有得好看了"（《专业》）、"午夜前，宝楞一派成熟，不拘输赢，处于而立与不惑

---

❶ 汪曾祺：《菰蒲深处》，浙江文艺出版社1993年，第202页。

之间的状态，赢无喜气，输不上脸，进进出出，好像与己无关"（《宝楞》）……随手挑一两句，无论写景还是写人，阿城都将极丰富的情状浓缩于寥寥几句之中。贾平凹的商州风情记录地理风貌人情故事也都有着相似的语言风格，"地以人重，人因地灵，镇柞山地处偏僻，挺生者不多，但山川蜿蜒，灵淑之气有结，人才仍辈出矣"（《镇柞的山》）、"刘老大从此孑然一身，吃饭不知饥饱，睡觉不知颠倒，做事不知瞎好，成了这地面一个怪物，一个半吊子，一个人人讨厌又人人爱逗弄调笑的角色"（《刘家三兄弟本事》）……这些语言已经摆脱了用文字传递政治使命的工具性质，字里行间颇有翻阅古代山水游记和志怪小说之感。除此以外，对民间俚语的使用也是"寻根文学"作品语言风格的一大特点。语言本就承载了深厚的文化内涵，方言俚语更是研究某个地域传统文化变迁的重要载体。韩少功对湘楚文化的浓烈兴趣也可从对方言的运用里窥见。他不仅会特意介绍楚地方言，如"'视'是看的意思。'渠'是他的意思。'吾'是我的意思。'宝崽'是'呆子'的意思"（《爸爸爸》），在文本的创作中也经常使用这样的方言，用"乖致"表达"漂亮"，"赶肉"表示"狩猎"，"几多"表示程度很深……小说人物之间的对话多是用方言完成。王安忆的《小鲍庄》也有对淮北方言的运用，"您老要懒得烧锅了，就过来"一句，用"烧锅"表示"做饭"让小说氤氲了浓厚的民间特色……对于"寻根"作家来说，对方言俚语的呈现是"寻根"的重要部分，他们用非规范化的语言侧面显示出传统文化的稳固性以及与现代文化的差异。

文学形式探索的另一方面还有对外来文学形式的借鉴。"杭州会议"上大家虽然对"唯现代派"的论调表示了不满，但对于西方现代主义文学都是持肯定态度的，因此在小说创作中也有对这些外来文学形式的借鉴。在"寻根文学"创作中，荒诞、变形、寓言、象征等手法逐步被吸收和融汇。《爸爸爸》塑造了一个极其荒诞的"丙崽"，他出生便失语、永远也长不高、相貌异常丑陋，但就是这个最后毒也毒不死的怪物成为民族传统文化劣根不死的隐喻。《小鲍庄》就是一个民族生存状态的寓言。小说看似在叙述一个"仁义庄"的现实故事，事实上却在作者的塑造中显现出"仁义"外表下存在的虚妄与病态，展现了仁义对生命既尊重却又压抑的生存本相。在《系在皮绳扣上的魂》中，寓言事实上是西藏生活及文化现实的一个重要部分，扎西达娃抓住了这个神秘的资源，在虚与实的结合中叙述了琼和塔贝寻找理想王国的故事，以寓言的形式传达着西藏人民在现代文明冲击下的生存现实……这种对于西方现代派形式的借鉴虽然在先锋文学那里才得到了极致的呈现，但"寻根文学"的初步尝试已经开始了气象的更新。"寻根"于此已经是一种审美风格的探寻，这些有别于传统现实主义的表现手法让文学作品更加丰富、精巧和富有意味。而且这种借鉴不只是单纯的形式更新，而是为了在文本创作中更好地糅合进民族本土体验，让内容与形式齐头并进。

无论是对传统的继承还是对外来的借鉴，这些形式上的探索都和"寻根"内涵相辅相成，是实现"寻根"意义的重要部分。"杭州会议"及20世纪80年代文学的亲历者李陀在多年之后指出："当时我们有一个武器，就是'形式即内容'，反复强调形式变了内容就变了，以这种方式避开政治的直接干预。"❶

（二）杭州会议后评论与创作的共生共荣

"寻根文学"得以迅速地发展，除了"杭州会议"之后作家们不断丰富的创作实践之外，评论界对此迅速敏捷的反应更是与之互为促进，为之营造出了一片好评的声势，正因为有声势，才让它成为大潮而不是暗涌。这种创作与评论的和谐局面，得益于"杭州会议"上青年评论家与作家之间的交流，就如蔡翔所说："'杭州会议'……沟通并加深了作家和评论家之间的交流和理解，应该说整个的八十年代，作家与评论家的关系都处于一种良好的状态。"❷ 会议之后，与会的一批青年评论家最先武装好头脑加入了"寻根"的潮流，带动了评论界对"寻根文学"的关注，推动了"寻根文学"评论与创作的共生共荣。

李杭育认为，"杭州会议"最重大的意义在于让一代青年评论家在无主题自由交流的会议上敏锐地捕捉到了中国文学即将发生的大变局，于是在1985年之后一个个的"韩少功"接连出现、一部部好作品接踵而至，评论界都能立刻作出反应，与他自己之前的境遇反差巨大❸。根据李杭育的回忆，1983年他的"葛川江系列"最早的三篇小说虽然发表在当时北京非常顶级的杂志《十月》《当代》《北京文学》上，并引起了一定的关注，但评论界极少有人对他的创作作出反应。甚至在《沙灶遗风》获得全国优

---

❶ 李陀、李静：《漫说"纯文学"——李陀访谈录》，《上海文学》2001年第3期。

❷ 蔡翔：《有关"杭州会议"的前后》，《当代作家评论》2000年第6期。

❸ 李杭育：《我的1984年（之三）》，《上海文学》2001年第3期。

秀短篇小说奖、接着他又连续发表了多篇小说让"葛川江系列"也算成了气象之后的一段时间，评论界对他缄默不语的局面也并没有立马改善，评论屈指可数。据笔者的搜集，在仅有的几篇评论文章中还包括他的哥哥李庆西、他哥哥的同学李福亮以及他的老师肖荣这些身边人的评论，当时北京文化圈的权威评论家❶中没有一人对他发声。1984 年开始对他的作品作出积极推介的，也是后来"杭州会议"与会者中的程德培和吴亮，而李杭育所期待的权威的声音迟迟没有出现。直到人民文学出版社决定为他出一本作品集子，王蒙才写了《葛川江的魅力》作为集子的序在 1985 年年初发表，而曾镇南到 1986 年才写了一篇《南方的生力与南方的孤独》对他作出评价，而此时评论界对于"寻根文学"的关注已是形成气候。按程德培和吴亮的话说，是"权威评论家们还没想好怎么说你"❷，权威失语了。

对于一个作家来说，作品无人问津是很痛苦的，比起李杭育"杭州会议"前在评论界受到的冷遇，阿城的局面显然要热烈得多。《棋王》一经发表立马引起了评论界争先恐后的讨论，这些讨论中有的就出自王蒙、曾镇南这些李杭育所万分在意的、在新时期文坛举足轻重的评论家。阿城在参加"杭州会议"时已经小有名气，正是这些权威的发声让他在一片褒扬声中凭借着文学处女作一炮走红。王蒙 1984 年在《文艺报》发表的《且说〈棋王〉》说这部作品"很难归类，异于现时流行的各家笔墨，但又不生僻"❸，虽然他说不好归类，整篇文章却都是将《棋王》归于"知青小说"的大流中去探讨。王蒙指出《棋王》好在"特别"：它不同于一般"知青小说"对将城市青年上山下乡这一事件当作创作的绝对中心，而是将此弱化为背景。小说塑造的王一生这个人物，不同于别的"知青"将上山下乡看得可怕伟大或壮烈，他只是安于生活乐在其中；小说的情节也不同于"知青"题材中必然出现的套路，它只是将"下棋"作为贯穿王一生"知青"生活始终的线索，以此寓意大智慧。由这些评论我们可以认为王蒙是将《棋王》看作"知青小说"中的脱颖而出者。再看曾镇南发表在《上海文学》上的《异彩与深味》一文对《棋王》的评价。与王蒙一样，

❶ 李杭育在《我的 1984 年（之二）》中说这些权威评论家是指当时在北京文化圈具有话语权甚至是话语霸权的阎纲、陈丹晨、刘锡诚、曾镇南等人。

❷ 李杭育：《我的 1984 年（之三）》，《上海文学》2013 年第 12 期。

❸ 郭友亮、孙波主编：《王蒙文集（第 7 卷）》，华艺出版社 1993 年，第 393 页。

曾镇南认为《棋王》"那味儿还不曾从别的任何名家或新秀的笔端流出过"❶。除了从语言方面细致地分析了这篇小说的独特之处外，曾镇南认为更值得注意的是《棋王》中所包含的世事人情的深意：在浊浪滔天的动乱年代，在严酷讽刺的闹剧背后，还有像王一生这样从容而智慧地生活着的青年。一方面，王一生认为"还是待在棋里舒服"表现出了在特殊时代的苦闷，一方面他又用自己对于棋的执著与热爱消解了这份苦闷。王一生的生命意志正是在彻底否定"文革"的同时，作家们所寻找的足以支撑大家面对未来的积极因素。曾镇南对这一股深意的理解也可以说是将《棋王》归入了"伤痕文学"的框架之内。《作品与争鸣》1984 年年底也发表了两篇评论文章，臻海认为《棋王》"似可归入知青题材一类"❷，却也避免了"知青小说"单纯的罗曼蒂克或暴露主义，塑造了一个对于上山下乡淡然处之、随遇而安的王一生。唐挚的漫评❸说阿城在"知青"题材中另辟蹊径，在十年动乱的旋风中突出了支撑王一生突出重围的执著与追求。这二者亦可看作停留在伤痕反思文学的批评框架内。这两篇评论文章中同时注意到了《棋王》独特的民族风格，但却又都只是从写景状物、手法语言方面进行了简单阐释。从这种种评论中我们其实很好理解阿城与李杭育境况差别产生的原因：当权威还没有想好怎么去评价李杭育这类作品的时候，《棋王》却因为刻画了"知青"主人公而得到了符合时代潮流的解读。即使评论家各自都意识到了《棋王》与潮流的隐约不同，但阐释的角度也是因人而异，并没有找到一种合适而统一的话语方式去概括。"杭州会议"之前对于李杭育的为数不多的几篇评论也是如此：李福亮认为《最后一个渔佬儿》好在放弃了戏剧化的冲突和偶然性的巧合，而是真实而朴素地呈现着生活的本来面目、塑造着丰富的人物性格、揭示着社会矛盾的复杂和深刻❹；龙渊站在改革背景之下赞扬李杭育所刻画的社会变革之下传统与现代交织的新图景❺；程德培发现了李杭育对于葛川江上人家衣着、习性、风情、观念等的执著，但这时的他只是认为李杭育沉湎于民风民俗有着

❶ 曾镇南：《异彩与深味——读阿城的中篇小说〈棋王〉》，《上海文学》1984 年第 10 期。
❷ 臻海：《正因写实，转成新鲜》，《作品与争鸣》1984 年第 12 期。
❸ 唐挚：《〈棋王〉读后漫笔》，《作品与争鸣》1984 年第 12 期。
❹ 李福亮：《真实、力量和美——读〈最后一个渔佬儿〉》，《当代》1983 年第 6 期。
❺ 龙渊：《历史印记与时代波澜的交织》，《西湖》1984 年第 12 期。

第八章 杭州会议与中国当代寻根文学的发生

"想加入民俗学会的愿望"❶；王蒙在《葛川江的魅力》一文中认为李杭育改变了传统上中国小说"更多地把艺术的聚光集中在社会、政治、伦理的人际关系方面"❷的特点，而更多地留意了地理和自然……显然在"寻根文学"形成潮流之前，评论对于这些作品的"独特"与"精彩"之处是莫衷一是的，还没有为这类作品找到一个统一的话语口径。

"杭州会议"之后局面大大改变。当时与会人员中有一半的人都是文坛正年轻的评论家，之后在新时期文学发展中举足轻重的黄子平、季红真、吴亮、蔡翔、李庆西、陈思和、王晓明、南帆等都在列。会议后《上海文学》以编辑部的名义发表的类似会议综述的《青年作家与青年评论家对话——共同探讨文学新课题》一文里提到，"在对话会上，除了讨论共同感兴趣的话题外，青年作家和青年评论家们还互提要求，互相勉励"❸，可见在会议上就已经酝酿着双方的某种"共谋"。会议的召开让众多的"李杭育""阿城"同青年评论家坐在了一起，面对面的交流让他们彼此了解，这一批青年评论家最先知道了这些还未被批评界权威关注或准确定位的作家们心里在想什么，于是他们做好了准备、调好了焦距，趁着评论界权威失语的间隙，在与作家的良性互动中接下了话语权，成为推动"寻根文学"发展的重要力量。不仅李杭育与阿城等人在会议前的创作被他们积极阐释，而且接下来不断的新的创作实践也能得到评论界的热烈响应，评论与创作亦步亦趋相互促进。与之前对李杭育、阿城驳杂的评论局面相比，此时的评论家们都已经将枪口对准了"文化"一词，不断挖掘作品其中的深层民族文化内涵，与各作家的"寻根"主张形成共谋。这种创作与评论的共谋极大地推动了"寻根文学"的发展，也让这批活跃在"寻根"思潮中的青年评论家跃进了前沿阵地，在文坛挥洒他们的光和热。

"寻根文学"可以说是一场由作家和评论家共同推动的文学运动。作家主动发表"寻根"宣言之后，评论界迅速接盘开始了围绕理论的论争。之后的创作实践也都紧紧伴随着评论家的批评推介，"寻根文学"在一片和谐的互动之中不断扩大影响。

---

❶　程德培：《病树前头万木春——读李杭育的短篇近作》，《上海文学》1984 年第 9 期。

❷　王蒙：《葛川江的魅力》，《当代》1985 年第 1 期。

❸　上海文学编辑部：《青年作家与青年评论家对话共同探讨文学新课题》，《上海文学》1985年第 2 期。

1. 理论视角的争议分歧

在上一章的论述中我们已经知道，在媒体的合力推动下，几乎是与"寻根文学"宣言的集体亮相同时，评论界迅速接盘引发了一场论争。这是"寻根文学"评论最早的阶段，这一阶段参与讨论的评论文章很少对具体作品进行分析，而是围绕一系列理论宣言共同参与"寻根"理论的议论与建设。评论大都从"文化"的角度出发，表示了对"寻根文学"理念中的民族文化意识的欢迎和赞同，但对于"寻根"的具体主张，评论界存在很多的争议。首先，关于宣言中提出的"五四文化断裂带"这一概念的争议。韩少功、阿城、郑义、李杭育在各自的宣言中都提到了"五四"对于民族传统文化的割裂与破坏，对此刘火反驳说："汉文化历史曾有过断裂带，但'五四'却是将一个行将就木的古典文学拯救了出来，给以了全新的解释和运用，并以辉煌的成绩跻身于世界文学潮流。"[1] 刘梦溪认为："简单地把斩断文化传统的罪过全部归咎于'五四'运动，是不公正的，违背历史真实。"[2] 王友琴表示："'五四'新文化运动的前驱者们对民族传统文化进行了激烈的批判，但在研究、整理民族传统文化方面做了最多工作的也是他们。"[3] 评论界纷纷发表自己的意见，为"五四"进行辩护。其次，论争中存在对理论宣言中"寻根"意向的质疑。唐弢认为"寻根"是存在于移民文学之中的，若不是移民文学，"根"便始终依附在民族及国土之上无需刻意去寻[4]；周政保和李泽厚二人则对韩少功等人去古老蛮荒之地"寻根"的主张表示了质疑，唯恐小说创作脱离了现实实际[5]；而李书磊的两篇评论文章《从"寻梦"到"寻根"》《文学对文化的逆向选择》中表达的是对"寻根"与现代化进程逆向而行的担忧。

虽然评论界有诸多忧虑与质疑，但在表达质疑时不同于以往的打压批评。周介人说过："长期以来，批评与创作的关系是不正常的。当批评以

---

❶ 刘火：《我不敢苟同》，《中国人民大学复印报刊资料（文艺理论）》1985 年第 5 期。

❷ 刘梦溪：《文化意识的觉醒》，《中国人民大学复印报刊资料（文艺理论）》1985 年第 11 期。

❸ 王友琴：《我只赞成阿城的半个观点》，《中国人民大学复印报刊资料（文艺理论）》1985 年第 9 期。

❹ 唐弢：《一思而行——关于"寻根"》，《新华文摘》1986 年第 7 期。

❺ 周政保和李泽厚分别在《小说创作的新趋势——民族文化意识的强化》和《两点祝愿》中表达了这样的观点。

政治代言人的身份出现的时候，它居高临下，它对创作的态度是不平等的。"❶ 此时这一系列从"寻根"理论视角出发的论争，即使有疑问也是站在平等的角度和谐互动。这一阶段的"寻根文学"评论活动催生了对于"寻根"的多样阐释（第二章第三节已有详细论述），推动了"寻根文学"的迅速升温和加快发展。

2. 内涵挖掘与形式洞察

如果说上一阶段围绕理论宣言的评论体现着较为明显的争议和分歧，那之后对于具体作品的阐释，则呈现出整体的和谐之态。评论界对不断出现的"寻根文学"作品发出热烈的好评。这一阶段的评论主力军就是"杭州会议"上结成的青年评论家"同盟"，他们摆脱了尾随政治步伐亦步亦趋的状态，最先迅速对作品中深厚的文化内涵进行挖掘，也对形式的变化有着敏锐的洞悉。

相比之前在"伤痕文学"或"知青"题材框架内定义《棋王》，"杭州会议"上有人提出这篇小说是"作者通过一个底层青年在'文化大革命'那个疯狂年代对中国传统文化的痴迷，表现了作者自己对中国传统文化精华的重新发现与重新认识"❷，这种全新的阐释预示了之后评论界的话语转向。"寻根文学"的出场，首先是打出鲜明的"文化"旗号，光是理论宣言已是如此，在创作实践中作家们更是为之努力，深入祖国山河重新体验民族传统文化的魅力与深沉。评论界早已拿好了笔杆子，一批又一批的作品被及时地拿来进行了深入的价值阐释，与作家们的创作相呼应。程德培与吴亮在"杭州会议"前就开始对李杭育的小说进行推介，这成为评论界"冷淡期"对李杭育最大的鼓舞。会议之后，他们很快又分别发表了《"葛川江风光"——李杭育作品印象》和《孤独与合群——李杭育印象》两篇文章，前者从文本中为我们解读出了自然风光和心理积淀共同构成的葛川江地域美态，并发出了"我希望李杭育的'葛川江风光'更加富有光彩"❸ 的美好期许；后者讲述了李杭育"南方的孤独与幽默"，在他个人情感的变化中发掘了作品内涵的变化："现在，他所关心的是，超越个人的

❶ 周介人：《新潮汐——对新评论群体的描述》，《文学评论》1986 年第 5 期。

❷ 上海文学编辑部：《青年作家与青年评论家对话共同探讨文学新课题》，《上海文学》1985 年第 2 期。

❸ 程德培：《"葛川江风光"——李杭育作品印象》，《当代作家评论》1985 年第 6 期。

东西和观念，了解更阔大的事物，如文化……"❶ 相比会议之前少数评论文章驳杂的话语，此时的评论已经集中于对文化内涵的挖掘。季红真的《李杭育初论》，指出他的作品"把握了变革时代乡镇现实生活错综复杂的多种景观……更深刻地洞察着不变的民族心态"❷。李杭育新作《流浪的土地》问世，程德培又撰文《总归是要漂移的——读李杭育的长篇新作〈流浪的土地〉》，深入剖析了文本呈现出的柳叶沙沙农的传统生活方式以及根深蒂固的民族心理。这种对于文化观念的敏锐感知是早在"杭州会议"的交流以及后来的理论论争中就已经准备充分的，"寻根文学"创作文本的出现对他们来说就是供以发挥的载体。陈思和在《对古老民族的严肃思考——谈〈小鲍庄〉》一文中对王安忆自我转型给予了大力的褒扬，指出《小鲍庄》与她之前的作品最大的区别在于文本中对于民族历史与现状的深入思考，这种思考"使作家的艺术感觉赋有超越个人经验以上的力量"❸。蔡翔以《悲剧·叛逆·诗情》一文发表了自己对于郑义《远村》《老井》两篇的感悟，从文本描写的历史悲剧及人性悲剧中透视了作品整体的人文意境以及郑义对历史和人的命运的关注与思索。李庆西《古老大地的沉默——漫说〈厚土〉》带领大家感受李锐笔下构筑的世界以及这个世界里古老而又残酷的民族伦理、道德和价值法则，并指出《厚土》就是旨在呈现吕梁山农民传统心理的固着与停滞……至此，"杭州会议"之前评论界权威对于"异质"小说的缄默状态被打破，立足"文化——历史""文化——心理"模式对"寻根文学"作品深刻内涵的挖掘越来越积极，评论文章也多到无法悉数穷尽。评论家毫不吝啬赞美之词，作家每创作一部作品都会对即将出现的评论充满期待；同时，在这样和谐的氛围中，评论家所提出的意见与建议也更易于被作家们所接受。这种状态对作家来说无疑是巨大的鼓励，文坛的良好反响激发了更多作家前赴后继地尝试。创作与评论拧成了一股绳，进入了一个良性循环，使"寻根文学"的发展轨迹更加顺畅。

　　另外，评论界对"寻根文学"在文学形式上的先锋转变也投注了敏锐的目光。"杭州会议"上的青年作家与评论家都是积极接受西方现代派文学影响的一代，他们在会上就达成了对西方现代派的肯定共识，因此评论

---

❶　吴亮：《孤独与合群——李杭育印象》，《当代作家评论》1985 年第 6 期。

❷　季红真：《李杭育初论》，《花城》1986 年第 6 期。

❸　陈思和：《对古老民族的严肃思考——谈〈小鲍庄〉》，《文学自由谈》1986 年第 3 期。

家对于作品中呈现出的对现代派形式的效仿和对陈规的叛逆非常敏感也理解赞同。《爸爸爸》和《小鲍庄》问世之后，其形式上的"异质"特征引起了极大的关注。李庆西的《说〈爸爸爸〉》一文，从语言、象征、虚实以及审美对象及主体立场的转变等方面论述了韩少功"公然藐视一切小说做法和文学章程"❶的形式风格，并将《爸爸爸》与《阿Q正传》《老人与海》相提并论，给予了极高的评价。陈思和发表《双重迭影·深层象征——谈〈小鲍庄〉里的神话模式》解读了《小鲍庄》虚实相生的构思技巧和整篇小说借助宗教传递的象征意义，加深了人们对于《小鲍庄》"艺术表现的新奇感"❷的理解。吴亮在《〈小鲍庄〉的形式与涵义》中着重探讨了小说的客观主义立场和并置性结构，表示《小鲍庄》正是在这样的意义上给了他难以抵挡的影响。当时，这种寓言、象征、意向形式的运用在很多作家笔下都有发生。李陀对莫言小说的形式进行过着重分析，《"妙在似与不似之间"——评中篇小说〈透明的红萝卜〉》和《现代小说中的意向——序莫言小说集〈透明的红萝卜〉》都抓住了莫言对于意象表达的把握，并向中国传统文化溯源，指出其对中国古典美学基本范畴的复活。同样关注形式探索的还有南帆和黄子平：南帆用自己强烈的审美感受挖掘了张承志小说里的"感悟"特质，《张承志小说中的感悟》一文揭示了"感悟"作为作家一种独特的观照生活和表达生活的方式在其小说创作中的艺术作用，认为"感悟是张承志艺术世界中的一个重要支点"❸。《象征——虚实之间：评〈小鲍庄〉〈透明的红萝卜〉〈爸爸爸〉》中他还集中对《小鲍庄》《透明的红萝卜》《爸爸爸》三篇小说潜滋暗长的象征寓意进行了分析，表示批评界对于文坛"奇诡的意向、怪异的表现方式、捉摸不定的内在意蕴，作家个人风格的转折"❹有着莫大的兴趣；黄子平的《论"异乡异闻"》和《郑万隆的〈陶罐〉〈狗头金〉和〈钟〉》都对郑万隆的小说做了详细的形式剖析，《陶罐》的远景镜头、《狗头金》的主观视角以及这两篇相似的结尾模式，还有《钟》类似神话和寓言的展现方式都

❶ 李庆西：《说〈爸爸爸〉》，《读书》1986 年第 3 期。

❷ 陈思和：《双重迭影·深层象征——谈〈小鲍庄〉里的神话模式》，《当代作家评论》1986 年第 1 期。

❸ 南帆：《张承志小说中的感悟》，《当代作家评论》1986 年第 1 期。

❹ 南帆：《象征——虚实之间：评〈小鲍庄〉〈透明的红萝卜〉〈爸爸爸〉》，《福建论坛（文史哲版）》1987 年第 5 期。

——被解读。他认为在郑万隆那里"写什么"已经远不如"怎么写"重要了。对"怎么写"的尝试如火如荼,李庆西 1986 年 8 月写成了《新笔记小说:寻根派,也是先锋派》一文,对当下文学继承传统笔记体之古风的现象进行了剖析,其中涉及的"寻根文学"作品所占比例很大,他对这种文体和艺术风格给予了价值肯定,指出"对古典笔记体的继承和发展,可以说是文体意识上的'寻根'"❶,给了"寻根文学"更广泛的意义认可。

内容与形式的双重批评互为表里,共同参与了"寻根文学"大潮。除了以上列举的这一群青年评论家,事实上还有更多的人参与到了这盛况之中。这种评论与创作的热烈局面在 20 世纪 80 年代中期吸引了大多数人的目光,让"寻根文学"成为时代的热点。由此可见,在"寻根文学"由理论向实践推进的过程中,评论界的热情功不可没。甚至在"寻根"热潮略有减退之后还有评论家站在宏观的角度为"寻根文学"的经典化努力,进一步强调和巩固了"寻根文学"在文坛的地位。1988 年、1989 年李庆西和季红真都撰文对"寻根文学"发生发展的前因后果作了详细的追溯和回顾,李庆西的《寻根:回到事物本身》、季红真的《文化"寻根"与当代文学》和分两期发表的《历史的命题与时代抉择中的艺术嬗变》都是现今总览 80 年代"寻根文学"面貌可参考的重要文献。

---

❶ 李庆西:《新笔记小说:寻根派,也是先锋派》,《上海文学》1987 年第 1 期。

第九章　盘峰诗会与中国当代
诗歌的精神走向

　　20 世纪末期的中国当代诗歌在主题、观念、语言风格等方面都存在着诸多差异，但在这些表象背后却蕴含着一条隐约可寻的共同的精神脉络。1999 年的"盘峰诗会"，正是这一精神脉络正式分野的节点，它的发生有其历史必然性，但是诗会对精神走向的影响与意义却在 21 世纪。勃兰兑斯认为文学现象是"一个历史阶段的时代精神被体现在相互影响的国家中的不同形态"❶。因此我们可以回溯到 20 世纪 80 年代，回顾时代精神源头，把握中国当代诗歌精神轨迹，以探寻其影响和意义的时效性。尽管与"形式"层面的诗体研究、"技术"层面的诗歌传播研究相比，对诗歌精神的把握更趋复杂，但是从诗人的创作心态、语言的精神意蕴、文化的价值取向等不同角度切入都能开掘出大片话语空间，使得我们对这段时期以"盘峰诗会"为分野的中国当代诗歌精神研究抱有一定的信心。

　　当代诗坛在北京市平谷县（今平谷区）盘峰宾馆联合召开了"世纪之交：中国诗歌创作态势与理论建设研讨会"。这次盘峰论争使得 20 世纪 90 年代中后期的文学场域中早已边缘化的诗歌，再一次被推到风口浪尖。诗会上双方的唇枪舌战、会后的意气笔仗，再加上《北京青年报》《南方周末》《北京文学》《花城》《诗参考》《文友》等影响较大的报刊持续几年的报道，和"新世纪诗歌"这一概念的提出，几乎所有人都默认盘峰诗会是一次典型的灵魂历史中的精神分节点。它以论争的形式直接促进了"知识分子写作"与"民间写作"知识分子精神与个人写作精神的对立，在寻找对方漏洞的同时也势必促进自身立场的反省，从而在很大程度上实现了诗歌精神的重新凝聚与提升。

　　"文变染乎时序，兴序系乎世情。"❷ 刘勰这句总结文学与时代关系的

---

　　❶　[丹麦] 格奥尔格·勃兰兑斯：《十九世纪文学主流》，张道真译，人民文学出版社 1980 年，第 2 页。

　　❷　刘勰：《文心雕龙》，中华书局 2012 年，第 213 页。

话，千载以来仍然适应。当以诗歌为代表的人文理想在摆脱意识形态束缚高扬于世十余载后，它又遭遇了商品经济和大众文化的新一轮围困。在这样一个社会大转型的条件下，20世纪90年代的诗歌沉寂与萧条到快被世人遗忘，然而它自己并没有放弃，诗域内部讨论新诗美学与创作理论不绝如缕，诗歌创作之路也在悄然分野。

1994年，学者陈思和提出了"民间"概念，它呼唤知识分子走向民间。"民间"作为一个想象空间，意味着知识分子内部多元选择的可能，并一度成为同一时期先锋艺术的同义词。"民间文化"虽然体现了知识分子在面临启蒙话语受挫的人文精神失落时寻找新的思想落脚点时的思索，但也因为放弃了知识分子的精英立场而遭受质疑和批评，由此引发了广泛的论争，而延续这场著名论争的就是先锋诗歌内部"民间写作"与"知识分子写作"初现端倪的分野：欧阳江河、王家新、臧棣、程光炜、于坚、韩东、谢有顺等诗人兼评论家开始发表大量的诗论专注对各自认定的"知识分子写作"与"民间写作"的诗学原则进行阐释。随着诗人们对自己认可的诗学观念的极端推崇，把原本存在多种路向的选择限定为一种，其余一律视为异端，这就注定了知识分子写作与民间写作分道扬镳在所难免，矛盾的公开化乃至敌视争端的发生成为必然。

到了20世纪90年代末期，各种社会观念的产生随着社会文化语境的改变，慢慢变成了两种精神并峙并最终在"盘峰诗会"上的公然论争。这次论争，有人认为是"毫无意义的意气之争"，论争双方都是为了自己的合法地位而展开对话，虽然最后对话变成谩骂，但是对两种精神的相互盘点与认识却不乏理论的探索。如今再回首看这次论争，它确实对日后诗歌精神的走向产生了极大的影响，直接确立了诗歌走向的分化。

会后，"崇高派"和"世俗派"对立的格局开始形成，同时也导致了两个针锋相对的诗歌阵营的形成。"知识分子写作"与"民间写作"在"盘峰诗会"上正式对立，会后许多诗人和批评家加入这场论争中。在上文中我们已经对"盘峰论争"后形成的两派精神脉络溯源到20世纪80年代的"清除精神污染运动"。关于两派在"盘峰诗会"后正式确立的精神分化，本章将在后面进行分析，这里我们先看下两首写"天空"的诗：

---

❶ 周航：《"民间写作"诗歌观念前史考探》，《暨南学报（哲学社会科学版）》2014年第9期，第73页。

我曾经认为，天空就是银行

会失去它的财富，它的风暴，它的

空洞；但我，没有什么可供丧失

以及另一首：

从厕所的窗子

看见上海的天空

正值黄昏

夕阳西下

红霞满天

那是不一样的天空啊

我的母亲

望着它长大

如今已经与它

融为一体

　　第一首诗选自萧开愚的《在公园里》❶，这首诗有很强的思辨色彩，它既牵涉诗歌形式塑造的破与立的辩证关系，也指向自我丧失的体验以及他人之可能性的问题❷，在这里他把天空比作有象征意义的"银行"。这可以看作对消费时代纯诗的世故的绝妙比喻："天空"作为纯诗想象力和意象类型的代表性符号，其功能在当下不啻于非时间性的、不及物的、自转的，且可以从中不断提取美学利息的"银行"。第二首诗是伊沙的《上海的天空》❸，这首诗体现出他典型的不能超越的挑衅与机智。同样是写"天空"，两首诗歌却千差万别，一个属于精英的学院式的知识分子精神气质，一个属于日常的口语化的真实的民间气质。回首看"清除精神污染运动"以来的先锋诗，在杂乱繁盛的各类诗歌风潮中，我们可以大致整理出两条总体上的文本趋向："崇高"与"世俗"。

　　"盘峰诗会"后先锋诗正式确立了两派差异极大的美学观念共同构造

　　❶　萧开愚：《此时此地——肖开愚自选集》，河南大学出版社 2008 年，第 365 页。
　　❷　贾鉴：《身体地理学与"间歇"的诗意——关于肖开愚 90 年代的诗歌写作》，《新诗评论》2016 第 21 辑。
　　❸　伊沙：《伊沙的诗》，北京师范大学出版社 2019 年，第 171 页。

起来的一个话语谱系。在许多的个别案例研究和整体的研究中，诗人和评论家们都频频使用二分法。[1] 见表9−1。

表9−1　诗歌与诗歌评论中的二分法

英雄	与	日常
书面语	与	口语
文化	与	反文化、前文化、非文化
抒情	与	反抒情
神话	与	反神话
神圣	与	世俗
乌托邦	与	现实主义
绝对	与	相对
精英	与	普通
学院	与	真实
西化	与	本土
中心	与	外省
北方	与	南方
精神	与	身体/肉体/肉身
知识分子	与	民间

　　这些二元对立范畴适用于语言、资源、题材和诗风。两边基本上可以代表我们在前文中分析的"崇高"与"世俗"两种文学精神走向。基本上，"崇高"与"世俗"之类的概念可以用来描述任何地域、任何时代的文艺作品，它们并不具有什么内在的中国性或诗性。"崇高"与"世俗"的两种趋向也不是中国当代诗歌精神所独有的：在全球背景解构各种体裁或媒体的"严肃"文艺中，这一现象已持续了数十年[2]。

　　但是，"盘峰诗会"后的诗歌精神走向更容易让人想到"崇高"与"世俗"的对立。

　　事实上，我们并不是要用这两种对立的精神把诗坛描述成截然对立的两个格局。王家新的诗歌是趋向"崇高"精神的，但是他的诗歌也有着明

<hr />

　　[1]　柯雷：《精神与金钱时代的中国诗歌——从1980年代到21世纪初》，北京大学出版社2016年，第24页。

　　[2]　柯雷：《精神与金钱时代的中国诗歌——从1980年代到21世纪初》，北京大学出版社2016年，第25页。

第九章　盘峰诗会与中国当代诗歌的精神走向

显对宏大意义的警惕和节制，"日常性"也是其诗歌的重要元素；伊沙的诗歌是"世俗"派的代表，但是他的诗歌也常常是"幽默、戏谑其表，中正、忧患其里"❶。因此，"崇高"与"世俗"两种精神趋向并不是决然对立的，而是一股分野中有融合的总体趋势。

一、趋向"崇高"的"知识分子写作"

在讨论"知识分子写作"精神研究之前，我们没有办法绕过"知识分子"这个限定词。广义上讲，凡是一切写作都带有一定的知识分子特征，但是到了 20 世纪 90 年代能够有一个这样的概念生成，以及它背后流动着一种怎样的精神？这是我们在这一章节研究的内容。

"知识分子写作"这个概念的提出，最早与西川有关，由他提出，然后延伸出来成为 20 世纪 90 年代末蔚为大观的"知识分子写作"，确立了盘峰诗会后"崇高"精神的走向趋势。回顾"知识分子写作"概念的生成史，包括"清除精神污染运动"后的诗歌精神的演变史，这会给我们一个有效的观察视角，因此梳理"知识分子"的概念史是我们展开研究的基础和前提，这一点在上文的第一章第二节已经有具体的阐述，在此不再赘述。

欲考察"盘峰诗会"所确立的"知识分子写作"的精神走向，首先我们要明确"知识分子写作"诗人群们的创作心态，"心态在本质上属于一种精神现象"❷，因此可以作为观察"知识分子写作"的一个重要视角。诗人的创作心态一方面体现在诗人的自传、访谈、成长经历中，而最重要的表现载体就是文本。诗歌文本在形式与内容上的个性风度能够让读者看到其新作品一眼就能辨认出来。文本是诗人创作心理和创作意图的陈说，因此诗歌文本作为诗歌精神的参照体系是一种重要的研究底本。

都说社会生活是文学的源泉，但是生活不会自动变成作品。它必须经过作家的"开掘"，作家的"沟渠"，作家的"拦截"，作家的"积蓄"，作家的"翻腾"，作家的"吸取"，作家的"过滤"，最后才能成为文学作品。在这里作家作为创作主体的心态就直接作用于创作过程，从而影响作

❶ 罗振亚：《"后现代"路上的孤绝探险——1990 年代伊沙诗歌论》，《广东社会科学》2013 年第 4 期，第 168 页。

❷ 童庆炳：《二十世纪中国作家心态史（序）》，中央编译出版社 1998 年，第 3 页。

品的精神面貌。同样的生活材料在心态不同的作家那里，会变幻出主题不同、蕴涵不同、格调不同的作品来。我们甚至可以说，有什么样的创作心态，就会有什么样的作品。❶ 童庆炳先生关于"创作心态"的分析揭示了诗人与作家的创作心态对展示诗歌、诗人的精神面貌的影响力。作为诗人自我个性生命的呈现，诗歌的精神风貌受到诗人创作心态的制约，因此了解、分析诗人的创作心态对于我们把握诗歌的精神风貌乃至诗人群体的精神趋向有着重要意义。

长期以来，在我们研究文学时，总是从作家作品与社会生活的关系等方面进行分析，不会去透视作家复杂的创作心态，以及去探究这种复杂的创作心态对于作家的创作主张和作品所体现的精神思想的影响。这容易使文学研究流于表面化和肤浅化。目前，随着文学研究的进一步深入，越来越多的评论家开始以深入创作的心态来解读作者和作品。如杨守森的《二十世纪中国作家心态史》就是通过对 20 世纪中国作家百年来的或彷徨或怨愤或亢奋或虔诚等心态来编写百年文学史。而在诗歌方面新兴诗评家刘春写的三部《一个人的诗歌史》也是通过深入当代 80 年代之后的一些代表诗人的心灵见证、创作心态来切入当代诗歌数十年的历程。

创作心态，是指作家在某一时期，或创作某一作品时的心理状态，是作家的人生观、创作动机、审美理想、艺术追求等多种心理因素交会融合的产物，是由客观的生存环境与主体生理机制等多方面因素综合作用的结果。❷ 因此，从研究文学精神的角度，注重对作家复杂心态的探讨就是将作家恢复到有着整体生命状态的人进行探讨，而不仅仅是隐于作品背后的符号。因此，当我们回过头去观望"知识分子写作"的创作心态时，会发现他们之间的很多共性。此外，诗人的心态既与现实社会环境相关又与诗人比较隐秘的生活和心理机制相关。

（一）"献给无限的少数人"——"知识分子写作"的创作动机

"知识分子写作"诗人这些年来在精神上、写作上所发生的诸多深刻变化，原因有二：一是一批从 80 年代走过来的诗人们自身的成熟，一是 90 年代社会生活所发生的巨大变化及其诗歌写作对这种变化和挑战所做出

---

❶ 童庆炳：《二十世纪中国作家心态史（序）》，中央编译出版社 1998 年，第 3 页。
❷ 杨守森：《二十世纪中国作家心态史》，中央编译出版社 1998 年，第 5 页。

的回应。

——王家新《知识分子写作，或曰"献给无限的少数人"》❶

20世纪末的中国文学慢慢由"中心"走向"边缘"，而诗歌更是走向了文学边缘的"边缘"。当蓬勃的社会主义文化生活混杂了"金钱至上"价值观；当知识分子赖以生存的使命感、终极理想混杂了大众消费时代的"快餐文化"——诗人们的精神信仰和文化支柱开始动摇，他们无一例外地感到了文学心态的失落。从"民众的精神导师"跌落神坛，到"社会的先觉者"捉襟见肘，从拨乱反正的巨大推手，到精英光圈的日渐黯淡，巨大的落差让很多的诗人心态失衡，灰色情绪蔓延。他们中的一些人，或"孤独"地抗争，随着生命支柱的崩塌而幻灭；或随波逐流，选择用"庸常"的心态与时代共舞；或逍遥自在，以"亵渎"传统的姿态登上文坛；还有一些人，他们不愿意放弃诗歌的精神意义，面对浮动的商潮与物欲坚守精神的高地，这里便包括了"知识分子写作"的诗人们。

"知识分子写作"这一概念的提出，是源于西川对于中外传统的"纯诗"观念的继承与发展，并与当时泛滥成灾的"口语"诗歌对抗。在1993年西川回忆首先提出"知识分子写作"这一概念和自己的创作动机的《答鲍夏兰、鲁索四问》一文中，作者回忆道：从1986年下半年开始，我对用市井口语描写平民生活产生了深深的厌倦，因为如果中国诗歌被12亿大众庸俗无聊的日常生活所吞没，那将是件极其可怕的事。所以我开始尝试着写一种半自由体的诗歌，即以音乐性的诗行和大致相同的诗节来限制口语的散漫无端。写诗并不仅仅是将灵感照搬到纸上，它是一门技艺，需要空间、结构、旋律、语言速度、词汇的光泽、意象的重要等诸多因素的相互协调。我自觉地使自己的写作靠近纯诗❷。

西川之所以倡导"知识分子写作"：一方面是源于政治与现实对诗歌的深度介入、海子等诗人以死对抗而发出的哀鸣、诗歌的边缘化与大众化地位使得一部分诗人不得不采取清高的姿态和崇高的质地来对抗无情的现实；另一方面是因为有人把他和另外几个不便于归类的作家"划入新生代诗群"，但西川自己认为他们这几个作家为诗歌注入了"精神因素"，因此他便提出了这个主张。而这几位诗人便是1988年与他一道创办地下诗刊，

---

❶ 王家新：《知识分子写作，或曰"献给无限的少数人"》，《诗探索》1999年第2期。

❷ 西川：《答鲍夏兰、鲁索四问》，《大意如此》，湖南文艺出版社1997年，第245－246页。

诗刊后来发展为《倾向》，这几位诗人后来成为"知识分子写作"的主干的诗人。

1988 年，中国诗人贝岭、老木、西川、陈东东等人在北京创办地下诗刊，后来便发展为"以知识分子态度，理想主义精神和秩序原则为宗旨"的《倾向》诗刊。当时的思想界、知识界及作家和知识分子都视这份刊物为他们生活中一份不可或缺的杂志。《倾向》不仅着眼于现在，更关注未来，它对遏止当时弥漫的价值沦丧、道德堕落及金钱至上的风气有着特别的意义。

陈东东在《倾向》杂志的《编者前言》里提道："以严肃的态度去发现并有所发现。这便是《倾向》的倾向。并且这种倾向在一种信念、一种精神和一种创作原则中得到了进一步的加强。"❶ 用严肃的态度面对诗歌和诗歌创作，可以看作该杂志的创作动机。而它在里面所提到的"知识分子精神"与后面"知识分子写作"所提倡的精神具有相同的倾向，这为后来该杂志成为"知识分子写作"的发展提供了一个基点。

研究"知识分子写作"的创作动机，不得不提王家新的《从一场蒙蒙细雨开始》。他的这篇诗论借用的是西川的同名诗歌，几乎是同时从诗歌文本本身和诗论去描述了"知识分子写作"的创作动机。他们都渴望在汉语诗歌里产生"提升性的力量"，都希望汉语诗歌能够以"现实修辞的层面"达到对"诗歌精神性和想象力的敞开"，他们志在给汉语诗歌带来它所缺乏的"精神的和艺术的语言"这些初衷在他们日益精进的诗艺中得到磨砺和展现。❷

因此，仅从形成"知识分子写作"这一队伍的初始动机来看，西川、陈冬冬、老木他们没有什么不同，后来随着王家新、欧阳江河、张曙光、唐晓渡、臧棣、孙文波、萧开愚等志趣相投的诗人加入，其阵容不断扩充，内蕴也越发深厚。"知识分子写作"诗人们所追求的是少有人走的路，是少数人坚持的"纯诗"的诗歌精神，对于文学世俗化潮流的遏制起到了一定的作用，一言以蔽之，他们的创作动机从社会和诗学内部两个层面来看，就是"献给无限的少数人"。

---

❶ 陈东东：《编者前言》，《倾向》1993 年第 1 期。
❷ 王家新：《从一场蒙蒙细雨开始》，《诗探索》1999 年第 4 期。

（二）"寂静是一种辽阔的声音"——"知识分子写作"的审美理想

　　每一个时代都不缺乏迎合社会趣味的作家。他们会写出一些摹写生活方式的作品，并因此广受欢迎，成为时代生活中过眼烟云式的重要人物。但是，精神的培养，与其说来自时代生活、社会审美趣味，还不如说来自历史，来自时间，来自热爱，来自语言自发和被迫的要求，来自对于人的本质、人的处境、自然、生死、爱恨等一系列问题的沉思默想。

——西川❶

　　如果说 20 世纪 80 年代中后期的诗歌普遍取消对客体深入的感受和对其进行生命体悟式的想象，而是从直接体验与感受切入一种口语化的状态，那么"知识分子写作"的诗人们则提倡让诗歌重新回到追求"美"与"善"的轨迹上，他们认为诗歌精神的培养需要重回纯诗与肩负起社会责任感和使命感的道路上，因此他们的审美理想主要表现为以下三个方面。

　　一是崇高的审美追求。这是"知识分子诗歌"的价值取向。他们一反 20 世纪 80 年代中后期先锋诗坛"精神向度的减弱和写作的失重"，追求诗歌质素与精神的高度，提倡以秩序为原则，他们的诗歌中的意向往往与精神的历史产生广泛的联系和深刻的思想性。诗人们自觉地反省着"反传统"的诗歌浪潮的方向性，重新把"审美"作为一种艺术追求，想通过"审美"在"物质化"的语言中提炼抽象的思想与隐喻。尽管处于反诗意的时代，衡量诗歌好坏的重要标准仍然是语言创造的美学，这是写作的前提，对现实感的拥抱也不可能以牺牲这种美学为代价。

　　虽然两者的融合并非易事，但也正是这种写作难度，为新世纪诗人提出了更大的挑战。他们十分排斥"某种大众的、业余的写作态度"❷，认为那是把诗歌降低到杂感的程度。他们认为诗歌是一种"崇高的美"，在他们眼中"诗歌无法企及，永远是可能性，一种向往和一个理想。写作中的某一时刻，奔赴纯诗的诗人将碰壁，他看到甚至触摸到它的激情、愿望、技艺和努力的最后边界——那儿也没有纯净可言。但他没有在失败中折回，因为他从来是冷静和悲观的，并不狂热"❸。其实这是新诗在历史中的

---

❶　西川：《思考比谩骂更重要》，《北京文学》1999 年第 7 期。
❷　欧阳江河：《从三个视点看今日中国诗坛》，《诗刊》1988 年第 4 期。
❸　陈冬冬：《只言片语来写作》，北京大学出版社 2014 年，第 226 页。

定位，也是"知识分子写作"诗人们为诗歌求索的方向。为了追求这种崇高的纯美他们通过从西方的现代作品中寻找对抗诗歌世俗潮流的精神指引。

在西方，它是伴随着众多诗人对于历史、生命、死亡、内心等多重思考与审视展现出来的，并在叶芝、帕斯捷尔纳克、聂鲁达、博尔赫斯那里找到了指引。"帕斯捷尔纳克激励我如何在苦难中坚持，而米沃什把我导向一个更开阔的高地。"[1] 在中国，他们远与白话诗兴起时的创作社呼应，近与以美为创作法则的朦胧诗一起律动。

诗歌由浮躁的创作变为了对诗质的追索，宣称"至于诗人，我认为除了伟大他别无选择。伟大的诗人乃是一种文化氛围和一种生命形式"[2]；主张"纯粹的诗人"，他们认为艺术的装饰性与思想的玄学性在本质上对立，因此过于迷恋世俗生活很难成为纯粹的诗人。他们甚至把对纯诗的追求提高到了道德的层面，"在今天这样一个充满尴尬的年代，可以说'通俗易懂'的诗歌就是不道德的诗歌"[3]。

二是历史化的审美追求。20世纪90年代，社会历史语境的变化驱使部分诗人反思20世纪80年代诗歌的"非历史化，表达了使文学恢复'向历史讲话'的共识"[4]。与"审美"相关的是诗歌的历史化与非历史化也经历了一个类似的转型，即一个否定之否定的变化过程。我们在第三代诗里看到了主体的冷漠、客观、去体验化和冷抒情。但在"知识分子写作"那里我们看到的是一种包容诗与历史的话语，显示出一种独立的道德承诺。

臧棣在说到"知识分子写作"的审美追求时，指出："非知识化其实就是非历史化，其目的是探索与建构一种语言实践。诗歌是一种关乎我们生存状况的特殊的知识。"[5]"王家新对于"知识分子写作"的历史化追求也十分推崇："我们不应该避开历史的境遇，选择站在天使的一边，边缘离天使太近，离历史太远。而有关知识的一切话语从来都是一种奋争。"[6]

---

❶ 王家新：《关于知识分子写作》，《北京文学（精彩阅读）》1999年第2期。

❷ 唐晓渡、王家新：《中国当代实验诗选（序）》，春风文艺出版社1987年，第212页。

❸ 西川：《写作处境与批评处境》，《大意如此》，湖南文艺出版社1997年，第288页。

❹ 余旸：《"九十年代诗歌"的内在分歧——以功能建构为视角》，人民出版社2016年，第36页。

❺ 臧棣：《诗歌：作为一种特殊的知识》，《北京文学（精彩阅读）》1999年第8期。

❻ 王家新：《从一场蒙蒙细雨开始》，《诗探索》1999年第4期。

他坚持诗歌不应该封闭，而应该敞开，呈现出包容诗与历史的话语，他甚至主张要"以诗治史"或"以史治诗"。

"知识分子写作"在历史关怀与个人自由之间重建了一种相互摩擦的互文张力关系，使 20 世纪 90 年代诗歌写作开始成为一种既能承担我们的现实命运而又向诗歌的所有精神与技艺尺度及可能性敞开的艺术。叶芝后期有诗云："既然我的梯子移开了，我必须躺在所有梯子开始的地方。"王家新认为历史的所谓"造就"：移开了诗人们在 80 年代所借助的梯子，而让他们跌回到自己的真实境遇中，并从那里重新开始。的确，历史就以这种方式造就了"知识分子写作"的诗人们，而他们也创造了历史——创造了中国诗歌的 90 年代——和他们的同时代人一起！在 80 年代末 90 年代初巨大的压力和荒凉中，他们的写作参与了对中国现代诗歌良知和品格的锻造，而在此后文化语境的全面变化和严肃文学的危机中，他们在"确立与反对自己之间"又获得了一个新的开始：富有洁癖的诗歌开始向现实敞开。

因此在他们的诗中"历史的个人化"这种崇高的命题格外的醒目，❶他们直接把 20 世纪 90 年代的诗歌看作对"有效性"的寻找，它包括"历史的这样"而不包括"历史的那样"❷；坚持诗歌要"敞开"呈现一种包容诗和历史的话语进而树立纯诗的精神内核。

三是以秩序原则为宗旨。这可以视为《倾向》诗刊的基本立场，它反对过于戏谑的"语言"观，反对浮于表面没有一定思想深度、遵守一定诗歌秩序的过于"平民"化的诗歌。《倾向》所追求的刚好就是一种精练后的语言，一种"灵魂的历险"，一种崇高的理想主义精神，它所提倡的是一种可以构建诗歌秩序与原则的知识分子精神。在"知识分子写作"诗人的内心里，他们所强调的"秩序"就是一种"节制的自由"，是诗人们自己内心关于商品经济物欲横流的社会上当代诗歌的一种理想与盼望，一种独立性的反思。

针对 20 世纪 80 年代中后期纷乱的诗坛，唐晓渡在《多元化意味着什么》里也表达过重建诗歌秩序的强烈愿望，他说："诗歌新秩序的建立要求诗人们有更为敏锐的洞察力和否定精神，要把握好诗意现实，要把诗艺

---

❶ 西渡：《历史意识与 90 年代诗歌写作》，《诗探索》1998 年第 2 期。

❷ 孙文波：《我理解的 90 年代：个人写作、叙事及其他》，《诗探索》1999 年第 2 期。

建设成为真正意义上的综合艺术。"❶ 而这里面的关键词 "严肃性" "否定精神" "诗意现实" 等后来都成为 "知识分子写作" 精神写作的内涵之一。

陈东东在《倾向》的编者前记里说道："《倾向》的诗作者们所倡导的知识分子精神，更多的体现在他们的使命感和责任感上。虽然使命感和责任感并不是知识分子精神的全部，但这两者无疑至关重要，对于诗人们来说，这两者是针对诗歌本身的。《倾向》的诗作者们事实上是把他们的知识分子精神上升为一种诗歌精神了。"❷ 正是源于对诗歌本身的使命感和责任感，西川、欧阳江河、王家新、陈东东、翟永明、臧棣、张曙光等人为把 "知识分子写作" 的意义推为最有前景的意义而努力。

研究 "知识分子写作" 群体的创作心态，几乎必然要提王家新的《知识分子写作，或曰 "献给无限的少数人"》和《从一场蒙蒙细雨开始》，在当代政治文化深刻影响着人们生活的今天，诗歌写作也不再可能是那种 "纯诗写作" 或拔着自己头发升天的 "神性写作"（于坚语）；如果它要切入我们当下最根本的生存处境和文化困惑之中，如果它要担当起诗歌的道义责任和文化责任，那它必然会是一种知识分子写作。诗人们之所以开始强调 "秩序"，实际上正是文化失衡的结果。

可见，"知识分子写作" 对生活进行了深入的解读，突出了现实与历史的联系，消除了日常色彩，强调诗人对于诗歌创作和社会的使命感及责任感。他们以理想主义的审美态度、突出历史意识与诗歌创作的秩序。尽管他们的诗歌有时候会过于追求纯诗的崇高之美、介入历史、强调秩序进而给 "民间写作" 留下论争的口实，但是也促进了诗学探讨与诗学创作的发展，"日常生活" "底层写作" 等诗学讨论都是这些问题的扩充和发展。可以说他们的审美追求反映出当代诗人积极求索的创作心态，活跃了当代的诗学思想，促进了 "崇高精神" 双峰并峙的形成。

（三）"诗歌应该纯粹"——"知识分子写作" 的艺术追求

90 年代诗学发生了根本的转变。诗歌包括诗人不再是历史的全部，而只是历史活动的话语场；诗歌包括诗人的工作可以隐喻历史的活动，比如悲伤、欢乐，存在复杂和集体的愚不可及，然而它与历史是一种摩擦的、

---

❶ 唐晓渡：《多元化意味着什么》，《唐晓渡诗学论集》，中国社会科学出版社 2001 年，第 133 页。

❷ 陈东东：《编者前言》，《倾向》1993 年第 1 期。

互文的关系，它希望表达的是难以想象且又在想象之中的诗意；诗歌既不是站在历史的对立面，也不应当站在历史的背面，诗的写作不是政治运动，它竭力维护和追寻的是一种复杂的诗艺，并从中攫取写作的欢乐。

——程光炜《岁月的遗照（序）》❶

"知识分子写作"诗人们非常看重诗艺，他们认为诗艺是诗歌精神的基础，而正是由于诗艺的重要性，语言就成为一个中心问题。最先提到语言问题的是西川，他在 1993 年回忆自己首先提出"知识分子写作"这篇文章时提到的核心关键词之一就是"口语"，他所指的口语并不是日常生活中的口语，而是指文学意义上使用的书面口语，他指出诗歌中所使用的语言必须上升到符合文学意义的书面口语，否则就会变得庸俗。这与后来的"民间写作"所提倡的口语大相径庭，也埋下了日后双方论争的种子。西川对于语言的要求还带有一定的模糊性，而陈东东对于诗歌语言则提出了明确的定义。陈东东自身就是一位"语言的魔术师，他的诗里充满了奇诡华丽的言辞和渺远自由的想象"❷。他在《回顾作为诗歌语言的现代汉语》里坚决地为"知识分子写作"的言语方式辩护，他指出："'知识分子写作'不仅是现代汉诗的写作立场，而且是它的写作宿命。现代汉语的特殊出生，规定了以它为诗歌语言的诗人不会有纯粹的'诗人写作'，或者说'知识分子写作'才是真正的现代汉语的'诗人写作'。"❸他以穆旦为例，认为他在翻译叙述奥登、普希金时创造了现代的诗歌范例，而一旦用"工农兵"语言要求他来写，就是一些糟糕的作品。因此，他指出现代汉语被刻意"变革"、改头换面和日常广泛的、近乎遗忘的习惯性应用中渐渐丧失的"知识分子性"，总是能够在一首以这种语言写下的"好诗"里全面恢复它的记忆。由此可见，语言的艺术追求在"知识分子写作"那里是多么重要的一个方面。

臧棣是很早就透彻地看到"知识分子写作"与"民间写作"之间对于语言追求的差异，他指出韩东是"诗到语言为止""侧重的是语言的整体性和原初性"，但是王家新的诗歌是"对词语的进入"，这是在语言为止的基础上"增强语言的力度"❹。对于语言的追求在辨别两者的区别上，程光

❶　程光炜：《岁月的遗照（序）》，社会科学文献出版社 2000 年，第 4 页。
❷　刘春：《"知识分子写作"五诗人批评》，《南方文坛》2008 年第 2 期。
❸　陈东东：《回顾作为诗歌语言的现代汉语》，《诗探索》2000 年第 1 – 2 期，第 276 – 277 页。
❹　陈爱梅：《王家新诗歌创作转型论》，华中师范大学 2008 年硕士学位论文。

炜第一次把语言提到了策略的高度。1997 年后，随着程光炜不断收缩对诗歌的关注点，不断提倡"知识分子写作"，他从"诗就是诗"的本体论出发体现出他们语言策略的转变，这种转变重视的是"对语言的潜能的挖掘"❶，他要求诗歌语言应该成为复合的、叠加的和非个人的语言，而"知识分子写作"诗人群们完成了个人的语言转换，他们越来越重视现代诗歌的技艺的锤炼。正是由于程光炜不断地收缩观察视点，最终肯定的大部分都是"知识分子写作"阵营的诗作，才引发了后来"盘峰论争"上的剑拔弩张。

除了语言策略，"知识分子写作"诗人群们还追求叙事策略。他们的诗歌中运用了大量的叙事策略，这种策略是反诗意的，而且是一种陌生化的手段，他们运用叙述的目的就是用来表现现代人复杂生存经验的特殊作用，他们的叙事策略会更多地表现"中国语境"的作用。在《岁月的遗照》中程光炜指出叙事性的目的是"修正诗与现实的传统性的关系"，这种功能可以总结为："它打破了意识形态幻觉；它不仅是技巧的转变，也是一种人生态度的转变；它需要叙事的形式和技巧来承担；它有赖于写作之外的高水准、对话性和创造性的阅读。总之，它体现了一种宽阔的写作视野，同时它也作为 90 年代'知识分子写作'的特征之一。"❷在叙事诗中，张曙光是运用叙事诗的先行者之一。张曙光的诗大多数是取一些普通的生活片段，他技术淳朴，不会用机智显示叙事技巧，他节制老道不拘泥于个别字眼的推敲。他通过叙事来建立诗人介入诗与生活的平台。正如程光炜所说的，"与继他之后对叙事技艺感兴趣的诗人相比，他的诗作中更为触目的是一种只有 50 年代出生的人才会深深经验到的个人存在的沉痛感、荒谬感和摧毁感"❸。比如他的《边缘的人》❹：

当夜晚的街道和广播再次积满去年的雪
或打开洗碗器，使水流和月光
细细滤过思想逻辑的每一个缝隙

❶　程光炜：《不知所终的旅行——九十年代诗歌综论》，《山花》1997 年第 11 期。
❷　程光炜：《不知所终的旅行——九十年代诗歌综论》，《山花》1997 年第 11 期。
❸　程光炜：《不知所终的旅行——九十年代诗歌综论》，《山花》1997 年第 11 期。
❹　张曙光：《边缘的人》，《诗歌与人》杂志社 2008 年第 1 期，第 66 页。

周而复始的游戏……在里面，每一个词

最终划向一个无法确知的意义

你头脑的词语手册中，现在是否能找到

诸如崇高深刻的词语？唱诗班的歌声沉寂。而小汽车的

松软的坐垫和靠背，空调，流行歌曲

以及流行型的闪亮和外壳，还有——速度

构成"二十世纪的教堂"，时髦而精美

"虽然我们不曾拥有，却都是它虔诚的信徒"

但天知道它将载我们冲向哪里？

在诗里诗人把两种异质的声音扭结在一起，就像两种人在对话，一个是诗意的耽于幻想的抒情诗人，一个是嘲弄的愤世嫉俗者，当后者用反讽的语调戳破前者的幻想，现实的痛苦扑面而来。作品中由两个自我互相对话构成了张曙光叙事诗的醒目特点。

"知识分子写作"所倡导的是一种对诗歌的使命感和责任感，在这个大众文化、世俗文化更加适应今天的文化多样性、生活民主化的心理的时代，站在对立面，他们的失落感显而易见。但是他们并没有放弃自己对于诗歌"崇高"精神的追求，长期艰苦的深入细致的文化和诗歌理论的准备，他们把诗歌当作一辈子认真劳动的复杂艺术，不断求索，勇往直前。

"知识分子写作"在当下复杂的语境中，它是特指那些具有独立思考和独立判断的精神和能力的人；是那些以理智和自由、社会公正的信念，对所有扼杀他们的势力发出质疑、批判的人。真正的知识分子，不但要思考某一时期的局部问题，它还应有能力超越眼前的利益，为社会和文化的未来命运投注智慧和行动。这是"知识分子写作"诗人们推崇的萨义德等人对"知识分子"的定义。

而"知识分子写作"含义中所包含的知识分子精神也同样不是空中楼阁，一方面，它继承了根深蒂固的中国士大夫传统，另一方面，源自于西方现代知识分子的启蒙精神。但是这份知识分子精神终究只是它本身，从"知识分子写作"的缘由溯源我们可以看到它是为了抵抗"几乎泛滥成灾的市民趣味诗歌，而去寻求感情的高贵和写作的难度"[1]，这种精神在"盘峰诗会"后除了坚持自己的趋向"崇高"立场还慢慢地融入了一些世俗性

---

[1] 陈超：《关于当下诗歌论争的答问》，《北京文学（精彩阅读）》1999 年第 7 期。

的场景和内容，这是一种进步也是一种扩展，甚至是"知识分子写作"的终结，但是"知识分子写作"作为一种文学现象，它所彰显的精神却为我们当代诗坛留下了宝贵的财富，而且对于诗坛精神走向的发展有影响、有裨益。

（四）"知识分子写作"精神趋向"崇高"的缘由

"知识分子写作"的提出与重建诗坛秩序有关，他们就是抱着这种重建诗坛秩序的想法来践行自己的想法，而这种重建是趋向"崇高"的，他们无法认同"民间写作"介入世俗的态度和大众文学的商品属性，"知识分子写作"想通过诗歌秩序来构建理性、崇高、独立的知识分子精神来激荡社会浊气。

"盘峰诗会"的发生，让很多人领悟到这是一个"众声喧哗"的时代，20世纪80年代的诗坛虽然喧闹，但却是有秩序的喧哗，可是到了90年代，诗坛再没有秩序，无论是"知识分子写作"还是"民间写作"，他们并没有真正的权威刊物也没有真正的权威诗人，所以"找回一个权威""重建一种秩序"最终发展成召开"盘峰诗会"来调和。程光炜正是抱着一种"重建诗歌秩序"的态度参与进来的，在他的有效诗歌事业内他所看重的多是"知识分子写作"诗人群，他甚至直接用"它是一种相对于散文化现实、个人性的、能达到知识分子精神高度的写作实践"❶来评价整个90年代诗歌。在"盘峰诗会"的导火索之一的《岁月的遗照》中，那么多的重量级诗人逐一登场，深深地触动了另一部分未能入选的诗人的敏感神经。程光炜在这本书中针对"民间写作"所指出的"另一种是虽然梳理了意识形态，但同时也疏离了知识分子精神的崇尚市井口语的写作态度"❷，从中我们可以看到程光炜对"知识分子写作"知识分子精神的推崇与激赏。

诗评家唐晓渡在他的《我之诗观》也提出了重建诗歌新秩序的观点，这种秩序的建立需要诗人有"更为敏锐和强大的洞察力""否定精神"❸。而"严肃性""个体""否定精神""现实"等关键词的内涵实际上就是后来"知识分子写作"精神的一部分。在后来的《不断重临的起点——关于近十年新诗的基本思考》中唐晓渡又在针对个人化写作时提出："诗的指

---

❶ 程光炜：《我以为的90年代诗歌》，《郑州大学学报（哲学社会科学版）》1998年第1期。

❷ 程光炜：《岁月的遗照（序）》，社会科学文献出版社2000年，第4页。

❸ 唐晓渡：《我之诗观：唐晓渡诗学论集》，中国社会科学出版社2001年，第66页。

归不再是社会生活被动的反映，而是通过一个独特的语言世界的创造，使人们在审美活动中意识到新的生活方式的可能性。只有在这一前提下，诗才最终摆脱了其依附地位，基于自身而成为一种独立的精神实体。"❶ 这段话表现出了唐晓渡理想主义的诗歌信念，它倾向于去强调诗歌本身，这是一种对第三代诗歌和平民诗歌运动的一种反拨，在这种意义上它所提倡的诗歌精神与后来的"知识分子写作"精神是不谋而合的。

孙文波也同样表示过对"知识分子写作"的鲜明倾向，在他的《我读张曙光》中总结了一些张曙光的特征：疏远主流以个人主义写作，充分体现时代特征，运用语言把握形势的能力，有节制的写作，切合当代语境，叙事性质，对自身的怀疑精神，做一个不庸常的纯正的诗人……❷这些特征不仅与"知识分子写作"诗人群们的基本特征基本吻合，而这也是他自己诗歌发展的方向。到了 20 世纪 90 年代中期，孙文波进一步强调了诗歌的"理性精神、独立性、与西方诗歌的互补关系"，他认为"诗歌是通过语言改造精神世界，而这种改造就是对日常生活语言的改造"。他并不排斥传统，他认为我们可以在传统中创造传统的精神。

此外，"知识分子写作"诗人们在"知识分子写作"的诗歌精神与西方诗歌精神接续方面也做出了一定贡献。他们通过一种艰巨、自觉而又富于创造性的劳作，重建一种与西方的对话和互文关系。他们在 20 世纪 90 年代的重要贡献之一，就是把中国诗歌与西方的关系由 80 年代的影响与被影响关系变成了这种自觉、成熟的对话和互文关系。有人恶意指责张曙光写到与叶芝、奥顿、布罗茨基等的对话，"俨然一副与这些大师是忘年交的姿态"，其实这种对话也造就了像冯至、穆旦这样的在中国现代文学史上少数几个优秀诗人。中国诗人们一方面需要有一种本土自觉，另一方面他们依然需要以世界性的伟大诗人为参照，来伸张自身的精神尺度与艺术尺度。他们不会因为无端的攻击性评论而收缩他们的互文性写作空间，也不会因为种种丑化而瓦解"在它的传统中通过艰苦努力建构起来的现代性视野"❸。在汉语诗歌中出现一种提升性力量。用西川的诗来表述就是"从一场蒙蒙细雨开始/树木的躯干中有了一种岩石的味道"。

从这些诗人和评论家们对于构建诗坛秩序或自己的诗歌追求中，我们

---

❶ 唐晓渡：《不断重临的起点——关于近十年新诗的基本思考》，《艺术广角》1988 年第 4 期。

❷ 孙文波：《我读张曙光》，《文艺评论》1994 年第 1 期。

❸ 臧棣：《诗歌：作为一种特殊的知识》，《北京文学（精彩阅读）》1999 年第 8 期。

可以看到"知识分子写作"精神的一部分缘由，也可以看到他们趋于"崇高"的趋向。还有萧开愚、陈东东、西渡等作家对这方面也作出了一定的研究与阐释，碍于篇幅有限，就不再一一考察。

（五）"知识分子写作"精神趋向"崇高"的深化

1999 年 4 月 16—18 日，"盘峰诗会"在北京召开，由此拉开了一场"知识分子写作"和"民间写作"论争的序幕。此次论争涉及的人物众多，"知识分子写作"阵营有王家新、西川、唐晓渡、臧棣、程光炜、孙文波、陈超、江涛、西渡等，而"民间写作"一方则有于坚、韩东、谢有顺、伊沙、沈奇、徐江、侯马、杨克、沈浩波等。这次诗会上的论争主要围绕"语言资源、美学趣味、诗歌经验"三个方面展开。就他们所追求的精神趋向而言，"知识分子写作"看重书面语表达，追求贵族化审美趣味，超越日常经验的人文关怀精神，趋向"崇高"；而"民间写作"则看重日常经验的表达，追求口语化、平民化审美趣味，注重体验生命日常的独立精神，趋向"世俗"。这一节我们主要论述"知识分子写作"一方的观点。

在诗会召开后，陈东东在 2000 年第 1—2 辑（270）的《诗探索》上发表了《回顾作为诗歌语言的现代汉语》一文，他指出："由于现代汉语的革命性自觉，由于它那不愿意有一个过去的出生，以它为语言的现代汉诗的最初诗艺也是革命性的：'若想有一种新内容和新精神，不能不先打破那些束缚精神的枷锁镣铐。'（胡适《谈新诗》）对这种新诗歌而言，旧的诗歌以及标准，意义只在于是一个对照。而新诗歌的形式和标准，则需要向它的未来去追寻。可以说，现代汉诗最根本的诗艺，是它对自己未来的追寻。"[1] 正是由于现代汉语是一种革命性的诗歌，才能打败古汉语，而其中最重要的就是现代汉语的"知识分子性"，所以现代汉语本来就是一种知识分子的语言，这与"知识分子写作"的精神内核是相通的。

"盘峰诗会"后王家新相继发表的三篇文章，对于我们理解"知识分子写作"也有一定帮助。在他的《关于"知识分子写作"》[2] 一文中集中地阐释了知识分子写作的含义，反驳了于坚关于"知识分子写作"就是研究生、博士生、知识分子的"学院派写作"类型的观点。王家新认为"知

---

[1] 陈东东：《回顾作为诗歌语言的现代汉语》，《诗探索》2000 年第 1−2 期。

[2] 王家新：《关于"知识分子写作"》，《北京文学（精彩阅读期）》1999 年第 8 期。

识分子写作"关乎着一种品格，是有着写作的独立性，人文价值取向和批判精神要求的写作；并且他要担当起诗歌的道义责任和文化责任。这篇文章有一定的合理性，但是仍然对像"知识分子写作"诗人集体入史现象无法做出有力的辩驳。

"盘峰诗会"以后王家新的诗歌观念慢慢调整，在他发表于 2009 年的《"从内部来承担诗歌"——答一位青年诗人》一文中，他承认"知识分子写作"是一种从内部来承担诗歌的担当精神❶。除了王家新、张曙光在"盘峰诗会"后的《诗坛：一间闹鬼的房子》里首先就提出了对"精神性"的质疑，精神性可能在当时具有一定的针砭与医治作用，但这个说法与诗的关系是否有牵连，这是值得怀疑的，虽然他被认为属于"知识分子写作"群体，而这个群体恰恰又是倡导精神性的，但他却站出来对这个说法打上一个重重的问号，这种姿态恰恰体现出了"知识分子性"❷ 提倡精神固然重要，但刻意强调或使用规则造成混乱则未免让人质疑。

以上概述了陈东东、孙文波、王家新、程光炜、张曙光等人在"盘峰论争"发生后所表达的观点，就"知识分子写作"精神本身的进一步阐释来说，在此只是选取了几个有代表性的例子。其实对于"知识分子写作"精神的探析不能局限于上述人的观点，但是由于很多人的"知识分子写作"精神体现在对"民间写作"的反驳，与和"民间写作"诗歌的对比当中，因此将放在下一章进行阐述，作为本节内容的补充。

（六）"知识分子写作"精神旁落

"盘峰诗会"后几年，"民间写作"持续发力，无论是诗歌发展还是诗歌评论都呈现出了张扬生机，而"知识分子写作"阵营的诗人与诗评家们有的退场，有的转写小说，有的专心任教，"知识分子写作"逐渐淡出历史舞台。而"知识分子精神"旁落，这不能不让我们心痛，但是我们依然要看到这份诗歌中趋向"崇高"的精神仍在。

"知识分子写作"如果往前追溯到 20 世纪 80 年代中期，当时是为了抵制"几乎泛滥成灾的市民趣味诗歌，而去寻求情感的高贵和写作的难度"，确实有走向"纯诗"的倾向，与生活不够贴近也是事实。但 1989 年

---

❶ 王家新：《"从内部来承担诗歌"——答一位青年诗人》，《上海文学》2009 年第 1 期。
❷ 张曙光：《诗坛：一间闹鬼的房子》，《文艺评论》1999 年第 3 期。

后情况有所改变，这类写作不仅使诗歌精神观念发生了变化，而且也走向了某种综合，这肯定是抹杀不了的。"知识分子写作"精神并不像"民间写作"批评的那样不堪，也不能视为完美无缺，这只是当代诗歌创作实践与诗歌精神的一次绽放。

综上所述，"知识分子写作"发轫于 20 世纪 80 年代中后期，发展、成熟并贯穿于整个 90 年代。它既是诗歌创作实践的一条脉络，同时也是倾向接近的诗人与诗评家共同参与诗歌观念构建的一条脉络，也是他们共同倡导的以"崇高"为倾向的诗歌精神的发展脉络。知道"盘峰诗会"，"知识分子写作"与"民间写作"这两种诗歌观念在双方的激烈论战中才愈发清晰而为人所瞩目。在今天看来，这是两种诗歌精神，在特定的历史阶段出现，尽管"盘峰诗会"之后，两者分化越来越远，也出现了疲软，但是这仍然是当代诗歌史上浓墨重彩的一笔。❶

二、趋向"世俗"的"民间写作"

作为一支与"知识分子写作"共同构成 20 世纪八九十年代的诗歌图景的诗歌部落，在 80 年代后中国当代诗歌的嬗变之路上，"民间写作"的队伍日益壮大。他们从一开始就有着鲜明的"独立姿态"。进入 90 年代，"民间写作"阵营源源不断地加入了许多新的优秀诗人，他们都秉承着民间诗歌的独立精神来进行创作，构建"民间写作"的理论体系。因此，"民间写作"的"独立精神"将是本节研究的重要内容。

在讨论"民间写作"的内容前，我们有必要梳理一下"民间写作"的来龙去脉。在"民间写作"的理论体系中，韩东的《论民间》细致地探究了"民间"的来龙去脉和起承转合。在他看来"民间"并非虚构，而是"始终是一个基本事实"：一方面是大量的民间社团、地下刊物和个人写作者的出现，一方面是独立意识和创造精神的确立和强调。继而韩东又把"民间"内涵分为两个方面：一为民间立场，另一为民间精神。民间立场就是坚持独立精神和自由创造的品质，而民间精神指的是一种独立精神❷。在他心目中《今天》就是当代民间的开端。韩东从民间角度转而论述起 20

---

❶ 周航：《中国诗歌的分化与纷争（1989 年—2009 年）》，人民出版社 2013 年，第 201 页。

❷ 韩东：《论民间：〈1999 中国诗年选〉代序》，陕西师范大学出版社 1999 年，第 3 页。

世纪 90 年代的"民间写作"，这就是"民间写作"一方的正式命名，并且在韩东看来"民间写作"与居主流地位以成功为目标的诗人相比，"民间写作"的活力与成就都更胜一筹。

在他看来，民间并不是为了与"知识分子"对立而来的虚构，而是一种在场，即由于主流话语的遮蔽而潜在的在场。除了"民间"本身的被遮蔽，民间还具有包容性，随着诗歌越来越边缘化，对于一些知识分子来说，边缘化意味着被动、被架空，意味着孤独地面对自我和他人时的渴望得到认同。焦虑感正是从这样的境遇中诞生，而此时"民间"刚好成为包容一切游子的悲悯的面目的家园。此时的"民间"与海德格尔的"大地"同义。"我们正在重建诗歌精神。这不是由于某种使命感，某种设想或者研究思考的结果。我们已置身于另一种时代。"●

《论民间》中指出民间的精神核心是坚持独立精神和自由创造的品质，独立的精神就在于拒绝一切附庸地位，摆脱各种面貌各异的庞然大物的胁迫、利诱和无意识的控制。因此把民间界定成"日常生活"的在场，所反映的是一种反精英主义的价值立场。"民间写作"强调从日常生活中汲取诗歌养料，发现日常生活中的诗意和哲理。

于坚在他的《棕皮手记》里所倡导的要重建一种新的诗歌精神，那就是他极力提倡的"民间写作"精神。于坚认为需要把一些在时代深处的东西凸现出来，从而在观念、审美与生活方式等方面去影响一代人，而最先透漏出新的时代精神的就是诗歌精神。在这里坚指出这种透露时代精神的诗歌不再是英雄式的、史诗般的诗歌，而是"已经达到那片隐藏在普通人平淡无奇的日常生活底下的个人心灵的大海"❷。

通过于坚和韩东对"民间诗歌"精神的阐述和分析我们会发现，他们都选择性地倾向于把当代诗歌应有的精神概括为包容一切世俗的"大地""大海"，他们首先倡导"民间写作"的"独立精神"，进而表示出包容了一切世俗的精神内核的诗歌具象生命观。

所以我们遵循如下思路展开论述：先从分析"民间写作"诗人群的诗歌创作心态着手，通过对一部分具有代表性的诗歌进行文本解读来分析诗人想要表达的诗歌精神，分析主要将围绕"世俗"这一核心展开，对"民

● 韩东：《论民间：〈1999 中国诗年选〉代序》，陕西师范大学出版社 1999 年，第 3 页。

❷ 于坚：《拒绝隐喻：〈诗歌精神的重建———一份提纲〉》，云南人民出版社 2014 年，第 77 页。

间写作"所倡导的"独立精神"和包容一切"凡俗"的诗歌态度进行深入解读。在考察"民间写作"的精神走向时，本章以"盘峰诗会"为界，分为前期表象和后期的发展。

"民间写作"诗人群的大多数诗人都经历过从一开始的模仿和尝试到对经典诗歌的"背叛"这样一个历程，他们最终都形成了自己独特的诗歌美学。他们渴望超越他们曾经崇拜的诗人，同时还想要把他们眼中的诗意还原成"本来的模样"。韩东在描述自己当时渴望"PASS 北岛"的心情时说道："那会儿对北岛和《今天》的那种情绪，就像现在年轻人对我们的情绪，是一样的——一方面，崇拜得不得了，觉得好的不得了。一方面又竭力在寻找新的出路，为此宁愿他们垮掉，宁愿他们完蛋。"❶ 但是这种急切地想要超越他们的心态也为他们探索新的诗路提供了动力，从开始的反崇高、反文化到后来更加彻底的口语化，"超越和还原"的心态在其中起到了很大的作用。

在这种诗歌观念的指引下，诗人们意识到了诗歌精神需要改变。"民间写作"诗人群们自觉地凸显出个人生命存在的意义，他们勇敢地面对自己的生命体验。无论这些体验是平常的、压抑的、卑俗的，甚或变态的，他们都直接把这些体验赤裸裸地表现出来，此时"一首诗就是一次生命的具象"❷。因此他们的诗歌精神既世俗又独立。他们在这种精神关照下写的诗歌使得诗歌再次回到了语言本身，此时的诗歌呈现出一种流动的状态。"民间写作"阵营的知识分子不拒绝任何一种语言表达方式，任何形式都可以入诗，一切都决定于诗人直观的生命体验。

（一）"巨著总会完成"——"民间写作"的创作动机

就"民间写作"的概念而言，无法考评谁是最早的提出者和阐释者，诸多文学史、新诗史与大量的研究著作都没有提及谁是"民间写作"概念最初的提出者。就这点而言，与"知识分子写作"相比，他的确具有"民间性"的某些特点了。从目前查阅到的资料来看，"民间写作"的正式命名是在"盘峰诗会"发生之后。论争之前于坚在《穿越汉语的诗歌之光》中提到了与"民间写作"概念相近或本质相同的概念"民间精神"，论争

❶ 刘春：《一个人的诗歌史（一）》，广西师范大学出版社 2010 年，第 56 页。
❷ 刘春：《一个人的诗歌史（一）》，广西师范大学出版社 2010 年，第 68 页。

第九章　盘峰诗会与中国当代诗歌的精神走向

中针对"知识分子写作","民间写作"立场应运而生。诗会后"民间写作"的概念逐渐得到确立，然后逐渐充实与发展。

分析"民间写作"的创作动机，我们可以先来看看韩东的《有关〈有关大雁塔〉》，在这篇文章中他透露当时在他的心目中，并不是想反叛整个"朦胧诗写作"，而只是针对杨炼的《大雁塔》，有感于此前的《大雁塔》过于"文化"，他要把一个普通的事物还原成本来的模样，而不是用想象去夸饰，用语言去镶嵌。诗歌在原本还有第二节"这些猥琐的人们／是不会懂得那种光荣的"❶英雄主义般的自我矜持后，具有了平静与冷漠，这种姿态所彰显出来的就是一种崭新的诗歌方向。而"民间写作"消解"崇高"愿望和内敛精神就由此开始。

在此之后，"民间写作"的代表人物于坚和韩东在各种论述中发表了更多的看法，我们也能从中分析出他们的创作动机。首先是关于诗歌，在韩东和于坚发表于《在太原的谈话》一文中，于坚声称，重要的不是诗歌在何处发生而是通过何人呈现。"只有当诗歌不是选择时尚或文化或哲学或历史或西方或东方等等，而只是选择诗人自己，它才是好诗。""诗歌具体的写作行为拒绝传统写作中的神秘主义写作。"❷后来在韩东的《关于诗歌的两千字》中也表达了相似的观点。其次是关于诗歌精神，在于坚的《重建诗歌精神》当中他提到"诗人不再是上帝、牧师、人格典范一类的角色，他是读者的朋友，他不指令，他只是表现自己最真实的体验"❸。后来，他又先后两次提到"诗人不是才子，不是所谓的精神王者，也不是什么背负十字架的苦难承受者。诗人是作坊中的工匠，专业的语言操练者"❹。因此他们都认为诗歌是诗人表达自己最真实的体验，完成"诗歌"自己的选择时才能称其为真正的诗。出于他们自身对诗歌与诗人的要求，他们在自己的诗歌创作中也在不断践行着这一理念。

虽然他们创作诗歌的动机是源于要表达最真实的感受，对他人作品中的豪言壮语进行解构，推翻崇高和神秘主义写作，但是于坚他们在意象使用时同样流露出有所建树甚至超越的愿望。一方面他们针对"知识分子写作"发出：贫穷的中国，在精神上居然产生了这样一批俗不可耐的贵族。

---

❶ 韩东：《韩东散文·有关〈有关大雁塔〉》，中国广播电视出版社 1998 年，第 47 页。

❷ 韩东、于坚：《在太原的谈话》，《作家》1988 年第 5 期。

❸ 于坚：《重建诗歌精神》，《棕皮手记》，东方出版中心 1997 年，第 23 页。

❹ 于坚：《重建诗歌精神》，《棕皮手记》，东方出版中心 1997 年，第 25 页。

可笑？可悲！那些质朴的东西哪里去了！怎样解释民间和原始的东西哪里去了！那些本源的东西哪里去了！怎样解释民间和原始的东西具有经久不衰的巨大艺术魅力？怎样解释"返璞归真"？

与此同时，在韩东和于坚的基础上还出现了以伊沙为代表的对于坚口语诗的逆反的"后口语诗"，他企图在他们的基础上再破再立，而不是一般意义上的"过把瘾就死"，他的代表作品《饿死诗人》《结结巴巴》通过有意为之的粗鲁、鄙俗，矫枉过正的官能快感，残暴的反文化姿态，这正是在粗鄙诗表达下严肃地想要完成"民间写作"巨著的另一向度。

于坚也同样表达过完成"巨著"的愿望，他说他的梦想是"写出不朽的作品，是在我这一代人中成为经典作品封面上的名字"❶。也就是说，他的目标不是出色、优秀……而是不朽。哪怕他的抒情诗由于其鲜明的叙事性，有意地以叙事来书写个体化的生命经验，压低抒情的音高，早已成为这个时代同类作品的一个基准；他的物象诗在某种意义上具有拓荒的性质；他的致敬之作形态丰富、别开生面；他的"综合之诗"融合了感性与思想、严肃与戏谑，呈现为蓝调式的音声狂欢。

写下属于这个时代的作品，为这个时代实现真正的命名，才是于坚的雄心所在。这一点，其实他已实现。他现在所做的，只是以自身的写作不断强化和饱满它，使之成为一个更为鲜明稳靠和难以撼动的实在，乃至传统。的确，于坚在书写属于自己的传统，也在书写当代汉语诗歌的传统。这个传统由他开放性的写作所建构，似乎也要经由他的写作，获得某种意义上的完成。❷

"民间写作"的诗人们也表达出自己践行诗歌主张并有所建树的主张。在韩东的《黑人与老虎》中："可是我知道——/飞蛾已经出生/巨著总会完成/大雨已成灾/黑人和老虎比喻我和你。"❸ 诗歌中我选"巨著总会完成"并不仅仅因为它对应前一节"空白的纸页"而表达出完成巨著的恒心，更是诗歌中透露出诗人的心态从"虚空、失落"逐渐转为"乐观、自信甚至有些决绝"，事实证明诗人做到了，"民间写作"做到了。

❶ 于坚：《关于我自己的一些事情（自白）》，《棕皮手记·自序》，东方出版中心 1997 年，第 11 页。

❷ 宋宁刚：《"飞行"之后的行进——论新世纪以来于坚的诗歌创作》，《星星·诗歌理论》2017 年第 20 期，第 7 页。

❸ 韩东：《黑人与老虎》，《韩东的诗》，江苏凤凰文艺出版社 2015 年，第 67 页。

"民间写作"诗人群们在口语化更为精致的基础上，提出了很多有建设性的诗歌观念，并且形成了民间化的世俗与独立的文学精神，尤其是"盘峰诗会"后民间诗歌走向更为多元化。"民间写作"逐渐发展成为一个大倾向的共名，因此对于"民间写作"无论是创作动机还是读者期许我们都相信"巨著总会完成"。

（二）"仅此而已"——"民间写作"的审美理想

没有中华文明的传统经验，没有对自然奇迹的体验，没有虚夸言辞或者得意自炫，没有高蹈的理想，不需要累牍立论，也不需要什么流派，"仅此而已"。[1] "民间写作"追求的是诗人形象的去神圣化，写作中的"客观化"。

自20世纪80年代初期以来，"口语化"诗潮向朦胧诗发起挑战，在远离北京"朦胧诗"阵地的中心的"外省"与"南方"，第三代诗人应运而生。以"中国诗坛1986现代诗群体大展"为标志，第三代诗歌内部是无数个小群体构筑起来的诗歌群岛。这次诗歌运动完全体现了以"反崇高""口语化"等为主要特征的民间性，这些观念都汇成了日后"民间写作"的审美理想的源泉。

"民间写作"出于自身去神圣化、客观化的审美理想，他们对诗歌语言进行了创造性的反思，一反"抒情言志""文以载道"的常规，对物质世界展开冷静的观察与思考，使得人们的体验陌生化，从而在文章中建立客观性，比如韩东的《雨》：

什么事都没有的时候
下雨是一件大事
一件事正在发生的时候
雨成为背景
有人记住了，有人忘记了
多年以后，一切已经过去
雨，又来到眼前
淅淅沥沥的下着

---

[1] 柯雷：《精神与金钱时代的中国诗歌——从1980年代到21世纪初》，北京大学出版社2016年，第77页。

没有什么事发生❶

这首诗歌写雨但是又仿佛不全部都是写雨。开头两句重点落在"什么事都没有的时候";接下来三四句中心词是"一件事","雨"只是背景。但是这里又出现了诗意的转折"事"其实就是"有人记住了。有人忘记了"。"雨又来到眼前"开始再一次引起人们好奇时,最终还是"没有什么事发生"完成诗歌的第二次转折。在《雨》这首诗歌中,诗人尽力置身事外,显得冷静又客观,不同的读者则通过自己的想象去填补语言间的空白,一个日常生活中的"雨",诗歌中有时候给你简单无奇的取巧之感,有时候又让你觉得诗人已经把一切都写尽。

民间诗人笔下的"客观化"通过摆脱社会因袭、常规的习惯性见解而对人类经验进行再现,他们通常只负责制造"有情境",却利用语言把日常情境中的客观思辨巧妙呈现出来,比如于坚的成名作《罗家生》:

　　谁也不知道他是谁
　　谁也不问他是谁
　　全厂都叫他罗家生

　　工人常常去敲他的小屋
　　找他修手表　修电表
　　找他修收音机

　　文化大革命
　　他被赶出厂
　　在他的箱子里
　　搜出一条领带
　　……
　　埋他的那天
　　他老婆没有来
　　几个工人把他抬到山上
　　他们说　他个头小

❶　韩东:《雨》,《韩东的诗》,江苏凤凰文艺出版社 2015 年,第 116 页。

抬着不重

以前他修的表

比新的还好

……

烟囱冒烟了

工人们站在车间门口

罗家生

没有来上班 ❶

　　诗人用超然的淡漠语气把令人歆歔的葬礼场景和工友的回忆结合到了一起，通过对事物的刻意表面化来实现自己"客观化"的审美理想。在因领带被驱逐的这一节，诗歌中并没有言明罗家生被驱逐是否与领带有着直接的关系，让时间陌生化甚至荒诞化，同时也在这样的处理方式中透露出诗人假装自己没有的强烈道德批判。

　　在韩东的《你见过大海》中，诗歌通过除了内涵不同之外还在大量重复及取巧的短句中消解"大海的神圣、威严"，采取平民化的朴素与庸常角度来客观描述大海，表达诗歌的平民精神。"你见过大海/你也想象过大海/你不情愿/让海水给淹死/就是这样/人人都这样"❷ 韩东通过大量这样的诗歌来告诉读者，诗歌不一定非要端着一张严肃的面孔、崇高的神情去读、去理解、去品味，诗歌可以"到语言为止"，可以单单靠"语言的运动而成型"，并且"仅此而已"。正是这样一种单纯追求客观地表现出诗歌意象的真实面貌形成了"民间写作"的审美追求。

　　而伊沙的《饿死诗人》："那样轻松地/你们/开始复述农业/耕作的事宜以及/春来秋去/挥汗如雨/收获麦子/你们以为麦粒就是你们/为女人进溅的泪滴吗/麦芒就是你们贴在腮帮上/猪鬃般柔软吗/……麦子/以阳光和雨水的名义/我呼吁：饿死他们/狗日的诗人/首先饿死我/一个用墨水污染土地的帮凶/一个艺术世界的杂种。"❸ 诗人已经开始对强硬地址"那高处不胜寒的形而上神话和这种神话所规定出的诗歌——美学信念和原则的强

---

❶　于坚：《罗家生》，《于坚的诗》，人民文学出版社 2001 年，第 117 页。

❷　韩东：《你见过大海》，《韩东的诗》，江苏凤凰文艺出版社 2015 年，第 289 页。

❸　伊沙：《饿死诗人》，《伊沙诗选》，青海人民出版社 2003 年，第 23 页。

硬地址"用"此在真实的确认来杜绝中国现代诗歌对所谓绝对精神的妄想"❶。在诗人眼中"广阔的民间江湖"是其诗歌独特诗风的源泉，而他诗中所呈现的客观是更粗鄙和赤裸裸的客观。

"客观化"是"民间写作"对于客观性的审美追求，是一个审美的过程，而不是一种对于绝对"客观"的实现。诗人们出于主观努力的"客观化"由此成为"民间写作"诗人群们诗歌全局性的动力❷。

（三）"寻找荒野"——"民间写作"的艺术追求

"民间写作"诗人群们在坚持自身独立、世俗的文学精神时，通过涉及许多原本诗歌鲜少涉及的艺术形式来实现自己的审美理想，甚至有时候严重地依赖诗歌形式。"民间写作"要实现自身的去神圣化、"客观性"的审美理想，只能通过诗人"人为"的主观努力，因此"民间写作"诗人们经历了许多艺术方面的尝试来实现自己的艺术追求。

于坚在他的诗歌艺术形式当中最突出的就是长短句，即诗行偏长，不用常规标点符号去断句。如他的《事件：谈话》：

> 十一点整　这是通常分手的时间 规矩 大家都要睡觉
>
> 雨是次要的　再大的雨　都要回家　走掉了❸

这首诗中不仅出现了长诗句，还出现了断句空格，在他的另一首诗《事件：谈话》中：

> 十一点整这是通常分手的时间规矩大家都要睡觉
>
> 雨是次要的再大的雨都要回家走掉了❹

这一类是没有标点也没有空格的文本，这种形式使得汉语句法更加含混，甚至是在可以追求句法上的不规范。这些诗句的独特形式对于读者来说是具体可感的，诗人在呈现正常的诗句时通过连续不断、断断续续的行文让读者陷入这种文本内容层面的形象显现中，从而实现诗人的客观化目的。

---

❶ 李震：《伊沙：边缘或开端——神话/反神话写作的一个案例》，《诗探索》1995 年第 3 期。

❷ 柯雷：《精神与金钱时代的中国诗歌——从 1980 年代到 21 世纪初》，北京大学出版社 2016 年，第 235 页。

❸ 于坚：《事件：谈话》，《于坚的诗》，人民文学出版社 2001 年，第 117 页。

❹ 于坚：《事件：谈话》，《于坚的诗》，人民文学出版社 2001 年，第 117 页。

除了诗歌句式上的开拓，"民间写作"诗人们还尝试运用多种表现手法嫁接的方式来切入诗歌，还原生活。如韩冬的《甲乙》：

> 甲乙两人分别从床的两边下床
>
> 甲在系鞋带。背对着的他的乙也在系鞋带
>
> 甲的前面是一扇窗户，因此他看见了街景
>
> 和一根横过来的树枝。树身被墙挡住了
>
> 因此他只好从刚要被挡住的地方往回看
>
> 树枝，越来越细，直到末梢
>
> 离另一边的墙，还有好大一截
>
> 空着，什么也没有，没有树枝、街景
>
> 也许仅仅是天空。甲再（第二次）往回看
>
> ……❶

两人做爱后短短的几个动作被作者拆分为一首长诗。自始至终，诗歌描述非常耐心和客观，甚至还有旁逸斜出。整首诗更像一部慢镜头的电视短片，事物呈现的客观精准，连人物称呼也只是用电影中泛指小人物的"甲乙"来代替，诗人想要通过艺术上的探索来呈现诗歌的冷静、客观。

在语言层面，"民间写作"也表达出了不同的艺术追求。在于坚的《诗歌之舌的软与硬》一文中，诗人将普通话与方言对比来检视当代诗歌的发展，并且明晰了自己的诗歌主张。诗人首先把普通话、正统话语、主流意识等统称为"硬语言"，接下来把地方语言、生活、日常现实、口语用词等统称为"软语言"，而后者就是他实现自身艺术追求的语言资源❷。在与"知识分子写作"针锋相对时，于坚把冲突的范围扩大了，在"盘峰诗会"中他以"民间阵营"的斗士形象出现，通过《穿过汉语的诗歌之光》，他把"知识分子写作"描述成精英主义、不自然、异己和虚假的，而"民间写作"则是诚实、平易近人、真实、属于普通民众的，这与前文"硬与软"一脉相承。他认为"民间写作"是在发掘中国经验以及"民间"诗人引以为豪的本土传统，例如唐诗宋词。他在这篇文章中还提到了："汉语的历史意识和天然的诗性特征，导致它乃是诗性语言。它有效地保存着人们对大地的记忆，保存着人类精神与古代世界的联系。我们以

---

❶ 韩东：《甲乙：〈韩东的诗〉》，江苏凤凰文艺出版社 2015 年，第 289 页。

❷ 于坚：《诗歌之舌的软与硬：关于当代诗歌的两类语言向度》，《诗探索》1998 年第 1 期。

为本世纪最后二十年间，世界最优美的诗人是置身在汉语中。我们对此保持沉默、秘而不宣。"❶

　　于坚坚持自己对于"民间写作"阵营的选择，他认为"民间写作"不仅仅是独立的诗歌精神的选择还是"一条伟大的道路"。❷"民间写作"诗人通过诗歌创作过程当中的有意为之来描述内心生活的真相。他们的创作心态体现在个人的生命自觉与传统人格面具、审美习性冲突的过程中，表现在诗歌中就呈现出了一种冷静、客观、非抒情的态度，同时"民间写作"的诗也是挑读者的，在能够欣赏这种诗歌的读者眼里，民间诗歌便有了生命和意义，它的客观性可以让读者从不同的角度去感受，呈现一种多义的审美效果，同时也正是这些诗歌代表了"民间写作"所坚持和倡导的冷静客观、坦率实在的诗歌精神。

（四）重建诗歌精神——"盘峰诗会"前"民间写作"精神旨归

　　早在 1988 年于坚便在云南西部发表了自己渴望重建诗歌精神的构想。他认为研究一个时代的诗歌，应当分析它的语言，只有这样才能把握时代诗歌的精神。而当今面对物欲横流的社会，诗人们在过去时代诗歌精神的"高尚与纯洁"压抑下的对传统文化与西方文化的自卑感，驱使他们对以往审美经验盲目追随。❸ 而诗人所想要重建的诗歌精神就是后来在"盘峰诗会"上与"知识分子写作"对立而生的趋向"世俗"、平民、独立的"民间写作"精神。

　　他在该文中指出："这个时代深处那些真正的东西必定要凸显出来，而诗歌作为人类精神最敏感的触角，它当然会把新时代的精神透露出来。"❹ 于坚进一步指出当前社会出现了一些坦率、真诚、客观的作品，通晓与人的生活、壮志息息相关的精神。他甚至预言："当代诗歌中这些现象或许只是未来精神的一部分，一些苗头，但我被诗歌中那些冷静客观，坦率真诚的精神打动。我相信我们当代诗坛需要这些精神。"❺ 于坚的预言

---

❶　于坚：《穿过汉语的诗歌之光（代序）》，《1998 中国新诗年鉴》，花城出版社 1999 年，第 3 页。
❷　于坚：《棕皮手记》，东方出版中心 1997 年，第 101 页。
❸　于坚：《重建诗歌精神》，《棕皮手记》，东方出版中心 1997 年，第 103 页。
❹　于坚：《重建诗歌精神》，《棕皮手记》，东方出版中心 1997 年，第 103 页。
❺　于坚：《重建诗歌精神》，《棕皮手记》，东方出版中心 1997 年，第 104 页。

是正确的，"盘峰诗会"之后"民间写作"取得了压倒性的胜利，趋向"世俗"的民间诗歌精神在网络载体之下愈发蓬勃。

如果说于坚在 1988 年关于民间诗歌精神只是预言和期待，那么沈奇在 20 世纪 90 年代中期的一篇文章中关于"民间写作"精神的倡导倾向已经十分明显，他指出："语言的贵族化导致了诗意的流俗。远离惯性，转换视点，给出一个新的说法或说出一个新的东西，便是给出或说出了一个新的精神空间。原创性——这是大诗人和小诗人、卓越的诗人和庸常的诗人最本质的区别之处。"❶ 求变的心理可以看出诗人对"知识分子写作"的拒绝和对"民间写作"诗人世俗求新、原创的肯定，并且肯定这种趋向"世俗"的新的诗歌精神生长点。在欣赏诗人方面沈奇与臧棣和程光炜也截然不同，他认为 90 年代最值得研究的是于坚和伊沙。

除了于坚、沈奇，谢有顺更是"民间写作"诗歌精神的直接推手。他指出诗歌或文学面临的困境是："诗人和作家对他个人所面对的生活失去了敏感，对人的自身失去了想象。"❷ 在谢有顺看来，90 年代的诗歌少了人性的气息，沦为了"知识与技术的奴才"，而真正能够体现诗性的是日常生活、个人记忆与个人经验的真实的、时代的东西。他所反对的正是"知识分子写作"所提倡的，而他所欣赏的正是"民间写作"所践行的世俗、生活化的独立诗歌精神。

这些诗论都有力地推动了"民间写作"精神的发展，为后来"民间写作"与"知识分子写作"分庭抗礼埋下了观念与精神的种子。

（五）重建诗歌秩序——"盘峰诗会"上"民间写作"精神的正名

在"盘峰诗会"前夕，谢有顺发表了《内在的诗歌真相》一文，这成为诗会上"知识分子写作"与"民间写作"剑拔弩张的导火索之一。在这篇文章中，他进一步明确提出了"民间写作"诗歌精神，并且开始自觉地总结"民间写作"诗歌观念，"民间的意思就是一种独立的品质。民间诗歌的精神在于，它从不依附于任何庞然大物，它仅仅为诗歌本身的目的而存在"❸，谢有顺在这里极力地赞扬了"民间写作"亲近生活、发掘生活

---

❶ 沈奇：《1995：散落于夏季的诗学断想》，《山花》1995 年第 9 期。

❷ 谢有顺：《诗歌与什么相关》，《诗探索》1999 年第 1 期。

❸ 谢有顺：《内在的诗歌真相》，《南方周末》1999 年第 5 期。

"世俗"之美的独立精神。他认为这些依附于庞然大物的诗人们正集体陷入庸俗的自我神话之中，解决这种困局的唯一办法就是"民间写作"，只有有意识地从生活本身寻找语言资源并加以张扬，"当下的诗歌精神才能得以矫正"。

谢有顺的言论建立在对现有诗歌不满的基础上，带有极强的"清场"意识。而沈奇的《秋后算账——1998 中国诗坛备忘录》也与谢有顺一道构成了"盘峰诗会"的导火索，他指出，"民间对知识分子的发难是本着清场的目的来的"❶，所以，"民间写作"意在重建诗歌秩序，重建一个诗坛权威的意图相当明显。

"民间写作"在诗会和诗会后密集地发表言论，纷纷为他们所倡导的"民间写作"正名。杨克在论争中立场鲜明，但是他的言辞并不激烈，会后他认为"民间写作"这些属于"被遮蔽者"是具有创造精神的。而"民间写作"在他看来就是选择了真实表现与生活息息相关的立场的"鲜活口语""中国经验"的原创作品。沈奇在"盘峰诗会"后给"民间写作"的定位是"民间诗歌虽然历经 20 年的艰苦奋斗，彻底改写了中国当代诗歌史的格局，以其纯正的写作立场、全新的精神世界和高品位的审美价值，成为真正意义上的主流、典范和历史的创造者"❷。这不仅仅给了"民间写作"强有力的自信，更表现出"民间写作"夺取阵地，生产"巨著"的野心。

"民间写作"不仅取得了一些不是诗人的诗评家的认同，还得到了一些没有自称是"民间写作"的诗人的支持，诗人黄灿然在"盘峰诗会"后就在 2000 年 3、4 月的《读书》上发表过《在两大传统阴影下》的诗论文章。他指出："诗歌传统是累积起来的。诗歌首先来自民间，来自无名氏。无名氏的民间诗歌，命名了世间万物。接着，有名字的诗人出现了。如果没有民间无名氏的诗歌，命名了世间万物，诗人就无从开口。在有了民间诗歌之后，诗人一开口，他就是在重新命名世间万物——以他的个人身份命名，打上诗人的印记。民间诗歌是诗人的传统，但那是没有压力的传统。诗人开始建立另一个传统——诗人传统，有压力的传统。这就是为什么我们谈诗的时候，说《诗经》（民间诗歌）如何伟大；说杜甫（诗人）

---

❶ 沈奇：《秋后算账——1998 中国诗坛备忘录》，《诗探索》1999 年第 1 期。

❷ 沈奇：《秋后算账——1998 中国诗坛备忘录》，《诗探索》1999 年第 1 期。

如何伟大。"❶ 他先为"民间写作"和"知识分子写作"找到传统支撑。接着又谈到了白话诗歌阶段，诗歌又处于西方现代传统阴影下，而要冲破传统与西方的双重压力，唯一的方法就是引入"民间"，民间才可能不会存在那样的压力。但是同时他也提出"民间"需要修正的地方是要具备各种条件，打好一切基础，否则就会像没有森林资源而想引火一样不切实际❷。这种在一定方面支持"民间写作"又对其提出意见和修改之处的诗评代表许多诗评家理性看待的一面。这些观点对于"民间写作"来说无疑是一种肯定、鞭策和丰富。

（六）多元格局成形——"盘峰诗会"后"民间写作"精神多元化

"盘峰诗会"之后，诗歌精神呈现出两条大主线之后的多元化流向格局。在"知识分子写作"的集体缄默中，"民间写作"也最终散变，"70"后诗歌运动就是在论争之后出现的"民间写作"的散变分支，它所提倡的"民间精神"不仅是世俗、独立与反抗，更是一种粗鄙，使得"盘峰诗会"的风潮迅速回落。它的代表诗人是沈浩波，沈浩波继续肯定了"民间写作"的"口语诗"传统，提倡伊沙的"后口语诗"不可混淆的独立精神，渴望重新阐释"民间精神"。他在《重视八十年代的传统》里指出❸"非非的反崇高、反文化，莽汉的身体性，韩东'诗到语言为止'的日常性书写"都构成了他诗歌观念的精神资源。他对民间精神有着自己的见解，他认为："民间是一种精神，这种精神就是我刚说的永远在文化的背面，永远反抗的一种精神。那么，有人会说，民间的对立面应当是官方啊！错了，官方这个词是一个社会性的词，而从历史的观点来看，民间所对抗的是学院，是知识分子，正是这种文化传统。"❹沈浩波对于"民间精神"的阐释和"后口语诗"的提倡不乏亮点，只是他采取了极端的诗作形式。

"民间写作"散落之事态扩散，网络推动功不可没。它不仅为"民间写作"注入了新的特质和旺盛生命力，还把它与"眼球经济"联系到了一起。于坚曾倡导的诗歌的平民精神得到了彻底的实现，我们进入了空前的

---

❶　黄灿然:《在两大传统阴影下》,《读书》2000 年,第 3 - 4 期。
❷　黄灿然:《在两大传统阴影下》,《读书》2000 年,第 3 - 4 期。
❸　沈浩波:《重视八十年代的传统》,《鸭绿江（上半月版）》2001 年第 1 期。
❹　沈浩波:《后口语写作在当下的可能性》,《诗探索》1999 年第 4 期。

平民时代，任何人都可以随时随地写任何形式的诗歌。其中比较出名的就有赵丽华的"梨花体"诗歌事件，这是对真正诗歌的恶搞，可是延伸到网络上，此类事件在所难免，"民间性"力量有其"世俗、真诚、独立"的一面，也有其"粗鄙、猥琐、阴暗"的一面。

"民间"在网络的推动下"渐行渐远"，衍生出了"低诗歌"。如果说"盘峰论争"的双方还只是"个人写作"的范畴，那么"低诗歌"就是从"民间写作衍生出来更极端的大众化方式，它从粗鄙的"70后""下半身写作"直接转向"垃圾"，诗人用肮脏、粗鄙、下流的话语对主流话语进行嘲讽❶，如空的《他妈的生活就这逼样》：

我对每个人都很真诚/这样我就成了傻逼/被每个人耻笑/生活就是这个逼样/怎么努力都无济于事❷。

"低诗歌运动"的低还体现在"打工诗歌"等其他形式中。对于论争后"民间写作"的内部分裂与变异，于坚的解释是："真正的民间诗坛应当不断地分裂，一个坛出现了。又分裂成无数的碎片，直到那些碎片中的有生命力的个体鲜明活跃清楚起来，成为独立的大树。"这些诗歌确实成为一棵棵"大树"，"知识""升华""价值"等再也无法掀起诗坛的波澜，网娱化、狂欢、下半身、变异伦理等伴着网络的滋生，"民间"的继续延伸、扩散，为诗坛添了许多新特质，任何人都可以来"诗意"一把，又或者任何人都难以再掀起诗坛波澜。

总之，"知识分子写作"自"盘峰诗会"后便逐渐淡出了中国新世纪的诗歌舞台，而"民间写作"却展示出了其蓬勃的生机，但是在网络上又混而杂生，它就像一个中心，逐渐发散、延伸、变异并生发出了不同的诗歌精神，而这些精神又都呈现出了"世俗"的倾向。

"民间写作"总体来说与其所倡导的倾向"世俗"的诗歌精神有关，需要指出的是"民间写作"只是一个大倾向的命名，其中包含了很多的分支，比如"70后诗歌""下半身""低诗歌"等，这些一起组成了80年代以来"民间写作""世俗"精神趋向的走向。而"民间写作"这个概念是相对应"知识分子写作"而存在的，所以考察与研究"民间写作"就应该始终以"盘峰诗会"为中心。同时以"盘峰诗会"为坐标来梳理"民间

❶ 周航：《中国诗歌的分化与纷争（1989年–2009年）》，人民出版社2013年，第213页。

❷ 周航：《中国诗歌的分化与纷争（1989年–2009年）》，人民出版社2013年，第215页。

第九章　盘峰诗会与中国当代诗歌的精神走向

写作"的精神趋向，才可以更清楚地知道中国当代诗坛的精神走向。

　　作为"民间写作""世俗"精神趋向，粗略的主线应当是：韩东的"解构崇高，还原生活的独立精神"→于坚"重建诗歌的平民精神"→伊沙"审俗世之丑的庸常精神"→沈浩波"粗鄙的民间精神"。总之，"民间写作"新生代的诗人们在于坚、韩东、伊沙等人之上又更加丰富了"民间精神"。这条主线虽然没有包含"民间精神"的全部特质，但是显示出了其"世俗化"的精神趋向，综观整个诗歌精神的发展过程，它的丰富性和生命力远远超过了"知识分子写作"的一方。

第十章　习近平文艺思想与新时代
中国特色社会主义文艺

　　2017 年 10 月 18 日至 10 月 24 日在北京召开的中国共产党第十九次全国代表大会（简称党的十九大），是在全面建成小康社会决胜阶段、中国特色社会主义发展关键时期召开的一次重要大会。在这次大会上，习近平首次提出"新时代中国特色社会主义思想"，把"以人民为中心"明确为坚持和发展中国特色社会主义的基本方略之一，并置放于"坚持党对一切工作的领导"这一基本方略之后、其他十二个基本方略之前的位置，由此从核心价值、发展思想上升为治党、治国、治军的基本方略，这是党的宗旨观、群众观、人民观、发展思想和执政理念、执政方式的重大发展，是党执政和党员干部思想、行动的重要指南，成为党在新的历史起点上开展一切工作的出发点和落脚点，也意味着中国文艺发展迎来了创新发展的机遇期，中国文艺工作进入了以人民为中心的新时代："社会主义文艺是人民的文艺，必须坚持以人民为中心的创作导向，在深入生活、扎根人民中进行无愧于时代的文艺创造。要繁荣文艺创作，坚持思想精深、艺术精湛、制作精良相统一，加强现实题材创作，不断推出讴歌党、讴歌祖国、讴歌人民、讴歌英雄的精品力作。发扬学术民主、艺术民主，提升文艺原创力，推动文艺创新。倡导讲品位、讲格调、讲责任，抵制低俗、庸俗、媚俗。加强文艺队伍建设，造就一大批德艺双馨名家大师，培育一大批高水平创作人才。"❶"以人民为中心"的理念为新时代中国特色社会主义文艺发展提供了理论准则和行动指南，从而引导新时代中国特色社会主义文艺队伍的建设，引发新时代中国特色社会主义文艺创作的繁荣，引领新时代中国特色社会主义文艺评论的深化。

---

　　❶ 习近平：《决胜全面建成小康社会　夺取新时代中国特色社会主义伟大胜利——在中国共产党第十九次全国代表大会上的报告（2017 年 10 月 18 日）》，《光明日报》2017 年 10 月 28 日。

一、崇德尚艺：以人民为中心的文艺队伍建设

恩格斯说过，世上万物虽"表面上是偶然性在起作用的地方"，但"这种偶然性始终是受内部的隐蔽着的规律支配的"，因此关键问题"是在于发现这些规律"❶。

与世上万物皆有其内在发展规律一样，新时代中国特色社会主义文艺队伍的建设也有规律可循。事实上，党的十九大报告已为新时代中国特色社会主义文艺队伍的建设指引了正确方向和广阔道路，那就是"加强文艺队伍建设，造就一大批德艺双馨名家大师，培育一大批高水平创作人才"，新时代中国特色社会主义文艺队伍的建设当以此为基准。党的十九大已绘就了新时代加强文艺队伍建设、加快文艺人才培养、激发文艺新人成长的蓝图，具体而言以人民为中心的新时代中国特色社会主义文艺队伍建设应该包括以下三个方面：

（一）新时代中国特色社会主义文艺队伍的建设目标：培育人才

习近平指出："我国文艺事业要实现繁荣发展，就必须培养人才、发现人才、珍惜人才、凝聚人才。"❷中华民族的伟大复兴，呼唤杰出的文艺人才，呼唤高质量的文艺队伍。

1. 人才是新时代文艺发展的第一资源

新时代中国特色社会主义文艺事业的发展与繁荣，根本是队伍，关键在人才。然而，当今中国文艺队伍年龄老化、青黄不接、比例失调的现象依然存在，还有或弃文从商或"越洋"定居的情况，流失的人才也不在少数，具有发展潜力的中青年文艺家为数较少，个别艺术门类存在人才"断层"的危机，一些人政治素养、道德修养、专业学养不高，缺乏精品意识，急功近利，粗制滥造，有的甚至受拜金主义、个人主义等不良风气的影响而沦为金钱的奴隶。因此，要把文艺队伍建设摆在突出的重要位置，

---

❶ 恩格斯：《路德维希·费尔巴哈和德国古典哲学的终结》，《马克思恩格斯选集》第4卷，人民出版社1972年，第243页。

❷ 习近平：《在中国文联十大、中国作协九大开幕式上的讲话（2016年11月30日）》，《光明日报》2016年12月1日。

因为人才是新时代文艺创作的第一资源。要繁荣新时代中国特色社会主义文艺事业，推动新时代中国特色社会主义文艺发展，就必须打造一支壮大的德才兼备的文艺队伍。正如习近平总书记强调的那样："要把文艺队伍建设摆在更加突出的重要位置，努力造就一批有影响的各领域文艺领军人物，建设一支宏大的文艺人才队伍。"❶

2. 名家是新时代文艺队伍壮大的体现

尽管具有一定实力的文艺人才总量不少，但是大师级的文艺名人仍为数不多。此外，在一个14亿人口的大国里，杰出的文艺家实在太少，缺少杰出人才，缺少文艺骨干，这种状况与我们的时代需求不相称。只有成批的杰出人才，才能带动新时代中国特色社会主义文艺水平的提高。因此，搞好文艺队伍建设，造就文艺名家大师，培育大批优秀人才，事关新时代中国特色社会主义文艺发展的根本，因为优秀文艺人才是新时代中国特色社会主义文艺创作发展、繁荣最宝贵的智力财富。

（二）新时代中国特色社会主义文艺队伍的建设措施：体制改革

新时代中国特色社会主义文艺队伍建设，离不开健康的创作生态和良好的创作环境。因此，需要按照习近平总书记提出的"要做到政治上充分信任、思想上主动引导、工作上创造条件、生活上关心照顾，多为文艺工作者办实事、做好事、解难事，营造有利于出人才、出精品的良好环境"❷的要求，加强和改进党对文艺工作的领导，发挥好中国文联、中国作协的桥梁纽带作用，搭建施展才华、展示抱负的广阔舞台，创造团结、和谐、干事的宽松氛围，切实关心文艺工作者的学习、生活，加强文艺队伍建设，以更好地承担起文艺工作的重要责任。因此，应尽可能查找翻阅中国共产党建党以来有关文艺队伍建设的文艺政策，获取新的钩沉与发现，以期完整占有中国共产党文艺运动的文献资料，全面总结中国共产党在文艺队伍建设中的历史贡献，着重考察党的文艺"为工农兵服务""为人民服务"的实践经验，对于建设"以人民为中心"的新时代中国文艺队伍建设

---

❶ 习近平：《在文艺工作座谈会上的讲话（二〇一四年十月十五日）》，《光明日报》2015年10月15日。

❷ 习近平：《在中国文联十大、中国作协九大开幕式上的讲话（2016年11月30日）》，《光明日报》2016年12月1日。

以"示范"性影响，为在新时代用党的十九大精神指引中国文艺队伍建设提供可行的参考性举措。

1. 加强和改进党对文艺工作的领导

习近平总书记指出："加强和改进党对文艺工作的领导，要把握住两条：一是要紧紧依靠广大文艺工作者，二是要遵循文艺规律。"❶ 可以说，这一带有鲜明"中国特色"的文艺队伍建设指南，要求我们紧紧依靠广大文艺工作者，要尊重和遵循文艺规律，要高度重视和切实加强文艺创作和评论工作。一部中国近现代史已经证明，中国共产党在重要的历史时期对文艺实行了正确的领导，既通过文艺促进了人民事业的胜利，也创造了中国文艺自身的繁荣。党的十九大报告指出：深刻领会新时代中国特色社会主义思想的精神实质和丰富内涵，第一条就是必须"坚持党对一切工作的领导"。这就是说，中国共产党的领导是中国特色社会主义最本质特征。基于此，坚持党对文艺队伍的领导也就顺理成章。当然，党对文艺的领导，不同于对其他领域的领导，而必须是符合审美规律、遵循艺术规律的领导，把好文艺方向，"要用符合文艺规律的方式领导文艺事业，充分发扬学术民主和艺术民主，保护好文艺工作者积极性和创造性"，"要做到政治上充分信任、思想上主动引导、工作上创造条件、生活上关心照顾，多为文艺工作者办实事、做好事、解难事，营造有利于出人才、出精品的良好环境"。

2. 发挥各级文联、作协的桥梁纽带作用

习近平总书记指出："中国文联、中国作协是党和政府联系广大文艺工作者的桥梁纽带。"❷ 事实上，各级文联、作协在团结文艺工作者方面都负有重要职责，对文艺队伍"要做到政治上充分信任、思想上主动引导、工作上创造条件、生活上关心照顾，多为文艺工作者办实事、做好事、解难事，营造有利于出人才、出精品的良好环境"。发挥好文艺界人民团体的作用。随着形势的发展，新时代中国文艺队伍的结构发生新变化，从艺

---

❶ 习近平：《在文艺工作座谈会上的讲话（二○一四年十月十五日）》，《光明日报》2015 年 10 月 15 日。

❷ 习近平：《在中国文联十大、中国作协九大开幕式上的讲话（2016 年 11 月 30 日）》，《光明日报》2016 年 12 月 1 日。

人员、从业形态日益多元化。因此，各级文联、作协的桥梁纽带作用，首先要提高服务本领，放眼全局，服务全覆盖，向基层倾斜，向广大文艺工作者拓展，同文艺工作者广交朋友，信任、支持、关心、尊重文艺工作者，把广大文艺从业者、爱好者凝聚起来；其次，要克服机关化、行政化的弊端，不断增强组织活力，加强对文艺组织、文艺群体的团结引导，在行业服务、行业管理、行业自律诸方面勤思考、勇实践、敢作为、办成事，加强引领、加强联络、增强本领、加强沟通，发挥主导作用，增强行业影响力，真正成为文艺工作者的温馨之家；最后要切实加大对文艺人才队伍建设的培养、引进和扶持力度，出台扶持文艺创作的优惠政策，加大对文艺创作的经费投入、政策支持和保障力度，为文艺工作者搭建施展才华、展示抱负的广阔舞台，团结带领广大文艺工作者积极践行社会主义核心价值观，突出政治性、先进性、群众性，不断增强文艺事业的凝聚力和吸引力，推动新时代中国特色社会主义文艺的繁荣发展。

（三）新时代中国特色社会主义文艺队伍的建设要求：德艺双馨

党的十九大报告已为新时代中国特色社会主义文艺队伍的建设要求指引了正确方向和广阔道路，那就是"造就一大批德艺双馨名家大师，培育一大批高水平创作人才"。"德"是艺术家安身立命之根，"艺"是艺术家成就事业之本。一个艺术家既要有杰出的艺术成就，更要有高尚的道德品质。"德艺双馨"，既是党和人民对广大文艺工作者品德表现、艺术贡献和社会影响的殷切期待，也是每一位文艺工作者自身理应孜孜以求的崇高荣誉。总而言之，"德艺双馨"是时代赋予新时代文艺工作者的神圣使命。

1. 植根于人民生活之中

新时代中国的文艺队伍应牢记习近平总书记"胸中有大义、心里有人民、肩头有责任、笔下有乾坤"❶的殷切希望，因为人民是文艺工作者的母亲，新时代中国特色社会主义文艺工作者的艺术生命在于他们同人民之间的血肉联系。贴近实际，贴近生活，贴近群众，心里始终装着人民，忠于人民，与人民同呼吸，与人民心相印，踩着人民的脚印前进，汲取营

---

❶ 习近平：《在中国文联十大、中国作协九大开幕式上的讲话（2016 年 11 月 30 日）》，《光明日报》2016 年 12 月 1 日。

养，激发灵感，就能从人民的丰富生活中汲取不竭的文艺创作源泉，就能创造出人民群众喜闻乐见的文艺作品。

2. 践行社会主义核心价值观

习近平充分肯定"广大文艺工作者心怀祖国人民、响应时代召唤、追求艺术理想，是一支有智慧有才情、敢担当敢创新、可信赖可依靠的队伍"❶，这要求新时代中国特色社会主义文艺工作者当立业先立德、为艺先为人，秉承人民重托、文化担当和社会责任，严格遵循文艺创作内在规律，进一步增强社会责任感，树立崇高的职业精神和职业道德，积极践行社会主义核心价值观。任何时候，任何情况，在作品里，在舞台上，都要把社会效益放在首位，努力表现人民的大情大义，把个人悲欢和时代的悲欢、人民的悲欢紧密联系在一起，弘扬真善美，鞭挞假恶丑，坚持以高尚的精神塑造人，以优秀的作品鼓舞人，把最美好的精神食粮奉献给人民。

3. 在"自身硬"上下功夫

新时代中国的文艺工作者要善于学习，学习马克思列宁主义、毛泽东思想、邓小平理论、"三个代表"重要思想、科学发展观和习近平新时代中国特色社会主义思想，学习专业领域和其他方面的各种知识，不断更新知识结构，善于从传统文化、革命文化、先进文化、民间文化和西方文化中汲取精华，要坚持以我为主，古为今用，洋为中用，博采众长，推陈出新，大胆创新。同时，树立"功成不必在我，成功一定有我"的创作理念，坚决摒弃心浮气躁、急功近利的庸俗思想，提升思想修养，强化人格修为，弘扬大国工匠精神，沉心静气、精雕细琢，努力攀登艺术高峰，创作蕴含中国智慧、构筑中国精神、体现中国价值、彰显中国力量的精品，推出有筋骨、有道德、有温度的力作，树立正面形象，传递正向能量，弘扬传统美德，提升民族地位。

二、创造创新：以人民为中心的文艺创作实践

党的十九大报告将中华人民共和国成立以来多次强调的"二为""双

---

❶ 习近平：《在中国文联十大、中国作协九大开幕式上的讲话（2016年11月30日）》，《光明日报》2016年12月1日。

百"与新时代的"两创"并列提出，认为中国特色社会主义文化建设"要坚持为人民服务、为社会主义服务，坚持百花齐放、百家争鸣，坚持创造性转化、创新性发展，不断铸就中华文化新辉煌"。作为中国特色社会主义文化重要组成部分的文艺创作理应丰富和发展新时代党的这条文艺工作指导方针。事实上，党的十九大报告已为新时代中国特色社会主义文艺创作繁荣指明了前进方向和宽广道路，那就是"坚持以人民为中心的创作导向，在深入生活、扎根人民中进行无愧于时代的文艺创造"，"要繁荣文艺创作，坚持思想精深、艺术精湛、制作精良相统一"，"加强现实题材创作"，"不断推出讴歌党、讴歌祖国、讴歌人民、讴歌英雄的精品力作"，"提升文艺原创力，推动文艺创新"❶。既然新时代中国特色社会主义文艺创作发展的蓝图已经规划，那么具体而言以人民为中心的新时代中国特色社会主义文艺创作实践应该包括以下三个方面：

（一）新时代中国特色社会主义文艺创作的推进目标：精品力作

中国共产党领导的文艺事业进入了以人民为中心的新时代，在以人民为中心的发展思想语境中，精品力作的出现是新时代文艺创作的主要任务和推进目标。

1. "精品"意识的强化

在很长一段时间里，一些作家艺术家还缺乏精品意识，文艺创作还存在着有数量缺质量、有高原缺高峰的现象。因此，广大文艺工作者应该深入人民生活，以精品力作为中心开展文艺创作，因为精品力作代表新时代的精神高度，体现新时代的思想深度，彰显新时代的文明程度，反映新时代的人文向度，在引领时代风尚、塑造时代风貌、矫正社会风气、营造社会风情等方面，发挥着固本强基的作用。正如习近平总书记所说："任何一个时代的经典文艺作品，都是那个时代社会生活和精神的写照，都具有

❶ 习近平：《决胜全面建成小康社会 夺取新时代中国特色社会主义伟大胜利——在中国共产党第十九次全国代表大会上的报告（2017 年 10 月 18 日）》，《光明日报》2017 年 10 月 28 日第 1－5 版。

那个时代的烙印和特征。"❶ 因此，新时代中国特色社会主义文艺创作应该具有"精品"意识，坚持以人民为中心的创作导向，精益求精搞创作，创作出"不拘于一格、不形于一态、不定于一尊"的优秀文艺作品，把最好的精神食粮奉献给人民。

2. "两创"意识的深化

新时代中国特色社会主义文艺创作精品力作的出现，需要不忘初心、牢记使命，在自觉学习党史、新中国史、改革开放史、社会主义发展史中坚持创造性转化、创新性发展的创作意识。因为"二为""双百"早为新中国文艺创作奠定了坚实基础和正确方向，而"两创"则是新时代文艺创作向精品层次发展的保障，它能为文艺创作精品的出现提供广阔的文化视野、无限的想象空间和正确的思想保障。事实上，新时代中国特色社会主义文艺创作的繁荣发展，需要推出一大批能够反映一个国家和民族文化创造力和水平的优秀作品，应有更丰富的题材、更深入的人物表现、更艺术的英雄塑造、更新颖的审美表达、更多元的艺术形式，需要在人类历史长河中从大量传统文化、革命文化、人类文化乃至感性生活中发掘并予以艺术化，需要进一步讲好中国故事、传播中国精神、塑造新时代艺术英雄、满足人民多样化高品质的文艺需求，需要"思想精深、艺术精湛、制作精良"，这些都需要新时代中国文艺工作者具有根深蒂固的"两创"意识。

（二）新时代中国特色社会主义文艺创作的推进路径：扎根人民

文学艺术固然可以让想象的翅膀展翼高翔，但其思想题旨必须植根于厚重的现实土壤，而人民群众就是新时代的缔造者、推动者和见证者。

1. 从人民生活中取材

事实上，"为什么人"的问题始终是文艺创作的首要问题、根本问题和原则问题，毛泽东早在延安时代就提出了文艺为人民大众服务的根本方向，习近平总书记在党的十九大报告中指出"社会主义文艺是人民的文艺，必须坚持以人民为中心的创作导向，在深入生活、扎根人民中进行无

---

❶ 习近平：《在中国文联十大、中国作协九大开幕式上的讲话（2016 年 11 月 30 日）》，《光明日报》2016 年 12 月 1 日。

愧于时代的文艺创造"❶。因此，一切有社会责任感和使命感的作家艺术家，应体察新时代改革发展大势，把握新时代社会变动规律，让民情民瘼置于心头，将万家忧乐诉诸笔端，文艺创作才能获得取之不尽、用之不竭的源头活水，才能打造体现时代特色、展现时代精神的优秀作品。只有扎根于枝繁叶茂的中国大地，才能创作出无愧于时代的精品力作；一旦疏远人民、弃别大众，任何文艺作品都会成为无根的浮萍、无病的呻吟、无魂的躯壳。正如习近平总书记所说："文艺只有根植现实生活、紧跟时代潮流，才能发展繁荣；只有顺应人民意愿、反映人民关切，才能充满活力。"❷ 文艺创作可以放飞想象的翅膀，但一定要脚踏"人民"的坚实大地，要扎根人民、扎根生活，才能推出有筋骨、有道德、有温度的优秀作品。

2. 在"中国梦"里开掘

时代的进步，精神文明建设的发展，人民文化素质的提高，使得广大民众对文艺创作的要求提高。这种要求，对于新时代中国特色社会主义文艺创作的中国精神建构是一种巨大的推动力。习近平要求文艺工作者应该"要讲好中国故事、传播好中国声音、阐发中国精神、展现中国风貌，让外国民众通过欣赏中国作家艺术家的作品来深化对中国的认识、增进对中国的了解。要向世界宣传推介我国优秀文化艺术，让国外民众在审美过程中感受魅力，加深对中华文化的认识和理解"❸。因此，新时代中国特色社会主义文艺创作要有时代意识，聚焦中国梦的时代主题，以"中国梦"的实现为指引，培育和弘扬社会主义核心价值观，唱响爱国主义主旋律，传承和弘扬中华优秀传统文化，将中国元素转化为中国精神，将价值观念融汇在艺术语言、艺术情感、艺术形象之中，以艺术性和感染力体现中国梦的精神内涵。

---

❶ 习近平：《决胜全面建成小康社会 夺取新时代中国特色社会主义伟大胜利——在中国共产党第十九次全国代表大会上的报告（2017年10月18日）》，《光明日报》2017年10月28日第1-5版。

❷ 习近平：《在文艺工作座谈会上的讲话（二〇一四年十月十五日）》，《光明日报》2015年10月15日。

❸ 习近平：《在文艺工作座谈会上的讲话（二〇一四年十月十五日）》，《光明日报》2015年10月15日。

（三）新时代中国特色社会主义文艺创作的推进标志：现实颂歌

践行党的十九大精神，需要新时代文艺工作者调整创作方向，投入更大的力气关注现实题材，以更广阔的视野聚焦中国梦，以文艺作品反映时代精神，讴歌党、讴歌祖国、讴歌人民、讴歌英雄，传递精神力量。习近平总书记强调"我们的文学艺术，既要反映人民生产生活的伟大实践，也要反映人民喜怒哀乐的真情实感，从而让人民从身边的人和事中体会到人间真情和真谛，感受到世间大爱和大道"❶。因此，现实题材的聚焦，需要文艺工作者力戒心浮气躁、急功近利的毛病，志存高远、高瞻远瞩，推动新时代中国特色社会主义文艺创作的发展。

1. 现实题材的加强

聚焦现实题材，以更广阔的视野抒写和反映时代主题，应该是文学、电影、电视、美术、音乐、绘画、表演等很多文艺创作门类在新时代的重要价值诉求。当然，文艺创作向现实题材倾斜难度很大，甚至费力不讨好，但是现实题材创作关系到新时代社会主义文艺的生命力。广大文艺工作者应该紧跟时代，把握好思想性与艺术性的关系，积聚丰富的现实生活积累，大力弘扬现实主义创作传统，体验生活，采风创作，坚持精打细磨，把生活中那些熟悉的人作为原型，把现实里那些熟悉的事作为素材，潜心创作；而文化主管部门也不能粗暴干预，要按照科学规律办事，出台切实可行的扶持措施，加强政策引导，加大资金投入，注重选题策划，如文艺扶贫、送戏下乡，这样才能以党的十九大精神和习近平文艺思想为根本遵循，为人民提供现实底蕴深厚、具有鲜活品质、接地气、聚人气的优秀作品。

2. 颂歌旋律的奏响

要繁荣文艺创作，不仅要加强现实题材创作，而且要讴歌党、讴歌祖国、讴歌人民、讴歌英雄。这是习近平总书记在党的十九大报告中对新时代中国特色社会主义文艺创作精神品质的准确凝练、科学定位和殷切期

---

❶ 习近平：《在中国文联十大、中国作协九大开幕式上的讲话（2016 年 11 月 30 日）》，《光明日报》2016 年 12 月 1 日。

望。回顾中国现当代文艺发展历程，我们看到一部中国现当代文艺史，既是中国文艺创作语言、风格由古典形态向现代形态转换的历史，更是中华民族在中国共产党领导下历经曲折坎坷而不懈抗争、奋进、变革、发展的形象史，讴歌党、讴歌祖国、讴歌人民、讴歌英雄从来就是中国现当代文艺创作的鲜亮底色和光荣传统。因此，新时代文艺工作者要用自己的笔、刀、声音和体态，用小说、诗歌、散文、戏剧、电影、电视、音乐、雕塑、油画、国画、版画、壁画等作品，向党、祖国、人民、英雄表达自己的敬意和激情。事实上，只有这种对党、祖国、人民、英雄的深情讴歌、深入关注、深刻感受、深切体验，才能创作出无愧于时代、无愧于人民的精品力作，从而为新时代增添新光彩，为新时代书写新篇章。

三、激浊扬清：以人民为中心的文艺评论工作

文艺评论的含金量和公信力虽然曾一度遭受质疑，但是进入新时代后，它将在时代和思想、实践和理论之间面临着更新的机遇和更高的挑战，因为文艺评论工作是新时代中国特色社会主义文艺事业的重要组成部分。习近平总书记多次指出要高度重视和切实加强文艺评论工作，党的十九大报告更为新时代中国特色社会主义文艺评论工作提供了理论指南和行动准则，要求"发扬学术民主、艺术民主"，"倡导讲品位、讲格调、讲责任，抵制低俗、庸俗、媚俗"，对于文艺作品、现象与思潮敢于亮剑，真正发挥其应有的凝心聚气、针砭时弊、褒贬是非、激浊扬清、彰显时代精神的功能，推出评价深入透彻、判断鞭辟入里、具有战斗力、生命力的文艺评论。

习近平总书记在文艺工作座谈会上指出："文艺批评要的就是批评"，"要高度重视和切实加强文艺评论工作。文艺批评是文艺创作的一面镜子、一剂良药，是引导创作、多出精品、提高审美、引领风尚的重要力量"，"不能都是表扬甚至庸俗吹捧、阿谀奉承，不能套用西方理论来剪裁中国人的审美，更不能用简单的商业标准取代艺术标准，把文艺作品完全等同于普通商品，信奉'红包厚度等于评论高度'。文艺批评褒贬甄别功能弱化，缺乏战斗力、说服力，不利于文艺健康发展"，当下的文艺批评家"要以马克思主义文艺理论为指导，继承创新中国古代文艺理论优秀遗产，批判借鉴现代西方文艺理论，打磨好批评这把'利器'，把好文艺批评的

方向盘，运用历史的、人民的、艺术的、美学的观点评判和鉴赏作品，在艺术质量和水平上敢于实事求是，对各种不良文艺作品、现象、思潮敢于表明态度，在大是大非问题上敢于表明立场，倡导说真话、讲道理，营造开展文艺批评的良好氛围"❶，党的十九大报告对此又予以了明确，为新时代中国特色社会主义文艺评论工作的开展指明了发展方向。具体而言，以人民为中心的新时代中国特色社会主义文艺评论工作应该包括以下三个方面。

（一）新时代中国特色社会主义文艺评论的指导思想：马克思主义文艺理论

新时代中国的文艺评论工作，离不开马克思主义文艺理论的滋养，马克思主义文艺理论的强大生命力就在于它能够不断迎接新的挑战。党的十九大报告指出"发展中国特色社会主义文化，就是以马克思主义为指导"❷，文艺评论工作对此应有清醒、清晰的认识，强化和巩固马克思主义文艺理论的指导地位，赋予新时代中国文艺评论蓬勃向上的生命活力。

1. 意识形态领导权的掌握

文艺评论工作要"牢牢掌握意识形态工作领导权"，因为意识形态决定文艺评论的前进方向，只有"落实意识形态工作责任制"，才能"旗帜鲜明反对和抵制各种错误观点"❸，文艺评论工作者要自觉地以马克思主义文艺理论，特别是用马克思主义中国化的最新成果即习近平新时代中国特色社会主义思想武装自己的头脑，在文艺评论工作中迎接各种新的挑战。而当今批评"失语"现象的根源，就在于文艺评论工作者对马克思主义文艺理论精神的忽视与背离，"屈从于权威，屈从于欲望，屈服于舆论，屈服

❶ 习近平：《在文艺工作座谈会上的讲话（二○一四年十月十五日）》，《光明日报》2015年10月15日。

❷ 习近平：《决胜全面建成小康社会　夺取新时代中国特色社会主义伟大胜利——在中国共产党第十九次全国代表大会上的报告（2017年10月18日）》，《光明日报》2017年10月28日第1-5版。

❸ 习近平：《决胜全面建成小康社会　夺取新时代中国特色社会主义伟大胜利——在中国共产党第十九次全国代表大会上的报告（2017年10月18日）》，《光明日报》2017年10月28日第1-5版。

于传说，屈服于多数，屈服于偏见成见（不论是得自他人，或自己创作）"❶。

2. "二为""双百""两创"的贯彻

如今，"二为"（文艺为人民服务，为社会主义服务）、"双百"（百花齐放，百家争鸣）、"两创"（创造性转化，创新性发展）的系统性提出，实现了文艺评论前进方向与文艺实践的统一，更加符合文艺发展的实际和规律，为文艺评论工作提供了广阔的文化空间和思想保障。

3. 古为今用、洋为中用的坚持

当然，在以马克思主义文艺理论指导文艺评论工作的同时，也要继承创新中国古代文艺批评理论优秀遗产，亦应批判借鉴现代西方文艺理论精华。因此，在多元化语境条件下，如何真正巩固马克思主义文艺理论在新时代文艺评论工作中的基础作用，如何古为今用和洋为中用，将是值得我们持续关注的一个问题。

（二）新时代中国特色社会主义文艺评论的常用方法：历史的、人民的、艺术的、美学的观点

这种批评方法，要求文艺评论应该注重意识形态性（历史的、人民的）与文艺审美性（艺术的、美学的）的辩证统一。

1. 人民导向的确立

马克思主义文艺批评传统所秉持的"美学的、历史的标准"，全面涵盖了评价文艺作品时的艺术本体维度和历史人文维度；而习近平总书记在"历史的、美学的观点"的基础上及时增加了"人民的、艺术的观点"，就是要求文艺评论工作建立"以人民为导向"的批评方向，人民性方向既是对文艺工作者创作途径和方法的指导，同时也是文艺为人民服务的动机与成效相统一的现实要求。正如习近平所说："要把满足人民精神文化需求作为文艺和文艺工作的出发点和落脚点，把人民作为文艺表现的主体，把

---

❶ 李长之：《产生批评文学的条件》，《李长之批评文集》，郜元宝、李书编，珠海出版社1998年，第377页。

人民作为文艺审美的鉴赏家和评判者，把为人民服务作为文艺工作者的天职。"❶ 虽然"人民性算不得真正艺术作品的优点，只不过是它的必要条件"❷，但缺少人民性的作品一定不是优秀作品，由此而来"人民性"也就是人民导向，理所当然是文艺批评重要的理论视角。

2. 中国经验的表达

从 20 世纪国门初开对西方各种思想的引进，到改革开放后对各种现代、后现代文论思想的引进，直至当下对西方最新思想的介绍与跟进，中国文艺评论行走的基本上是一条西方文论中国化的道路，往往在西方文艺理论与批评范式下对中国文本与中国经验进行阐释与解读。新时代中国特色社会主义的文艺评论工作，不应再简单地以西释中，故作高深、套用或挪用西方某些晦涩的理论和话语来剪裁中国人的审美，与中国文艺实践错位，局限于精妙高深的表述，而应立足于中国本土文艺实践，与中国的现实经验和立场对接，真正融入对中国精神和社会主义核心价值观的阐释中，尽可能地让人民大众读得懂、信得过，坚持人民主体地位的内在要求，真正理解文艺作品蕴含的"真善美"，彰显人民至上的价值观念，满足新时代人民对美好生活的向往。

3. 社会效应的坚守

在思想上、艺术上取得成功的文艺作品，往往也能在市场上受到欢迎，文艺评论因此也应该有自己的价值定位，看重人民大众的接受度，不能被名利金钱所左右、受到商业利益的驱动、用简单的商业标准取代艺术标准、迎合和屈从商业市场，要尽可能摆脱现实的功利考量，坚守艺术品味，履行社会责任，抵制文艺创作的低俗化，摆正社会效益与经济效益的关系。

总之，新时代中国特色社会主义文艺评论既要努力发挥批评主体的创造性，展示批评家的独特发现和深刻见解，又应竭力避免当前批评存在的主要问题，重塑批评的公信力，开创文艺评论工作的新局面，这些都是需

---

❶ 习近平：《在文艺工作座谈会上的讲话（二○一四年十月十五日）》，《光明日报》2015 年 10 月 15 日。

❷ ［俄］别林斯基：《论俄国的中篇小说和果戈里君的中篇小说》，《西方文论选》（下卷），伍蠡甫、蒋孔阳、秘燕生编，上海译文出版社 1979 年，第 378 页。

要辨析和加以探讨的新课题。

（三）新时代中国特色社会主义文艺评论的基本立场：说真话、讲道理

新时代中国特色社会主义文艺评论要让文艺工作者紧密联系文艺创作实践，坚持正确的价值取向，说真话、讲道理，敢讲、敢说、敢批评，分明黑白，褒贬是非，激浊扬清，为文艺创作保驾护航。

1. 民主氛围的营造

坚持百花齐放、百家争鸣的方针，营造积极健康、宽松和谐的氛围，发扬学术民主、艺术民主，加强批评工作者之间的互通交流、信息共享，提倡不同观点和学派的充分讨论，提倡体裁、题材、形式、手段的充分发展，推动观念、内容、风格、流派的切磋互鉴，推动文艺批评自我反省、自我反思、自我改革、自我批判。

2. 监督机制的设立

对"有偿批评""红包批评"等行为设立监督机制，不再用简单的商业标准取代艺术标准，把文艺作品完全等同于普通商品，不得信奉"红包厚度等于评论高度"。同时，强调文艺评论机制的自律性功能，要求文艺评论工作者自我完善、自我修复、自我调节，推动文艺评论工作的自身建设与发展，加强文艺评论主体性及其反思与批判意识，推动文艺评论生态环境的优化。

3. 原则问题的甄别

文艺批评的功能价值指向于科学认知、审美感知、文艺阐释、文艺评价、文艺教育、文艺传播、理论升华、社会综合功能等，难免产生与存在着与主流意识形态不一致的地方，但"无原则的热捧与意气的指责，不但对创作无益，而且有害"[1]。因此，对于新时代中国特色社会主义文艺评论工作中产生和出现的问题，应该秉着惩前毖后、治病救人的原则，对不良

---

[1] 张江、程光炜、方方、邵燕君、高建平：《批评为什么备受批评》，《人民日报》2014 年 7 月 15 日第 14 版。

文艺作品、现象和思潮敢于表明态度，在大是大非问题上敢于亮剑，端正态度，表明立场，理顺文艺评论与政治、创作、作者、读者、社会的价值关系，严格区别其中存在的政治原则问题、思想认识问题、学术观点问题，反对和抵制各种错误观点，进而促进文艺批评事业的健康发展。

总而言之，习近平文艺思想是在新的历史条件和新的时代语境下对于马克思主义文艺观的继承和发展，丰富和深化了毛泽东文艺思想，正在把新时代中国特色社会主义文艺实践推进到一个又一个新阶段。